Unicorn
独角兽书系

携光者
THE LIGHT BRINGER
卷一 光明王（下）

[美]布伦特·维克斯/著
时雨 时青洲/译

CHAPTER
− 48 −

丽维去了黄晶塔之上的光辉花园独自思考，可是每走十步都会撞见正在接吻的年轻情侣。随着夕阳西下，光辉花园的景象愈发壮丽多姿——也就成了情侣最爱的去处。丽维怎么会忘记了这点？当自己感到这样孤单无助的时候，看到这些年轻的情侣会感到尤其的格格不入。

她离开了花园，心中五味杂陈，一边为对奇普言行粗鲁而感到十分歉疚，一边坚信父亲依然还活着，但同时也对父亲已遭不测的可能性恐惧至极。她既孤单自怜，又惧怕未来，而现在——看到旁人那么容易就找到了喜欢自己的人给了她很大打击——为了一个男孩而寂寞。可能是任何一个男孩。好吧，基本上就是这样。丽维来光明利亚已经三年了，她的最好记录也不过是些对恋爱失败的尝试。作为一个提利亚人，一个站错队的将军的女儿，还是一个穷人，已经让大部分男人望而却步。唯一一个她以为真心在乎过自己的男孩，在邀请她参加御光使的舞会后却放了她的鸽子同别的女孩去了。显然那是个恶作剧。接下来的那年她短暂地成了最受欢迎的男孩子间互相争抢的对象，有两个星期她都觉得因成为了关注的焦点而感到十分荣耀。她觉得自己终于做出了突破，觉得人们终于开始接纳她了，其中一人还邀请了她一起参加御光使的舞会。

接着她无意中听到有人在谈论一个赌注，关于谁能第一个和她上床。她的报复实施得又快又狠，她答应向那个同去舞会的男伴——他是个叫帕尔山·佩耶姆的年轻贵族，也是那群男孩儿的头儿——献上自己的第一次，条件是他必须帮她实现一个顽皮的梦。他的口水几乎都流下来了。

舞会开始后，他们在一个远离正厅的幽暗角落会面。她说服了帕尔山先脱掉他自己的衣服，尽管几乎整个光明利亚的人就在几步开外翩翩起舞，饮酒交谈。然后，在他那可恶的双手在她身上游弋时，丽维突然停止了和他的亲吻，问他赢得这场赌注会拿到多少钱。

"你知道？那你不生气吗？"他问。

"我为什么要生气呢？"她问道，"闭上眼睛，我为你准备了一个小意外。"

"是个好的意外吗？"他问。

她的指尖顺着他的小腹缓缓向下滑。她低下头，舔了舔嘴唇："好得让你无法呼吸。我保证。"

他闭上了眼睛。她抓起他所有的衣服，风一般冲入外面派对的人群。他尖叫着跟在她身后，光着身子直冲进舞池。"这就是你打赌的后果，帕尔山·佩耶姆！"丽维大喊着，只为让还没发现的人能够立即注意到这个光着身子的年轻人还有他的名字。

舞池中的人停下了舞步。乐队停止了演奏。上百人停止了交谈。"和你的朋友赌谁能把我的贞操夺走？你真卑劣！下流的骗子！你让我感到恶心。要骗我，你不够聪明；要我的身体，你不够男人！"她把他那些价值连城的衣服都投进了酒池里。

紧张的窃笑无处不在。帕尔山僵住了。因为那些衣服已经浸在了酒中，所以把它们拿回来穿上是没有任何意义的，他只能尽量用手给自己遮羞。

在一片寂静中穿插着几下零落的掌声，丽维冲出了大厅，直接闯入光明利亚的传奇。遗憾的是，成为黄晶塔的传说是因为向一个男孩施展报复，而且这个男孩还曾把自己当做一个女人来上心——不管那种上心是如何卑鄙无耻——这可不是鼓励别人来接近自己的方式。其他男孩都被她吓住了。

为什么我在想着男孩们的事？父亲都死了。

不，他没死。他曾平安度过比这更糟糕的事。他不会再让自己身陷险境了。他那么聪明，懂得这点。

不过，若是能有个倾诉的对象就好了。老实说，如果能大哭一场，她会感觉好得多。

丽维拖着沉重的脚步来到韦娜的房间，但是当她走进的时候发现韦娜在哭。这让丽维的自怜瞬间消散掉了。韦娜不是简单地落泪，她是在号啕大哭。她平时的短发都被巧妙地稍稍打乱，散着一丝男孩子气，而现在那头短发被压瘪了，也许她刚才一直在用手抱着头。她的眼睛都肿起来了。

"我简直不敢相信，丽维！我一直在到处找你。丽维！"韦娜说道，"这简直是世界末日，奥赫拉姆。丽维，我要被送回去了！"

环视房间，丽维看到韦娜所有的东西都已经打包好放在了大行李箱中。丽维知道她有多少东西，也知道她会如何把所有的装饰都摆到她小房间的每一个角落，所以丽维知道这些行李不可能是她自己一个人打包好的。

"这是怎么回事？"

丽维花了几分钟才把事情的来龙去脉理清楚，尽管这件事并不复杂：韦娜失去了她的资助。那个持有韦娜契约的阿波尼亚大人在一项商业冒险中损失了一笔钱，需要削减自己的开支。显然，他已经试着到处转让韦娜的契约，却没有找到买家。尽管如此，韦娜的房间却已被另一位大人买了下来送给他名下的一位年轻的御光者，她必须立即把这里腾出来。他们已经给韦娜买好了回家的船票，就在今晚出发。她还得去见她曾经的资助人，来讨论如何从她这里最大程度地拿回他的投资。

韦娜可能会成为一名女佣，但她怕那位大人会把她卖给奴隶贩子。这么做是非法的——御光者的契约同奴隶的契约可是相差了十万八千里——但是总有这样的事情发生。

"丽维，你能借给我一些钱吗？我想逃走。"

"这不行——"

"拜托，丽维，我求你了。我知道这不算是借款。我永远都无法把钱还给你，但我无法接受被送回去。求你了。"

丽维的心沉了下去。如果她之前只等了一个星期就去找放债人，就能额外再拿到一笔月付津贴，那样的话她现在就会有充足的资金来帮助她的朋友了。"我刚还清一笔债务，韦娜。我现在一个子儿都没有了。还掉它花光了我的一切。"

韦娜消沉了下去。

"等等，我可以把衣服卖了。如果你能等到天亮——"

"不，还是算了吧。到那时他们就会到处去找我了。他们还知道你是我唯一的朋友，他们会盯着你。这是个蠢主意。我还是自己去面对吧。"

有人敲门。"小姐？"一个男人的声音传来。

韦娜打开门，四个身着奴隶服装的男人走进来抬起箱子。韦娜拿起自己的包。"陪我走到码头好么？"她换上了一副勇敢的表情问丽维。

虽然丽维仍然感到十分惊骇，但还是点了点头。

她们走得很慢，好像这样就能无止境地推迟那不可避免的结局。

"这真是一个很棒的地方，"她们最后一次上桥时，韦娜说道，"如此令人惊叹。而且我曾经在这里生活过一段时间。我父亲是个仆人,我母亲是个女佣,回家继续为主人服务没有什么不妥。我和他们并没有什么差别。而且,你知道吗?我还见到了光明王陛下!"她的双目闪闪发光,"他说我很奇妙!他还称赞了我的裙子。是我。他注意到了我,丽维,在那么多美丽的女孩之中。没有人能把这从我这里夺走。有多少人——有多少御光者穷其一生都没有得到过如此殊荣!那可是光明王陛下本人!"

她的勇敢令丽维流下了眼泪。丽维刻意避免着同她对视,因为如果她看到丽维现在的样子肯定也会失控。

但不知不觉中,她们已经走到码头上了。两人含泪告别,答应了会互相写信,丽维还许诺会动用所有可能的人际关系来恢复韦娜的契约,韦娜悲伤地微笑着接受了。

"好了,小姐们,"船长说道,"时间和潮水不等人,也不等哭哭啼啼的小女孩。"

丽维再次拥抱了韦娜之后转身离开。她刚刚走下跳板,就看到了一个熟悉的身影藏在暗处,像只蜘蛛。阿格莱雅·克拉索斯。

"是你!"丽维说道,"这是你搞的鬼!"

阿格莱雅笑了笑:"我很好奇,丽维,你是否觉得我们对自己的朋友都欠下了一笔债?欠下了感情,或是责任?"

"这是当然。"

"但很显然,你对朋友的责任还不如同我作对那么重要。"

"你这个贱人。"丽维颤抖着说道。

"我可不是一个让别人的朋友为我的尊严买单的人。你可以制止这件事,丽维,也可以让它变得更糟。"

"你还想让我去监视光明王陛下。"

"告诉你一声,韦娜是不会回家的。我已经拿到了她的契约,而且还同一个相当……可疑的伊利塔人达成了一笔交易,他愿意为了韦娜付一个好价钱。大多数人都对贩卖御光者心存顾忌,当然,她并不是个完全的御光者，所以她不会享有御光者的权利。但是，嘿，韦娜热爱航海，对不对？船上通常没有多少女人，因为她们通常坚持不了多久，其他奴隶也不会好好对待她们，所以主人们通常会让女人去做其他工作。但我可以为她安排一下。"

韦娜不只要成为一个奴隶。还是船奴。这是个糟糕得不能再糟糕的结果。丽维要吐了。她想杀了阿格莱雅。奥赫拉姆宽恕她。

"或者……"阿格莱雅说道，"你向我做出保证。"她朝街对面的一个使者扬了扬头，"那么他就会跑去给船长传话，说这都是一个误会，韦娜恢复了契约等等。奇迹中的奇迹。你是特别的，丽维，我会一直关注着你。"

丽维绝望地看着那艘船。阿格莱雅说的都是真的。她自己既没有朋友，也没得选择。她怎么可能对抗阿格莱雅·克拉索斯，这个集财富与权力于一身的女人？如果她向光明王寻求帮助的话，他会问她许多问题，会觉得她一直都在从事间谍活动。光明利亚和七大郡的每一寸土地都已经腐败了，他们全都成为了她的敌人。

"快点，丽维，水流要转向了。"阿格莱雅说道。

现在既没有出路，也没有时间去想出第三种方法了。如果是她的父亲，也许不仅会拒绝阿格莱雅，还会往那张丑脸上吐口水来捍卫自己的尊严。可是丽维没那么坚强，鲨鱼和海怪吓倒了她。"好吧，"她说，感觉自己的心脏停止了跳动，"你赢了。我需要去做什么？"

CHAPTER
— 49 —

加文还没有完全迈出父亲的房间就看到麻烦来了。母亲的房间就在父亲的旁边，离开时必须经过她的房门——而现在那扇门是开着的。

每一次。每一次紧急时刻，如果他父亲的窗户没有全部封上并拉着层层窗帘，加文都会从窗户跳出去。实际上，就是在一次这样的情形下，他第一次御光变出了一顶帽子。每次他短途旅行回来，无论离开的时间有多短，他都要花一整天依次接见各种重要人物，这是他的义务——而且每个人都会向他提出要求。

尽管如此，加文在路过她打开的房门时还是走了进去。这里的房奴是一个提利亚少女，这一点可以从她的深色眼睛和咖啡色的皮肤上判断出来。加文进屋后示意她可以将身后的门关上。他母亲很有训练奴隶的天赋，哪怕是像她这样一个刚十几岁的小女孩也会耐心地等候并回应最细微的指示。当然，加文自己也并无太大不同，不是吗？

"母亲。"加文说道。他走过来，她站了起来。他吻了吻她戴满戒指的手指，她笑着拥抱他，像往常一样。

"我的儿子。"她说。菲丽雅·盖尔今年五十岁出头，是一个端庄优雅的女性。她是阿泰什郡首家族的堂亲，在她年轻时，阿泰什的贵族家庭几乎不与外郡人通婚。当然，安德洛斯·盖尔是个例外。他一直都是。她有阿泰什家族代表性的、十分标致的橄榄色皮肤，配上一双矢车菊般的蓝色眼睛，尽管瞳孔周围已经围有一圈很宽的暗橙色瞳晕。她是一个橙御光者——尽管她并不算很有天赋，但安德洛斯是不会娶一个不会御光的女人的。她很苗条，虽然已经一把年纪，但总是很尊贵、时尚、得体，她威严而不专横，美丽且令人感觉温暖。

他一直不理解她怎么能忍受嫁给自己的父亲。

她挥了下左手的两根手指，遣散了那个房奴，眼睛却一直盯着加文。"我听到传闻说你有一个……侄子。"

加文清了清嗓子。在这个地方，话怎么传得这么快？他看了看房间四周。那奴隶已经出去了。"是的。"

"亲生儿子。"菲丽雅说道，她嘴角顿时绷紧。她是绝对不会说"私生子"的。她那如调色盘般精彩的表情在脸上变换，也就不必把这个词挂在嘴边了。这么多年来，橙色让她变得越来越富同情心，也越来越多疑。加上与生俱来的直觉和智慧，她变得十分的强大。

"没错。他是个优秀的年轻人。他叫奇普。"

"十五岁？"所以你欺骗了你的未婚妻，过去的十六年里我一直在催你娶她——可是这话她并没有说出来。菲丽雅很喜爱凯莉丝。战争过后，安德洛斯·盖尔曾经坚决反对加文娶一个完全没有家庭背景的女人，就像凯莉丝家这样。但在这方面，加文的母亲却始终不肯让步。这种情况很少见，通常当他们意见不一致时，她会用武力和辩论来表达她的反对，然后再向安德洛斯的决定妥协。加文曾见过很多次，在母亲巧妙地投降之后，安德洛斯改变了自己的决定。虽然在凯莉丝·怀特奥克这件事上，还加入了大喊大叫、摔碎的瓷器和眼泪。加文有时会想，如果不是自己在那场争吵中出现，也许安德洛斯就会让步了，但是这个男人是不会在任何人面前丢脸的，更不用说是在这越界的儿子面前。

"是的。"加文说。

菲丽雅双手交叠，打量着他的脸："所以，对于他的存在，你是不是同其他人一样感到惊讶？还是比他们更惊讶？"

加文感到后脊传来一阵寒意。母亲不是傻子。她同其他人一样小心翼翼地提防隔墙有耳，但是她总有办法能精确地传达自己的意思。裂岩山之役后，加文独自从魔法的火光中蹒跚而出，穿着他兄弟的衣服，戴着他兄弟的王冠，和他兄弟一样的疤痕上满是烟灰和血迹，每个人都理所当然地把他当做加文。虽然两兄弟年纪不同，但他们却经常被误认作双胞胎，就连他们的言谈举止都离奇的相似。况且加文还一直在努力效仿他哥哥遣词造句的习惯。所有在战争之后所出现的不同点，都被说成是加文因为杀了自己的亲兄弟而性情大变。

然而在加文回到光明利亚的第二天早上，醒来时他发现母亲正坐在自己床脚。她的眼睛哭得又红又肿，不过脸颊上的眼泪已经干了。想必在他醒来之前，她一直在偷偷哭泣。

"你觉得我会认不出自己的儿子？"她当时问道，"你身体里流着我的血，你觉得连我都能被你骗了？"

"我以为我瞒不了大家这么长时间，母亲。我以为随时都会有人看穿这场闹剧，可是除此之外我还能怎样？"

"我明白你为什么做这样的事，"她说，"我刚刚还在为你的死讯挣扎，而不是你哥哥的，现在却看到你……就好像上天让我来抉择，这仅剩的两个儿子，我究竟更愿意让哪个死去。"

"没人要你这么做。"

"你只需要告诉我，"她说，"加文死了吗？"

"是的，"他说道，"我并不想……他没给我……对不起。"

她已经泪如泉涌，却已顾不上擦去："你想要怎样，达森？我已经失去了你的两个兄弟了，我对奥赫拉姆发誓我不会再失去你了。"

"告诉他们我正在养伤。告诉他们我差点死于那场战争。找个合适的时机,告诉他们战争改变了我。但是不要让我显得软弱。"

就这样,她成了他在光明利亚的唯一真正意义上的同伴。她离开之后,他闩上门,打开了一口大箱子,里面躺着被迷药迷倒的真正的加文,那口箱子就在刚才母亲所站之处一英尺内。他细细地观察那个失去意识的身影,然后对着镜子又细细地观察自己。他记下每个不同之处,之后便开工。他哥哥的前额有一簇卷发,剪短之后就会翘出来;新加文就得把头发留长,这样就没人注意这点不同了。加文比达森矮一点点,喜欢穿带点后跟的鞋;新加文要穿平底鞋。他开始将他哥哥的言谈举止都列出来。加文喜欢先左后右地向两边甩头,让颈部关节发出咔咔的声响。还是先右后左?该死的,达森甚至都不知道该怎么去这样甩头。加文每天都喜欢刮胡子,甚至每天两次,来保证脸上光滑;达森一星期只刮几次,因为觉得实在是太麻烦了。加文喜欢喷一种特殊味道的香水;达森从来都不劳神去喷香水,他得派一个仆人去把香水找来。加文很注意穿着打扮,保证自己时刻走在时尚的前沿;达森甚至都不知道他是怎么做到的,他需要再仔细的观察。加文拔过眉毛吗?奥赫拉姆神啊!

其他的东西想改变起来要更困难些。达森的一只胳膊肘内侧有颗痣。强忍着疼痛,他把它切掉了,可能会落下一小块疤。没有人会注意到的。

他的母亲每天都过来帮助他,用手绢默默地擦眼泪,但后背依然挺直。她告诉达森一些他本来永远都不可能会记得的怪癖,比如他哥哥思考时的站姿,加文喜欢吃的和讨厌吃的东西。

但是他能成功的最大原因还是真正的加文本人。加文将达森描绘成一个伪光明王,他曾坚称,达森欺骗他的那些追随者们所使用的那些小把戏,永远都无法说服任何一个不是罪人或不是疯子的人,也无法说服只为了获利而站在伪光明王一边的人。每个人都知道历代光明王只有一个,所以他们都在心中相信了加文,当他们看到达森那双充满华彩的眼睛时，便"知道"那就是加文。至于那些了解更多的人，知道达森根本无需使用小把戏的人，还知道他同加文一样符合作为光明王的条件的人——换句话说，就是达森最亲密的追随者和朋友——在裂岩山之役后都已四散各方。他背叛了他们，尽管这种背叛是为了顾全大局。在他得知伊利塔海盗在各个港口将他的人民变卖为奴时，他还是彻夜难眠。他起草了一份七大目标的清单，他已经倾其所能。

从头到尾，他母亲已经救了他十几次。她理应知道真相。

"是更惊讶。"他现在告诉她。他比任何人都还要惊讶于"自己"还有个儿子。他和他的手下要么住在山洞中，要么在逃之路上，纵使他有精力让他的部下们去消遣一下，自己却一直在为凯莉丝和加文的婚约伤心痛苦。在战争期间，达森从未和别人睡过。

她站起来打开房门，确保没有人在偷听，然后走了回来，低声说："那么你领养了你哥哥的亲生儿子。为什么？"

因为你总是来烦我让我给你生一个孙子，他差点说出来这句话，但他知道这话会让她伤心。因为这是理所当然的？因为若是真的加文也会去做？不，他不确定真的加文会不会做。因为这个男孩已经一无所有了，应该给他一个机会？因为凯莉丝当时在场，通过做出正确的事而伤害到她会有一种胡闹的快感？"因为我知道孤独的滋味。"加文说道。他很惊讶，这竟然是实话。

"你这样做伤害了凯莉丝的名誉。"他的母亲说。

"她和这事有什么关系？"

他母亲摇了摇头："她还没有做好接受这一切的准备？"

"可以这么说。"加文答道。

"如果你父亲拒绝承认这孩子你会怎么做？"

"他不会改变我的决定，至少是这件事，母亲。我没做过多少正确的事，但在这件事上他不能改变我。"

她突然笑了："这是你的七大目标之一吗？违抗他？"

"我的清单上只写了能办到的事情。"

"这比阻止血之战还难?比摧毁那些海盗霸主还难?"

"难上两倍,"加文说,"真的。"

"知道吗,这点你遗传了你父亲。"

"什么?"

"你父亲经常制定目标清单。在二十五岁的时候娶一个合适人家的女孩,在四十岁时成为光谱七政使——这点他在三十五岁时就完成了——等等。当然了,他没有把一生分为几个七年。"

"他自己从来没想过成为光明王吗?"加文问。

她没有立即回答。"光明王通常都只能坚持七年。"

对于父亲来说这时间不够长,我明白了。"他曾想要更多的儿女,是不是?"即使是在塞瓦斯汀出生之后。更多的工具,更多的武器,以防出现更多的差错。

她没有回答他的问题。"我想回家,加文。我想参加净化仪式已经想了很多年。我太累了。"

有片刻的时间,加文感到无法呼吸。他母亲是生命的精华,她美丽,充满活力,聪明,禀性善良。听到她说出好像已经崩溃并萌生退意的话语,对加文来说犹如当头一棒。

"当然,你父亲是永远都不会允许的,"她说着,悲伤地笑着,"但是无论他允许与否,未来五年内的某一天,我都会参加的。我已经埋葬了两个儿子,我不会再埋葬你。"所以她只是在提醒他,让他有准备的时间。亲爱的奥赫拉姆啊,他连想都不愿去想。他的母亲是他唯一的同伴,是他最好的顾问,是唯一一个能觉察远处的威胁的人,是不管发生什么都依然爱着他的人。

"那么,你的七大目标都是什么?有完成了的吗?"她问道,把话题重新拉了回来,虽然她知道他可能会回避这个问题。

"我学会飞行了,去年几乎一整年都花在这件事情上。"

她看着他,似乎是仅此一次地分不清他是不是在开玩笑。"那可真方便。"她小心地说道。

加文笑了起来。

"你是认真的?"她说。

"我应该带你去坐一下——飞一下?——等有时间。"加文说,"你会非常喜欢的。"

"你觉得这个主意可以成功地转移我的注意力,不再询问其他目标了?"

"那当然,"加文假装严肃地说,"我可是师从最擅此道之人。"

"很好,"她说道,"现在你出去吧。"当他走到一半时,她叫道:"加文!"她现在叫他加文,但是无论何时她看着他的眼神都是在叫着达森。"要小心。你知道当有人不遵从你父亲的意愿时,他会怎么对付他。"

CHAPTER
— 50 —

奇普从梦中醒来,手臂已经僵掉了。梦里他的头枕在母亲腿上。那不是个梦,有一半也是记忆。那时他还很小,他母亲的手指穿过他的发,她的眼睛又红又肿。眼中的红色通常意味着她吸了大麻,但这天上午,她身上并没有烟味或酒气。对不起,她说,真的很抱歉。我已经戒了那些东西。从现在开始一切都会变得不同,我保证。

他张开一只沾上了鼻涕的睡眼咕哝着。这样很不错,妈妈,但你能松开我的胳膊吗?他翻了个身。他刚才睡在地上?在地毯上?哦!血液慢慢流回手臂,疼痛感随之而来。他揉着手臂,直到感觉恢复正常。他在哪儿?哦,这是丽维的房间。天刚蒙蒙亮。

奇普坐起来,看到一个女人走进房间。刚才也许是开门声吵醒了他。丽维肯定去别处过夜了,床上的被子都没有乱。

"早上好,奇普。"那女人说。这是个深色皮肤的女人,有着两道浓眉和一头毛燥的卷发,脖子上绕了一条华丽的金色围巾。她身材很结实,又极其高大,一副肩膀又宽又壮,一条图案鲜明的绿色连衣裙松垮地穿在身上,就像一张床单披在一艘三桅战船上。"天亮了,你的第一节课也该开始了。我是海丽尔小姐。"

"你是我的魔导师?"奇普说道,仍然在揉着手臂。

"噢，是的。"她笑了，但这笑意却没有抵达到眼睛里，"你的余生都会记得今天这节课。起来，奇普。"

奇普站了起来。她从他身边径直走过去，打开了通向丽维房间外的小阳台门。

"快点过来，"她说，"有件东西需要你看看，必须得在太阳完全跳出地平线之前。"

奇普头发被压得扁扁的，嘴里满是棉被的丝絮，发出难闻的口气。他扑腾着手臂，舔了舔干燥的嘴唇，走了过去。经过海丽尔小姐身边时，奇普看到她的深色眼睛中隐藏着强烈的情绪——那瞳仁颜色那么深，他甚至都看不出来她是什么颜色的御光者。

真奇怪。我在这儿应该能辨别大多数人所察觉不出的细微颜色差别，却看不出她瞳仁里的颜色。他走上纯黄色拉克辛做的阳台，除了长条的水迹和污物，整个阳台干净得让人觉得诡异。

尽管昨天的经验让奇普得知黄拉克辛是目前最结实的已知材料之一，他还是小心翼翼地在阳台上试了试自己的体重。毫无疑问，它很坚实。由于塔身全部向外倾斜，仿佛盛开的鲜花，如果奇普从这里跌落，不会落到水中——虽然只差那么一点点而已——只会撞到几百英尺下的岩石上摔得粉身碎骨。对于住在更上面的人，情况会更加糟糕，因为上面的几层向外探得更远。他大口地喘着气，试着将注意力放在东升的朝阳上。

"我们可没有一整天的时间来磨蹭，奇普。"海丽尔小姐说。她的声音中有某种情绪，一种紧绷感。

奇普转过身时，她也跟着走到了阳台上。起初他以为她被绊了一下，因为她非常突然地向前扑来。他走过去想要接住她。如果肥胖有好处的话，就是可以拦住大块头。

但海丽尔小姐像攻城槌一样伸出双手。奇普向前的动作把自己带进了她双臂之间。她的大拇指从他的胸前交叉划过，最终落向两侧。

他们撞到一起形成了一个尴尬的拥抱，她咒骂了一句。

"我接住你了，"奇普说，"别担心，你不会——"

那高大的女人直起身，恢复了平衡。她比奇普高出很多，刚才的动作使她的一对大平胸压在了他整张脸上。不知怎的，当时他的下巴被她连衣裙上敞开的领口挂住，有那么一瞬间——但其实并不足够短暂——奇普的脸完全被她松弛的乳沟所吞没。

"嘎！"奇普失口叫道。

这时海丽尔小姐已经俯下身，仁慈地把奇普的下巴从她的领口处解放了出来，但随后她更低地弯下身来，将身体压在他身上。在这个无疑将再于梦中重温的情景之后——而且也不是什么美梦——他侧身闪了开去。

那女人肉乎乎的大手拍向了奇普的双腿，但因为他向旁闪身，她便脱手而没有抓住他的右腿。然后她开始把奇普向上举。

"你在干什——"奇普看到她的眼睛后立刻住了口。

那双眼冰冷无情，只有绝对的专注。她使劲儿推着奇普，把他往上提。奇普才将这些细节拼凑起来，这领悟实在太晚了。

那紧绷感，这整件事，她单一的瞳色，还有那个猛烈的扑击——根本不是被绊到的趔趄。在奇普的脸压到她胸口时她毫不尴尬，那是因为，当你是来杀人的时候，你不会因为被摸了一小下肉就停手。

奇普的双手拍打着身后的阳台边缘，一条腿还在海丽尔小姐手里抓着，她猛然把他提了起来。她是如此强壮，奇普的体重对她来说根本不是问题。

奇普若是个勇敢的人，会去反抗她。若他很灵活，会在她提起他一条腿时，倚着另一条腿把她打得血肉模糊。相反，奇普却选择了作为一个胖子的做法。他变得蹒跚而笨拙，让全身的重量都变成一种负荷，想要坠向地面。以前每当芮米尔想要自我炫耀地把他抓起来再丢到地上时，他就会采取这样的策略。如果奇普瘫倒在地上，芮米尔就绝对无法把他抬起来，但如果他在地上僵直身体，芮米尔就能轻而易举地将他举起。

海丽尔小姐从奇普的左腿上腾出一只手，在他圆滚滚的身躯上找寻着可下手之处。奇普像条鱼一样扭动，双手推着阳台，想要把自己推回到塔中。海丽尔以自己那结实的重量把他牢牢地逼到阳台一角，抽回左手抡起拳头开始殴打他。

但是地面召唤着奇普，他此时并没被她强壮的手臂钳制住，便响应了这个召唤。她的拳头落下来只打到了侧面，但奇普还是倒了下去。她失去了对他的钳制，而他龟缩了起来，她只勉强抓住了他的裤腿。她咒骂着，想要仅仅凭此就把他举起来。

他的裤子被撕开，从腰间滑落，缠在了膝盖上。然而，那宽松的裤子虽妨碍了他自己的行动，也让那杀手没那么容易地把他举起来。她咒骂着，又开一大步，一拳拳打向他的腿。他惨叫起来。接着她开始痛击他的腹部，几乎让他窒息。她咆哮着："像个男人一样受死吧！"

奇普张口咬上她的脚踝。

杀手尖叫一声，倒在了他身上。在倒下之前她已回过神，膝盖顶了上来压住奇普的胸口，然后调整倒下的角度，让自己既能撞到他，又能制住他。显然奇普不是唯一知道如何利用好自己体重优势的。最终她的头朝他的双脚落去。

她一只手铁钳般缠住奇普的一条腿，开始痛击他的大腿。她抓到了死穴。这感觉就像在被马踢，他号叫了起来。之后她抓住了他的另一条腿，无论是多剧烈的扭动都无法摆脱她的钳制。他被压在下面，连呼吸都很困难，她的腿还压着他的脸。她又开始殴打他的另一条腿，这条腿也被打僵了。她撑起身子，一拳打在他的腹股沟。

奇普眼前闪出了金星。任何找机会反击的念头都烟消云散了，他只想缩成一团。海丽尔改变了重心，再次重压在他身上，然后站了起来。她的双手中各握着他的一只脚踝,轻轻松松地就把他举了起来。她要把他扔下阳台了,亲爱的奥赫拉姆,他无论怎样也无法阻止她了。

他因疼痛而眯起双眼,微弱地扭动着,这时奇普看到一条细细的幻紫拉克辛粘在杀手的头上。

"住手!马上放开他!"房间里传来年轻女子的大喊声。丽维?

杀手大声咒骂了一句转过身,这时一个黄拉克辛光球从丽维手中飞出,顺着幻紫光线飞速而来,在杀手的前面爆炸,发出刺目的闪光。海丽尔松开了奇普,抬手想要保护自己,可是为时已晚。她摇摇晃晃地向后退去。

由于身材过高,阳台栏杆只到她的腰间。她重重地撞到上面,晃了几晃。她踮着脚,大手拍打着栏杆,寻找着落脚之处。还躺在地上的奇普把手伸到她脚下,然后一勾。他并没用多大力——他身上疼得要命,几乎动不了——但这已足够了。

感到自己就要翻下围栏,杀手四肢乱舞着。她倒了下去——却又同时抓住了阳台的护栏。她吊着来回摇晃,透过阳台那清澈的黄色,正好同奇普来了个脸对脸。每个阳台都有一个防止雨天积水的地漏,那女人的脸距奇普几乎不足一英尺。

奇普看着她。他知道这事儿将会如何收场。若是个干瘦的女人也许能把自己拉上去,但像她这样体格的人不可能。奇普很有力气——他能比桑松甚至芮米尔都举起更重的东西——但当你是个大块头的时候,把自己从阳台边拉上来则是不可能的。而是这个女人的块头比他还要大得多。海丽尔小姐往上拉着自己,某个可怕的瞬间奇普还以为自己错了。她的胳膊肘弯曲着,将身体拉上来了一些,一条粗腿朝一侧上摆,想要荡得高一些,以够住阳台上的排水口。

她的力气用尽了,身体从摆动又回到了垂直。她死定了。奇普从她的双眼中读到了这一讯息。"光不可缚,小盖尔,"她说,"愿安奈特障你双目。茂特噬你后人。贝尔弗戈侵你子孙。艾提拉特唾你母坟。费里拉克斯蚀你父——"

奇普的拳头穿过排水口打在她脸上。她的鼻子嘎吱一声喷出了血。她肯定在等着他打过来，因为她想去抓住他的拳头——但抓偏了。

她跌落下去，一路四肢乱挥，一边尖叫着什么，但奇普听不清楚。她撞上一块尖锐的巨石，不出五步外就是碧穹海的激浪。她的身体被撞得四分五裂，其中一部分——是条腿？——被整条切断，飞溅进水中，余下的部分被摔成一道长长的血痕。

这看起来很不真实。奇普清楚，刚才摔下去的也可能会是他自己。或许本该是他自己，但他突然意识到丽维也站在房间里。"奇普，奇普，我们杀了她。"丽维说着。还有一点奇普更加清楚，那就是，他的蛋在隐隐作痛，还有，他现在在唯一认识的女孩面前几乎是赤身裸体。他这么胖，裸体这么恶心，应该马上遮住自己。

他刚提起裤子，就见丽维蹒跚走到阳台护栏边呕吐了起来。奇普讨厌呕吐。他讨厌自己呕吐，也讨厌别人呕吐。但最糟糕的是，他发现，由于风从黄晶塔吹过，会把空气中的雾气卷进排水口——奇普讨厌被吐在身上。雾蒙蒙的湿润一点点飘过来沾到他的脸上，飘进他张开的嘴里。

他翻过身，呸呸地往外啐着，咳嗽着，拍打着脸颊，想要擦去呕吐物。他翻身站了起来，蛋还在隐隐作痛，脸皱成一团。

"哦，不。"丽维说道，她灰白的脸上泛起愧色，意识到自己刚刚吐到了他身上。她看了看他，又看了看他被撕破的裤裆，最后看了看远在下面的岩石，挣扎着想要开口，却说不出话。

"你知道吗，我很高兴这在我们之间不算尴尬。"奇普说。我真的这么说了？就好像是自己完全无法不做失格的事，不说欠妥的话。他刚杀了人，觉得怕极了，痛极了，尴尬极了，羞愧极了，为能活下来而感恩极了,还有其他所有他不知道的感觉,他控制不住自己。

丽维的嘴角抽动了片刻,然后靠回护栏上再次开始呕吐。

总有话要说,却总挑不合适的说。干得好,奇普。

CHAPTER
— 51 —

"盛夏即将到来,"白袍使说,"太阳日。"

加文站在她面前。他们在光明利亚的顶端,一同等待太阳升起。盛夏,就加文而言,总是不停到来。

"我已经开始筹备净化仪式,"她说,"你觉得你父亲今年会来参加圣餐会么?"

加文哼了一声:"今年不会来。永远也不会来。"他揉了揉太阳穴。他到现在都还没睡过一觉。

"这很反常,"白袍使平静地说道,"我曾经惊叹于他的自制力,知道么。生活在那么可怕的房间里,同时还要保持清晰敏锐的头脑,不让噩梦入侵。"

"是噩梦需要不让他入侵。"

"我的生活有一半都在黑暗中,加文,"白袍使说道,似乎刚才他根本没有插过话,"没有御光术的生活就是这样的。可要完全在黑暗中生活,这难道不是对奥赫拉姆本身的否定吗?彼之尚暗,行暗之事,光令之耻。'"

"我把他灵魂层面的事儿留给他自己处理。难道我们不该尊重我们的父辈、不该服从万物之父赋予他们的权力?"

"你不只是个儿子，加文。你是光明王陛下。你应该尊重奥赫拉姆神，履行它所赋予你的权力，而不单单是使用他所赐予你的力量。"

"也许这次该被净化的是你。"加文愤恨地说。这种谈话每年至少都会发生一次，他已经不胜其扰。白袍使催促他父亲，他父亲建议白袍使优先。双方都给他施压，想要让他逼迫另一方。

白袍使伸出双手，掌心向上："如果你的命令如此，光明王陛下，我会欣然参加今年的净化仪式。"

她的话让他完全停了下来。她是认真的。

"我会服从命令，"白袍使说道，"你知道了可能会大吃一惊，加文，但其实我是先被抽中成为了白袍使，那时我连如何做好一个御光者都还不太明白，更不用说彩袍使和白袍使了。但或许这样的事是没法教的，只能自己慢慢领会。"

"你在说什么？"加文问。

"你知道为什么我们会更难拥有坚定的信仰么，我的光明王陛下？"白袍使笑道。尽管她垂垂老矣，有时却依然好似一个调皮的小姑娘。

"因为我们知道奥赫拉姆每醒一次就要再睡一百年？"加文问道。他很累，不仅仅是因为失眠。

她没有上钩。"因为我们了解自己。其他人如同服从神明一样服从我们，可我们知道自己并不是神明。我们明白自己力量的脆弱，并由此看到其他所有环节的弱点。若是光谱七政使突然拒绝服从我的命令会怎样？这点不难想象，因为要成为一名彩袍使，就得具有暗中谋划的能力及对权力的欲望。如果将军突然不听郡首的指挥会怎样？若是儿子拒绝了父亲的命令呢？如果万物之链中的第一环——奥赫拉姆本身——也同他之前那些环节一样空洞呢？看到每一环节的不稳定之处，我们就会认为这条巨链本身也是脆弱的：如果我们不拼尽所能把它们维持在一起，它们自然就有可能随时崩溃瓦解。"

加文不由吞了口唾沫。他从来没把这样的想法像她一样举一反三，但他一直认为自己的一生也是如此。他的谎言，权力，被囚禁的兄弟，还有他的爱情。这就像一条被浸湿的纸链，因水分的重量而缓缓下坠。并且他每天都会往上增添新的重量。

"我所体会到的是，"白袍使说，"奥赫拉姆不需要我。噢，我能遵照他的意愿做事，还能做得很出色，如果我违背了这点，其他人就会遭殃。看，我所做的仍然很重要，但最终，奥赫拉姆的意志会战胜一切，因此我觉得自己还有很多工作要做。无论看向何处，我看到的都是未竟的事业。尽管如此，如果你说，我应该在这个盛夏被净化，我还是会欣然接受，不是因为我相信你，加文——虽然我确实相信你，而且超乎你所想——而是因为我相信奥赫拉姆。"

加文看着她，觉得她好像是从月球来的。"这可真……玄妙。我们现在可以继续讨论净化仪式了吗？"

她笑了起来："关键问题就在这儿，加文。我知道，你记忆超群。你以为我现在疯了，但你会记住这些话，也许有一天它会有用。这样的话，我就满足了。"

她要么是疯子要么是圣人——但加文随即觉得这两种人没有什么区别。

"我要去加里斯顿。"他说。

她双手交叠放在大腿上，转身面向升起的晨光。

"让我来解释一下。"加文匆忙说道。然后，没有理会那日出的美景，他向白袍使做出了解释。十分钟后，就在他快说完之时，白袍使抬起了一根手指。她屏住呼吸，然后叹了口气，此时太阳刚刚跳出地平线。"你有没有留意过绿色闪光？"

"有时候会。"加文说。他认识几人坚称自己见过绿色闪光，虽然其中没有一人能解释清楚那到底是什么或是其发生的原因，他还认识一些人坚称绿色闪光只是虚构而已。

"我认为那是奥赫拉姆在对我们眨眼。"白袍使说道。

她是不是觉得所有的一切都和奥赫拉姆有关？也许她快不行了。

"你见过吗？"加文问道。

"见过两次。第一次是……五十九年以前的事了？不对，是六十年前，是我遇到奥贝尔的那个夜晚。"加文得在脑海中仔细搜索才能想起这个名字。哦，奥贝尔·拉斯克尔，白袍使的丈夫，生前也是个大名鼎鼎的人，到现在已经过世了二十年。"当时是在一次派对上，同我前去的男伴是一些喝得醉醺醺的年轻人，我对他们相当反感，而且他们也肯定不会再把我送回家。我走到外面去透透气，目送太阳西下，突然看见了绿色闪光，我激动得跳了起来。不幸的是，有个很高大的家伙正巧俯身越过我去拿他忘在阳台上的酒杯，我的后脑勺撞破了他的鼻子。"

"你邂逅奥贝尔·拉斯克尔是因着撞破了他的鼻子？"

"他那晚的女伴很不高兴。她美丽又优雅，比我漂亮许多，却不知何故无法与那个笨拙的小小的我相争。虽然我觉得，若是她后来嫁给了奥贝尔也不会太幸福，但你的祖母还是因此有两年都没有原谅我。"

"我的祖母？"

"如果那一瞬间我没有见到绿色闪光，你的祖母就会嫁给奥贝尔，那么你现在就不会在这里了，加文。"白袍使笑了起来，"看，当你打开了一个老妇人的话匣子，你永远都不知道会得知什么。"

加文无言以对。

"你当然可以去加里斯顿，加文，但是除你之外没人可以主持净化仪式，而且仪式无法在其他任何时间举行，因此只剩下了一个选择：我会把所有需要被净化的人送往加里斯顿。我得派出最快的船只去拦截对方，好让他们能够及时到达。"

"我们现在说的可是战争。"加文说道。

"然后呢?"

"什么'然后呢'?"他质问道,"我没时间去开派对、放烟火,也没时间发表演说。"

"目前为止我的名单上大概只有一百五十名御光者,今年要净化的人并不是很多。这些人中绝大部分都撑不到明年了,你还想再多上八九十个破光魔吗?"

"当然不想。"

"派对是个好东西,加文,但你得明白自己的职责。这是你第一大目标的另一面。"她已知道了塞瓦斯汀是他发誓消灭所有破光魔的原因,正同她所掌握的一切信息,这点也被用来控制他。"即便你不相信光明王是奥赫拉姆送给人类的礼物,'他们'相信。每个御光者在被你净化的那几分钟都是其生命中最神圣的时刻,你当然可以将它夺走,但那会是你所能做的最恶劣的事情。作为个人,我可以原谅你很多事情,但绝不包括这件。"

这话好蜇人。

"现在,和我说说你是如何在几天之内,不只把凯莉丝送到提利亚、杀了一个吉斯特,还带回了一个儿子的。单是这些路程就应该花掉你两周时间。"

好吧,这么快就来了。在向凯莉丝展示水上滑翔机和兀鹰的时候,他就知道白袍使也会得知的,但他没能控制住自己。也许是一时冲动。所以,他同白袍使讲了那两样东西。她的眼睛亮了起来:"这可是了不得的东西,加文,竟然能飞!速度还那么快!我估计你想要以同样的方式再去加里斯顿吧?"

"是的,而且我要带上奇普。"

她再次令他意外地没有抗议。"好,"她说,"了解一下父爱对你很有好处。"

真对,因为毫无疑问,我就没从自己的父亲那里了解过父爱。然后加文意识到,她正是这个意思,他气得汗毛倒竖,可是再为父亲起争执没有任何意义。

"那么,第二次是什么时候?"他反过来问道。

"什么第二次?"

"你第二次看到绿色闪光。奥赫拉姆神第二次眨眼。"他尽量不把嘲讽掺进语气里。

她笑了。"我期待着告诉你的那一天,我的光明王陛下,但不是今天。"接着她的笑容消失了,"当您归来时,我们需要谈谈奇普的测试。"

"你注意到了墙上的水晶。我还以为我及时止住了它的变化。"

"我老了么?是的;糊涂了么?还没有。"

"你想听我亲口承认?奇普险些闯过了测试,"加文说,"如同当年的达森。"

"或者更糟的,通过了测试。"白袍使说。

CHAPTER
— 52 —

在被抓的五分钟内,凯莉丝就已经知道,她陷入了一个比之前所惧还要棘手的麻烦里。格拉多国王的镜光骑士用枪逼着她走到一辆货车前,他们没有绑住她的双手,这点很稀奇,也给了她短暂的希望。随后那几名镜光骑士把她交给了十几名御光者,清一色的女人。有两个镜光骑士留了下来,用手枪对着她的头部,眼睛一眨不眨。

那些女人——两红一绿一蓝一幻紫——将她剥光,搜了身也搜查了衣服,很快就发现了她的护目镜。那两名镜光骑士几乎连瞟都没瞟她身体一眼,尽管营地的其他男人转过来想从那些围着她的御光者的缝隙间看个究竟,但并没有一句下流的言语。

纪律森严。该死的。

凯莉丝手臂护在胸前,目光向下,假装很尴尬。好吧,也许不完全是假装。

"眼睛抬起来!"其中一个红御光者命令道。

凯莉丝抬起目光。他们要看到她的眼睛,这样一来,她若想使用御光术他们就能发现。也很聪明。该死的。

她们迅速而有序地检查了她的所有衣服,不放过每处接缝可能有的夹层。然后检查了她的包,其中一人仔细地按条目列出清单。在清点完一切之后，凯莉丝希望她们能把衣服还给自己。

可没那么好运。相反，他们打开车门，扔进条紫色长裙，钻进车厢内。

"进去。"之前开口的那名红御光者说道。

凯莉丝上了车，门在身后砰地关上。她听到门闩拉下来和锁链到位的声音。车内很宽敞，里面有个草垫子，可以躺上睡觉，还有个便桶，一杯水，几条毯子和几个枕头——全部都是紫色的，这是他们所能找到的蓝色光谱中最深的颜色。从这种难闻的气味来判断，车内是才粉刷好的。窗户都装有窗闩和紫色玻璃，外面垂下紫色的帘子。显然，他们都把她的御光能力很当回事，并通过观察她的双眼和魔法照明棒，得知她能使用绿光和红光。与其冒险使用红绿之间的颜色，不如挑一个光谱最边缘的她无法使用的颜色。

这是一种奇怪的恩惠。当然了，他们本可以只是蒙住她的双眼，然而眼罩有可能会滑落。但大多数劫持者会把车内涂成黑色，让人质处于黑暗之中。现在这样也同样有效，但却要做更多麻烦事儿。如果御光者看不到自己可以使用的颜色，或是在白光中没有滤光镜，就无法使用御光术。凯莉丝从未这样无助过，她极其痛恨这种感觉。

她套上吊带衬裙以及那件轻薄柔软的紫色连衣裙，然后立即开始刮那层被薄红拉克辛加热烘干的油漆。她最终一定能刮下几块来，可是由于唯一的光线是透过紫色的窗帘和玻璃照进来的，刮下的那几块也就起不到什么作用了。不过她依然这么做了，不由自主地想要试一试。紫色油漆层底下是一层黑色，再下面是很深的紫檀色木头。很不走运。

没过几分钟，车轮开始缓缓滚动。

那天晚上，他们给了她一块黑面包，还有一杯盛在涂黑过的铁杯中的水，之后走进来两名御光者，皮肤上分别布满了红色和蓝色拉克辛。万万想不到的是，他们的身后竟然站着一个裁缝。那是个瘦小的女人，身高刚到凯莉丝的肩膀，她快速地量了凯莉丝的尺寸，没有做任何笔头记录，只凭脑海记忆。然后她盯着凯莉丝的身体看了很长一段时间，那目光就好像是一个农夫在看着一片待开垦的石头山坡。她再次检查了一遍凯莉丝臀部的尺寸，便一言不发地离开了。

在接下来的五天，凯莉丝几乎一无所获。很显然，她所乘的这辆车很接近于烹饪货车，因为她整天听到的都是锅碗瓢盆遇到颠簸时发出的叮当响声。那些骑兵或是镜光骑士的朦胧身影，偶尔在经过货车时会非常靠近她被遮挡住的窗子，这时她就能清晰地看到那些剪影。尽管如此，他们开口说话时，她却无论如何也听不清楚。到了晚上，他们会把饭盛到涂黑的铁碗里再给她，勺子也是涂黑了的，还有黑面包和水，从来都没有红酒——该死的，这群人甚至考虑到了红酒的红色。每天晚上太阳落山后，都有一名由御光者陪同的镜光骑士来拿走她的便桶，铁碗，铁勺，还有水杯。有天晚上她把勺子留下来藏到枕头下，虽然当时他们未置一词，第二天却再也没给她送水过来。她交出勺子之后，才再次有水喝。

最糟糕的是无事可做。一天之内能做的俯卧撑只有那么多，除此之外就不能有比这更剧烈的活动了。没有乐器，没有书，当然也没有武器来练手，也不能练习御光术。

第六天晚上，两名蓝御光者走了进来。"选一个舒服的姿势。"其中一人说。凯莉丝坐在她那张小草垫子上，双手放在腿间，脚踝交叠。之后御光者们绑住了她的手脚，所用的拉克辛超过正常所需的四倍。最后把一副紫色护目镜戴到她的眼睛上就离开了。

格拉多国王进到车内，拿着一把折叠行军椅。他在上衣外又穿了一件宽松的黑色上衫，里面那件凯莉丝几乎看不到，他在裤子外也另罩了一条宽松的黑裤。凯莉丝可以理解他们面对自己时的谨慎，但这也太夸张了。国王在行军椅上坐定，盯着她，不发一语。

"我想你不会记得我，"他开口，"我见过你一次，还是在战前的

携光者
卷一 光明王

时候。当然,我那时只是个小男孩,比你小三岁,而你已经不能自拔地爱上……对,盖尔兄弟中的一个,我不记得是哪个了。也许你也记不得了。有一阵子他们俩之间似乎有过些混淆,不是吗?"

"你真会迷惑人心,对不对?"凯莉丝问道。

"你可能会感到惊讶,"他摇了摇头说,"我一直都觉得你是个美丽的姑娘,但同时你的故事又承载着他们的人生。一段悲剧性的三角恋爱,且是发生在这世上两个最强大的男人身上,这样的故事需要一个美丽的姑娘,不是吗?我的意思是,否则的话,这两个人为什么要把世界闹得四分五裂?为了她对历史独到的见解?为了她机智的妙语?都不是。你之所以被描述成一个美丽的姑娘,是因为吟游诗人需要让这个因你而生的故事更加合理。不要误解,"他说,"我是如此爱你,爱到夜不能寐。你是我第一个美好的暗恋对象。"

"我肯定你还有很多暗恋对象。还是说,因为你现在是国王了,所以女人们都假装觉得你很有魅力?"凯莉丝问道。

淡定,凯莉丝,淡定。但事实是,刚才那些话并非因为她是红御光者,她一直都讨厌按照他人的意愿去说话做事。

他沉下脸来:"这么毒的舌头竟然不知何故在颂歌中省去了。还是说,这是个新特质?"

"这几天我想更进一步地畅所欲言。我已经毁了这个世界,一个男人的自尊又算得了什么?"凯莉丝说。

"凯莉丝,我刚刚本想要赞美你一下,然后你就让我们的对话沦落到这么不愉快的境地。"

"哦,天哪。那么,请你一定要继续,没有什么比听到莱克顿的刽子手对我的赞美更珍贵了。"

他若有所思地双手合十:"对于你所看到的那些,我感到很抱歉,凯莉丝。"他不停地提到她的名字。她讨厌他这么唤自己。"我希望你知道,对于我在那儿下达的那些命令,我也并不感到开心。但同时我也希望你明白,成大事者不拘小节。你是否熟悉一份叫做'国王的谋士'的手稿?"

"是的,"凯莉丝说,"里面那些恶心的建议和残酷的话语,连他自己统治的时候都无法容忍。"手稿里面的谋士问,统治者是被子民爱戴好还是为子民所惧怕好。两者兼得固然好,但他认为,如果一个统治者必须要二选一的话,应该坚持选择后者。

"他的建议很好,只是自身比较懦弱罢了,我并不因此而针对他。事实是,凯莉丝,当一个君王不被惧怕的时候,他最终不得不把恐惧慢慢灌输到人们的心里,同时伴随着非常严重的代价。卢城所发生的一切就源于此,加里斯顿也一样。你爱过的——起码是睡过的——那两人最终还是学到了这个教训,但是因为他们学会得太晚,于是不得不做那些比毁掉一个小村庄恶劣千倍万倍的事情。所以告诉我,你何以能因死掉的一千条人命而针对我,却不会因几万条、几十万条人命而针对他们?"

凯莉丝当时没有得到许可前往,并没看到卢城皇家长阶上沾染的鲜血和粪便。在那上面,数以百计的人一个接一个被无情地屠戮殆尽,尸体被丢下长阶,滚进下面呆若木鸡、魂飞魄散的人群中。甚至在战争之后,上面都一直没让她去加里斯顿,在那里曾有成千上万的人——甚至都无人知道究竟有多少人——在那座被围困的城市中被拉克辛造成的大火吞噬。那是加文和达森所为。她所如此熟悉的两人竟会做出这样的事来,不知怎的,这好像是永远都不可能发生的事。她曾以为很熟悉的两人。

"这片土地上的人是我的子民。我不再只是个郡首,不再是他人土地的守护者;我是王。这些人属于我。杀掉一千个自己人就像剜掉自己的一大块肉,但毒瘤必须被切除掉。我就是这片土地。我的子民开垦这片土地,在我的眷顾之下收获庄稼。我保护他们,资助他们,反之他们就必须把粮食和后代献给我。不服从的人就是乱党,叛徒,

携光者
卷一 光明王

盗贼,还是异教徒和变节者。他们违抗神圣的协议,违抗我就是违抗神的命令。我必须这样做,因为我的父亲不会如此。当初那半数的镇长第一次拒绝缴税的时候,如果他把那些人都吊死的话,那一千人现在还会活着。他很懦弱,想要被爱戴。在我有生之年,可能不会有人承认这点,但通过杀死莱克顿的那一千人,我实际上救了更多人。这就是国王。"

"你如此慷慨激昂地为自己砍掉婴儿的头再堆起来的行为辩护,真令人作呕。"神的命令?不是奥赫拉姆的?

"凯莉丝,你让我明白男人为什么要打老婆。"格拉多国王捋了捋黑色的胡子,却没再继续攻击她,"以如此恶劣的方式来示众,我才能保证那一幕会被深深地烙进每一个看到的人的脑海中。你以为死人会在乎他们的尸体被如何处置么?与其把他们都埋到一个大坑里,之后我的后代继续屠杀他们的后代,还不如以他们为例挽救活着的人。这座人头纪念塔会屹立到十几代以后,这是我留给自己子孙的遗产,那就是一个牢固的统治,而不需要他们自己去犯下这样的杀戮。我把这些告诉你的原因,凯莉丝,是因为我期望着,不管别人怎样,你也许可以明白。你现在是个成年女人了,不再是被大人物们所围绕着的那个惊恐的小女孩了。你见识过大人物,也经历过可怕事。我期望着也许你会明白伟大所带来的负担。起码明白一点。也许我对你期望过高了。"

凯莉丝吞了口唾沫,因愤怒及些许的恐惧而颤抖。他所说的一切都带有一种病态的逻辑,可是她见到过那些尸体,成河的鲜血,还有垒起的头颅。

"正如我之前想要说的,"格拉多国王说,他深吸了一口气,呼出他赤裸裸的失望,继续道,"你那时是个非常漂亮的姑娘,但只是漂亮而已,不论哪些传说。但让我喜出望外的是,你是我所见过的女人中为数不多的年数越长反而越美的类型,你三十岁的样子看起来比二十岁时还要美,如果到了四十岁你看起来比现在更美的话,我也不会感到惊讶。当然,我敢肯定,这和你的胯下还从没挤出来过八九个孩子也有关,虽然大多数漂亮姑娘在到这年龄之前都会设法找个丈夫,但咱们还是不要挑剔已有的恩赐了。"

真正迷惑人心的高手。格拉多王到底是怎么回事?是不是他的猪脑子里想到什么就说什么?

"你的确拥有一张可以激发诗人灵感的脸。然而这个——"他含糊地向她指了一下,她不知道他是什么意思,"这个必须得变。你有着男人一样的肩膀。"这个混蛋!他是怎么知道她有多讨厌自己的肩膀?每次的时尚潮流,不是露出肩膀,就是露出上臂,次次如此。而且他刚才那句话恰恰是她每周都会至少说一次的话:我有男人一样的肩膀。但国王还没说完,"你的屁股看起来像个十岁男孩的一样。也许是这条裙子显的,但愿如此吧。还有你的胸。你那可怜的曾经相当可观的胸部,它们去哪儿了?你十五岁的时候胸部都比现在大!现在你的黑卫训练结束了,当你看起来不再像一个饥饿的黑暗森林侏儒时,我就会允许你继续跳舞、骑马。"

"我不会在这里待这么久。"凯莉丝说。她皱起了眉头。她刚刚是不是承认了自己看上去就像一个饥饿的侏儒?

"凯莉丝,亲爱的。我已经等了你十五年。不管你是否意识到,你也一直在等着我。你我都不会退而求其次,否则你为什么仍然未婚?因此,我们可以再等几个月。你的礼服完成之时,我会再来拜访。"他环顾四周,"哦,我发现你这里没什么娱乐设施,肯定很无聊吧。对一个女人来说,精通那些令人愉悦的艺术是一件好事,我会把我母亲的桑翠琴拿过来,你也弹桑翠琴,对不对?"他笑了笑,走了出去。

最糟糕的是,凯莉丝的确感激此举。只有一点点而已。这个混蛋。

CHAPTER
— 53 —

奇普和丽维直奔看守直梯的黑卫而去。"我们要见光明王陛下。"丽维说道。

"你们是谁?"其中一人问道。他身材矮小,自然是个帕里亚人,身板像基石一样结实。他看了看奇普。"噢,你是光明王陛下的私——"他咳了一声,"侄子。"

"对,我就是他的私生子,"奇普恼怒地说,"我们得去见他。"

这黑卫转头向他的同僚看过去,那人同样肌肉发达,但高得像座塔。"光明王陛下并没指示过应该如何处理有关他……侄子的事。"那人说道。

"陛下不到二十分钟前才去睡下,"另一人说道,"之前他整晚都没有休息。"

"我们有急事。"丽维说道。

他们似乎不为所动,脸上都浮现出"这女孩是打哪儿冒出来的"的表情。

"有人刚刚想要杀我。"奇普说道。

"树墩,去找指挥官大人。"高个的那个说道。树墩?那个矮墩墩的黑卫竟然真叫树墩?因这两名黑卫都是帕里亚人,而且帕里亚人历来都有起描述性名字的传统,比如铁拳就是个例子,所以奇普不知道那到底是个外号还是真名。

"他昨晚值的是第三班。"树墩说道,双唇扭曲着。

"树墩。"高个摆出上级的威严逼迫道。

"好吧,好吧。我这就去。"

树墩离开后,高个的黑卫转身去敲门,连敲三下,停了片刻,又连敲两下。五秒钟后,他又重复了一遍。

差不多黑卫刚敲完最后一下,一个房奴就从里面打开了门。这是个漂亮的女人,让人感到不安的苍白皮肤和一头红发说明她是个血森林人。虽然时间很早,身后的房间也一片漆黑,但她已穿戴整齐且看起来十分警醒。

"玛丽希亚,"丽维说道,"很高兴再次见到你。"语气却并没那么真诚。

见到丽维,那奴隶并没有表现出太高兴的样子。其后奇普疑惑于丽维为什么喊的是那个奴隶的名字,他以为人们只会那么喊和自己关系友好的奴隶。

他们听到房间深处传来加文的声音,因刚刚醒来深沉又沙哑,"嗯……给我一个——"接下去的话低不可闻,消失在枕头里。片刻之后,所有的窗户都砰地打开,光线从四面八方涌进来,几乎刺瞎了所有人的双目,引得还在床上的光明王发出一声响亮的呻吟。

"这魔法施得太棒了!"丽维说道,"你看那个,奇普!"她指向环绕着整间房间的玻璃墙,上面有一条深紫黑色的玻璃带。

"你说什——你是不是忘记我们为什么来这儿了?"奇普问道。

"哦,对不起。"

加文眯眼盯着他们:"玛丽希亚,来杯咖啡。"

那女子快速行了个礼:"第一排衣柜,左起第三格。"然后就走掉了。

携光者
卷一 光明王

"咖啡在衣柜里？"加文问道，"搞什么？谁把咖啡——你为什么不给我端过来？"她走出去后关上了门。"还有我最喜欢的衬衫在哪——噢，衣柜里。这可恶的女人。"

"真是个能早起的人。"丽维低声嘟囔道。

奇普不由自主地嗤笑一声。

加文仿佛中了什么魔咒一样一直在向下看，但现在他向奇普投去了一瞥。"你们最好有重要的事。"他掀开被子，走向衣柜，身上未着寸缕。

奇普见过加文的前臂，肌肉如麻绳一般鲜明，那时他就知道自己的父亲很精瘦，但看到他的整个身体，对奇普来说一半是种惊奇，另一半是一记响亮的耳光。奇普的肩膀同加文一样宽，手臂也许同加文一样长，但即便现在——而非在大量的体力劳动后——仅是现在，刚刚起床后，加文全身尽是一块又一块平滑虬结的肌肉，没有一处松懈的赘肉。很显然这是在七大郡之间来回划船和踩滑翔机的结果。

这样的男人怎么会生出我这种体型的儿子？

在他旁边，奇普逐渐意识到丽维正张大了嘴盯着加文看。她并没有挪开目光，尽管加文正在衣柜里胡乱翻找。

"丽维。"奇普低声说道。

"怎么了？"她问道，目光移向别处，脸颊熠熠发亮，"他是光明王陛下，给他全部的关注基本上就是我的义务。"

加文好像对他们的举动浑然不觉，拿起几件衣服，头也不回地说道："安娜，盯着人看是不礼貌的。"

丽维的脸红得更厉害了，仔细回味了一下这句话后，感到非常惊骇。

"她的名字是丽维。"奇普说。

"我知道她叫什么。现在说吧，什么事？"加文问道，套上一件耀目的镶有金色滚边的白色丝绸衬衫。

奇普身后的门开了，玛丽希亚和铁拳指挥官走进了房间。铁拳在门口停了下来，玛丽希亚则带进来一个托盘，上面有一套银餐具和三只杯子。她倒了一杯滚烫腻滑的浓咖啡递给加文。此时他的裤子和袖口还没有系好。"指挥官大人，奇普，喝吗？"加文一边问道，一边指了指余下的杯子，"我觉得丽维已经足够清醒了。"

丽维看起来就像要钻到地底下去。奇普咧嘴笑了。

铁拳自己倒了杯咖啡，玛丽希亚则开始服侍加文穿衣。奇普也拿起一只杯子。但是，当他拿起咖啡壶的时候，手颤抖得完全无法往杯子里倒。

"方才有人要把我从阳台上丢下去。"奇普说道。

这句话好像让这一切变得真实起来。片刻前，他还在同丽维开着玩笑，想着自己是如何不像父亲，还笑着丽维的窘状。现在，一想到自己真的竟差一点就被丢下去摔死，他开始崩溃。如同置身于噩梦中，他能看到自己坠落、扭动和无助的样子，身体像颗水灵的葡萄一样摔得稀巴烂。

谁又能疑心什么呢？那女人本可溜进他的房间，把他从阳台上扔下去，便悄然离去。即便他们最后弄清楚当时在房间里的是谁，谁又会想到杀手是个魁梧的女人？人们会觉得奇普是在测试后崩溃自杀了，没人会知道到底发生了什么事。

而谁又会在乎真相呢？

奇普感到心中空了一大片。

他一直都是个局外人。连之前在莱克顿的时候，都没有过归属感。对伊莎来说他太胖太笨拙了；而因桑松似乎离呆傻仅有咫尺之遥，他又觉得自己太聪明了无法同他心意相通；芮米尔只会无情地取笑他；对丽维来说他又太小了。他以为来到光明利亚会使他有史以来第一次成为一件事的一分子，还以为自己会在这里变得不同。现在看来，无论走到哪里，他都只会与旁人格格不入，永远孤单一人。

携光者
卷一 光明王

奥赫拉姆,他为什么要制止那个女人把自己扔下去呢?当然了,奇普会有那么两个恐怖的瞬间,还会在巨石上摔得稀巴烂,但那恐怖最终会结束,一切也都会结束,海浪也会冲走那团稀巴烂的尸体。

有人拍了他一下。奇普打了个趔趄,揉了揉下巴。

"张嘴说话,奇普。"加文说道。

奇普便告诉了他们一切。他讲到丽维因听到父亲可能已经遇难而走掉的时候,她木然地盯着地面。

铁拳指挥官说:"戴纳维斯将军这些年一直都在那样的穷乡僻壤生活?"他瞅了一眼丽维。"不好意思,虽然之前我知道光明利亚有个姓戴纳维斯的人,但我以为你们俩并没有血缘关系。"他清了清嗓子然后闭了嘴。

"如果他成功脱身了我可不会感到惊讶,"加文说,"那将军一直都是个狡猾的混蛋,这已是我能说的最好的话了。"

丽维微弱地勾了勾嘴角。奇普把余下的事儿也都对他们讲了。

他讲完后,加文和铁拳互视了一眼。"是碎瞳干的?"铁拳问道。

加文耸了耸肩:"无从得知。当然,这也是杀手的目的。"

"碎什么?"奇普问道。

"我的魔导师们都说那是虚构出来的。"丽维抗议道。光明王和黑卫指挥官同时转过头看着她。她使劲吞了口唾沫垂眼盯向地面。

铁拳说道:"你的魔导师们只说对了一部分。'碎瞳'是个知名的杀手行会,专门针对御光者。他们至少有三次在不同的场合被彻底铲除并摧毁掉,没有任何郡首愿意自己花费了那么多钱和精力培养出来的御光者在瞳晕变满前就死掉。我们认为,碎瞳组织每次重组都和前一任无关。"

"说白了,"加文道,"就是一些暴徒招上几个打手,想通过刺杀几个御光者来赚些钱。他们给自己起这个名字也是为了能拿到巨额报酬,这纯粹只是个幌子。"

"您怎么知道的?"奇普问道。

"如果他们不是冒牌的,这些刺杀会做得更漂亮。"

奇普皱起了眉头。方才那个杀手已经算相当不错了。

"我并不是说他们都同样无能,奇普,"加文说,"重点就在这。我们甚至都不该提起他们。这并没有让我们更加接近问题的关键。不管那组织是不是真的,确实有人派人来暗杀你。你才来这多长时间,怎么会有敌人,所以这很明确是冲着我来的。而我们所能做的只有一件事。"

奇普咬着下唇:"是什么?"他不想承认自己已经树立了敌人。那个考官,魔导师高登,肯定不会雇杀手来杀他吧,不会吧?

"逃跑。"加文眉飞色舞地咧嘴笑道,那笑容看起来既鲁莽又孩子气。

"什么!"奇普和丽维同时吃惊道。

"咱们一小时后在码头见。也包括你,丽维。你来当奇普的老师。咱们去加里斯顿。"

"加里斯顿?"丽维问道。

"快去收拾行李,"加文说,"你可不知道杀手组织现在在哪儿伺机而动。"他再次笑着戏弄他们。

"噢,谢谢。"丽维说道。

"收拾行李?"加文迅速走出门前奇普问道,"我什么东西都没有!"

CHAPTER
— 54 —

囚犯仔细打量着那个活死人。"我要杀了你。"他轻声说。

"我没那么容易死。"活死人说道,嘴角抽动了一下。他坐在达森对面,在他的墙里跪坐着,双手放在大腿上,模仿着达森的坐姿。他扫了一眼盖在达森大腿上的那张精心编织的旧布。"有谁能想到呢?"活死人若有所思地说,"加文·盖尔竟然如此有耐心,如此安静,如此满足于做女人的活。"

达森检查了一下他的手工。他尽可能紧密地编织自己的头发,正如他尽可能控制沉稳冷静的蓝拉克辛流动过他的身体,他甚至都不知道已经这样过了多久,也许有几周,几乎快要编成了一个头盖骨——一只小碗。他仔细看了看光滑闪亮的内部,似乎找到了一处瑕疵,之后他用一只前端有着完美弧形的长指甲在鼻子周围和前额上有条不紊地刮着道。他收获了堆积的角质,还有更重要的,那珍贵的油。达森把油仔细涂到瑕疵处。

他只有一次机会。经过这么多年的岁月,他可不想搞砸了。

借助单手上的稳定动作和充满蓝拉克辛的皮肤,他收集了更多油,然后抹到活死人脸前的墙上。

"这改变不了任何东西,加文。"活死人说道。

"是,现在还没有。"他说道。

他站在那里,用拉克辛制出一把匕首,砍下一大团缠绕着的油腻腻的头发,朝上面吐了口唾沫,拿起来往脏兮兮的身上不停摩擦,尽可能地让它变脏变臭。

"你没有必要这么做,"活死人说,"这太疯狂了。"

"这是胜利。"达森说。那把蓝拉克辛做的匕首从他胸前流畅地划过。

"如果你想要自杀,瞄准手腕或是脖子会更见效。"活死人说。

达森没有理他。他用脏兮兮的手指拽开伤口,把那一大团腐臭的头发和污垢一起按到掀开的皮肤下。血顺着他的胸口潺潺流下,那红色几乎诱使他直接使用御光术,但那点红色远远不够,他从过往的经验当中知道这一点。他把一只手抬到胸口,按在伤口上让其闭合,减缓出血。

几晚之后,这间牢房就会被清洁一次,同时也算是达森每周的沐浴时间。此后不久,要么逃出生天,要么死于非命——这取决于他的计划和猜测有多精确。

只要还持有蓝拉克辛,他发觉自己并不在乎结果是哪一样。

CHAPTER
— 55 —

丽维把衣服塞进包里的时候,笨拙地清了清嗓子。"我,嗯,今早回来是为了向你道歉的。"她说道。

"啊?"奇普说。她手里拿的是一件带有蕾丝的内衣,转移了奇普很大一部分注意力。

"就是,当你差点被杀掉的时候。"

"噢,嗯,我接受你的道歉。"奇普问道。她为什么要道歉?刚才分开之前铁拳指挥官给了他一个包袱,现在他正靠在上面。显然,铁拳几乎没花多少时间就找来了包里的东西:几件换洗衣物,一个水袋,一些工具,甚至还有把短剑。虽然奇普现在仍不知道怎样才能把这包袱舒服地背在肩上。他来丽维的房间想要帮她收拾行李,可她现在把这事儿弄得困难了起来。他又瞟了一眼她的内裤。

"只不过是几件内衣罢了,奇普。"被抓了个正着!

"它们是透视装。"奇普说。这么小块布是怎么穿在一个大活人身上的?

丽维低下头稍稍红了些脸,但随后就装作若无其事的样子。她把那条内裤向奇普扔过去,他本能地接住,立刻感到更加别扭。"能帮我看看它是干净的吗?"她问道。

奇普的眉毛瞬间飞到了三层楼以上。

"我逗你玩呢。我刚搬过来，这些衣服都是他们新买的。这里的一切都是新的。"

"当然，除了老是那么好骗的我。"奇普说。像从前一样，这是她今天第二次愚弄他了。

她笑了起来："你真好，奇普。这感觉就像在欺负自己的小弟弟，虽然我没有弟弟。"

呵呵，把我比作小弟弟。每个男人都不想从一个美丽的女人口中听到这样的比较，我就这么被她阉割了。"那么我现在手里拿着自己姐姐的内裤，是否应该感到更别扭呢？"

丽维再次笑出声来："那么这条好不好？"她举起一条黑色蕾丝内裤，看起来更像是两条绳被艺术地绑在一起。

奇普目瞪口呆。

她把那条内裤比到臀部，向他俏皮地飞起一道眉毛。奇普咳嗽了一声。

"我得坐下了。"他说。她如他所愿笑了起来，但他那句话并非完全是玩笑。他退到一张椅子上——瞬间就撞上了一个人。

"小心点，"铁拳指挥官说道，"你可别让那把小短剑支出来撞到人。"

奇普羞得说不出话来。"小"短剑？丽维看到了他脸上那精彩万分的表情，不由得放声大笑倒在了床上。她笑得那么厉害，鼻子里都发出了奇怪的哼声，毫无疑问那声音一点都不淑女，却反而让她笑得更厉害了。

奇普转过身，感到铁拳那有力的手掌把他背上的包袱拨到一边，这样包袱上短剑的剑鞘就不会撞到他。

哦，原来是这个小短剑。奇普大大地松了一口气，这时他又看到铁拳的眼睛向下瞟向他手中那条轻薄的内裤。

"你想让我帮你找几件适合你尺寸的吗？"铁拳一本正经地问道。

丽维的鼻腔里再次发出了奇怪的哼声，她咯咯大笑得上气不接下气。

"奥丽维安娜，"铁拳说道，"你都收拾好了？我们五分钟后就要出发了。"

丽维的笑声戛然而止。她立刻从床上弹起来，开始光速在她的衣物中到处乱翻。一抹不易察觉的得意笑容从铁拳的脸上一闪而过，然后他把另一只包袱放在了奇普身边便走了出去。在奇普开口之前，铁拳抢着说："别磨蹭，天才少年。在我回来之前，你要是还没搞清楚包袱上的背带……"

他没有说完这句威胁，根本不需要说完。

很快他们就一起大步走上了码头。尽管铁拳之前做出了威胁，他还是帮他们整理了一下行李。当然，这主要意味着把丽维包里的东西移到奇普包里。奇普沉默地问着：你为什么让我拎她的东西？铁拳说："做女人要比做男人复杂多了。有什么问题吗？"奇普连忙摇头。

他们走下码头，穿过正在卸载渔获的渔民，在码头上来回奔跑的各行业学徒，各种游手好闲的混混，还有正和船长就货物或是运费讨价还价的商家妇女——基本上都是些一天中的常见情景——许多人都有片刻停下了手中的活计。他们当然不是在看奇普，他们看的是铁拳指挥官。铁拳身材高大，丰神俊朗，步伐虎虎生风，但并不纯粹是他的这些外貌特征引来了这样的关注。奇普才意识到，原来他很出名。

奇普扭头看向注意到铁拳指挥官的众人时，他还看到加文登上了码头。如果说，铁拳让人们暂停了片刻手中的工作，那么光明王陛下则让那些人彻底终止了工作。加文走过他们，自如地对他们点头微笑，但他们对待他就像对待神祇一样。没有人试图上前去触摸加文，但当他的身影飘过时，很多人伸手让他的斗篷角从中擦过。

我怎么会跟这些人在一起？

一个星期前,奇普还在只有泥土地的茅舍里,待在再度酗酒后昏过去的母亲身旁,帮她清理脸上和发间的呕吐物。在他们穷僻的小镇上,没有任何人曾把他放在心上。他就只是"瘾君子的儿子"而已,这就是他的全部。也许还有,"那个胖墩"。我不属于这里。

我从来也没有属于过任何地方。母亲说我毁了她的生活,现在我也会毁了加文的生活。

奇普不由得想起了母亲的遗言,还有他在她临终前的承诺。他曾发誓要替她报仇,可他几乎没为履行这一誓言做过任何事。

他们说奥赫拉姆会亲自守护誓言。奇普还没学到任何东西,现在却已经要启程回去了。

"嘿!"丽维说道,"怎么这么闷闷不乐的?"她将一只手搭在他的胳膊上,他感到一阵酥麻。他们在码头的一块空地上停下,正好站在一个向下延伸进水面的斜坡脚下。铁拳指挥官正在施展御光术,在水上变出一个拉克辛底座,作为建成小舟的第一块。

"我,呃,我不知道。一想起提利亚,就会让我想起——"想起自己的母亲临终前的样子,奇普的眼泪从不知名的地方涌了出来。他硬生生把眼泪挤了回去,想要把它们留给更值得他哀悼的人。"知道吗,我希望你的父亲没事,丽维。他……他一直对我都很好。"而且也是唯一的一个。

尽管这样,他同戴纳维斯师傅之间还是横着一堵墙,他坚守着不让奇普走进,这是否仅仅是因为他要隐瞒自己的过去?还是说,其实有更深的原因,是由于奇普自身的某些问题?

"奇普,"丽维说,"会没事的。"

他看向她,不禁微笑起来。奥赫拉姆从来没有造出过这么美的女人,丽维自身的光芒就足以让落日失色。他无可救药地沉醉在她的酒窝中。他移开了目光。

小弟弟,他嘲笑着自己。女人同小弟弟插科打诨会很有趣,但对

携光者
卷一 光明王

一个男人却不会有这样的举动。绝望将他吞没,他快要窒息了。

"谢谢,"他艰难地压下胸中激荡的痛苦,"我可以吃点零食吗?"他向铁拳问道。

"当然可以。"这大个子说道。

"太好了!"

"当我们回来的时候。"

"嘿!"

"现在给我闭嘴,光明王陛下到了。"

依旧集万千目光于一身,加文停在铁拳指挥官的面前。他看了看铁拳的包袱,很长时间两人都没说一句话。

"你不能来,我不会带护卫的。"加文打破沉默。

"我不跟你去。"铁拳说道。

"那就从我的小舟上下来。"

"我是要跟着奇普一起去。他是光明王陛下的家庭成员,有权得到保护。"

"你是黑卫的指挥官,你绝对不可——"

"我可以选择自己认为适当的方式来履行黑卫的职责。没有人可以干涉这点。没有人。"

"你真是一个狡猾的混蛋,对不对?"加文说道。

"这就是为什么我还在这里,"铁拳说,"很有可能是为什么你也站在这里。"

加文哼了一声:"你赢了,但我要提醒你,你可别忘了曾立下的誓言。"

铁拳看上去相当不快。

"你很快就会明白我的话。"加文说,"各位,上船了。"

加文快速而老练地变出一套用于带动小舟的特殊船桨,但很显然还余下些空间让铁拳去变自己的那套。铁拳照办了,尽管速度慢了很多。同时，加文又变出一张长椅给奇普和丽维坐，还有用于固定船上所有行李的带子。

看着加文的动作，铁拳皱起鼻子，似乎疑惑于为什么行李需要带子来固定，但他并没开口问。不消多久，他们就启程了。加文和铁拳分别划着自己的桨，小舟加速驶入了海湾。

可这时，小舟顷刻间转向了来时的港口。是加文那边偏了过去。奇普意识到铁拳划得比加文快，所以导致小舟失衡将他们带往港口。加文看向铁拳，后者正咧嘴回了他一个笑容，继续大幅度地挥动着四肢。加文也开始加快速度。铁拳迎头赶超。加文再次加速。很快他们就步调一致，划着桨在水上继续前进。

丽维向奇普看过去："你能相信吗？我从来没坐过这么快的船！"

奇普笑了起来。

"怎么了？"她问道。

"你马上就会明白。"

划船的两人保持在同一节奏上。他们都划得很快，互相较着劲儿，但并没有想要完全盖过对方。"我们什么时候和你的船会合？"铁拳问道，为了能让对方听到而在呼啸的风中提高了声音。

"我们就靠这个横过海去。"加文说。

铁拳大笑出声："很好，你比我想的更有耐力！"

奇普咧嘴笑了起来。这大块头的帕里亚人显然根本就不相信加文的话，但他愿意陪着加文玩下去。

二十分钟后，他们已经不在任何船只的视野之内。加文几乎没有放缓划桨的速度，同时举起一只手制出一根巨大的拉克辛管，奇普之前曾看到过他使用类似的东西带动水上滑翔机。铁拳疑惑地看着那根管子。

"这就是为什么我提起了你的誓言，"加文说，"为我保密。"

"拉克辛一管一管地接在一起？我不会说出你的秘密的，光明王陛下。"铁拳咧嘴笑道,"但愿这东西能让我们离开这个海湾。"

加文把这些管子扔进了水中。当第一个拉克辛球击中潺潺流过管子的水面时,甲板上下震了震,而后很快传来奇普所熟悉的轰轰声,滑翔机箭一般向前滑去。整个机体抬了起来,铁拳差点摔倒,他的桨也飞离了水面。

水上滑翔机开始缓缓加速,从一个浪头跳到下一个,在空中的时间也越来越长,很快就不再有海浪拍打船底。过了一段时间,铁拳从震惊中回过神来,也加入其中,他们滑行的速度就更快了。

海水那么清澈,奇普可以看到下面的管子分开水流的情况。加文又给每个管子制了一对小翅膀,有了它们,整个滑翔机才飞离了水面。风大得不可思议,但铁拳兴奋的呐喊还是盖过了传进奇普耳朵里的风声。

几小时后,日上中天时,加文决定切换回小舟的模式,因为之后他们便要进入加里斯顿的范围了。水上滑翔机回到了海面上,铁拳离开他的管子走了过来。

他脸上写满了惊奇和敬畏,身体竟然在颤抖着。然后,他在加文面前夸张地鞠了一躬。"我的光明王陛下,"他说道,"您令世界都变小了。"

加文淡淡地点了下头,算是接受了他的致意。"也许是变小了,却肯定不是变安全了。你有没有看到那边的一艘护卫舰?"

铁拳摇了摇头。他们的小船由于停止了抬起的助力,现在距水面很近。但铁拳用御光术变出新的桨时,一艘护卫舰出现在一里格开外,迅速向他们驶来。铁拳咒骂了一声。

加文恣意地咧嘴大笑:"那么奇普,丽维,你们以前打过海盗吗?"

CHAPTER
— 56 —

"您肯定是在开玩笑。"铁拳说。"我的光明王陛下。"迟了片刻，又不咸不淡地补充道。

"走，咱们去把他们端了。"加文说道。

"我的陛下！"铁拳说，"我不能纵容您置身于这样的危险之中。我们能够摆脱这些伊利塔的混蛋，况且他们也并不会对我们的任务或是我们自身构成威胁。"

"指挥官大人，你知道今年夏天会发生什么吗？"加文问道。

"我不确定您在问什么。"

"卢斯格尔该要移交加里斯顿了。"丽维哑舌，好像这些话在她嘴里留下了恶心的味道一样。

"你知道为什么她的口气如此开心？"加文向铁拳问道。

"我从没在碧穹海的这一边服役过。"铁拳说。

"你一定知道，在伪光明王之战期间支持过我的每一郡都会轮流对加里斯顿行使管辖权。"

"每一郡都是大约两年的时间，所以没有哪一郡对提利亚有长远的规划。我们可以离开更安全的距离再来讨论这个问题吗？"他扫了一眼那些海盗。在这午后劲风的帮助下，那些海盗前进的速度很快。

携光者
卷一 光明王

"那是他们应该去做的事情,"加文说,"然而,所有行政官却都只把这当做一个敛财的机会。帕里亚是第一个轮值的郡,他们掠夺了加里斯顿从战争中残存下的所有东西。从那以后,每一任执政官都以他们为榜样。"

丽维大声说道:"在第一年里,大多数行政官都努力地去清剿安伯河上的海盗。为了能使粮食安全地从那里通过,可是大多数粮食都要等到第二年才运进来的。行政官们不愿意再清剿强盗,因为自己损失了人手却只会便宜了下一届来自其他郡的行政官,所以他们把军队撤回了加里斯顿。大多数农民也不会再在第二年种庄稼了。"

"虽然加里斯顿和周边地区不断地被劫掠是件悲惨的事情,不过同这些海盗没有太大的关系。"加文说。"管理的移交将在两周后的盛夏时分进行。现在,卢斯格尔人,无论是商人工匠,还是主妇妓女,都正忙着往他们的船上装货,想把所有夺来的战利品带回家。又或者只是把自己带过来的东西再带回去——我想,即使历任行政官都贪污腐败,也并不意味着那些钉马蹄铁的铁匠也是如此。"

"这可真令人着迷,"铁拳说道,"不过有些长炮可以射到一千八百或者一千九百步之外,不是吗?"

"比那还要远,"加文说,"关键是——"

"终于要说关键了,感谢奥赫拉姆。"铁拳嘀咕道。

"咳咳,关键是,两周后会有支舰队返回卢斯格尔。海盗会像狼群一样出击,掠夺所有落单的船只。"

"他们活该。"丽维说道。

加文盯着她,而她亦以怒视来反击,不过最终还是受不了这样的对视,转而怒视着海浪。

"有些商人想要避开这股高峰,便先于舰队出发,盼望着以此避开海盗。"

"然而海盗已经来了。"丽维说。

"没错，"加文说，"如果今夏会有战争，尤其是我们如果输了的话——但愿奥赫拉姆不让其发生——这里将处于混乱之中。几十艘，甚至上百艘船都将会四散逃跑。那些船上的很多人将会是提利亚人，奥丽维安娜。"

她的神色有所收敛。

"冒烟了。"奇普说道。

小舟上的所有谈话戛然而止。每个人都转过头去看。

"在这么远的距离，只有极其优秀的炮手才能将炮弹打到我们百步之内。"加文说道。但是奇普注意到，他也同样没有把目光从那艘护卫舰上挪开。

"可能这只是一发空炮，只是要让我们知道——"

小舟前方二十步处的水面突然爆出水花。之后炮声才传入他们耳中。

"这一炮可真玄，"加文说道，"不过好消息是，大多数护卫舰都只在船头装备一门炮，所以我们应该至少还有三十秒的时间去——"

"烟！"奇普叫道。

"我讨厌这种情况。"加文说。他和铁拳爬回到各自的划桨装置上。

这次水花在他们前方五十步的位置溅出。

"还好刚才的第一发只是运气好。"丽维说。

"也有可能第二发只是运气不好。"奇普说。

加文转向铁拳，看到他瞬间皱了下眉，一条带有一丝担忧的纹路在双眼间稍纵即逝。"我们快走。"

"好！"

他们开始划桨，很快船速就加快了。"我可以做些什么吗？"奇普问道。他讨厌一无是处的感觉。

"思考！"加文说。

携光者
卷一 光明王

思考？奇普望着丽维，看看她是否明白加文的意思。她耸了耸肩。

"烟！"她说道。

难熬的几秒钟后，奇普听到了奇怪的哨声。他们身后五十步外的水面爆炸开来。

"没想到我们会向他们直接冲过去吧！"加文大叫道，"下一发会更近！"他大笑道。

这男人已经疯了。

又看到了烟。这次奇普算着时间，一、二、三。他瞪圆了双目。当然，这样就能看到炮弹那么小的东西才怪。四、五、六——砰！在小舟左舷不到五十步的位置爆出大片水花，奇普能真切地感觉到有水花喷到身上。

"看到没？"加文说道，"这么有天赋的炮手！"

疯了，这人完全疯了。"在烟雾和水花之间我一共数了六下！"奇普大声说道。

"很好！"加文大喊道，"铁拳，右满舵！一旦他们——"

"烟！"丽维说道。

两人使力将船向右转去，下一发炮弹在很远的地方溅起一片毫无威胁的水花，虽然离他们原本所在之处近得要命。

又是一发，他们持续向右转去。这一发炮弹离目标差了至少三十步远。奇普看了看风向，又看了看那伊利塔战船的船帆。他们自身正处在一个刁钻的角度，满帆，风也正稳定，看起来是个很好的射击平台。不过该如何利用自己所看到的帮助大家逃过一劫，奇普毫无头绪。他对航海完全不了解，然而双方已经靠得越来越近。现在，从看到烟雾到炮弹落水的间隔时间已经只有不到五秒了。

小船左躲右闪，有时候甚至停下来。虽然奇普的恐惧未曾减少，但他发现加文的做法是对的。他们的小舟又小又快，机动性极好，所以很难被击中——除非炮手能打出既有技术又有运气的一炮。另外，因为他们离那艘伊利塔的船越来越近，所以从大炮开火到炮弹落水的时间越来越少，进而导致他们能用来转向的时间也同样变少，但是对方的炮手们也不得不更频繁地调整开炮的角度。

连续的炮击之中突然有了一个很长的间歇。

"发生什么了？"奇普问道。

"也许他们不想再浪费火药了？"丽维满怀希望地问道。

十秒之后，他们有了答案，因为有两排烟雾从加农炮中升起。

"向左转！"加文大喊道。

他猜对了。水柱从两个地方同时喷起。一个在他们直行的位置上，一个在他们右转的位置上。虽然在两次齐射之间的间隔会变长，但是现在海盗们可以对小舟的行驶方向同时做出两个预测，而不仅仅只是一个了。

"聪明的混蛋！"加文说道，"现在只能作弊了！奇普，和我交换位置。"他爬出划桨的地方然后奇普换了上去。

"向前行驶。"加文说。蓝色涌上他的皮肤，接着在水中制出了一个有推进力的管道。像之前一样，小舟突然向前飞驰出去。加文切断了奇普和铁拳手中的船桨，两人差点跌了下来。可倘若他没有这么做，奇普意识到，他们早就被转动的齿轮不可阻挡地绞碎了。

加文咬紧牙关，以一己之力承受着拉动整艘船的压力，他肌肉紧绷，脖子上青筋暴起。但是过了一会儿，随着船速渐渐提升，他的工作也就轻松多了。他说："铁拳，把燃烧瓶放进所有炮筒里，船帆上也固定进去。丽维，把缆索剪断。奇普，你……"他停了一下，仿佛想不出任何事能吩咐给笨小孩奇普去做。"要是你觉得我忽略了什么事情，就大声告诉我！拿着我的手枪。"加文把手从一根推进管里抽出来，制造出一个盆，一转眼就在里面装满了红色的拉克辛。铁拳立即开始用御光术创造出蓝色的射弹，然后在里面装满易燃的黏剂。

他们又向前行进了五百步后,趴在甲板上的敌人才再次填装好船头的加农炮。其中似乎只有一个人能泰然自若地面对他们这不可思议的速度。

"小心火枪手!"奇普大喊道。他看见其中一个枪手,不知是否就是那个准头过人的炮手,正站在船首冷静地用推弹杆把火药装入火枪。他动作迅速而流畅,先抽出一块方帕,再从另一只口袋里掏出一粒子弹,最后把它们都塞进枪管夯实。而他嘴里,正用牙齿咬着一根正冒烟的缓燃引信。

他们靠得更近后,奇普看清了那枪手是一个伊利塔人。他的皮肤像火药一样黑,有着土著人的特征和散乱的黑胡子。他穿着一条松垮垮的短裤,裤腿儿被及膝剪掉,精瘦的上身只套着一件精致的蓝色贵族上衣,没穿内衬,铁丝一样的黑头发绑成一根粗马尾。他弯着膝盖,随着甲板的晃动游刃有余地掌握着平衡,最后把点燃的导火线放好位置。

"我说了,注意火枪手!"奇普大叫道。那艘轻型护卫舰的加农炮口打开时,他们正从舰体右方切过水面,轻型护卫舰立即急转避开他们。

加文跟着那艘大船一起转向。一时间没有人采取行动。奇普竖起了加文匕首枪的击锤,努力不让它长长的刀刃刺伤自己。

那火枪手平稳地转向,把目标对准了加文。奇普双手都举起了枪。

火枪手先开了火,枪却旋即在手中爆炸,身体被撞飞了出去。奇普扣动了两把枪的扳机,右手那把枪的触发杆打在了燧石上,却没迸出一点火花,哑火了。可左手的枪发出一声怒吼,后坐力之巨大远超他的想象。

奇普被撞得天旋地转,绊倒在地,滑向船尾,一路翻滚乱爬。他看到丽维双手向前抛去,转过了身,还有她瞳孔中因御光幻紫而产生的细小光点。然后她扑了过来。

又是一滚,奇普脸朝下摔去。他看不见丽维,船,御光者和他们的战斗了。能看到的只有水上滑翔机那光滑的蓝色甲板在自己身下滑走。他的脸滑到边缘了。快速冲刷的水流推起了他的额头,把他整个头都弹了起来,简直快要把脑袋从脖子上扯下来。在第二次弹起的时候,他就不那么走运了,鼻子落到了水面以下。而且他还倒趴在船尾,两个鼻孔就像一对勺子一样,将水以高速灌进鼻腔里。

丽维一定是抓住他了,因为他没有第三次弹起。但是奇普什么都看不到,脑中也一片空白。他正在咳嗽,呕吐,哭泣,目不能视,不停地吐着咸涩的海水。

当他自己支撑着再站起来的时候,那艘伊利塔轻型护卫舰已在他们身后两百步之处了,垂落的船帆不但已被划破,还燃着大火。浓烟从右舷炮孔中翻滚出来,甲板上也起了火。整艘船吃水很深。到处都能看见有人从甲板上往下跳。

铁拳指挥官在这整段时间里几乎一言不发。现在他说:"那些人跳得这么快说明火已经烧向——"就在这时,舰艇中部爆炸了,木头,绳子,桶和人都被炸得四处乱飞。"——弹药库。"铁拳这才说完,"抱歉了,混蛋们。"

"那些家伙杀人,强奸,偷盗,奴役他人,不值得同情。"加文说着,将这架水上滑翔机减速。他正对丽维和奇普说话。他们俩都坐着,眼睛几乎瞪得一样大。"不过铁拳是对的,执行正义不是件容易的事。"他把管子扔进了水里,"剩下的路程,我们都要划过去。顺便提一句,打得很准,奇普。"

"我打中他了?"

"直接把船长从舵上打了下去!"

"舵安在船的……咳,后面,对吧?"那火枪手是在船的前部。

"那叫'船尾'吧?"丽维提醒道。

加文怀疑地看了他一眼:"你当时不是在瞄准船长,是吧?"

"瞄准?"奇普问道,咧嘴笑了。

"仁慈的奥赫拉姆神。有其父,必有其子。"铁拳说,"不过,运气是个——"

"'运气'不是把你父亲无价且独一无二的手枪掉到海里去。"加文说。

"我把您的手枪弄丢了?"奇普问道,心中一沉。

"'接住了才算干得漂亮'——最后,手枪们这样说。"加文说,一边从背后拿出那两把武器,然后咧着嘴笑了。

"啊,感谢奥赫拉姆神。"奇普缓过一口气。

"你还是差点把我的手枪弄丢了,"加文说,"就凭这个,也该你去划桨。丽维,你也去。"

"什么?!"

"你是他的老师,他做的事你负责,他所有的错都要算在你头上。"

"噢,好极了!"她说。

CHAPTER
— 57 —

"这儿看起来可真……脏。"奇普说。在见识过大杰斯波岛的富裕和光明利亚那些神奇的建筑之后,加里斯顿看起来毫不起眼。

"尘土只是皮毛。"加文说。

虽然奇普不太确定这话是什么意思,但他感到很遗憾,因为当他第一次与加文自水上漂过这座城的时候,一直都在昏迷状态。如果当时他看到了加里斯顿,那么它毫无疑问就会变得令人印象深刻。虽然不是最干净的,不过至少,它会是他活到那时所见过的最大规模的人类聚居地。莱克顿的女镇长绝不会容忍成堆的垃圾推进刚刚码头周围的小巷,堆放在通常装着食物的箱子旁边,好恶心。

码头上大概泊了四十艘船,一座有块巨大缺口的海堤勉强围着它们。丽维看到奇普正盯着那缺口,思考它们是不是别有用途。"那些占领者从来都没真正想要帮助我们这些落后的提利亚人。"她说,"海堤对面那些泊位是给本地人的,您该看看冬季暴风雪来临的时候,船长们匆匆疾走的慌乱身影,士兵们会聚到塔上打赌哪些船会被击碎。"

丽维和气喘吁吁的奇普划着船,驶过一排排桨帆船、三桅战船、护卫艇和平底渔船,渔船上面全是当地人在修补渔网。在看到他们的小舟,以及这一船异国情调的船员后,那些人停下了手中的活计。仅仅是再次看到提利亚人的面孔,奇普都感到温暖。这让他感觉像回到了家一样。只不过,在靠近的时候他看到那些脸上满满都是敌意。

啊,对外郡的御光者可不怎么欢迎。这可以说得通。

"我们要去哪儿?"奇普问道。

铁拳指挥官指向城中那座最高最宏伟的建筑。从这里看去,奇普只能看到那是一座塔,塔身是个完美的蛋形,上面有个细长的尖端指向天空。绕塔西部的那条宽纹上镶嵌着一排小圆镜子,都不过奇普的拇指么大。在午后的阳光下,这座塔看起来就像是着了火一样。在那排镜子的上下,还嵌有一条条其他颜色的玻璃。

"我大概知道咱们要去哪,"奇普说道,"我是说,咱们应该把船泊在哪?"

"就在那里。"加文说,指着最靠近城门的一面白墙。那并不是一个泊位,况且旁边街道的高度只刚刚超过水面四步。

尽管如此,奇普和丽维——奇普认为是相当娴熟地——继续操纵着小舟向那面墙驶去。蓝拉克辛成片地从小舟前部蜿蜒而出,随之小舟的前端浸入了水下。它刚一碰到墙壁,就凝固成了台阶,既将小舟固定住,又给他们上岸提供了便利。

"我还是不太习惯这些个魔法。"奇普说。

"我今年都三十八岁了,"铁拳指挥官说道,"也还没有适应魔法。只是能快一点地做出反应罢了。拿上你的包。"

他们都拿上了各自的行李,爬过台阶来到街道上,当地人向他们投来好奇的目光。在他们都上来后,加文碰了下台阶的一角,拉克辛小舟随之瓦解,变成尘土,砂砾,以及粘质——取决于它的颜色——纷纷落入水中,黄色的甚至闪耀了一下。其大部分成分又转换回光,水面因不再承受船的重量而向上弹了弹,加文当然对这些完全没有留意。

这对他来说再正常不过。我到底步入了一个什么样的世界？如果加文在吃晚餐时放错了刀的位置，他会再变一个出来，而不会站起来去找；如果他的杯子脏了，他也可以变一个新的出来，而不会去清洗那只旧的。这让奇普产生了一个念头。

"加文——呃，光明王陛下，为什么没有御光者穿着拉克辛？"奇普问道。

加文咧嘴笑了："有时候，他们确实会这样做。很显然，用于战场上的黄胸甲之类是非常贵重的，但我估计你指的是拉克辛做的衣服。"

"你们做什么事都使用魔法。"奇普说。

"只是我，"加文说，"正常的御光者不会只为让船泊得离岸更近五十步而缩短自己寿命的。好吧，毫无疑问，有些人可能会这么做。实际上，曾经流行过一次穿拉克辛做的衣服，那时我还是个孩子。只要你在上面施展足够的意志，连一些密封住的拉克辛都可以变得相当灵活。很快，就有会御光的裁缝专门制作这样的服装，可是这样的服装大多数人都买不起，但倘若你自己做的话，又可能出各种错儿。有些错误没什么害处，比如裤腿不够柔软。但是，如果你在使用御光术的时候出了个错儿，你的衬衫就有可能在光天化日之下消散成末。还有可能——"加文清了清嗓子，"某些调皮的男孩可能会知道如何拆解那些裁缝御光者织就的衣服，这些男孩可能会在一个难忘的派对上制造一些混乱，让那些在拉克辛内衣上花了大价钱的女士们陷入一种特别的窘境。"他抿紧双唇，隐藏着因回忆引起的微笑，"可叹的是，这股潮流在那之后突然就消失了。"

"那是您？我听说过那个派对。"丽维说道。

"你所听到的版本肯定言过其实了。"加文说。

"不，"铁拳说道，"并没有。"

加文耸了耸肩："我那时是个坏孩子。幸运的是，从那以后我已经改了很多。现在，我是个坏人。"他笑了，但那笑意并没有进到眼里。"这就来人了。"有三个卢斯格尔人向他们走来。

这三人在奇普看来就像套了一条羊毛被单，上面开了一个洞以便钻出头来，宽阔的皮腰带处被仔细地折起，堆起几条折线。那服装——图尼克长衫？——下摆滑到了膝盖。虽然他们裸露着双腿，可是那羊毛看起来同提利亚的气候完全不合，三个人都是一身大汗。他们穿着皮凉鞋，这些卫兵的鞋是用胫甲系牢的，另外，每个人都携带了一根短矛，腰带间别有一把短剑和一把简易的手枪。领头的男人显然是三人中的头儿，图尼克长衫上的边缘和前胸处绣满了花纹。他拿着一幅卷轴，肩上扛着一个大包，腰带处挂着一个沉重的钱包，鼻梁上低低地架着一副透明的眼镜。

透明的眼镜？什么样的御光者会戴透明眼镜？

但当那男人走得更近些，奇普才意识到他根本就不是个御光者，他的眼睛是纯净的棕色。这三个人肤色都很苍白，奇普估计这可能是卢斯格尔人的共同特点。他们的皮肤几乎毫无色素，虽不如血森林人那么白皙，但脸上也没长雀斑，尽管这样依然显得像鬼一样可怕。发色介于棕色和黑色之间，又直又细。卫兵们迈着威严或者说是傲慢的步伐走了过来，奇普瞥了一眼丽维，她肯定是把他们的态度当成了后者。她几乎在朝他们冷笑。奇普觉得她有可能会朝他们的脚上吐唾沫。

"我是这儿的副港督，"领头人说道，"你们的船在哪儿？缴税的数额是根据船舶大小和逗留时间来定的。"

"目前看来我们的船只大小可以忽略不计。"加文说。

"这将由我来决定，谢谢。你们把船停靠在哪了？"

"大约就在那儿。"加文说道，指向一处。

副港督看了看，然后上下扫视了那面墙，眯起眼睛。五十步内都没有一条船。他叉起双臂，抬起下巴，就好像被加文取笑了一样：

"入境税并不重,但我可以向你担保,企图逃税的罚款却是很重。"

后面一个卫兵拍了拍副港督的肩膀,但他没有理会。

"确实应该如此。"加文依旧礼貌地说道,递上了一封信。

那人低低拿着那封信,目光透过镜片看过去,看起来就好像要立即使用御光术把上面的文字变成话语。"哦,"他平静地说,"哦,哦!"

他猛地抬起头,透过镜片凝视着加文的眼睛:"哦!光明王陛下!万分抱歉!我的陛下,请让我们陪同您一起去堡垒。这将是我们莫大的荣幸。"

加文低下头。

"我刚才有种感觉,你会用魔法把他们都提起来晃什么的。"当加文一行开始跟在那副港督和两个守卫身后往前走的时候,奇普立刻说道。

"有时确实应该折腾一下白痴,"加文说,"但这个人只是在履行职责。"他们步入要塞投下的阴影中,其北墙几乎延伸至海港。加文和奇普都抬起头来,墙头上有巡逻的弓箭手,低头看向他们。"除此之外,"加文说道,"一旦你开始乱丢拉克辛,就永远也不知道接下来会有谁用炮火来回应。"

副港督上去同大门的守卫交谈,随后就有很多目光偷偷瞟向加文这边。奇普正全神贯注地观察着这座堡垒。这扇大门,还有整个堡垒,都由洞石所建,上面满是雕花。草绿色的岩石上那交织的纹路,看起来不像雕刻,反而像是编织而成。大门上开出了一些射击孔,卫兵们开城门时,奇普看到城门前方连接着一块完全封闭的、用于歼敌的空地,四周城墙上全都是射击孔。这门后还有第二道敞开的门,门口的守卫都携带着火枪,枪口似钟形。这些枪也比光明利亚卫兵配备的要短。

奇普正好走在铁拳的旁边,便开口问道:"这些火枪为什么这么

携光者
卷一 光明王

短呢?"

"那是雷筒,"铁拳指挥官说道,"枪膛中并不是炮弹,而是鞋匠用的鞋钉或是链条。短距离内,一发可以击中四五个人,还能轰开一个大洞,非常适合暴徒用。一个被砍成两半的人和一个心脏上开了个小洞的人死得一样透,但前者对余下的人来说更有威慑力。"

"乖乖。"奇普说着,吞了口唾沫。

又过了几道关卡,见了更多高级军官之后,他们往上走了几层楼。上三楼后,他们经过一扇敞开的大门,内里通向许多俯瞰大海的房间。加文猛然停住了脚步,前面的护卫却并没立刻注意到。加文没有在意护卫,径直走进了房间。

铁拳,奇普,还有丽维三人也跟着他走了进去。里面是个豪华套房,室内满是挂画,枕头,画着繁复狩猎图的屏风,壁炉,吊灯,还有巨型长柄扇——奴隶们用来给主人扇风。奇普四处望去,一切都在闪闪发光。

"这里,"护卫们匆匆跟进来时,加文大声宣布道,"就足够……"

"遵命,光明王陛下,当然了,这是为尊贵的客人准备的套房。我们会去——"

"……给我的随从们住了。"加文补完了这句话,"奇普,丽维,我现在去把我们的住处安排一下,你们能乖乖留在这里等我吧?"

"遵命,光明王陛下。"丽维说,语气中的正式和成熟让奇普觉得陌生。

"即刻开始给奇普上御光术训练课。我办完事后会回来检查你们的进度。"

"遵命。"丽维说着,行了个屈膝礼。奇普半鞠着躬,然而立刻就深感自己傻透了。他不知道该如何鞠躬,在他的故乡没人鞠躬。

"铁拳?"加文说道。

铁拳挑起一道眉毛——哦,现在你想让我和你同去了?

"若想看到自命不凡的卢斯格尔官员被赶出自己的房间,这可是个最佳观赏机会。如果走运的话,你还能看到更多,甚至还可能是你认识的人呢。"

铁拳的嘴角抽动了一下:"这样简单的快乐才让生活变得更加美好,不是么?"

CHAPTER
— 58 —

丽维和奇普身后的门关上了，突然间就只剩下他们两人。远离了重要的人和事，他们又变回了小孩。

丽维盯着奇普看了好一会儿。

"怎么了？"奇普问道。

"有些时候我仍会对你的身份感到怪异和陌生。一周前我连看到铁拳指挥官都会脸红，而现在我正坐在洞石宫中最好的房间里——这些都是属于我的？"

"我已经不会想要去理解这一切了。"奇普说道，"我觉得如果我开始胡思乱想——"就会变成一个哭哭啼啼的小屁孩，"这些就会全部分崩离析。"

一瞬间，丽维的表情变了。她的目光柔和起来，脸上的每一处都写满了同情。她说："当事情发生的时候，你就在那里，在那个小镇里。"

"我当时与伊莎和桑松在绿光桥。还有芮米尔。"只要一想到芮米尔，奇普仍然想要嘲讽他，不过现在看来有些残酷，而且也已不重要了。"芮米尔和伊莎都被杀害了。桑松和我逃了出来，但是最终他也被坏人杀了。"奇普木然说道，那声音连他自己听起来都觉得冷漠。

他甚至不敢看一下丽维。因为，若是看到了她的同情，他会崩溃的。在丽维的眼中，他已经是一个肥胖、懦弱、愚蠢的小男孩儿，需要她的怜悯。他不想在她面前哭泣，让她更看不起自己。"我母亲也侥幸逃脱，可是她的头骨却被击碎了。当时我就在她身边，她……"

"哦，奇普，我真的很替你难过。"丽维说。

奇普强压下回忆，暂时将它置于脑后。"总之，我真心希望你父亲能逃出来。他一直都对我很好。说实话，要不是当时他让我离开，我已经死了。"

丽维久久不语。奇普不确定这是否是一个尴尬的沉默。"奇普，"丽维最终说道，"我一直想要鼓起勇气去……但是现在情况变得很复杂。因为你父亲的身份，及光明利亚的情形……有些时候事情不会完全按照我们所意愿的方向发展，而我们……"

"你指望我能听懂你在说什么吗？"奇普问道，"因为……"

丽维张开嘴，再次看着他，然后她又合上了嘴。"我只是非常高兴你能逃出来，奇普。"

"谢谢。"他说。谢谢你不够信任我，谢谢你没有说完余下的话。"我们可以开始训练了吗？"

她苍白无力地笑了笑，似乎想再说些什么，却不知怎么开口。"当然。咱们去阳台上看看吧。"

他们走到了外面的阳台上。毫不夸张地讲，这阳台就悬在海面之上。他们可以从头顶听到洞石宫殿上面传来的模糊说话声。奇普站在那里，远眺大海，努力让自己集中精神，然后问道："我应该如何去做呢？"

"使用御光术，你需要四大要素，"丽维说道，"技巧、意志——"

"光源和平静。"奇普说，"呃，抱歉，我之前学了一点。"

"对。基本上，这四大要素各有一些细微的不同，不过御光术的一切都建立在此之上。让我们先从光源开始吧。"

携光者
卷一 光明王

奇普觉得，丽维所要教他的东西，很多他都已经学会了，不过一个人只要不是太古怪，是不会打断一个漂亮姑娘的。丽维从背包里翻出一卷绿布和一卷白布。

"我会尽量把颜色理论放到后面去讲。"她说道，"我们都知道，你可以驾驭绿色的光，所以你的光源有两种，一种是在现实世界里反射绿光的东西，一种是含有绿光成分的东西，后者需要透过镜片才能看到。"

"啊？"奇普疑惑道。以为这些内容都是之前所学的想法立刻结束了。"你说反射绿光是什么意思？是说绿色的东西吗？"

"随着你接下来对光明利亚深入的了解，你会发现，之前对一件事物的经验和认识，同它本身的性质通常是有所不同的。"

"听起来……呃，有点玄奥。"奇普说道。加文不是也说过类似的话吗？

"有些人也是这么觉得的。不过我现在说的是非常严谨的物理。看这个。"丽维又拽出另一块布。这是一张红色光谱，不过上面的红色并不是从最深到最浅的平滑过渡，有些地方的颜色深浅倒过来了。"奇普，当你看到它时，就能发现它的颜色错位了。大致来看，它的颜色走向是对的，然而有些细微的颜色没有按照顺序排列。大多数男人看不出这点，他们会觉得这张色谱没有问题。虽然他们可以分辨出这四大光谱色块，但却无法看出里面的这些小色块，这和他们有多努力，或是接受了多久训练没有任何关系。他们对这种事物的感知没有你我细微。现在，实话告诉你，我们不知道你我所看到的是否就是这事物的全貌，抑或某个从大沙漠那边来的人会觉得，你我就和辨不出这些色块的人一样视力不行。"

"这好奇怪。"

"没错。在课堂上，魔导师通常会让每个男孩到前面做这个测试，就是因为好多能够区别颜色的女生难以相信旁人看不出颜色的差别。

这种做法让那些男生们很丢脸。事实上我觉得，对于那些同样无法区别颜色的女生来说却会更加糟糕。没有人指望男孩子们能通过测试，但区别不出颜色的女孩子会感到非常难受。"丽维抖了抖身体，"我扯远了。即便你现在无法相信，但却仍要记住，颜色不是一个物体所与生俱来的，物体从日光中反射或者吸收颜色。你觉得这块布是绿色的，其实不是，其实是这块布吸收了除绿色以外的所有颜色。"

"这就是把颜色理论留到以后讲吗？"奇普轻轻地问道。

丽维停下来，发现他只是在打趣，于是又微笑了起来。"你这样没用，我不会再把话题扯远了。关键是，光才是最主要的。这块布若是在漆黑的房间中对你则毫无用处。当然，你也可以把这理解成非常深奥的宗教意义，不过我们现在只会讨论物理上的，而非纯哲学上的理论。你可以御绿光，有几种方法可以帮你做到这点。最好的方法便是身边有绿色的东西，尤其当他们不仅数量多，而且还有不同的色度跟色调时。"

"比如一片森林。"

"完全正确。这就是为什么在'大融合'之前，绿色女神艾提拉特在卢斯格尔和血森林比在其他地方都受到更多的崇拜。绿色御光者们成群来到森林和韦尔当平原，因为他们在那里比在其他任何地方都要强大。反过来说，那些分别被高尚的绿御光者与邪恶的绿御光者所控制的土地，要么是单纯因为那儿有太多绿色御光术被使用，要么是因为艾提拉特真实存在。你自己选吧。"

"这我不明白。"

"我们以后再考虑这个问题。实现御光第二好的方法是戴护目镜。像这样的东西。"她把手伸到背包里掏出一个小的棉制袋子。把拉绳松开后，她取出一副绿色的护目镜。

"你并不能用绿色御光。"奇普说道。

"是的，我不能。"丽维微笑着回答。

"这是给我的?"奇普问道。他激动得有些战栗。

丽维笑得更深了:"通常会有个小小的仪式,不过这相当于是一个祝贺。"

奇普小心翼翼地拿过这副护目镜。它纤细的铁制镜框上有一副完美的圆形镜片。他把这副护目镜戴了上去。丽维走近他,测了一下镜框臂穿过他耳朵的位置。奇普可以闻到她身上的味道。不知为什么,即使这一整天又是横跨整片碧穹海,又是与海盗激战,然后还在烈日下暴晒,可是她身上的气息仍然如此美妙。当然,奇普从前也没有什么机会如此靠近一位女性——除了母亲以外。在他的"倒霉之夜",母亲要么浑身是汗,要么身上就全都是呕吐物,他还得把她扛回家。伊莎身上的味道也很好闻,不过总归和丽维是不同的。

奇普在这几天里没怎么想到伊莎。他曾经思念过她,但是心底总有一块空落落的。他以前曾经幻想着未来某一天能亲吻伊莎,不过也许那更有可能是因为伊莎刚好在他身边,而并非因为她是自己心中完美的另一半。又或许是因为伊莎当时在身边而丽维却不在,奇普需要些东西来分散他对丽维的思念。

现在丽维就在身边。她测了下护目镜的两边,然后把它摘了下来,小心地掰弯镜框臂以使它贴合奇普的耳朵。

"嗯,"她说,"你的右耳比左耳高。"

"我的两只耳朵不一边高?"奇普说。好像让我难为情的东西还不够多似的。

"不用担心,我的也是这样!真的,大多数人都是有点不对称的。"她停顿了一下,"只是他们没有这么明显而已。"她难以置信地摇了摇头。

"我长了个畸形的耳朵?"

丽维调皮地咧嘴笑了:"耍你的。"

"奥赫拉姆神的混——咳咳,胡子。"奇普生气道。每次都这样,每次都这么要我。

她微笑着,那笑容里全是满足。她最后弯了一下横梁,把护目镜给他在脸上戴好。"好了。你可能还要自己再调整一下才能戴起来更加舒服,不过反正这玩意儿不需要整天都戴着。"

他向四周看了一圈,从绿色的玻璃片里看到的大多数东西都绿绿的。他对此不是很惊讶。

"你现在看到的是太阳的白光在物体表面反射,然后又被你的镜片过滤后所剩下的东西。所以如果周围全是白色大理石墙什么的,你就能像在森林中一样使用御光术。利用镜片不如使用绿色自然光效果好,但是总比什么都没有强。不过也不是看什么东西都有用的。向四周看看。你发现有些东西看起来真的很绿,而有些东西就不是,对吧?比如,如果你看一看这块布,它看起来是什么颜色的呢?"她从包里又抽出一块布。

"呃,红色的。"奇普觉得他能听到楼上加文的说话声,声音越来越大,透着一股怒气。

"它的确是红色的。"

奇普把注意力重新集中在丽维身上,透过他的护目镜看过去。虽然这布的色调有些改变,但的确还是红色的。"这是怎么回事呢?"他问道。

"护目镜只有当物体表面能反射绿光的时候才有效。白色表面是最好的,因为白色是所有颜色的集合。还有一个方法,虽然效果会差很多,但有时候会有用——就是施展御光术时透过镜片看着黄色或者蓝色的物体表面。这是因为绿色是一种'第二次色'。"

"我已经听不懂了。"

"所以现在你还想要学习颜色理论吗?"她笑着开起玩笑,"对你来说,当你想要施展御光术时,如果能找到白色或者浅色的东西,护目镜就能起到最好的效果。成熟的小麦是可以的,而云杉树则不行。"

丽维说道。

"我觉得我可以记住这一点。"奇普说道。物体的颜色并非其本身的颜色,这整套观点让他很难理解,不过他可以以后再去搞明白。

"好,这样我们就把光源讲完了。就目前来说。"

你的意思是我们还要接着讲技巧,意志和平静?

丽维说:"我不想在这方面把你催得太紧,我也很抱歉没有庆祝的仪式,因为也许那可以帮你理解这些知识。这副护目镜现在是你最重要的财物了,大多数御光者不仅要存几个月甚至一年的钱才能买得起一副护目镜,而且每个人在有了一副以后还会立即存钱再买一副备用。如果你以后有钱了,或是光明王陛下下令,你可以定做一副镜片磨工所制造的护目镜,他们可以根据你的需要把它做成或深或浅的绿色,而且还能调整镜框使它更贴合或者更漂亮。但若没有护目镜,你差不多就等于手无寸铁。我知道你一直都和光明王陛下在一起,不过他是一个特例。他不需要护目镜,他的眼睛不会有瞳晕,他可以想用多少御光术就用多少,那些法则在他身上并不适用,甚至连光明王的法则似乎都对他并不适用。你能想象出其他什么人可以毛遂自荐,然后便轻而易举地接管了一切吗?还是从卢斯格尔人手中?滑稽的是,他们还会接受这个结果。虽然他们会不高兴,但是会——"

屋顶传来一个男人的声音打断了她。"我才不管你这纸上写了什么,你绝对不能——"话没说完,那男人突然一声尖叫。

奇普一抬头,正好看到一个男人飞过他们的阳台向下落去。那人掉到下面很远的地方,在海湾里溅起了一大片水花。奇普看到他挣扎着浮向水面,被呛得又吐又咳,华丽的服饰在水中翻滚。然后开始大喊救命。

"这太过分——!"又一个人开始大喊,然后奇普就看到另一个人飞过阳台掉了下去。那人也在海湾里溅起一片水花,差点就掉在行政官头上。

强烈的光芒喷薄而出。"所以你们协助我，这样就不会再有人掉到水里去。"加文说道，他的声音在回响。

　　奇普以为会听到枪声——那些行政官当然是有护卫队的——可是他什么也没听到。那些官员接受了。

　　这就是我的父亲。这就是我的父亲？

　　加文下达了自己的意愿，然后整个世界就遵从了。

　　"所以，"奇普说，同时感觉自己很像底下那个不会游泳，在海湾里挣扎着渴望被人拉出水面的人，"所以，意志。接下来该讲这个了，对吗？"

CHAPTER
— 59 —

柯尔文·戴纳维斯在日落时抵达加里斯顿。加里斯顿的外墙在很久以前就被摧毁了。光明王之战期间——柯尔文从不认为那是伪光明王之战——他曾派人前去重建，但由于时间不足，最后不了了之。外城墙建成以来保护过成千上万的居民，但战时，加里斯顿涌进了大约九万人，如此根本没法护住他们所有人。

内外墙之间那些可以给所有土地供水的灌溉渠，除了一两条幸免于难，其他的都已被破坏了。然而，内墙依旧矗立在那，正如众女神像一样。

守卫着每一扇大门的女神像，现今绝大多数都已经不再从属于安奈特女神了。每一尊神像都是嵌在墙体里的巨大白色雕像，代表着安奈特的一个身份：守护神是一尊两腿分开跨立于海湾入口处的巨大雕像；母神挺着大肚子，身佩匕首，眼露凶光地守卫着南门；巫神则守卫着西门，并将身子靠在一根杆子上；爱神横躺在跨越河流的东门上。柯尔文从来都捉摸不透，为什么爱神的面容正当而立之年，而母神则显得如此年少，仿佛正处豆蔻年华。每一尊雕像都是用最最昂贵的微透明白色大理石雕刻而出，他们只产于帕里亚——至今也只有奥赫拉姆神知道这些大理石是怎么被运来的。幸运的是，每座雕像都被一整片黄色拉克辛完好地密封住，这是多么令人惊叹的工程啊！要知道，这座城市至少已被入侵过三次了，但是即使是在熊熊大火的摧残之后，众女神像仍旧没有一丝被破坏的痕迹。

作为薄红的代表者，安奈特又被称作沙漠女神和烈焰夫人，一直是一位代表着火热激情的女神，诸如暴怒，保卫，复仇，自私的爱和激情。当卢希多尼斯为了奥赫拉姆神拿下这座城市并推翻旧时信仰的时候，他的追随者们都希望能拆毁那些雕像。当然，要想做到这点，必须得有非常强大的御光者。卢希多尼斯阻止了他们，并说了那句名言："只有错误的才需要销毁。"在之后的几世纪中，曾有几任狂热的光明使想尽方法要把这些异教徒的遗迹拆毁，但是每一次这座城市都阻止了战争的爆发。到光明王之战的时候，加里斯顿已拥有足够的军事力量，使得他人都不敢再对其做出宣战的举动。

柯尔文从未在日落时分接近过爱神。和其他女神像一样，爱神是被镶嵌在大门里的。她仰面躺着，后背弯曲横跨在河流上，双脚稳稳当当地放好，膝盖在河岸的一侧蜷起一座塔，双手环插在发间，抬起的手肘在河岸的另一侧竖起了又一座塔。她全身只罩着一层薄薄的轻纱。在战争之前，有一座可以降下的吊闸建在爱神跨越河流的那部分身体上，那钢铁被铸成特殊形状，使其看起来好似她那轻纱的延续。然而在战争期间，这个吊闸被损毁了，之后也没有新的替换。

爱神的容颜依旧令柯尔文神魂颠倒。随着太阳西下，那层通常不易察觉的、密封住神像的薄薄的黄色拉克辛，就如同被点燃一般发出光芒。这层黄色好似是她金铜色的皮肤，随着柯尔文的脚步和夕阳的西沉逐渐褪去，最后只留下她热情的剪影——就像一个在榻上守望的妻子，等待她许久未归的丈夫。

一阵剧痛贯穿了他。他在这儿无法做到不睹物思人。他想起了珂尔拉，他的第一任妻子，丽维的母亲。珂尔拉也曾有一次故意模仿爱神，穿着薄纱躺在床上迎接他回家。即使十八年后的今天，他心中依然杂糅着悲痛、记忆犹存的欲望，还有喜悦和爱意。在珂尔拉去世后的第三年，柯尔文同艾尔在莱克顿再婚了。但那更像是为了要给丽维一个妈妈，而非是因为爱情。三年后，艾尔被一个杀手所暗杀，柯尔文的精神就此被彻底击溃。他曾考虑过搬家，但是镇长乞求他留下。而且因为奇普也在这，所以柯尔文还是留了下来。但是他再也没有结婚，尽管莱克顿女性比例大得惊人，尽管不断有想给他做媒的人对他絮絮叨叨。他再不会像从前那样去爱了，如果再失去一个像珂尔拉那样他所深爱的女人，那将会要了他的命。同时，如果自己不愿去全心全意地爱着一个女人，却要求她如亲生母亲般对待自己的女儿，对这个女人来说也是很不公平的。柯尔文的心已经不再完整，无法再付出全心了。

他继续拖着沉重的脚步，走过那些虽然稀疏却已成熟的小麦田和大麦田，尽力不去看那个在他面前惬意舒展的爱神。他到达城门前，看到它通过爱神滑落下的长发而打开，随即就跟着回城的人流向城内走去，擦身挤过那些出城过夜的人群。他低着头走过两个卢斯格尔卫兵，那两人在战争期间还是在母亲膝头玩耍的奶娃娃。然而这两个卫兵根本没把心思放在正经过他们的人流上，其中一人倚靠在爱神流泻的长发边，一只脚抵着一块水波下的石头，因日光不再直射，他的那顶稻草做的卢斯格尔风格宽边帽便被挂在脖子后面。"……觉得他来的目的是？"那人问道。

"我知道才怪，但是他们说他把克拉索行政官扔到海湾里去了。我估计咱们会……"

如果不停住脚步，柯尔文便不能听到接下来的对话，可是停下便意味着将会引人注意，而后便可能会有目光交流，会暴露柯尔文那双带着红色瞳晕的眼睛，这可不是个好主意。

所以有个很厉害的人来到了加里斯顿。但是有谁能够厉害到把一位行政官扔到海湾里去呢？柯尔文对这个克拉索斯行政官一无所知，但是卢斯格尔郡首家族有六个年轻的世子，最有可能的便是其中一名世子被派来监督加里斯顿的撤回情况，除此之外再不可能会有人敢把一位卢斯格尔的行政官扔进海里了。

实际上，一个容易冲动的世子可能会比一个闲散的行政官更符合柯尔文此行的目的，虽然一开始会比较难对付，但是会更热衷于备战，无论如何，柯尔文带来的都是战争的消息。

当穿过这个城市的时候，他发现自己就像过去还是将军时那样审视着这里。格拉多国王也许是个暴君，但卢斯格尔人才是侵略者。加里斯顿人将加入哪方阵营？他们是热情主动还是消极被动？柯尔文一边走着，一边特别留意了下卢斯格尔的士兵们。不时会有士兵独自行走在街上，或是为了指挥官跑腿，或是仅仅走回军营或者前去酒馆。他看见有个士兵被一个突然后退的小商贩不小心撞了一下，那商贩正给他的地毯铺子收摊。这个士兵也只是略有不满地挤了过去，却并没有回头查看。那个土生土长的提利亚商贩彬彬有礼地道了歉，却并无惧色。

这不是一个快爆发起义的城市。提利亚人已经变得惯于被入侵。卢斯格尔是第四个来犯的郡，而且这也已经是他们第二次前来。不是每个郡都能得到管辖权和战利品。帕里亚人占领了最早的两年，要说他们能夺取最丰厚的战利品的话，他们同样也要镇压最多的反抗。伊利塔人因为战时算是达森那边的，而且反正他们也没有中央政府，所以便没有他们的份。阿波尼亚人曾是骑墙派，在裂岩山之役后才参战，所以也没能轮到管辖权。如此就剩下帕里亚人、阿泰什人、血森林人和卢斯格尔人。要是柯尔文没记错的话，应该是照这个顺序来的。因此加里斯顿人在入侵者里面也选出了心头所好，或至少是他们最不恨的一郡，也算说得通。

柯尔文只稍微想了一下就清楚，这次帕里亚人取代卢斯格尔人之后，将会是加里斯顿第三次遭遇帕里亚人。最容易忍耐的占领者要换成最可恨的了。

然而他所做的观察却不能回答一个问题：加里斯顿对帕里亚人的恨意中，究竟带着几分恐惧？帕里亚人两任管辖期间都成功镇压了这里人民的起义，也许他们的残忍会让提利亚人拿起武器之前更多两分犹豫，也有可能会让他们更加果断地反抗。柯尔文说不准，在城里待得不够久，他还不敢妄下定论。但他已经没那个时间了。

比起他大概十年前来访的时候，这座城显得更多元化了。战前的加里斯顿和世上其他富饶的港口城市一样，人口众多，千姿百态。战后，能走的人都走了，尤其是那些看着像外地人的。局势变得高度紧张。在那期间，加里斯顿就只剩下了提利亚本地人和当时的占领者。很明显，随着每一轮占领，都有些商客和士兵留下和本地人通婚了。柯尔文看见两个店主一边用禾秆扫帚打扫露天货摊一边聊天，其中一个妇女有着传统的提利亚焦糖色皮肤，浓密的黑色眉毛和一头卷发，而她旁边的那个肤色如蜜，一头灰金色头发，在卢斯格尔人里也算长相罕见。她们穿着几乎一样，手戴镯子，亚麻长裙，头发用头巾绑在脑后。

柯尔文走过了一条巷子，有些孩子在那儿一起玩加达，踢传着一个皮革包裹的球。提利亚血统的孩子明显更多，但球队都是混搭的。几位母亲聚在一起围观，肩并肩站在一起，或是闲聊或是大喊加油，留下柯尔文独自猜测她们出身的种种可能。

没有火药味，这是好事。在政局动荡、无法无天、邻里不睦的城市，恶意的流血事件总不请自来。加里斯顿已经经历够多。

这里的水上市场，基本就是莱克顿那个的超大号翻版。这会儿几乎人去楼空，只剩几个卖食物的小贩还在向路过的士兵和其他没赶上晚饭的人兜售快餐。柯尔文买了些用伊利塔辣椒酱腌的兔肉和鱼肉串，就接着赶路了。

在前往洞石宫之前，柯尔文向巫神之门走去。跟守护神之门和爱神之门一样，这儿的雕像也嵌进了城墙里。但这次柯尔文已经对雕像没兴趣了，他是来观察卫兵的。大门夜晚紧闭，虽然盗匪肯定已经有很长时间没敢光顾城里了。城墙上站着的士兵正在大声调侃，谈笑风生，上级不在时还会偷偷喝酒。柯尔文看见女巫像的王冠和女巫杖（大门两边的两座塔）上，本来有弓箭手驻守，但是上去两个姑娘之后，箭筒也搁下了，弓弦也解下了。他们压根连自己的岗位也没巡回一次。

所以说，基本无军纪可言。战士变成了守城门的，虽然不是他们的过错。在侵占的头一年，战士可能会被派去对抗强盗匪徒，或者沿河巡逻。那之后，他们撤回城里成为卫兵，部队里那套纪律就显得无关紧要了，纪律也随之松懈。空坐在塔上警戒着永远也不会出现的警戒对象，很快就变成了一个卫兵们饮酒赌博的好地方。

柯尔文往洞石宫出发。当然，卫兵们是不会随随便便让一个来历不明的乡野莽夫进去面见世子的，因此在接近前门时，他躲进了一条小巷。凯莉丝被俘后，柯尔文侦察了格拉多王的营地很久，最后认定任何营救她的尝试都会是自杀行为。而且，格拉多王和手下会见过其他将军，增加军力——极有可能是强制征兵——之后便南下了。随后柯尔文回到了莱克顿外的那个山洞。

他几乎对小偷没找着自己的储物所感到失望。当莱克顿镇长告诉柯尔文，他和他女儿可以留下的时候，出于为新家和自身安全的考虑，他把一切跟那次大战有关的东西都藏了起来。他剃掉了自己标志性的串珠胡子，把华服武器卖掉换了粗衣麻裤和一间染坊。从前口袋里那些看来很劣质的金币，如今却成了一大笔财富。但在那个时期根本花不出去，因为莱克顿没人用金币，何况那还是上面印着血森林郡首头像的金币。

如今他扯出叠起多年的锦缎长衫，用手在地上扫出个干净地，把衣服摊了上去。接下来是一条宽皮革腰带，上面凸印着一条眼镶红宝石、卧于绿翡翠点缀的沼泽之中的鳄鱼，还有一只以钻石为眼的苍鹭。最后，他抽出了先驱者之剑，这把剑是在他所有兄长都死掉后才传给他的。一个小男孩坐在他对面的路沿上，疑惑地静静看着他。柯尔文试着无视那孩子，他脱掉长衣，拿出面镜子，借着镜子和一皮囊水，尽力把自己搞得干净些。跟着，他用脏衣服把自己擦干，穿上了最华贵的衣服。裤子和鞋子只能保持原样，光是锦缎袍子和压力就会同从前一样把他搞出一身汗来了。收拾好东西之后，他将先驱者之剑系上腰带，头发也扒顺了些，深吸了口气转出街角，走向宫门。

"我要见管事的。"柯尔文对卫兵们说，走起路来一副有的放矢的样子。

"呃……"一个卫兵嘟囔了一声，有点困扰地看向另外一个。很明显他们不知道柯尔文所指的是行政官还是世子。

"就那个把行政官扔进海里的人，"柯尔文说道，"我有急事。"

卫兵们交换了一个眼神。"没道理不浪费那人的时间啊，"其中一个对另一个说，"他可没让我们有个实在的理由去认真筛查他的访客。"

另外那个咧嘴笑了："我们这就把你带去见那个人，先生。"

他们甚至连他的名字都没问。柯尔文跟在他们身后，不敢相信自己竟然如此好运。显然那个世子（想来年纪必定很小，不然卢斯格尔人不敢那么放肆）在普通士兵中不讨喜。更难以置信的是，卫兵竟带着他一路直往议政厅去，柯尔文已有十六年没来过这里了。卫兵在门上快速敲了个暗号，里面的侍卫开了门，带路的卫兵向侍卫悄声说是急事，看起来很重要，跟着匆忙撤走了。

议政厅侍卫，一个高大、严肃的卢斯格尔人，把柯尔文领了进去。"名字？"他轻声问。

柯尔文走进去。那卢斯格尔世子正背对着柯尔文，撑在一张桌子上。"柯尔文·戴纳维斯。"柯尔文小声答道。厅里还有一个大个子黝黑护卫,不但高而且相当壮硕,站在世子对面。他目光坚毅,打量着柯尔文,尤其注意他身侧的那把剑。这护卫一身黑衣。这世子可真有胆,还敢假装自己有黑卫。光明利亚要是发现了,可不会太高兴。

"柯尔文·戴纳维斯,"侍卫大声地宣告,"说他有急事来报,光明王陛下!"

就像一道闪电立即击中了这三个人。那黑卫——奥赫拉姆神,那是个货真价实的黑卫——在柯尔文的名字报完前就掏出了两把手枪和一对蓝色护目镜。

而光明王——根本不是幼龄的世子,是加文·盖尔本人——站了起来转过身。他嘴角一弯:"戴纳维斯将军,好久不见。"

CHAPTER
— 60 —

加文竭力不动声色。十六年过去了,柯尔文·戴纳维斯依旧显得身材匀称而健康,锐利如初。他刻意把自己晒黑了很多,无疑是为了掩盖色斑,使自己尽量看起来像提利亚人。他的脸上也丝毫看不出蓄须的迹象,那著名的串珠胡子早已剃光,蓝眼睛里只有不足半圈的红色瞳晕,不比加文多年前最后一次见他时增加多少。只有他的皱纹,加文没见过,笑起来出现,愁起来更深。他的目光迅速弹向了铁拳,然后露出一副惶惶不安的样子。

精湛的演员,柯尔文·戴纳维斯。

"铁拳指挥官,劳你解除这个男人的武器,回头再训训那些卫兵,仔细地训练,好吗?"铁拳立即心领神会,对卢斯格尔的卫兵不能下手太狠,不然可能激起他们对新主人的怨怒,但如果加文对此不以为意,甚或以怠慢的态度放任自流,那些卫兵就不会遵从他。铁拳会让这些卢斯格尔卫兵由衷敬畏奥赫拉姆神,又不对加文产生敌意。

"您想让我把您和这个叛徒同留一室,光明王陛下?"铁拳和加文都明白当初把柯尔文放进来的卫兵肯定早就落荒而逃,这就意味着他必须得赶紧追上去,这样一来若是这头事态失控,他就不会在旁边。

加文简略地点点头。

铁拳松开了一边手枪的击锤,把枪塞进了腰带里,目光却一直没有离开过柯尔文,另一只手里仍举枪对准着他。铁拳走过去卸下了他的剑,带着欣赏的眼神快速瞥了一眼,把它和柯尔文的包裹放进一个远离主室的小柜子后,才收起了另一把手枪,干练地搜了柯尔文的身。

转身出去之前,铁拳再次望向加文:你确定?你也知道这是个坏主意,对吧?

加文小幅点了点头:去。

大门在铁拳身后关上。加文环视了一下房间,他在这儿待的时间还没长到摸清墙上是否有窥视孔,或者里面是否有用来偷听的管道。柯尔文站着,双手交叠,耐心地等待着。

"到阳台上来吧,将军。"

"拜托,我好多年前就不是将军了。"柯尔文说着,但还是跟着加文走了出去。加文关上了他们身后的双扇门。阳台很宽敞,摆放着不少桌椅以供行政官大人和他的客人们来这儿俯瞰海景。加文很庆幸把那行政官抛出去够远,要是他从屋顶掉到这儿来可就没那么有趣了——况且他之前还不记得这个阳台突出去那么远。挺走运啊,加文。

可笑的是我向来觉得这是运气,而非神佑。

柯尔文越过阳台看去,"从这儿看海湾就够深了。"他说,嘴角扭起一个揶揄的笑。

加文靠上阳台的栏杆。太阳刚触到海平线,像是把海面点燃了。粉红、橘色的光芒穿进薄云。突然,那些错失的岁月全部顺着他的面颊滑落下来,而他像个醉汉一样,必须抱着栏杆才能勉强站住。"这一切代价太高了,柯尔文。"

柯尔文四处扫视着间谍的踪迹,远至码头、后过议政厅、上及屋顶。他说:"我也很高兴见到你。不过现在你赶紧打住,不然我也要跟着开始了。"

加文盯着他。柯尔文脸上仍挂着惯有的古怪笑容,但那双眼睛却背叛了他。那副表情不过是为了给自己的脸找点事做,如若不然,厚重的情感一定会将他湮没。

突然间,形象不再重要了。加文拥抱住他的老朋友。

"见到你真好……达森。"柯尔文轻语。仿佛洪堤泄闸,泪水从二人眼中滴落。

十六年前,这场盛大的骗局一开始就是柯尔文的主意,当时他不过是随口一提,因为他们都不相信达森真的能战胜加文。一天晚上,他们难得从战场上偷闲,两人共享酒囊酣饮无数,柯尔文说:"你可以赢得这场战争,然后取代加文的位置。"

"光明王之战的意义不就是这个么?"达森说,"看谁能赢,光才最明?"

柯尔文没理会这句玩笑。他比达森稍微清醒些。"不,我的意思是,你可以成为加文。你们俩本来看起来就几乎一模一样。这么多年来,每次你们两兄弟争球,大家唯一可以把你们区分开的方法就是加文那双充满华彩的眼睛。但是现在你的眼睛也变成那样了。"

"加文总是穿得花里胡哨的,而且我比他更高。"

"衣服能换,再说他也垫高了鞋底想接近你的个头,反倒让互换身份变容易了。"

"他有道疤,我补充一点,还是你干的好事。"达森说。

"我可以给你也来道跟他完全一致的,如何?"

至此达森开始把这个提议当真了。"我已经有好一阵子没剪头发了,那道疤痕就贴着发际线,我可以在伤口还在愈合的时候把它藏住。"

"要是我能记得当时伤他的是哪一边就好了,"柯尔文说,"把那袋酒给我,我渴死了。"

又过了好几天,达森让柯尔文在一场战略议会后留下,把其他人全部遣出帐篷后,他交给柯尔文一张纸,上面精准地描述着加文的那道疤。

"我那时是在开玩笑。"柯尔文说,看进达森满是严肃的眼里。

"但我没有,我已经召了一个医师在外面等着给我缝线了。要是任何人察觉,就说这是我们在比画时不小心弄到的,我因自己的笨拙而感到难堪,所以让你保守秘密。"

柯尔文久久不语。"达森,你想过这意味着什么吗?你必须得装腔作势好几年,甚至是一辈子。每个爱你的人都会以为你已经死了,凯莉丝她——"

"在我杀死她那些暗箭伤人的哥哥们时就已经失去她了。"

"那你准备好成为她眼里的加文了吗?"柯尔文问道。

"柯尔文,看看我们的盟军!"达森绷紧了脸,降低嗓门,"我已经对伊利塔人发誓他们能在每个郡建立港口!我答应了法里德·法贾德助他登上阿泰什的郡首之位!异教徒加入我们是为了帮我们破坏光明利亚!一旦我们赢了,他们会反过来把矛头对准我们!还有那些蓝眼恶魔,它们于我们而言太宝贵了,它们才不会满足于那点儿佣金!我料想霍拉斯·法塞尔也会在战争前夜带着他离谱的条件来找我谈!领土、头衔、永久驻地!到时候我都必须应承他!等我们胜利之后,我可能会对某股势力食言,但不能是他们所有人。我也不知道事情怎么演变至此,但这些已经发生了,我们现在,已经是坏人了!"

"我们的确是坏人。自从他们在加里斯顿胡作非为之后。"柯尔文愤恨地说。

"若是我们赢了的话,七大郡会上演同样的事情,就这方面来说,没错。"

一阵长久的缄默。"你迟早会露馅,"柯尔文说道,"你肯定心里有数，这不是长久之计。"

"我不需要欺骗他们太久。几个月时间，足以稳固胜局。就算光谱七政使察觉了，他们也会等到我们的敌人被彻底摧毁再揭发我。也许哪天早上，我再也不会从床上醒来，但我可以接受这个结局。"

"我们不是没有别的选择，"柯尔文说道，"我是说，如果我们赢了，你说的那些问题也会迎刃而解。我们还不知道赢了之后会发生什么，要是能原封不动地接管加文的军队，然后让光明利亚迅速投降，我们可以反击——"

"你觉得白袍使会迅速投降？"

柯尔文张了张嘴，哑口无言："不。"

"互换身份不是个好主意，"达森说，"我明白。但它可能是最不坏的。"

"我们还是可能会输的，我觉得。"柯尔文说。

"你真是乐观。"达森应道。

而如今，柯尔文推开了加文，用手背抹去了自己的泪水："我很想你。朋友。"

"我也很想你。好了，现在说说你究竟来这儿做什么？"加文问。

重聚的喜悦从柯尔文脸上褪去："我来是想警告行政官，格拉多王的军队已经向这儿进发了，五天内就会抵达，最迟一周，而且他们还虏获了凯莉丝·怀特奥克。"

加文倒吸了口气，凯莉丝被俘了？

可是他现在什么也做不了。就算听闻这个消息，他心里像是破了个洞，被掏空了一样。"格拉多王进军的事我已经知道了，"他说，"不过凯莉丝的事，我才刚知情。"

"我猜到了。否则你不会在这里。"柯尔文说。

"你认为他会在盛夏日进攻吗？"加文问道。

"盛夏日后的第二天。"柯尔文说，"到时候卢斯格尔已经撤军，但帕里亚的军团还没抵达。"

和加文的预测一致,他快没有时间了。"我不敢相信克拉索斯行政官没听到任何风声。"

"他肯定知情。"柯尔文说,"卢斯格尔已经在提前撤军了,现在就是个空架子,这样他们才能确保格拉多进军前全身而退。他们可不会替帕里安人参战守城。"

"这群畜生!"加文冷哼道。

"而且是群懦夫,投机分子!"柯尔文耸耸肩,"你打算怎么应对?"

"我想保住这座城。"

"你要如何办得到这点?"柯尔文问。

"找个善于扭转乾坤的人来坐镇。"加文答。

柯尔文顿了一下,然后举起了双手:"噢,别,你别这样。这不可能。光明王陛下,我是敌军统将!"

"从什么时候起战败军不能加入胜利军了?"

"将军除外,现在也不行!"

"都已经十六年了。你是特例。"加文说,"柯尔文·戴纳维斯,伪光明王之战中两军都高度尊重的人,以可敬的方式结束了战争。一个正直得无可指摘,聪慧得完美无缺的人!时间过了那么久,人们怎么就不能相信我们已经放下过去的恩怨了呢?"

"因为我是在你太阳穴上留下那道疤的人,你对此可不太高兴。而且加文的手下杀了我妻子。"

加文皱起眉头:"这倒是。"

"你不需要我,"柯尔文说,"你自己不疏于指挥的才能,光明王陛下。"

这是事实。加文对良将之风耳濡目染,身行力践,他知道自己的能力,也了解自己的弱点。"要是有同样的军队和地势,我也没有魔力,柯尔文,我们俩谁会赢?"

柯尔文耸肩:"要是你的后援部队有个好干将,场上的指挥官又对你直言不讳,我觉得——"

"柯尔文,我是光明王。没人跟我直言。不管什么事,我问能不能办到,他们都答能。他们愿意相信只要衷心服从光明王陛下,那份诚心就会创造奇迹。就算我提了个最烂的计划,他们也只会沉默以对。以前大战期间,都花了我们数月的时间和几次灾难才让情况稍微好转,我们现在可没有那样的时间了。"要准确预估自己的部队会如何反应,哪种战场能赢,哪种应该投降,需要一种特别的才智。加文擅长于此,他擅于评估敌方指挥,尤其是那些他见过的,他能够算出对方可能采取的策略。

然而,根据探子们支离破碎的报告临时对敌军部署做出判断,再把各路出身的千军万马准备就绪,完全是另一回事。将自己的部队兵分数路,分别交由各自将领率队最后同步到达一处——极少有人具备这项才能。而若是想要在军中浇灌出严明的纪律,使士兵们能在战场上也继续恪遵谨守,令行禁止,哪怕只需最后一击就能杀死对方;同时还要让部队之间保持信息畅通,就算一支队伍本身正在受骑兵队伍的冲击,也必须在发生的前一秒打开交流的渠道——这几乎是不可能办到的。加文很会操控人和魔法,柯尔文拿手的是数据、时机和策略。十六年前,他固然是加文在欺诈艺术中的导师。两人联手,则天下无敌。

"当然,拉斯克确实血洗了我的镇子。"柯尔文冷静地说。他并没有被失去自己所有旧识的怒火所驱使,他考虑的是民众会对这件事的看法:我以为光明王陛下和戴纳维斯将军彼此交恶呢!他们的确是,但是陛下需要一位将军,而戴纳维斯那个镇子刚被格拉多王血洗了,他要报仇。

故事说得通。虽然会显得奇怪,但并非不可思议。而且已经过了十六年。

"那就说我们是相互利用,"加文说道,"我需要你的战略天赋,你需要我的军队来完成复仇。我可以公开监察你,显得我信不过你。"

"我可以在人前羞辱你,虽然不足以削弱他们的信心,但足以表明我心里对你不满。"

"这样行得通。"

"应该可以。"柯尔文说,他转过脸不再看着海湾,"现在你对尔虞我诈已经是信手拈来了。"

"因为练过太多次。"加文说,从有机会和旧友再度联手的喜悦中清醒过来,"你知道,要是这次成功了,我们可以在一两年后再度成为朋友,甚至是公开的。"

"除非我作为敌人对你更有用,光明王陛下。"

"我的敌人够多了,但也算我活该。现在我有个惊喜给你。"

"惊喜?"柯尔文半信半疑地问。

"不能让人看见我与你交好,所以你要自己下楼去。就在这间屋子正下方。"他们走回议政厅,但加文止步了,"她怎么样?"

柯尔文知道他说的是谁,也知道他到底想说什么。"凯莉丝以前就像一朵正在枯萎的花,对她父亲言听计从。那样的她如今也当上黑卫,成为白袍使的左手。要说谁最能熬,那必定是她无疑。"

加文深吸一口气,换上了肃穆多疑的面具。两人走进了议政厅,铁拳已经回来了,站在大门边,他的状态放松而自然,似乎一直在此守护着,等待着,凝望着。他已经习惯了静止,又时刻为暴力准备。

"指挥官大人,"加文说,"柯尔文·戴纳维斯和我找到了一个共同的敌人,他同意帮我们协调加里斯顿的御敌事宜。请你通知大家会受到戴纳维斯将军的监管,命令即时生效。将军只对我负责。将军,接下来的事你会办妥吧?"

柯尔文看起来像是咽了口馊饭,而且没有掩饰得很好。"是的,光明王陛下。"

　　加文挥手命他退下,粗鲁而略带专横。这让铁拳认为这是他强调控制权的表现。柯尔文虽然绷紧了下巴,但鞠躬离开了。

　　去吧!我的朋友。希望寻回女儿能稍微补偿你因我而忍受的这无量苦海。

CHAPTER
- 61 -

"意志是光明利亚最敬畏的东西，我们也不例外。"丽维说道。窗外，太阳即将跃出远方的地平线。如同在暗示即将天亮一般，屋奴们陆续走进房间，点亮壁灯与火炉。

"意志是什么，该如何阻止？"奇普问。

"奇普，"丽维低头说道，"认真听。"

"抱歉，你继续。"

见丽维对屋奴毫不在意，奇普只好也试着不去放在心上。

"意志是你心中的想法，是你赋予这个世界的理念，是对魔法的渴望。当一个人的御光术存在缺陷时，便可以用意志弥补缺陷。这对受枷者而言尤其重要。"

"受枷者？"

"男性御光者和半数的女性御光者都不是越识者，"丽维说着顿了顿，"其实，大部分都是男性，嗯？"

这个"大部分"听起来真让人有点不爽，不过只有一点。我们比你们优秀，你们这些没用的东西。你们尽力了，但成功的是我们。可这就是光明利亚的现状，不是吗？一切都与力量和权力密不可分。

"没错，"奇普回道，"受枷者。不中用的东西。真让人为他们掬一把辛酸泪。"尽管奇普现在身处精英团队中,也并不代表他必须喜欢看其他人遭贬低。

丽维一下子羞红了脸,反击道:"你瞧,奇普,你不必喜欢这种事,但你不得不接受现实。假如你没遇到一个凡事都爱找你麻烦的人,说不定你会做得更好。这里不像在家。你想想看,如今我们都成了没家的人,光明利亚就是我们的全部。我们不得不好好接受这些。所以,成熟点。"

那感觉就像当街被人扇了一个耳光。丽维说得对。其实他自己也不知道刚才为什么会这么激动。奇普看向别处:"是,对不起。"

丽维长出一口气:"不,该说对不起的是我。我……我不知道……我想我还在适应现在的生活。在光明利亚,一切都因等级而异。奇普,那很不容易适应。我甚至不知道对一个人来说适应这样的环境究竟是好是坏。可一旦你认清了自己的位置,马上就会明白该怎样与他人打交道,不管那个人你认不认识。其实有了这些条条框框,日子反而变得简单了不少。过去三年我一直被人视作一名单色御光者生活着,能使用的颜色也很不起眼,而且我还是个提利亚人。我一直不喜欢等级制度,可最终我还是对环境妥协了,我完成了几乎全部的训练内容,并准备朝人生糟糕的下一站继续前进。可现在,我成了双色御光者,一夜之间,一切都不一样了。我会在光明利亚再多住上几年,我的人生会彻底变得不同,周围的人也开始关注我。"说到这,丽维笑了,可那笑容却透出无尽的感伤,"我想你应该明白那种眨眼之间天翻地覆的感觉。但最重要的是,我喜欢这份新生活。我多了新衣服、珠宝、津贴,还有一个屋奴。或许我其实不讨厌等级制度,只是憎恨自己身处在制度底层,所以每当我去享乐的时候,我都觉得那是生活在对我说,你是一个彻头彻尾的伪善者。"

"如果我多找些麻烦你就会高兴起来的话,我保证我会的,让你尽可能生活得艰难点儿。"奇普说道。

丽维开玩笑似地撞了一下奇普的肩膀，然而这一下轻轻的接触却让她马上意识到一些不得了的事情。"你真是我的救世主，奇普。"见他揉肩膀的模样，丽维咧嘴笑了，但笑容很快散去，"我想在待人接物方面，我该给自己把把门儿。你是光明王陛下的儿子，我是你的导师。我不该顶撞你的。奥赫拉姆神，你可是光明王的儿子，我怎么能那么干？"

胸口猛地一缩，奇普几乎喊起来："不要！"这一声引得屋奴纷纷看过来。奇普连忙放低音量，尴尬到不行："丽维，向我发誓，你不会那么做。我——"

你想说什么，奇普？告诉她从你记事起就一直喜欢她？真是个好主意。

"我不能失去这最后一份来自莱克顿的依靠，"他说得磕磕巴巴，总算没把那句话说出口，"你是唯一一个在这一切发生前认识我的人。"

说得真棒。这话让他表现得非常理智。我不是在乎你，我只是在乎莱克顿。

"我是说……丽维，你了解我，你是——"你是我的朋友？听起来有些放肆，不是吗？如果她从没当我是朋友怎么办？

"你也来自莱克顿。"奇普又换了句别的，还是磕磕巴巴的。不过依然表现得很理智。见鬼！"我需要有人说说心里话，我一直……很欣赏你。"

欣赏？你以为她是油画吗？"我是说，我很感谢——"感谢，也是一种欣赏，不是吗？说得她像是个好厨子似的？

奥赫拉姆神，这可真要命！啊！我想到了！不是感谢她，是感谢她所做的一切。

"我很感谢你——"她什么来着？

她现在穿的那件过去常穿的小绿衬衫很不错——妈的！我到底要

说什么——"一直以来,都对我那么好。"

现在你又开始博取同情了,笨小子。不过干得漂亮,简直是舌灿莲花。以后大家真该这么称呼你。

我绝对不会对第二个女人说这种话。

说完,奇普几乎不敢抬眼看丽维,可后者却等他把头抬起来才说话。就这样,奇普含情脉脉地看向丽维的眼睛。

"干吗,奇普,你在和我调情吗?"她问。

奇普突然觉得自己仿佛走进了过去做的一个噩梦。那是在绿地举办的仲夏夜舞会上,起初,没人注意到奇普,然而当他站上舞台时,音乐戛然而止。在场舞者全被吓得跳错拍子,纷纷转头看向他。这时奇普才发现自己竟然全裸。接着,大家开始爆笑,对他指指点点,朝他开玩笑。

不,这次情况更糟。因为他不会从梦中醒过来。全身的血液瞬间从他脸上流走,伴着漫长的夜色,尽数离开他的身体。他不知道那些血都流哪儿去了,但可以确定的是那带走了他的说话能力。

"奇普,我跟你开玩笑呢。"丽维说道。

他动动嘴唇,感到血又一点点流回来,紧绷的思绪也总算松弛下来。

"真少见,你居然也会有不知所措的时候。"丽维说着戳戳他。他的想法肯定暴露了,奇普看得出,丽维在假笑。"你要再这么不小心,当心我揉乱你的头发。"

"看来我得趁早把头发剃光才行!"奇普回道。

丽维大笑:"好了,好了!不能再跑题了!一直这么聊下去的话,我就什么都教不了你了。"

"所以,"奇普说,"意志。还不赖,你瞧,至少我还记得我们从哪儿开始跑题的。"

丽维笑着摇摇头:"别着急,奇普,我们先做个交易。我很乐意当你的朋友,或许有时候我们还能相互提醒彼此来自哪里。"

奇普的耳朵顿时变得滚烫,好像之前它们一直是凉的一样。

"我也是这么想的。"他说。

"现在,回归正题。意志。意志可以弥补大多数缺陷,就像——"

"爱可以弥补人犯下的大多数错误。"一个熟悉的声音从门口传来。

两人双双唰地转过头,是戴纳维斯大师。丽维的父亲还活着。

"爸爸?爸爸!"说丽维是在尖叫毫不夸张。她跳起身跑到父亲身边,扑进他怀里。柯尔文笑着抱紧她。

"我听说你死了!"丽维说道。

呃,是的,说这话的人就是我。奇普带来了错误的消息。

"我一直不相信那是真的,可我——"丽维哭了。

柯尔文闭上双眼,不说话,只是静静抱着她。奇普忽然想知道这里有没有什么地方能让他钻进去躲起来。

可我该去哪儿?这是我的房间。

几分钟后,柯尔文温柔地推开女儿。"我的命可不是一般的硬。你比以前更漂亮了,奥丽维安娜。"

"我都哭成这样了。"丽维擦干眼泪。

"说不定比你妈妈还漂亮一点。我发誓,要不是今天亲眼看到,我绝不会说这种话。她一定以你为傲。"

"爸爸。"丽维羞得双颊绯红,不过看起来很高兴。

"你难道不觉得她很漂亮吗,奇普?"

奇普差点一口水喷出来,猛地发出某种像在溺水的声音。说真的,要是窘迫能化成肌肉的话,那我绝对是个壮汉。

"爸爸!"丽维惊讶地叫道。

柯尔文哈哈大笑:"一天没看见女儿害羞的模样,我这一天就觉得白过了。请见谅,奇普。"

"呃，嗯。"奇普连忙回道。幸好刚才那句玩笑针对的不是他。不过这也让奇普感受到柯尔文那份颇有些顽皮的幽默感。

"看见你平安无事真是太好了，奇普……奇普·盖尔。"柯尔文说着摇了摇头，难掩心头的震惊，"丽维，奇普，我很想和你们再多待一会儿，不过光明王陛下刚刚给我安排了任务。"

"任务？"丽维问。

"他授命我全权负责加里斯顿的守卫工作，权限只在光明王一人之下。"

"什么！"丽维叫道，"这么说你又当上将军了？"

"并不像你想的那样，丽维。这不是什么值得羡慕的职位。当你手里掌握着成千上万条性命的时候，再舒适的床都无法为你带来好的睡眠。五天内格拉多王的军队就会抵达这里。仲夏夜一过他们便会立即发动进攻。想守住这座城市，我就不得不设计一套前所未有的防御方案。我这就要开始准备了。不过丽维，午夜之后我或许会来找你。奇普，去你那边的话，大概要等到明天？"

"我很荣幸，戴纳维斯大师——戴纳维斯将军？"

戴纳维斯大师笑了："嗯，我都没发现我其实挺想念那个称呼的。先不管这些，丽维，关于凯莉丝·怀特奥克，你都了解哪些？"

丽维耸耸肩："我只知道她是血森林出身的黑卫，实力惊人的战士，几近多色的双色御光者，或许还是杰斯波岛上身手最快的御光战士。怎么了？"

新将军说道："她被格拉多王抓住了。我知道光明王肯定会因此而分神，虽然他自己不会承认这点，他太在乎凯莉丝了。我不知道是否应该派人前去营救，毕竟现在我们手上的筹码有限，不过我会尽我所能看看是否有那个希望。"

听完他的话，一个愚蠢至极、疯狂不羁的念头在少年心里悄然扎根。

CHAPTER
– 62 –

"醒醒,奇普。"一个声音说道。

奇普睡得很沉,然而听到声音的瞬间,猛地坐直了身子。

"光明王陛下?"他眨眨眼,感觉自己才睡了不到十分钟。

加文说道:"穿好衣服。我们出去走走。"语毕,他转身看向站在门口的铁拳指挥官。"你也可以一起来。"

铁拳的脸上闪过一丝笑容。深棕色的皮肤衬得那口白牙格外显眼,若不是他咧嘴笑开,奇普肯定看不出他在笑。反正不管怎样,他都会一直跟着他们。

奇普套好衣服。几分钟后,他们便已走上加里斯顿的街头。奇普又开始伸长脖子,傻不拉几地四处乱看。尽管加里斯顿的规模远不如大小杰斯波岛那样可观,可身处在这样一座大城市里依旧令他觉得有些手足无措。这里的房屋并非都是些高耸的尖塔,和他的家乡一样,有不少平顶的四方建筑。晚上,人们不仅能在楼顶放松精神,若是赶上闷热难耐的夏季,甚至还可以直接在上面休息。即使有海风,加里斯顿依旧热得令人窒息,好在这里的建筑与莱克顿的不同,并非全由石头建成,通常在一栋建筑中,除了石头,人们还会往其中掺和泥砖与枣椰木,再用石膏砂浆整体固定。为了阻挡日光暴晒,建筑工人通常会在外墙涂一层白色涂料,这种涂料既可以帮助室内降温,又可以保持砂浆泥砖的完好性。然而即便是如此重要的涂料,在加里斯顿也只是被胡乱地刷在墙上。

这里的建筑一般都有三四层高。但在莱克顿,人们很少会将房子盖到三层以上,街上的人看起来都脏兮兮的,遍地都是垃圾。

奇普这才注意到,加文披着一件已褪色的旧斗篷,只有一枚扣子系在身前。是为了掩饰身份吗?看来很有效果。走在旁边的铁拳指挥官显然比奇普与加文引人注目得多。

"嘿,铁拳,你看你能不能别那么吸引人——"加文开口说到一半,顿住了,视线沿着铁拳的双脚往上看,直到不得不抬起下巴才能把这身材高大、肌肉发达的男人收进眼里,"算了。"

奇普忍不住笑了。"我们要去哪儿?"他问。

"一会儿你就知道了,"加文说,"训练进行得怎么样了?"

"我不知道我做的哪些事算得上是训练,"奇普说着用手使劲揉揉脸,"丽维还没解释为什么御光者对意志的依赖会导致许多危险人物的产生,她父亲就进来了。"

"她说了什么?"

"呃,没什么。我并没太明白,之后她也没来得及解释。"

加文带着他们转进一条小巷,接着绕过水上市场周围拥挤的街道。"极少有男人是越识者,奇普。虽然我不是,但达森是,所以很显然这是家族遗传。如果你想用御光术变出性质稳定的东西,你就必须选择色谱上最纯正的颜色进行御光。想变出一把在御光结束后还能保持多年的蓝拉克辛宝剑,那它的成色就必须完美无缺。当然,你还必须得避免让阳光照射到它,不过那是另一回事了。因为男人,除了少数例外,都无法做到这点——我指他们无法选择纯正的颜色御光,不是说他们无法将其避光保存。咳咳,总之,如果男性想要制出稳定的东西,就必须加上额外的意志。听起来就像给炖菜里加上肉,是不是？嗯，很显然我没怎么教过人，看我给你示范。"加文动起来，完全不理会路过的阴暗角落，以及身后那些尾随的贪婪目光。不过，一看到旁边的铁拳，那些人便立即掉头转去寻找其他目标了。

"每一次御光，都要运用你的意志。你需要在心里确定一些稀奇古怪又超乎自然的事情即将发生，然后将其付诸于现实。换句话说，就是你决定要施展魔法。这么一来，事情越古怪，你就越难相信自己真的可以办到。与此同时，你就要施展更多的意志。明白吗？"

"到目前为止还算明白。"奇普回道。

"很好。那么，蓝拉克辛宝剑。"加文从斗篷下抬起一只手，这只手已经完全呈现蓝色。奇普注视它，看着蓝色拉克辛从中绽放，不断胶化、固化、硬化，最后凝结成一把宝剑的模样。接着，加文把它递给奇普。

少年接过剑时，恰好走上与另一条小巷交叉的十字路口。奇普感到些许的不自在，他拿起剑，觉得自己仿佛要持着它走向未来迎接自己的命运。"呃。"刚要开口，剑柄却开始打滑。没过一会儿，刀身开始下垂，并因自身重量在剑柄处断裂开来，啪地掉在小巷脏兮兮的鹅卵石地面上。蓝色微光闪过，转眼只剩一堆尘埃。片刻之后，剑柄也以同样的方式化成了灰，只留下一堆含着砂砾的蓝色尘埃。

"这些尘土是怎么回事？"奇普问道。

"以后才能讲到那儿了，"加文说，"看来我连教别人基础知识都很费劲。对你来说，关键是要想象我给你变出来的不是一把剑，而是一张犁。想想看，御光者在，这东西能用，但只要他离开十分钟，不夸张地说，你手上就只剩一把尘土，完全没用了。因此，各大郡首都在大量招募越识者。"

"为了变犁出来？"

"并不是所有魔法都是为了好玩与释放才施展的，奇普。事实上，大多数御光者一辈子都在与生活用品打交道，比如做犁。这世上有一个艺术家,就有十个用绿拉克辛修房顶的工人。反正,男人——还有那些不幸不是越识者的女人——可以用意志掩饰住失败。"

"你是说他们要更努力。"

"差不多。"

"听起来也不是那么糟,只要加倍努力就好了。在丽维的口中,男御光者听上去就像是奴隶相对于自由人那么夸张。"

"我会说他们更像是狗。"加文说道。

"啊?"

"这个么,毕竟他们的才能本身只算得上二流。加上使用意志会不断地消耗精力,那非常非常地累人。而且意志不是只靠努力就行的,它需要信念与努力共同作用。所以,如果需要靠信念去施展魔法,那对一个失去所有信念的人而言,结果会怎样?"

"不能再施展魔法了?"奇普猜测道。

"没错。御光者之间的等级制度有一半就是依据这个。七大郡与等级制度将御光者们视为奥赫拉姆神送给世界的礼物,但却不光因为他们是奥赫拉姆的礼物,还因为如果御光者们不相信自己是独一无二的,那么他们将无法完成所交代的魔法任务。无法御光的御光者?毫无用处。"

"我从没想过这些。"所以说,严格的等级制度并不只是因为制定者一时兴起?奇普估计丽维的导师们可不是这么向她解释的。

"当然,这也是一个无限循环的过程。假如你是个郡首,并为培养一名双色御光者支付了一大笔钱,那么,你在他身上投资了这么多,自然无法接受他的失败,所以你不得不强化他的优越感,处处纵容他,给他奴隶使唤,等等。这也导致越强大的御光者越难管理。"

这时,身后传来一声干咳。是铁拳。

"指挥官大人,"加文问,"你对于这个话题有什么要补充的吗?"

"嗓子里进了一点灰,抱歉。"然而铁拳的语气里却没有一丝歉意。

"使用意志的麻烦在于,我们认为一个人这一辈子意志消耗得越多,死得就越快。当然,那也可能单纯是具有强大意志的人往往会使用更多御光术的缘故。不管怎样,他们的职业生涯都很波澜壮阔,却也十分短暂。这大概就是为什么男御光者往往没有女御光者的寿命长,因为他们时时刻刻都在为让自己的御光术有用而消耗意志。这样所产生的副作用是,那些最强大的御光者中,很多人都具有无边的意志力。说穿了,就是有很多傲慢的混蛋,尤其是男的,还有一群疯子。偏执的人往往对自己的所作所为抱着坚定的信念,这令他们异常强大。"

"所以,接下来的时间我将不得不和一群疯狂而傲慢的杂种们一起度过。"

"呃,他们中很多人都有最优秀的血统。"

"哦,对,我才是这儿唯一的杂种。我还以为成为御光者会很有趣呢。"奇普说。

"咕哝永远学不会划船。"加文说道。

"'咕哝'?"

"咕哝,庸人,俗夫,闷墩儿,土包子,铲工,障目者,无光者,矬子,用嘴喘气儿的,衰佬,蒙昧鬼——还有很多叫法,大多数还不如这些好听。它们都代表着同一种人:非御光者。"

"那你呢?"奇普问。这时他们总算走出小巷,穿过安伯河上一座宽阔的石拱桥。加文转头看向他:"你是问他们都用什么难听的名字叫我?"

"不!"噢,加文是在调侃他。奇普皱起眉头。"你的眼睛里没有——"他试着寻找合适的字眼儿,"——瞳晕。这是否意味着你想用多少御光术就能用多少?"

"我也会像其他人一样感到疲倦。不过你说得对,有段时间我简直是挥霍无度,而且不会累得垮掉。但在未来某一天,很可能在从现在起五年后,我会逐渐失去对颜色的掌控力。再持续大约一年后,我就会死去。"

"为什么是从现在起五年后?"奇普问。他不禁感到有些奇怪,为何御光者对自己即将到来的死亡能做到如此面不改色。他猜他们一定花了不少时间来习惯这个念头。

"这件事总是发生在光明王开始统治后七年的倍数里。我已经做了十六年,所以我还可以一直做到第二十一年。对一名光明王来说,这已经是很长一段时间了。"

"哦,为什么是七年的倍数?"

"因为有七种颜色,七种美德,还有七个郡?因为奥赫拉姆喜欢数字七?老实说,没人知道为什么。"

走上街头,行人渐渐多起来。有人开始为上午的工作奔波劳碌,还有人希望能在气温升高前尽可能完成更多工作。他们走近爱神之门,那里已经堵成一条长龙,都是打算出城务工的工人。奇普甚至没看到加文在什么时候施展的御光术,但当加文转过身时,手上已经多了一块绿色的圆石头。不是石头,是绿色的拉克辛结晶,完全适合奇普手掌的大小。奇普接过拉克辛球,困惑不解。

"你带护目镜了吗?"加文问完,又递给他一块边长不超过一英尺长、通体雪白的方形板。奇普掏出护目镜,无力地笑了笑,对于加文接下来要说的话有一种很不好的预感。

"轮到你了。等你自己变出绿色的拉克辛球,就可以享用午餐——或是晚餐,也可能是早餐了。你有护目镜、白色反光板、充足的阳光,还有范例,所以开始吧。就算是我也没法把教程弄得更简单了。"

"但我还需要技巧、意志、光源、平静。我没有技巧,什么技巧都没有。"

加文冷眼看着他:"那你觉得怎么才能得到技巧?技巧是最被高估的要素,意志会掩盖众多缺陷。"

这话我已经听太多遍了。奇普连早饭都还没吃,现在竟然有人告诉他直到变出一个魔法球前都不能吃饭?真是好极了。

他们走到队伍后面。加文看了一眼铁拳指挥官,不等给出进一步的提示,铁拳已经开口道:"看来前面好像有辆货车抛锚了,挡住了半道门。"

加文抬手向前一扫,仿佛在说,你先走。铁拳指挥官立即走到前面,旁边焦躁的农民与工匠迅速地为他分出一条道路。被推到一边的人开始都怒不可遏,可一看到矗立在面前这个男人,便立即把不满藏了起来。

"我们过去帮忙。"加文说。

"哪来的,你这帕里亚人渣。"有人说着啐了一口。加文停下来,扫视人群,寻找着说话的家伙。人们看向他的眼睛,注意到那对充满华彩的眼眸时,所有人都安静了。大家又困惑又震惊。

"你可以得到我的帮助,或是我的敌意。"加文高声说道。他解开那条低调的斗篷,把它甩到肩膀后面,露出了炫目的白色外套与下面的内衫,上面遍布着金线与宝石。

加文继续朝前走,奇普迅速靠到他身边。人群在他们身边分开,有的低声询问,有的暗自咒骂。一分钟后,他们已经来到长龙前面。至少十几个男人正在全力推开一辆货车。很显然,穿过大门时马受到惊吓,突然改变了方向,马车车轮砸进大门的支撑板中——就是爱神的头发那里——车轮与车轴全被撞碎了,整辆车都卡在城墙上。修理无法正常进行,这些男人只能试着用纯粹的蛮力将货车抬出来。还有几人则试图用长杆把墙上的碎块捣下来。

"我们得去弄一辆空车过来。不把这辆车拆了,根本行不通。"其中一个守卫说道。

携光者
卷一 光明王

即使是毫无经验的奇普,也觉得这个人说得很对。既然这些人合力都不能撼动货车分毫,那就只有拆掉这一个办法了。然而人群中还是发出了不满的责难,还有几个人大声地抱怨起来。

"弄来一辆空车?上哪儿弄去?就算过来,还得穿过后面混乱的人群,那得耗上好几个小时!"

"你们今天全都得走其他门了。"卫兵说道。

这句话再度引来人群一致的抗议。看街道的拥挤程度也能知道,要是后面的人群不散去,前面的一个也动不了。那也得花上好几个小时。

"干吗?"守卫大喊,"这又不是我造成的。我只是想解决眼前的问题!还是说你们有更好的主意?"

"我有。"加文说道。

"哦,当然了,你这自以为是的——光明王陛下!"守卫大叫。

这话再次在人群中起了一阵波澜。

无视那些窃窃私语,加文挥挥手让那些男人退下。他们照做了,有的充满敬畏,有的则十分不忿,有的甚至怀有敌意。然而加文却径直走到撞进墙内的货车前。"我知道你为什么遇到麻烦了,"他说,"但我还有一些额外工具可以用。"

奇普拿着绿拉克辛球和白板,突然发现铁拳指挥官不见了。

他长得那么高大,怎么会突然消失?奇普环顾四周,发现他正站在人群中一名男子身后。男子将手搭上腰间那把巨大的匠人刀,铁拳指挥官的大手从身后将那人的手同刀柄一并罩住,接着在他耳边低声说了些什么。

后者顿时面色一片惨白,整个人都垮了下来。

铁拳指挥官在他肩上友好地捶了一下——这一拳几乎将对方击溃——然后又回到加文身边。

"每当我需要你的时候你就没影儿。"加文说。

铁拳指挥官哼了一声。

奇普不由得说道:"我觉得他可能刚救了你——"说完奇普才注意到加文的表情。看来加文一早就知道了。"噢,呃,没事。"真是自作聪明,奇普。

另一边,加文又回到正事儿上。"我需要绳索。"他将一只手举过头顶,掌心立刻出现了一根黄色的拉克辛长杆。棍子啪地向两边迅速伸长,转眼已是常人身高的三倍。然后,他将长杆交给了其中一个早已惊讶得目瞪口呆的工匠。"你,还有你,把这个放好,我需要你们帮我把货车从墙上撬下来。"

那人点点头,开始同其他人一起把这根长杆尽可能地敲进货车与墙体之间的缝隙深处。

加文走到货车的另一边,从手中射出数条细细的拉克辛光柱,分别扎进几个车轴下方。"就是现在!"他向那些拿着拉克辛长杆的人大喊道。

众人拼尽全力,将货车挪了不到一掌宽的距离,接着一起喊到三,撤掉力道,调整一下肩膀,准备再试一次。

"不用了,"加文说,"你们为我做得够多了,干得漂亮。"确实如此,现在货车后面也连满了拉克辛。一张闪闪发光的七彩大网将整辆车包裹进去,其中大部分是绿色与黄色。加文拧拧肩膀,调整好状态,瞄准拉克辛与石头砌成的大门,射出一道蓝黄相间的拉克辛。不消片刻,那股双色拉克辛便凝结成一个滑轮。他从旁边一个农夫那里借来一捆绳子,然后射出一个螺栓,将绳子一头固定到车顶,另一头绕过滑轮。接着,加文把固定的滑轮与连接在车顶之间的绳子放松一些,并在上面变出一个自由滚动的滑轮,将其固定在包裹货车的拉克辛网上。最后,加文把刚才那位农夫叫过来,余下的绳子扔到他手上。显然他正是马车的主人。

"还需要大家来帮个忙。"他说。

携光者
卷一 光明王

奇普咽下一口唾沫，对默然看向人群的铁拳指挥官说道："别告诉我刚才那些都是他灵机一动想出来的。"

"不是。在军队穿过半个大陆追击敌军过程中，货车抛锚的情况绝对多到让你惊讶的程度。我还见过他独自举起过更重的车，不过那要用更多滑轮才行。"

这番话里包含了真正的问题所在：为什么加文不自己搞定这件事？他变出的拉克辛比任何麻绳都结实，他还可以再制出四个滑轮，把负重减轻到可以独自举起的程度。然而问题刚一浮起，奇普便马上知晓了答案：加文想同这里的民众搞好关系。如果他方才只是走过来独自搞定一切，人们会敬畏他，但却不会将自己视作成整件事的一部分。而现在这样，他则让大家做到能够自助。虽然他的力量可能依旧会让他们感到敬畏，但这力量却是为众人服务而存在的。

大家合力拉紧绳子，加文又叫来一些人。货车被抬离地面后开始向墙外摆动，加文和另一些人一起撑住车身，以防误伤。等大家总算将摇摆的货车稳定住后，加文喊道："好了，把它固定在那儿别动！"然后他钻到车底，仰躺在坏掉的车后轴下。

这货车可不轻，而那些人正吊着全部重量——这些人的城市在十六年前几乎被加文的军队摧毁殆尽。即便如此，铁拳指挥官似乎丝毫没有感到任何焦虑与不安。"你难道不担心他们会故意放手吗？"奇普悄声问。

"不担心。"

可奇普担心。不过加文似乎无所畏惧。他抓住车轴断掉的两端，尽力将其合到一起。可这样不管用，那里已经被扭曲折弯了，但加文依旧用黄拉克辛一点点将其绑拢，接着又开始修车轮。等他修理好所有能修理的，替换掉所有不能修理的，才从车底钻出来。

加文打个手势。人们将货车缓缓放下，轻轻停在路上。参与的人群爆发出一阵成功的呐喊。加文拍拍那位农夫的肩膀："应急处理，大概能挺个三天左右，之后你还得去修理一下，不过在那之前应该没什么问题。"

"谢谢您，先生，实在是非常非常感谢！我以为他们一定会要了我的命。大家一天的薪水可能都要泡汤了。是您救了我，先生。"

加文笑着说道："不客气，现在把马拴上吧。"

直到看到这个笑容，奇普才完全明白加文都做了什么。他只用十分钟的努力和一点点心机，就已经把一个恼人的状况变成了一个机会，不仅拉拢了他所帮助的人，还将俘获所有听闻这件事的人。光明王陛下本人竟然参与纯粹的体力劳动，还把货车吊起来移开稳稳停住，全然不怕那身昂贵的白衣服被弄脏。他身体力行地加入到百姓之中，同大家亲切交谈，尽管这一切与他的身份如此格格不入。如果一个统治者愿意同人民一起挥洒汗水，那他就有可能理解人民的生活疾苦。一个衣着光鲜的公子哥儿可能血统高贵、聪明过人，却不太可能了解底层百姓的生活，比起那样的人，眼前这个要更值得信任。

"这就是你很少听到有人叫他盖尔大帝的原因，"铁拳平静地说道，似乎看穿了奇普的心思，"因为他本质上就不是一位皇帝，他是守护圣使。虽然战斗并非一直都是最好的解决方式，却是他唯一的表达方式，这也是人们愿意为他出生入死的原因。"

"那他为什么不继续当守护圣使？"奇普开口说道，却不知自己问了一个危险的问题。

"我可以列出一堆原因。但实际上，我也不知道。"

加文一挥手——当然这完全是在作秀——释放掉所有拉克辛。先前制出的东西开始溶解消散，闪烁出点点光芒，最终化作尘埃。他对那些工匠点点头，接着打了个手势示意奇普跟过来。

奇普走到加文身边。通过大门时，加文说道："你做好绿色拉克辛球了吗？"

"什么？"奇普抗议道，"我没想到——我甚至都没机会去——"

噢，我又被他调侃了。瞧见加文正在咧嘴笑，奇普松了口气。

"看，奇普，"少年自言自语，"天上写着'真好骗'三个大字！"接着抬头眺望天空，做出一脸无知的模样，"啊！在哪儿？"

加文哈哈大笑。如果奇普没有判断失误，大概连铁拳也在笑了。"虽然起跑线上比别人慢了点儿，但当他开始加速的时候你们可要小心了。这让我想起了某个人。"他大笑着对奇普说道，然后将手搭到奇普肩膀上。这个某个人指的就是他自己。

奇普忽然感到肩膀上这一搭有上万种说不清道不明的东西。那一搭宣告了他的归属：这是我的孩子。这话他母亲曾说过好几次——总是在奇普闯祸之后。她从没带着自豪说过这句话。

加文·盖尔不仅是一个了不起的人，他还是个好人。奇普愿意为他做任何事情。

CHAPTER
— 63 —

"将军,我想和你谈谈。"丽维·戴纳维斯在洞石宫的屋顶上找到她的父亲。桌子上摆满了需要核对的清单与报告。天色尚未破晓,清晨的寒意却已袭来。戴纳维斯站在原地,暂时放下手上的工作。他屁股抵在桌子边上,眼睛看向东方。

"今早喊的是'将军',不是'爸爸',看来我要遇到麻烦了。"他说着勾起嘴角,"到这儿来。"

丽维走到他身边,被他拉近,这样他们就可以一起看日出了。

"美丽的瞬间支撑着我们度过那些难熬的岁月。"父亲说道。丽维看着他。柯尔文的眼睛注视着冉冉升起的太阳。那是一双蓝眼睛——红色的瞳晕难掩其中显露出的疲态。丽维知道,在熬夜方面柯尔文·戴纳维斯一直比别人厉害,所以她很清楚这份疲惫感绝不是一个晚上造成的。尽管这不是她第一次在他脸上见到这个表情,但却觉得这或许是她第一次真正理解到其中的含义。

过去丽维只要见父亲眯起眼睛,就会觉得那是他在将喜悦从这个快乐的身体里挤出去。如今他又将再度体验战斗。眼下,他正在为目睹更多人死去做准备——并为那个过去杀害他手下的男人,加文·盖尔战斗,想必这一定令他感到痛苦万分。

携光者
卷一 光明王

太阳在瑰丽的朝霞中升起,粉色与橙色映红了海浪。父亲眼中的紧张慢慢舒缓开。丽维在他眼周焦糖色的皮肤上看到点点雀斑,在他的发丝里见到几缕淡红色发束,犹如被阳光点燃的火焰。这两样特征她都没能遗传到——还有那双能帮她成为更强御光者的蓝眼睛。

柯尔文嘴唇轻动,吐出几个字。噢,他在祈祷。祈祷完,他伸出三根手指,画出一个三角并用拇指碰触右眼,再用中指碰触左眼,最后用食指碰触前额的心眼。依次碰触嘴唇、心脏与手,柯尔文完成了整个祈祷手势。三与四,最好是七,是向奥赫拉姆神祈祷时的基本动作,代表着你所注视的,你所相信的,你所展现的。

柯尔文没有将视线从升起的太阳上移开,直接开口说道:"你来问我,怎么能为过去的敌人战斗?"

"他杀了妈妈。"丽维语气冰冷。

"不,奥丽维安娜。他没有。"

"他手下干的。都一样。"

"当时的情况比你想象的要复杂。"

"这话是什么意思?不要把我当小孩来看!"

"我很抱歉,奥丽维安娜,我不得不保护——"

"我已经十七岁了。我已经离开你的保护独自生活三年了。你不需要再保护我。"

"不是保护你,"柯尔文说,"是保护其他人不受你伤害。"

什么?这句话像一记重拳打中丽维的肚子。父亲不相信她?

"你知道那个在十七岁的时候颠覆了整个世界的人是谁吗?"柯尔文问,"是达森·盖尔。"

"但——但——那和这个根本是两码事。"

"奥丽维安娜,我想请你相信我。我见过很多父亲滥用自身职权,要求自己的孩子盲目地服从命令,我从没那么对待过你,不是吗?当你说你想去光明利亚的时候,我不想让你去,我说我可以教会你一切你想知道的有关御光术的知识，但结果呢？"

"你让我去了。"最后的时候。

"对你而言那是个可怕的地方，但你向我展示了你有多坚强。现在你站在这里，我以你为傲，奥丽维安娜。你与魔鬼同行，却顽强地活下来。所以这次我请你相信我，我在做正确的事情，我保证。我从没忘记你母亲，也没忘记你。"

面对父亲坦诚直率的面庞，丽维几乎无法一直注视着他的眼睛，或是表达出她本该有的愤怒。父亲比其他任何人都坚信自己的理念，丽维也知道父亲的过去并无任何过失可言。她还知道一旦他像这样做出决定，便绝不会再有半分动摇。如果说丽维很固执，那绝对是遗传自柯尔文。

她让步了。

"如果他没给这个国家带来过战争，我觉得我大概会更易对他产生钦佩之情。我是说，当我待在他身边的时候，我甚至会忘记战争这回事。"

"有一点儿迷上了？"父亲暗示道。

红晕染上丽维的脸颊。"也许有一点。"她咕哝道。

"要是你没有，我还在想该怎么回复才好。他就是他。"柯尔文说着耸耸肩。

"他真的不用为母亲的死负责吗？"丽维再次问道，态度却不似先前那么强硬。

"负责？真是个棘手的问题。如果说盖尔兄弟没有发动那场战争，你母亲能不能一直活到现在也未可知。或许会吧。但我可以告诉你两件事：加文从未以任何形式下令处死你的母亲，也从未有过要将她置于死地的想法；再者，他全身心爱恋的女人永远只有一个，而那不是你。"

"这是三件事，不是吗？"丽维咧嘴向父亲投去笑容。

柯尔文也笑了。

"你已经不单是我的女儿了,你长大了。"

"他来这里做什么?光明王的手下烧毁了这座城市,杀死了成千上万的百姓。既然他过去对加里斯顿没有一丝一毫的兴趣,现在是想做什么?难道说没人想要这地方的时候他觉得无所谓,现在有人想要了,他又不想失去了?"

"盖尔家原本不是两兄弟,而是三兄弟,最小的那个名叫塞瓦斯汀。加文十三岁那年,最小的弟弟被一头蓝破光魔害死了。因此,加文第一个志向就是从破光魔手上保护无辜的老百姓。无论他在哪儿遇到破光魔,都会毫不犹豫地杀了它们,对怪物没有半丝怜悯可言。如今格拉多王在利用破光魔造势,或者说至少光明王陛下坚信他在那么干,所以他必须阻止格拉多。"

"蓝破光魔?这不合逻辑。蓝光者做事总是有理有据的,不是吗?"

"丽维,人们谈到冲破瞳晕的时候,总觉得一旦变成那样,御光者便会马上陷入疯狂状态,认为疯狂的分界线就像生与死那么清晰,但事实并非如此。有些破光魔会在数周乃至数月内依旧保留一部分人的特征,例如理智。有些在晚上还算正常,但到了白天,便几乎彻底受颜色控制。每时每刻,破光魔的状态都会有所不同,蓝光魔可能会对人展开杀戮,红光魔也可能会变得沉着冷静,这就是他们如此危险的原因。现在,你决定要帮我了吗?"

"好吧,我能做什么?"她问。

"你知道如何制作拉克辛手雷吗?"

"那是什么?不知道。"

"这些年你在光明利亚都学什么了?"

"嘿!"

柯尔文笑了:"你带护目镜了吗?"

"当然。"丽维回道。

"很好,我们可以用黄色来试验。"

"我不是很出色的黄光者。我是说,我还做不出光水。"

"我不需要那个,"柯尔文说道,"你知道如果将红色与黄色混合,再用蓝色将其密封,然后摔到地上会发生什么吗?"

"呃,发生什么好事?"丽维问。

"轰!"柯尔文说,"你也可以用幻紫色来密封,不过那会让投掷者感到十分紧张。"

在无法弄清外壳是否完好的情况下拿起一包炸药?丽维想象得出那会多么令人紧张。

柯尔文扔来一枚蓝拉克辛球。丽维接住了,令她惊讶的是那东西一直在咯咯作响。她仔细看向手心,这是个实心弹,和小号火枪子弹类似。出于某种原因,丽维感到震惊不已:"这,这……"

"那就是用手雷杀人的秘诀,也是我们现在正在做的事情,奥丽维安娜。我们在杀人。就在此地,就在此时,我们在用奥赫拉姆神赐予我们的天赋去杀害他的子民。那些人大部分是些傻瓜,但在其他任何时候他们都有可能成为我们的朋友,这个世界就是如此艰难。你想听我撒谎吗?还是说你想保护所有人?"

丽维感到自己全身的血液都在倒流。父亲的话像一块海绵,吸干她全部的幻想,冷却了再次有机会表现自己所带来的微薄喜悦。她原以为眼下的一切是上天为她做出了最好的判断,可现在,有什么东西啪地一声断了。

"爸爸,我做不到,"她说,"我不能为了光明利亚,不能因为你的一番话,就去杀害提利亚人。"

一时间,丽维在父亲眼中看到一股浓烈的悲伤。他看上去——她这辈子第一次觉得——老了,憔悴了。

"丽维,"柯尔文顿了顿,"人总会在某一时刻身不由己。那不单需要你去相信你想相信的，还需要你判断该怎样去相信。你是相信人民、理想，还是奥赫拉姆神？是遵从自己的心，还是大脑？你是相信摆在自己面前的事实，还是相信你认为你所了解的事实？有些你认为你已经知道的事情其实是谎言，但我不能告诉你哪些是，哪些不是。我很抱歉。"

在丽维眼中，这似乎是父亲对"只忠于一"最为繁复的诠释。

"那你怎么选的，爸爸？理想还是人民？"丽维反问。尽管亲眼目睹柯尔文祈祷，但她知道父亲并不是虔诚的信徒。他体内那部分信仰早已随母亲一起离开了人世。他的祈祷更像是某种形式上的习惯："干得漂亮，先生，又是一次美丽的日落。"就这一点而言，父亲根本不相信奥赫拉姆神会在乎某个男人或女人，或国家。

柯尔文眨眨眼，嘴唇微动却又迅速合上，抿成一条线，眼中满是痛苦。

"我不能说。"他最终说道。

不能说，是因为你不会真的做出抉择吗？那你又怎么能这样训诫我？但这些其实都没有意义，父亲是丽维所认识的人里最好的一个。

不，不是的。父亲这一辈子之所以会这样生活，是因为他始终怀抱着特定的理念。那曾让他去对抗加文·盖尔，并让他在那场战争中放弃自己拥有的一切。他一直是个有理想的男人。那些理想让他一度远离光明利亚，让他反对自己的女儿去光明利亚，因为他害怕她会被缺乏理想的光明利亚腐蚀。

明智的畏惧。内疚涌上丽维的心头，结果证明，她确实被腐蚀了，从她答应在加文身边做间谍那一刻起，她已经和光明利亚其他人变得一样卑劣。

但这不能解释为什么父亲会突然为一个他本该憎恨的人战斗。人的理想不会轻易改变。照理来说，如果加文在这里与提利亚人战斗，那父亲本该会和他激斗一番。

奥赫拉姆神，或许父亲也被腐蚀了，或许他被人收买了，或许他和其他人一样出卖了自己的理想。这些念头逐个刺痛丽维的心。不然为什么他无法回答这样一个答案显而易见的问题？——因为那会让他的伪善表露无遗。

整个该死的光明利亚就是一团污泥，它污染了所有接触它的事物。丽维曾在光明利亚底层生活三年，她知道单色御光者的待遇，更知道提利亚人的待遇。如今，她终于成为特权的一部分，甚至几乎成为光明王本人的朋友——她喜欢这种感觉，喜欢与这个位高权重的人说话，沉溺于他的青睐。她喜欢华美的服饰，喜欢被人特殊对待，被人重视。为了维护自己的权力，她甚至出卖了自己——如此轻易，如此轻而易举出卖了。但那就是光明利亚的运作规律。可那份腐朽甚至污染上她的父亲。

"丽维，"父亲说道，"相信我，丽维。我知道这很难，但请你相信我，"

"相信你？你都不相信我！"她心痛地问道。

"丽维，求你。我爱你。你知道我不会做任何伤害你的事情。"

忽然，眼前的一切变得豁然开朗，现实的残酷几乎夺去丽维的呼吸。光明王怎么能让她的父亲背叛他曾坚守的一切？为什么父亲会回避那些简单的问题？因为他爱她，柯尔文是被腐蚀了，但不是被金钱或性。她知道父亲不会如此贱卖自己的灵魂，那究竟是什么让光明王如此轻易地征服了柯尔文？是他掌握着丽维。

加文·盖尔用丽维收买了柯尔文。虽然不知道具体是怎样的威胁与贿赂，但那都无所谓了。

丽维也被人用同样的方式贿赂与威胁过，当然是被卢斯格尔人。现在，她终于清楚了游戏的规则。父亲违背了自己的原则，是因为他爱着女儿。

柯尔文只对自己的家人忠实，也就是丽维。他不能把事实告诉她。如果他说了,她就会毁了一切,让他的牺牲变得毫无意义。

丽维的心碎了,她强压住心中翻腾的情感,不让自己大哭出来。残酷,太残酷了,加文怎么能在做这种事后还对她笑?

因为这就是光明利亚的规则。那里的人全是毒蛇猛兽。柯尔文曾付出一切想让丽维远离光明利亚——除了下命令。因为他不是蛮横的人。是我的错。丽维吞下哽在喉中的硬结。她的父亲因她被污蔑,他不该为她承受这样的屈辱。

丽维拼尽全力鼓起勇气露出笑容,佯装默认。

"我明白,爸爸。我相信你。不过在可以的时候,请你告诉我一切。够公平吧?"

"很公平,"柯尔文明显轻松了不少,"我爱你,丽维。"

"我知道,爸爸。"

该为这份爱付出代价的人是加文·盖尔。

CHAPTER
— 64 —

这很简单,奇普。没人要求你做个滑轮车或小舟出来,不过是个绿拉克辛球而已,没什么大不了的。

奇普盘腿坐定,戴好绿色护目镜,将白板放到膝盖上,期待接下来将会发生的事情。可他已经静坐两个小时了。他究竟是在做些什么?什么也没做。这几个小时里什么事都没发生。到底要如何专心进行御光术?他的胃隔三岔五报怨几次,都快形成规律了。这会儿,太阳已经接近正午。

使不出御光术就不能吃饭?太残酷。这是拷问,不合情理。

奇普抬起头。加文带着他们来到爱神之门几百步外的旧墙废墟,三人抵达时,已经有上百人在那里做工。他们走过那些劳作的人,方才不少在队伍里排队的人这会儿正在其中。工人们挖掘墙根,一直挖到地基露出为止。奇普路过时看了一眼,有几个地方至少有四步那么深,不过挖掘进度比他想象中的快不少。在众多工人与沙土之间,奇普能见到的绿色,就只有城墙上方的那么一丁点儿植物。

加文与戴纳维斯大师正全神贯注地看着手上的图纸。戴纳维斯将军,奇普心想,正自然地调度指挥——就像他过去叫奇普做这做那时一样——这让奇普不禁怀疑为什么自己以前从未往这方面考虑过戴纳维斯大师的事情。对一座像莱克顿这样的小镇而言，这个男人显然太过了不起。偏偏奇普从未考虑过这点。小孩总是只想着他们自己，奇普。

"还不够好，"加文说，"不，细节上已经处理得很好了，细节很完美。可既然旧城墙过去都没能阻止我们的进攻，表明这么做没用，为什么还要重建一座？"

重建城墙？加文不是说格拉多王的军队五天内就会抵达吗？

"如果能从以前的错误当中得到新的经验，我想那一定意味着我们很幸运，"戴纳维斯将军说道，"如果我们能将这些都完成的话，则更幸运。"

"把拉斯凯森的图纸给我拿过来。"光明王下令道。

"你真打算用艺术家虚构的神秘城市为蓝本建一座城墙？"

加文下巴上的肌肉因恼怒抽动起来。

"您已经充分了解我的意思了，光明王陛下。"戴纳维斯将军说着，迅速鞠一躬。

"把你女儿带来，"加文说，"我要用幻紫御光者来干这个。"

柯尔文稍作犹豫，转身骑上马。"当然。"将军走了，飞奔向主城。他手下的卢斯格尔私人护卫紧随其后，跟过去。

从到这里开始，一整个早上加文都在与工头、卢斯格尔护卫还有戴纳维斯将军交流公事，但现在，突然只剩下加文一个人。他看向奇普。糟糕，我想我现在应该努力练习御光术才对。

加文扬起一条眉毛看向他。"还不饿，嗯？"

奇普做个鬼脸："谢谢您还记得我。"

"奇普，绿色与其他颜色不同，它可以用一个词来总结，其他所有颜色或许需要达到一定水平才能使用，但只有绿色充满了野性。要知道，不论好坏，万物都与野性相关，这就是绿色，这也是我对你说，你只需凭意志就能使用御光术的原因——因为意志与原始的野性一直自然地紧密联系在一起。如果你是蓝色初学者,我便不得不解释有关御光术的感觉、协调、秩序,以及它如何与世界相契合。但那不是你。还有什么问题吗?"

有,不过与御光术无关。"那名枪手后来怎么了?"

"什么?"加文问。

"就是伊利塔船上的那个人,差点杀了我们的那个。我记得在我击中他之前,他的枪爆炸了。"

"确实会发生这种事,"加文说,"当你蓄力过度,手枪便无法承受住那么大的力量。"

"那名枪手能从五百步外击中我们,却在手枪子弹的问题上犯错?"

加文笑了。他翻开掌心,里面什么都没有。噢,奇普连忙眯紧眼睛,一枚幻紫色的拉克辛球出现在加文手中。"看见了?"加文问。

"看见了。"

加文伸出手,只听一声微弱的爆裂声传来,他的手猛地向后一缩,幻紫球立刻像手枪子弹一样飞了出去。

"我堵住了他的枪管,"加文耸肩说道,"你可以随便选一种颜色干这种事,用黄色也可以,只要你能制出固体的黄色。不过,还有很多其他选择就是了。"

"为什么不直接杀了他?"

"或许我已经杀了,"加文说,"手枪在手上爆炸可不是在开玩笑。"他又耸了耸肩,"我认得他,战场上的雇佣兵。有时候为我作战,有时候为我兄弟,还有时候为任何一个能够付给他足够多钱的长官。他是个酒鬼,还是个无赖,但也是七大郡内最优秀的枪炮手。不管他生下来时叫什么名字,如今人们都称他为'枪手'。那就是他的全部价值。他作为枪炮手,他第一次收到甲板命令是在一艘名为'烈焰吐纳者'号的船上。"

"烈焰吐纳者号？那艘烈焰吐纳者？"奇普问。

"能够杀死一头成年海怪的就只有常年在海上累积的经验。那时候'枪手'大概十六岁，"加文甩甩头，挥去涌上心头的往事，"我杀过很多人，奇普。有时你会犹豫，那和危险一样会令你处境糟糕，不过，我更乐于将这种情愫视作我还有一丝人性的证明。除此之外，我知道如果让枪在他的手上爆炸会彻底激怒他。如果我了解'枪手'，我猜那把手枪肯定是自制的。他大概会想究竟是哪个见鬼的混蛋弄坏了他的宝贝手枪。"加文瞥了一眼不远处，一个盛装打扮的卢斯格尔人走过来，两侧跟了一群护卫与奴隶。他们抬着轿子，好为这位肤色浅淡的男人遮阴避阳。"你该忙你自己的事情了，"加文说，"最好快一点，侍从们随时会带午饭过来。"

我刚把饿肚子这儿忘掉你就提醒我。太谢谢了。

奇普推推鼻梁上的护目镜——眼镜一直往下滑，甚至无法服帖地待在原地——继续盯向面前的白板。野性，野性，肆意，生长……这些词儿在奇普脑子里打转儿。那名卢斯格尔贵族——奇普猜测他可能是位行政官——正尖声向加文抱怨着什么。看他站着的模样，似乎打算一直纠缠不清。奇普试着不去管他。

绿色。加油，感受所谓的野性。

野性，我想到一个词，"野性奇普"。以前芮米尔叫我胖墩的时候我可是野性十足，嗯？当他叫我放弃伊莎的时候我也颇具野性。如果我能再狂野一点，或许现在伊莎还活着。想要充满野性，就要走向束缚的反面。我的人生一直充满了束缚，被芮米尔，被芮米尔！一个村头恶棍，一个坏小子！几乎算得上恶霸的坏小子！

如果奇普曾叫芮米尔去死，如果他曾用语言侮辱芮米尔，除了挨顿揍，芮米尔还能做什么？他那身肌肉跟奇普聪明的大脑相比根本不值一提。

好吧，现在他连肌肉都没了，那些东西早烂透了。这个念头忽然让奇普感到有些反胃。老实说，他不想让芮米尔死，那个男孩也做过不少好事。好吧，至少做过一点。奇普现在依旧对芮米尔的死感到后怕，他真希望那个男孩依然活着，这样他就能直面他。

我与加文·盖尔说过话，我还和他一起击退海盗！好吧，在他击退海盗的时候，我一直在忙着别把自己给淹死，但我们在一起的事情是不争的事实。

奇普低头看看自己的手，依旧没有拉克辛聚集起来。那位行政官还在大嚷大叫。奥赫拉姆神，加文怎么能忍受这种事情？那个男人说话的时候嘴里还带着一股浓重的鼻音。奇普真想用绿色的拉克辛球砸中他的脑袋，他又瞥了一眼双手，还是什么都没有。

我又要让加文失望了。再一次。就像我让伊莎失望时那样，还有桑松，还有过去一千次母亲失望时那样。

饥饿啃食着奇普的皮带。这就是我，一个失败的胖子。新生活已经盛盘端到我面前，我是加文·盖尔的儿子，私生子，没错，可他从没把我当成什么丢人的东西来对待，然而我却不能用意志完成他帮我定下的目标，坦然地迎接这份新生活。我没法回报他对我付出的所有好意，我会令这个赋予我第二次生命的救命恩人蒙羞。

这些想法如同一捆钢条竖在奇普胸前，不断锁紧，再锁紧，奇普几乎无法呼吸。他的眼中充满泪水。失败、失望。母亲的面庞浮现在他眼前，被泪水扭曲：你毁了我一生！你是我这辈子犯下的最大的错！我付出一切，你带走了全部，却什么都没留给我！你令我作呕，奇普！

奇普，摆脱掉枷锁。别再相信那些——

"说谎！"行政官大喊。奇普打个寒战，感到身上一阵刺痛。太阳几乎已经升到最高，奥赫拉姆之眼仿佛真有重量般沉甸甸压向地面。但对奇普而言，那是神的爱抚，光、能量、温暖、爱，照进黑暗角落里的光芒，这些都是神的恩赐。他看向白板，透过鼻梁上的绿色滤镜

携光者
卷一 光明王

见到一张奥赫拉姆神的脸。奇普无法称其为野性,他知道这是自由的象征。他突然想要大喊,为这份喜悦载歌载舞,不在乎别人怎么看他。万物皆蕴有自由,禁锢在他脑中的自由,唠叨怀疑声中的自由,他所看到做到的一切所蕴含的自由。这些都是生的活力,是行动,是绽放的力量,如同被禁锢在鹅卵石地下的红树根。生命终将取胜,红树终将稳稳扎根地下,不断延伸,抓牢土壤。

那捆束缚在奇普胸口的钢条一瞬间不见了。他感到一股前所未有的生的力量,那是来自动物本能的力量与喜悦。

这就是他们所说的野性的力量。

狂吠的行政官越叫声音越尖。奇普在掌心制出一枚绿色拉克辛球。就像这样?就像要决定去做什么一样?这好像也太简单了。拉克辛球愈发浓稠,但表面却充满了弹性,顺着他的指缝挤出来。奇普将球做成空心的,然后将体积放大到脑袋的两倍。现在球体的弹性比先前更为夸张,摸起来很软,完全不足以杀死任何人。

奇普的嘴越咧越大,露出前所未有的灿烂笑容。他将球高高举起。加文投出拉克辛前会喊什么来着?奇普记得铁拳也做过同样的事。少年皱皱鼻子,或许我也可以试试。

尽管脑中仍有一小部分在抗议:你不能袭击行政官!他是行政官,看在奥赫拉姆神的分上,你以为他的贴身护卫会相信你的话,以为你不是真的要伤害他吗?

然而在绿色的控制下,"行政官"这样的词汇已经开始逐渐失去意义。那是什么东西?那有什么了不起?人类的礼仪与头衔恍惚间均已成为虚伪而弱小的存在。

奇普决定用意志将球抛出去。他坐在原地,开始像个白痴一样咧嘴傻笑。他感觉到能量开始在球下方盘旋,不过在他把球扔出去之前,究竟该蓄力多久?噢,好吧,似乎已经够久了。只听一声闷响,球迅速飞出奇普的掌心。

少年被冲击力猛地掀向后方。

他一个翻身坐起来，放声大笑，迫不及待地想要看那个尖叫的男人究竟怎么样了。

行政官倒在地上。那个拉克辛球显然还弹到了别的地方，因为轿子塌了，两个奴隶摔倒在地。轿子正好歪向行政官左边，奇普听到他在尖声惨叫——可惜一名贴身保镖马上抽剑冲向奇普，后面的好戏全被他挡住了。

护目镜歪到一旁，奇普没法制出更多绿色了，不过好在他体内还存了不少。他开始制造另一个小球。太慢了！动作太慢了！

奇普举起双手，他与士兵之间的空气随之开始闪烁微光。接着，一声脆响从他手上传来，一枚小球射了出去，震得他双手生疼。

眨眼的工夫，一面蓝拉克辛墙在奇普与士兵间展开。士兵扬起的宝剑插上竖立在男孩面前的墙面，刀尖用力向下，划掉几层蓝色拉克辛，发出刺耳的声响。士兵本人则在之后不到一秒的时间里，整个人都撞上了拉克辛墙。一声好像是玻璃破碎的声音从墙上传来，同时还夹带着一声尖锐的抱怨。

士兵缓了缓，停下来。下一秒，奇普发动的攻击打碎了立在他面前的拉克辛墙。墙体从中间裂开，形成蜘蛛网状，本该是士兵脑袋待的地方，这会儿正钉着一枚火枪弹大小的绿拉克辛球。

"够了。"加文说道。他没有刻意抬高音量，而且是等周围静下来才开口。看来两边都被他的蓝拉克辛墙救了。

奇普感到一阵战栗与虚弱。噢，该死。我都做了什么？

行政官依旧躲在部下的掩护里。球砸过来后，他马上被两名贴身护卫从倒下的轿子上拽到一边。男人站起身，鼻子还在流血，脸颊因窘迫气得通红。惊慌马上转化为暴怒，他将火气一股脑儿撒到加文身上。

"你的奴隶冒犯了我，我要求决斗！"行政官抽出那把挂在屁股上的装饰剑,指向奇普。

加文下巴上的肌肉一抽,开口说道:"他不是奴隶。奇普是我的儿子。"

"这、这就是你的私生子?"

凝重的沉默从加文身上漫开,许久他才再次说道:"奇普,道歉。"

奇普吞咽一口唾沫,站起来,身体禁不住发抖。"我非常抱歉,先生。我第一次练习使用御光术。我真的不知道自己做了——"

"一个道歉就完了?不,光明王陛下,您先是冒犯我,现在又想侮辱我吗?我要求决斗。"

"你要求个屁,"加文看着他,丝毫没有将视线移开的意思,"你勾结格拉多王,要是让我再多找到一点儿证据,我发誓等你回卢斯格尔的时候,就是你脑袋搬家的一刻。除非托勒斯郡首决定将你交给帕里亚人处理。你这个废物、贱人、骗子、小偷、懦夫。你想决斗,我可以奉陪。以剑对剑。我以荣誉起誓,绝不使用御光术,不过现在就要马上开始。"

行政官眨眨眼,剑尖抖了抖。他又眨眨眼,然后收剑入鞘。"没空和你们这些武夫拌嘴!"他咆哮着转身离开。

奇普这才意识到有人站在他身后。他转过身,正瞧见铁拳朝他走过来。"你在这儿站多久了?"他问。

"久到足够阻止你继续犯蠢,不过还没长到挽救一切的程度。我之前怎么没发现你和你家人一样,都有转眼陷入麻烦的本事。"

噢,原来那道蓝拉克辛墙是铁拳做的。这个大块头黑卫是第二次救他性命了吧?

"指挥官,"加文说,"我需要你去给我们的间谍送个话。克拉索斯已经慌不择路,他随时都有可能逃跑。如果事情真发展到那个地步,确保在海港入口配备大炮的全体船员都会向他开火。另外,找人确定一下他有没有掠夺金库里的公款,我需要足够的钱来支撑军队的开销。"

铁拳皱起眉头:"我更愿意待在奇普身边。我是黑卫,光明王陛下,不是信使。我的职责在这里。"

加文说:"这事儿我和奇普都做不了,又需要有人来做。没让你多带些黑卫过来是我的失误,但事分缓急轻重。"

铁拳指挥官犹豫了不到一两秒。"好吧,光明王陛下。"说完,他转身鞠躬,走向别人为他们牵来的马匹。

指挥官走后,四周明显再次安静下来。几十名工人共同目睹了刚刚发生的一切,让行政官当众出丑显然为加文赢得不少民心,可依旧没人想要亲近他,大家都害怕加文正在气头上。加文揉揉前额。"你肯定在想我们为什么要为那样一个混账行政官战斗。"他说。

事实上,奇普根本没想过这个问题,但既然加文提出来了,好像确实有点奇怪。

"因为拉斯克·格拉多浑身都散发出狂热分子的恶臭,奇普。这就是答案。上百人,或者说假如我们没那么幸运,上千人会死,只因为我和拉斯克有过一面之缘,只因为我认为他疯了。"加文长出一口气,"他想得到这座城市。老实说,他有权获得这里。其实如果说只是单纯将这座城市还给提利亚的人民,我会很愿意。这是他们应得的。他们——还有你——都为那场战争付出了过于高昂的代价,仅仅因为他们站在了自己可以选择的那边。假如有其他任何人愿意在我们走后接手这里,我都很乐意。当然,不包括那些见鬼的光谱七政使。但让拉斯克掌权……事情就变得有点复杂了,那也是我来这里的原因。不过由于我的出现,现在整件事都变得十分危险,一旦我们离开,拉斯克便会马上朝无人之境进军,并在帕里亚人登陆这里前关闭海港,到时候这件事就彻底玩完了。帕里亚人虽然会勃然大怒,但加里斯顿带来的利益还没到会让他们派兵进军的程度,这样一来……比如之后几年,拉斯克便会针对加里斯顿出口的橘子拟定一项专属的海运合同。其他地方的人则将不得不接受现实。你怎么看?你觉得值得吗?"

他问话的语气就像我的意见真的有价值一样。奇普没遇到过几个会像这样在乎他想法的大人。"我觉得格拉多王该死,这样我们都能省去不少麻烦。"

加文略带悲伤地笑起来:"真能那样该多好。或许凯莉丝会创造奇迹,真的下手做出这种事。"

"你很想她,对吗?"把住嘴门儿之前,奇普已经将话脱口而出。

光明王的眼神瞬间犀利起来。他看向奇普,又看向别处,情绪逐渐柔和。过了一会儿,他长出一口气。奇普觉得自己仿佛看见希望在从加文身上流走。

"那么明显吗?"加文问。

"你认为他们会杀了她?"奇普反问。

一系列情绪在加文脸上闪现,逝去。他一定是太过悲伤,连眼泪都流不出一滴。"拉斯克会一直留着她的命,来看看我是不是会用整座城市来换她。但不管我选择哪一边,最后他都会杀了她。"

不。他们不会的,奇普想。我发誓。

CHAPTER
- 65 -

吃完午餐,奇普腹内空荡的饥饿感依旧没有消失。加文与戴纳维斯将军还在看图纸——虽然比起戴纳维斯大师,将他视作戴纳维斯将军总让奇普觉得怪怪的,但相比之下,把他看作柯尔文就更奇怪了——就连丽维也加入其中,和建筑师、设计师一起全神贯注地参与计划制定。就在这群人旁边,奇普吃完了午饭。他坐到一边,尽量把道让开。桌子四周地方有限,奇普看不到他们在做些什么。他大口咬下新摘的橘子,然后将其撕碎淋到调好味的野猪肉上,这味道简直好到惊人,可就算是他在这种情况下也无法一直专情于食物。

"我问过,你究竟是不是认真的,"戴纳维斯将军说道,"而你的表情说是。"

"问题不在御光术上,"加文说,"这种程度的拉克辛,我用起来简直易如反掌——"

"易如反掌?"戴纳维斯将军怀疑地打断他的话。

"好吧,没那么容易,但我做得到。问题在于重量。我没办法举起那么沉的重量。我能扔出去的重量比这要轻得多。"

丽维轻轻咳一声,似乎在确定自己是不是真的可以插入他们的对话。

"奥丽维安娜?"加文问道。

她唰地脸红了。

"说吧,丽维。"

少女紧张地向后拢拢头发。

"这样呢?"

她在桌上制出模型。当然,是幻紫色的。因此大部分人都看不见。

戴纳维斯将军皱紧眉头。显然,那个大部分人也包括他。

"抱歉,爸爸,"她说,"我还不会用黄拉克辛来做模型。"

奇普试着去看她做出了什么,可桌子四周全被人挡住了。

加文咯咯笑起来。"这太荒唐了。"他说。丽维的脸色瞬间变得苍白。"但说不定会管用。非常棒!很好!建筑师们对这个设计怎么看?"

有那么一瞬间,奇普觉得加文实在太过无礼。戴纳维斯将军与桌旁其他几个人明显都很好奇丽维的设计,但加文是这儿的头儿,他根本不需要其他人知道,事情这么就算完了。他找到了解决问题的办法,这就足够了。接下来该解决下一个问题。

我究竟该做些什么?奇普已经吃完午饭,现在他能有意识地制出一点拉克辛了。但事实上,他心里清楚有些事是他不得不去做的。

"光明王陛下,我们这些人都没见过这种规模的城墙,还、还——还是说那根本就不是墙?请您务必如实相告。"一名紧张的建筑师说道,"不过,您刚刚给我们看的那些拉斯凯森城旧图纸,设计上明显存在缺陷。那些设计太过虚无缥缈,根本没有足够的实用性。"

"这片空旷的沙漠才是没有足够的实用性,"加文厉声说道,"告诉我修好一座城墙需要做什么。我现在就要开始,今天就要开始。"

建筑师眨眨眼,吞了口唾沫。"呃,这里,"他用手指划出一条线,说道,"这条内部通道不够宽。打仗的时候全副武装的士兵会在这里扛着枪支炮弹来回走动，将补给品搬到指定地点，或是换下来拿去修理，因此通道必须宽到足够两个人在里面自由跑动，就算推着车拿着炮弹也不会受到影响。"

"具体是多宽？"加文问。

"我觉得，呃……"他将比在图纸上的两根手指分开。

"看在奥赫拉姆神的分上，写下来。"加文说。

"先生，这些图纸足有上百年的历史，是无价之宝——"另一个很可能是设计师的人抗议道。

"无价之宝也就能留到下周了，"加文没好气地打断他，"继续。"

奇普不明白自己为什么会反应这么慢，但他渐渐意识到加文真的计划在这里建一面城墙。而且还要在格拉多王的军队抵达前，也就是四天内。

噢，或许那根本就不可能？

当然，只用一个早上就跨越整片碧穹海也不可能。

不过说真的，加文真打算自己一个人用御光术建造出整面城墙吗？奇普不知道在安全范围内，一名御光者一天最多能使用多少御光术，但光从眼前的现实来看，拉克辛绝不可能平白无故地蹦出来，不管是建造房屋、桥、城墙肯定都存在一定的困难。事实上，所有他见过的用拉克辛建造的建筑都只存在于光明利亚，而且现实令他不由得猜测那七座塔楼其实是大家齐心协力的成果。

方才提问的设计师是一个眯眼睛的小个子男人。他下意识地鼓起脸颊，反复几次，似乎陷入了沉思。接着，他迅速动起来，开始在纸上画图。"这些射击孔上的开口太小了，必须给枪炮开火时留下足够的空间。另外，如果像这样将城墙顶部修改一下，敌人便无法将云梯钩上墙垛——至少无法轻易办到。像这样，把扶手设置在后面，还能让我们的人比对方更不容易掉下城墙。顶部这些地区需要拓宽一些，这样才能运送更多枪炮所需的弹药。除此之外，这些图纸没有标注伤员的安置地点，我想你可以在这里合并出一块空地。再者，像这样将滑车安排在内部通道墙边，运送补给的时候就会方便一些。这些图纸上都没有注明提灯挂钩的位置，如果不安装这些，墙内将一片漆黑。你还需要在这里、这里和这里放置起重机，用来运送补给。"

"你以前建过城墙没，嗯？"加文问。

"研究过一些。"设计师回道。

"我付给你多少工钱？"

"呃，目前还都没有，光明王陛下。"

"很好，我以后给你双倍！"加文下令道。

设计师似乎有些费解，显然盘算之后的最终结果并不让他很满意，可他又不敢对光明王本人大喊大叫。

"他在开玩笑。"戴纳维斯将军补充道。

加文的眼中随之闪过光彩。

"哦。"设计师看上去松了口气。不过奇普看得出他脸上闪过的疑问：开玩笑指的是什么都不给我这件事，还是说干得好会多给一些？

加文说道："继续干活。这个男人会负责记录。现在我要去铺地基了。"

"他在打比喻，对吧？"设计师斜眼看向光明王渐行渐远的身影。

"我们的光明王陛下简直是象征力量的蛮熊。"戴纳维斯将军说道。

"哈？"设计师再次提问。

奇普站起身，感到有些紧张。他准备现在就动身出发，眼下正是个绝佳的逃跑机会。

"奇普！"加文的声音响起，引得所有人都看过来。如此轻易被人逮到，奇普感到一阵恐慌与尴尬。"今天做得很好。没有多少男孩能在尝试第一天学会有意识地使用御光术。"

狂喜涌上心头，奇普的脸简直比之前丽维那令人印象深刻的大红脸还要红两倍。

"丽维！"加文大喊，后者猛地甩头看过去，"我想让你来做模型：列出通道的弧度，城墙顶部的宽度，还有设计师告诉你的一切。"

"是的，光明王陛下！"说完，丽维立即将视线放回到桌子上，再次投入到工作之中。

机不可失，如果他再待在这儿，铁拳就回来了。到时候不管他去哪儿，铁拳都会像个影子似地跟着他。奇普看一眼戴纳维斯将军，后者正低着头，为他人出谋划策。丽维则在认真听讲。最后，奇普再次看向加文。对他而言，这些就是世上仅有的几个有意义的人。令人难以置信的是，他们居然都接纳了他，不管他是怎样的一个人，他们都忍受了他的缺点与不足。和他们在一起，奇普这辈子第一次觉得他算得上世界的一分子。

想到这儿，少年转过身，走向城内。

CHAPTER
— 66 —

走过爱神之门,奇普这才明白为什么加文打算修建一座新城墙。旧城墙上嵌满了住户、商店、旅店,远远看去如同一艘附满了藤壶的大船。只不过这里的城墙比那还要夸张,里外都附满了东西,部分地方的屋顶甚至几乎与墙顶平齐。如果加文想用这面墙来抵御进攻,就不得不把数百户居民转移到别处,那样一来,光是拆迁本身恐怕就会耗光四天的时间。

毫无疑问,迁动城内近五分之一的居民,其影响将是毁灭性的。加文只剩下几天时间,在这几天内他希望留在这里的百姓会为他而战,而不是为他的敌人。摆在他面前的是一道两难的抉择:保留百姓的房子,留着这座军事上无法防御进攻的城墙;或是拆掉这些房子,冒着分裂人心的风险。于是,加文决定自己建一座城墙。

真令人难以置信。回想光明王之战那段岁月,人们不得不在两兄弟中间选择一方为其而战,那时的加里斯顿又是一幅怎样的光景?奇普心想,这感觉大概就像在巨人身边参与战斗,你清楚地知道即使是他们最轻微的举动都会将你碾压到粉身碎骨,可假如你哪方都不支持的话,结果只会更糟。

奇普回到房间,将可能用得上的东西全部打包。斗篷、食物、短剑,还有一个装了一小捆锡代纳的钱袋,比他预计的还多了不少——他希望他们会原谅他这么做,毕竟他需要用钱来打通关系。之后,奇普觉得自己有必要留一张纸条,这样他们便不会浪费宝贵的时间出来找他。

少年在房间书桌上找到一支大羽毛笔和一些羊皮纸。他费力划掉上面的字,然后写下:"我是提利亚青年。对我而言,当间谍比在这里待着更能帮上大家的忙。没人会怀疑我,希望我能找到凯莉丝。"签好名字,奇普等墨水干了,把便条叠起来,塞到丽维的被子下面。

接着他又划干净另一张羊皮纸。"我去买些吃的,顺便看看说唱表演。用过御光术之后,我的身体状况似乎不是很好,想要休息一下,午夜之前回来。"

这张便条被他放到桌上。到时候大家会先看到这张,如此一来便留给他些许先行一步的时间。直到午夜前,他们都不会发现奇普已经走掉的事情,等到他们知道的时候,应该已经追不上他了。

带着超载到可疑的鞍囊,奇普走过门口的守卫,来到马厩。

"给我准备一匹马。"他趾高气昂地对马夫说道。

男人抬眼看了看他,倚着墙没动:"去右边。"

奇普有种不祥的预感。这个人不吃他这套,看样子是个不好使唤的主儿。但如果没有马,奇普将什么都做不了,这次行动也将成为他有史以来耗时最短的一次逃跑,他甚至都没走出这栋房子。"呃,我需要一匹马,不是特别招摇,也不是特别……健壮的那种。"

"不是什么好骑手,嗯?"听男人的语气,奇普感觉还不是什么好人呢。

承认你的愚蠢,博取他的同情,奇普。

"你叫什么名字,铲马粪的?"然而嘴巴却与心背道而驰,奇普竟然命令起来。真见鬼。

马夫眨眨眼,下意识地站直身体。"加洛斯……我叫加洛斯,长官。"他不确定地补充道。

"我很少骑这些散发着恶臭的肥胖畜生,但现在我需要一匹靠得住的,驮得动我的肥屁股的,不会在我使用魔法时惊慌失措的马,你明白吗?我没时间在这儿跟你磨洋工。"最后那个词儿他用对了吗?奇普移步上前。马夫显然也不明白他在说什么。"战斗即将打响,快给我那匹该死的马,替你手下的马童省点儿铲屎袋子。"

马夫利索地站起来,走去牵来一匹有经验的御光马。

"按您的要求,这匹是最好的,长官。"男人说道。

一匹有经验的御光马?我没那么贪心。

"抱歉,长官,我就只能弄来这一匹。"

"这匹就行了,"奇普说,"谢谢。"

他不能在这地方多冒险。可那马镫看上去竟然高得不可思议。不行,与其费力爬上去,再摔下来让人看笑话,还不如暂时按兵不动。奇普接过缰绳,谨慎地塞给马夫点小费,将马牵到城外。

奥赫拉姆神,我真是个不折不扣的混蛋。奇普不知道究竟是什么让他感到如此不安:是因为为了能上路,干了番混账事,还是因为他很享受征服别人的快感?等他回来,恐怕免不了会被揍一顿。谁让他这么欠揍。

街道上,奇普小心留意着四周的情况。之后,他找到一个和他体形差不多相同的人。尽管眼下天很热,那人却穿了一件大衣。他的衣服又旧又破,全加在一起大概也就抵得上奇普外衣上几个口袋的价钱。奇普与那人做了交易,然后走上通往水上市场的街道,买了些酒和水。他还试着说服一个店铺老板,告诉对方自己真的很想用这条精美的斗篷来换他那件朴素的毛衣。这时,奇普听见有人在大嚷大叫,他连忙转过头。

马车后面,一位老人正在劝人们往水上市场那边走,不过,大部分人都无视了他的话。"——再次拥有属于我们自己的国家,我们自己的国王！你们还想继续在帕里亚人的鞋底下蒙羞受苦吗？你们忘了上次他们对我们做过什么了吗？你们什么都不记得了吗？"

"他们杀死了上百个像你这样散播谣言的人！"有人大喊。

"我要说的是，我们不能放任他们这样继续下去。"老人反驳道。这句话引来一阵喃喃的赞同声。

"那些听你号令，想要投奔格拉多王的人早走了！"一个店主喊道。

"国王不想看任何人枉死。来，加入他，为他而战！"

"我们不想战斗，也不想杀戮。我们只想活下去。"

"懦夫！"说完，老人走去其他地方，寻找更多有共鸣的听众。

换好东西，奇普正打算离开小镇。这时，一样东西吸引了他的注意力。海湾里出现了一艘新船，大帆船上飘扬着带着七塔标志的白旗，那是光明利亚的彩旗。几乎就在他认出那面旗的瞬间，一队男男女女穿过街道，朝这边走来，其中至少有十二名黑卫。奇普愣住了，内疚之情涌上心头。不过那群人不认识他，他也没看到自己之前见过的那两名黑卫：树墩，另一个忘记叫什么名字了。

然而，跟在黑卫身后的那些人或许更能引起奇普的兴趣。他看着他们走出半个街区，仔细打量，一直目送这群人走向洞石宫殿。来人一共将近两百名，奇普可以肯定他们每个人都是御光者。有几个人眼中反射出的光芒，甚至能够让他清楚地看到其中呈现出蓝色、红色或绿色。还有一些浅肤色的人身上带着明显的色泽，他们有的用长袖子遮住，有的则毫不在意。"……老实说，这地方看起来比我们上次来的时候好多了，萨米拉。"一名通体呈淡蓝色的男人说道。且不管他白到足够显示出颜色的皮肤，光是那几乎垂到腰间的长发绺就够引人注目的了。旁边的女人很漂亮，大约四十岁，蓝色瞳晕，高颧骨，肤色是阿塔什西部上层阶级特有的橄榄色。两人身穿的服饰一看便知价格不菲。

萨米拉·萨耶与蓝之以赛穆？不，不可能。那些都是只存在于故事里的明星。这里有这么多御光者，那两个人不过是碰巧关系不错的蓝光者与红光者而已。

更多黑卫走过去，部分因乘船而变得有些虚弱的御光者被人用轮椅推着走。不能再等了，奇普决定马上动身，不管树墩他们是不是也在其中。

他悄无声息地穿过人群——正好与丽维撞个照面。她叉腰看着他，下巴紧绷。她的眼睛瞥了瞥马，又看看奇普，奇普紧张得咕咚咽下一口唾沫。

"我可以解释。"奇普说。

"你已经解释过了，而且还是两次。"听语气应该不是在开玩笑。丽维发现了那两张便条。噢，见鬼。

"别阻拦我，丽维，拜托了。"

"你知道自己在做什么吗？"她放低音量，"你以为你能当间谍？你要去找凯莉丝？你还想做什么？"

奇普收紧下巴说道："我要去救她。"

丽维毫不掩饰心中的怀疑："这是我这辈子听过的最荒唐的一句话，奇普。如果你觉得这里太危险，想逃跑，你根本不必假装——"

"放屁！"奇普的声音大得几乎震住了他自己。丽维也猛地瞪大了眼睛。奇普简直不敢相信自己刚刚对丽维说了什么——看在奥赫拉姆神的分上，竟然是对丽维！"抱歉！"他刚刚叫得太大声，引得旁边几个人纷纷看过来。奇普尴尬地再次放低音量："真的很抱歉，你怎么能说出那种蠢话。我绝对不是你想的那个意思。我——丽维，"他顿了下，抬起头，"我一无所有。我这辈子都是无足轻重的小人物。可现在，我突然发现别人对我的态度变了，只因为发生了一些我根本无法掌控的事情？因为我父亲？"看到丽维的表情，奇普明白她理解他。她知道他想表达的意思。"丽维，我欠加文一条命，但他却不要求任何回报。"

"他迟早会要求的。"丽维阴郁地说道。

"他有让你去做过任何错事吗，丽维？"

"现在还没有，"她承认，"我只想告诉你，你需要多加小心，尤其在别人知道你从光明利亚来的时候。"

"什么？你和他们不是一伙儿的吗？假如你想骗我回去，那我以后都不会再相信你了。"

"什么？"丽维的表情就像奇普刚刚扇了她一记耳光。

"我发誓，我要去救凯莉丝。你难道还不明白吗，丽维？我是最合适的人选，因为我只是个无名小卒。看我的眼睛！"丽维还是有些费解，不过她顺从地看向了他的眼睛。"没有颜色，没有瞳晕，"奇普说道，"但我可以使用御光术。丽维，我长这么大第一次深切地了解到我该做些什么。没人命令我这么干，我想做，因为我知道这是对的。可怕的事情即将——"他握紧拳头，试着将心里的话倒出来，"自由，又或是力量，我不知道那是什么，但那让我感觉很好。"

"即使你是在去送死？"丽维问。

奇普有点不高兴，但还是轻声笑了："我不是去当英雄，丽维。我只是没那么喜欢我自己。就算我死了又怎样？"

"那将成为我听过的最糟糕的事。"丽维说。

"我很抱歉，"奇普说，"我不是想博同情。我只想说——我一无所有。我是个孤儿，最多不过是个私生子，一份耻辱。我没有多少能失去的东西。如果我这条命能做什么好事的话——甚至那会要我的命——我怎么能不去搏一把呢？"

他看得出来，丽维在犹豫。他第一次迫切地希望自己真的能实现心中的夙愿。

"拜托了，丽维。如果我这次失败了——我再无法离开这座城市——我就真的什么都不是了。求你。别阻拦我。我现在要去做的，将是我这辈子最重要的一件事。"

丽维眨眨眼，咧嘴笑了："我从没想过有一天你会那么大声地跟我说话，在我心里你一直是个软柿子来着。"

"通常情况下我确实是，但我不确定——"

"你是御光者，不是水果！"丽维说着大笑起来。

噢，现在他就像一个狡猾的御光者。

"你是说你不打算阻止我了吗？"奇普问。

"更糟。"丽维回道。

"哈？"

"你必须做你觉得对的事情。我也必须做我觉得对的事情。你是我的职责所在，奇普。"

"噢，不，你别。"

"是的。我要和你一起走——还是说你不打算走了？"

"丽维，你不明白——"她不明白什么？不明白你迷恋她迷恋到不行？不明白在你心里她就是美丽、美好与聪慧的象征，是你愿意付出整个灵魂只为与她在一起的存在？不明白你无法想象让她身处险境的画面？

"我不明白什么？"她问。

真该死。

"你是我的光。"这句话居然顺着唇缝溜出来，奇普简直不敢相信自己竟然大声地把这句话说出口了。他甚至在丽维惊讶得瞪大眼睛之前，先一步给出了震惊的反应。

当初那名刺客想要杀他时，他在丽维面前几乎全裸。可这次情况更糟。他觉得自己几乎要瘫痪了。他的嘴唇出卖了他。

"非常有趣，奇普，但你不是打算要我，然后趁我不注意的时候偷偷溜走吧。你也许很机智，但我也不是无知小儿。"

噢，谢谢奥赫拉姆神！她以为我在开玩笑！奇普松口气，不过膝盖还是有点软。

"我要和你一起走,"丽维说,"就这样。你说得对:你在努力去做一件好事。我知道凯莉丝值得去救,她掌握的情况说不定会决定整场战争的局势。但如果你想成功,就需要我的帮助。如果你拒绝,就是在害我违背自己的誓言。"

他曾用那句"别害我违背誓言"来当作自己的关键论据,可他不是很喜欢别人也用这一条来反驳自己。况且现在奇普脑内一团乱——他的心还在怦怦作响——他的大脑根本无法切实地反驳丽维的话。

"除此之外,"丽维更小声地说道,"你是真的打算逃跑?或许我们之中也有人那么打算。"

"哈?"奇普惊讶道。"哈"就是我能说出的最佳回复?我可真棒。

"我也去。我们出发吧。"丽维说。

两人一起找到先前朝人群大喊的老人,问出直接通往格拉多王军队的路:"朝南走,沿着足迹向前。已经有数千人跟过去了。如果你们想要加入军队,而不是像流民一样没用地跟在后面,记得告诉征兵长官是盖林送你们来的。"

守在巫神之门的卫兵连看都没多看他们一眼。两人顺利走出城,奇普找到一块大石头,站到上面,跨上马鞍。丽维拉住他的手,坐到他身后。高大的御光马似乎对两个人的重量毫不在意。意识到丽维的手臂环住他的腰,奇普竭力让自己放松下来。

奇普看向北方,回头看向加里斯顿,他还在犹豫。拜托,奇普,你已经做过蠢事了,现在绝路逢生。

尽管心中尚不确定此行是对是错。奇普一脚踢上马肚,开始了漫长的旅程。

CHAPTER
— 67 —

起初是闷闷的抽痛,最近凯莉丝的胃总是这样。有那么一阵子,她甚至希望这是她的胃对格拉多王强行灌入的食物做出的不良反应。她已经六个月没来月事了。和其他女黑卫一样,她的经期极其不规律,黑卫的训练强度有时候甚至会彻底让月事消失。但是每当月事到来时,凯莉丝的身体就好像是在补回那些缺失的疼痛一样疯狂作痛。

该死的格拉多王。都是他的错。这种强制的无聊几乎让凯莉丝抓狂——她现在每天就坐在马车里,什么都做不了,还要一直被人监视。发现她在做强化力量的运动之后,他们马上派了三名御光者与两名镜光骑士来,六人几乎占满了整个车厢。两名镜光骑士制止住凯莉丝的行动,并迫使她趴在一名御光者的膝盖上,简直就像小孩等着被打屁股的姿势。

那名女御光者变出一条男式皮带,用力抽打着凯莉丝的臀部,好像当她是个顽皮的孩子。她一共被抓到过三次,处罚一直未变,但她的反抗意识却渐渐发生了改变。那种反抗太微不足道了,根本不值得她坚持下去。

可现在,她又多么希望之前坚持了下来。抽痛已经蔓延到了背部,很快腹泻也要开始了。

做女人真棒。

其他女黑卫都会充分利用那基本不存在的月事，把它当成基本不用担心怀孕的理由，但凯莉丝只是喜欢基本不会痛这一点，反正这么多年来，和她有亲密接触的也几乎只有她的枕头。这并不是说她现在要去想这档子事，如果现在让她见到一个男人，她大概会把对方的眼珠子挖出来。

女人会遭受这些痛苦都是因为男人。正如古谚所云，女之血孕士之精。虽然前后顺序搞混了，却是十足的事实。

那些人在早上给她拿来了礼服。

这样的衣服可不会让人想到刑场。当年加文的军队最终夺回卢城时，她曾屈服于父亲的要求参加了当时的军事首脑会议，那时她所穿的礼服和这件很相似。虽然这件并非完全是那件的翻版，但有一点，这件与那件一样，都是黑色而非绿色的丝绸礼服。很显然，这件礼服要么是格拉多王的裁缝循着记忆做的，要么是按着心情设计的，要么只是在细节上按十六年来的时尚潮流做了些改动。

当然，这件礼服很合身。

这一整天，凯莉丝都在盯着它看，难掩厌恶之情的同时还要被肠子痉挛般的绞痛折磨到不行。不可避免的腹泻已经到来，有几次差点让她疼昏过去。这件礼服不只象征着屈服于拉斯克·格拉多那幼稚的幻想，更代表着凯莉丝的青春，那个还是小女孩的她。服装的设计充满了孩子气、柔弱与顺服，每一个细节都拼命地想要吸引人们的眼球，想要得到其他女孩的嫉妒，老女人的羡慕，以及男人的关注。过去的凯莉丝软弱、愚蠢，又微不足道，无可救药地处处依赖他人。

他们肯定会强迫她穿上这件礼服。她要么现在穿上，要么挨打，反正被打到屈服也还是要穿上。当然，她也可以把它撕成碎片，虽能解恨一时，却不能拖延一世。但是，她若不穿上，他们是不会让她出去的，这点她很笃定。可她又不确定，若是她穿上了礼服，他们会不会放她出去。不过，这依然是一个聊胜于无的机会。更何况，假如她一直被关在这里，要如何去刺杀拉斯克·格拉多呢？

她将礼服穿上。

她想去恨它，想发自内心地憎恶它，可是她已经有许多年没穿过这么合身的衣服了。当然，她的黑卫装束十分合身，但那是职业服装。而这件，那身上好丝绸在肌肤上细语着，跟黑卫装束是完全不同的。它同自己的身材贴合得天衣无缝，若非如此完美的剪裁，她定然已经无法呼吸了，更不用说移动身体。这件礼服完美地展现出她腰臀两处的曲线，敞开的扇形领口将人的视线吸引到波光水滑的丝绸褶皱，以及她的乳沟处。当然，她那件旧礼服背后的开口可并没有那么低，上面为数不多交错的丝带也强调了裸露的背部。她低头看看自己的胸部——这车里没有镜子——希望不会挨冻。因为如果她觉得冷，所有人都会看出来。

当她还是那个愚蠢的十六岁少女时，那件礼服也是没有内衬的么？而她那时甚至都没有注意到？老实说，她不记得了。她只记得当时爱极了那件礼服，觉得自己穿着它，配上绾起长发的镶嵌着钻石翡翠的发带，站在加文身边就如同艾提拉特女神，同加文一起受到人们的爱戴。她都说服了自己去爱加文。起初，在御光使舞会之前，她一直都觉得加文比达森更加吸引自己，那么，她当然可以让已经冰冷的心复燃。

达森一直都活在他哥哥的阴影之下，却似乎对此十分满足。加文从来都如此自信，如此富有掌控力，她同其他人一样无法抗拒地被他吸引。然而在那晚的御光使舞会之后，一切都变了，在她认识达森之后，加文突然间就显得肤浅了。达森却从来都不清楚自己的优点，他崇拜加文，把自己所有的美德都映射到他哥哥身上，一直对加文的缺点视而不见，对其优点却又过分夸大。加文享用着他人全部的崇拜，自我膨胀起来。

可是加文依然还是很迷人、时尚、威严，也备受瞩目。对十六岁的凯莉丝而言，他人的看法一直都非常重要。她总是想讨好每一个人，她的父母，克约斯哥哥和其他兄长，还有魔导师们。而加文则代表着世间至善，他是光明王陛下，他的弟弟那时只是个耻辱的在逃杀人犯。凯莉丝还记得当初她是如何说服自己去满足于追随光明王陛下的，满足于那个七大郡最钦慕、最惧怕、最渴求的男人。此外，在达森做下那些事之后，她必须得嫁给加文，否则家族所余将尽数被毁。

在高台上宣告着同加文订婚的那个凯莉丝还以为自己真的会得到幸福。她一直都很仰慕自己的未婚夫，他总是那么赏心悦目，而她也很享受时刻受到的关注。

在那个晚宴上，加文同她父亲玩笑着说起，要把凯莉丝带回自己的房间彻夜奋战。而凯莉丝的父亲，那个平日如此传统的男人，那个誓言在凯莉丝的婚事上不见兔子不撒鹰的男人，那个因她失贞于达森而毒打她的男人，就是这个男人，这个伪君子，这个懦夫，竟然紧张地偷笑起来。那一刻起，凯莉丝再也无法压抑心中涌起的恐慌。至少我婚前都不用再跟他上床，她想，我可以在接下来的几个月里爱上他，我会忘记达森，忘记他轻吻后颈时的战栗酥麻，忘记每次见到他那豪情万丈的笑容时胸中翻起的巨浪。大家说得对，达森连加文的一半都比不上，他做下了那样的事情，我不可能再继续爱他。

但她无处可逃。凯莉丝选择了独有的逃避方式——喝得烂醉。等她父亲发现已为时过晚——或者，取决于不同的角度，也可以说发现的时间拿捏得恰到好处——正好在她醉倒之前禁止了下人再给她倒酒。她连自己在晚宴上说过什么都记不清了，却清楚记得加文搀着她回到他的房间，她的父亲只呆呆望着她离开，未发一言。

她以为喝醉了，自己便能安静而温顺地听凭摆布。事实果真如此，但她不知为何感到如此沉痛地失望。她扭头躲避他的吻，他却误以为是娇羞，转而去亲吻别处；她被褪下衬裙时用双手遮挡，他却误以为是矜持。矜持?同达森欢好时,她是那么欣喜于他注视自己的目光,自己是如此大胆,丝毫不知羞耻。他使她尝到了做女人的滋味——尽管此刻,她知道自己在各种意义上都只是被当做一介普通女子玩弄着。同达森一起,她感觉如此美好;而同加文一起,她却只感到难言的绝望,连哭泣都被扼杀在喉咙之中。她甚至不记得自己是否反抗过,是否有去要求他停止。她当时很想那么去做,但记忆十分模糊。她觉得自己没有。她只是不停地想着父亲的话,"这是我们家族的需要。要是没有这桩婚姻,我们就完了。"她没有反抗。

不过,她记得自己全程都在哭,若是个绅士,就该停下了,可是加文已然喝醉,年轻气盛又欲火难耐。他一点也不温柔。她因为没准备好而被他弄痛,他却忽略了她的反抗,只凭着本能的需求一下下地撞击着身体。

同他所吹嘘的彻夜奋战相差甚远,他很快就结束了,然后便让她离开。那话语随意得如此残酷,让她感到窒息。而她却接受了。她真该把他的眼珠子挖出来。

他并不想要凯莉丝,只是想表明达森无法拥有本该属于自己的东西。对他来说,凯莉丝还不如一棵树,继前一条狗之后在上面撒泡尿来夺回自己的领地。

她跌跌撞撞地穿过大厅,礼服上半数的扣子都敞开着——那该死的东西需要仆人帮忙才能系紧。她当然被人看到了。她不知道自己怎么回的家。对了,不是大杰斯波岛上那栋已经燃烧殆尽的宝院,而是附近的寓所。父亲一直在那等着她,看她回来却未发一言,只盯着她看。她的房奴颤抖着手指脱下了她的礼服,当凯莉丝终于倒在床上时,灯光黯淡的房门口还留着父亲的剪影。他摇晃着身体,倚在门框上。

"我可以同他提出决斗,"他说,"可他会杀了我,凯莉丝,然后你也会下场凄惨。事情就是这么绝望。祖辈五十代以来的基业也会都没了。也许明天会好一些。"

宿醉的不适持续了两天,而当她再度出现的时候,加文公开吻了她,让她坐在右手边,把她当成女王般对待,就好像那一夜从未发生过,又好似那一夜发生的事情十分美好。

后来她想,这定是因为每个人都在说他们两个是如何的天生一对,她是多么的美丽,所以加文才认为她合衬自己的形象。因此,他并没有将她冷落一旁,而决定遵循婚约同她步入婚姻殿堂。但随后他便离开了,不久便是裂岩山的那最后一战。

当他回来的时候,好像换了个人一般。他以诚挚的温暖与尊重待她,全然不似那个在她身上索取之后便将她逐出卧室的男人。这让凯莉丝怀疑那晚是否真的发生过。她本可说服自己一切都是场噩梦——直到发现自己怀孕那天。就在她发现的当天,还没来得及告诉加文之前,他打破了他们的婚约。

那时她十六岁,怀着孕,没有任何结婚的可能性。换句话说,是父亲的标准噩梦。当她确认自己不会小产时,把怀孕的事告诉了父亲。他要求她去找医生把这事解决掉。

有生以来第一次,她拒绝了他。让他见鬼去。他上来就想打她。她掏出了手枪,告诉他,要是他敢来动自己,就在他脑壳上开一个洞。她骂他是胆小鬼,她要生下加文的私生子,并让全世界都知道那是他的。让他,她父亲,还有所有人,全都见鬼去吧!这是她第一次自己作主,也是她的报复。

她父亲跪下来求她,可以说是苦苦地哀求。请救救我们的家族,我们不能辜负怀特奥克的祖辈们,他们牺牲一切才有我们的今天啊。他口中说着"我们",实际上却只是在说他自己。他自己才是毁掉家族的那个人,而且对这点心知肚明。他那么弱小,冷汗在他寸草不生的头顶涔涔闪光。忽然间,她看不起他。他一直都以主人自许,居高临下地对她发号施令,那样子令人作呕。她拒绝了他的乞求,看到他

携光者
卷一 光明王

呆滞的眼中那深深的绝望竟然让她感到一阵愉悦。

两天后,她父亲吻过自己的双筒手枪,一枪崩碎了自己的大脑。他的账本都已整理好,这两天他就在做这件事情。所有家产都已变卖,债务也已还清,留下的财产足够凯莉丝安静地度过余生,也足够养育那个私生子。父亲将一切都安排妥当,遗书也只简单说明了余下钱财的存储之处,还告诉凯莉丝若是想秘密生下孩子可以去哪里,但那不是乞求。确切说来,那上面不带任何感情,没有咒骂,没有宽恕,没有遗憾,空洞得如同他被枪弹打穿的头骨,只残存着斑斑血迹,还有黑火药末,凌乱不堪的污物,一片虚无的死亡。

她受不了再继续住在大杰斯波岛上,她无法忍受那些怜悯和异样的目光。于是她选择了离开,来到血森林深处一个远房亲戚家,生下了孩子。她连抱都没抱、性别也没过问便立即将其遗弃,只在主人的一次失言之后知道那是个男孩。领养这孩子的家庭就住在附近,凯莉丝不愿久留,便又回到了光明利亚。她在短期内成功减重,年轻的皮肤上几乎没有一条妊娠纹,就好像什么事也没发生过,除了那如影随形的记忆,如同地狱石一样在啃噬着她的灵魂。

这件新礼服的黑色可真合适啊,是吧?如同午夜的一角,正如我的心。

还以为你已经放下了那段荒唐过往,凯莉丝。

去弯腰趴在围栏上。

我觉得格拉多王所希望的应该就是这个。

那对我们两个可都会是种享受。希望他喜欢血。

所以,怎么?我该庆幸现在正"血流成河"?可没有太多的机会去——

一阵痉挛切断了她的思绪。凯莉丝弓起背。现在可没有多少庆幸的感觉了。

当她蜷起身的时候,一张纸条从门下滑进来。凯莉丝将它捡起,纸条还没有手指大。

"任务：刺杀格王。暗。不能助。"下面还有个古戴立克符文，是被派来接头的线人发出的暗号。虽然画得不太好，却没有错。

这串文字不算什么密文，其实他们也没觉得凯莉丝需要密文，因为她本该已经见到"暗"本人了，按计，他应状若漫不经心地在桌子土地等平面上描画出那符文的一部分以表露身份。凯莉丝的任务是刺杀格拉多国王。暗中刺杀。而她的接头人无法帮她。

真是好极了。凯莉丝甚至都没法把纸条烧掉，而且那纸条虽然不大，却布满了灰尘。她将它扔进嘴里，脸皱成一团，咽了下去。

她的接头人没法帮她。真该死，凯莉丝，你刚才把过多的思绪放在了过往，却没有想想当下。柯尔文在一瞬间就明白过来，有人想要她死。在白袍使所有手下之中，凯莉丝定是被派到这里的最坏人选，要么就是白袍使想要她死，要么……

没有"要么"。要么，她想我先被绑架再被强奸？真可笑。

她知道自己不时地会妨碍白袍使，但她以为这顽固的老太太是喜欢自己的。话又说回来，白袍使始终都心机深沉，也许她觉得可以利用凯莉丝的死来达成其他目的。

凯莉丝感到胃里一阵恶心。这确实有可能。她之前未曾想过，自己已经发誓在必要时为白袍使献出生命，也许白袍使认定现在便是必要之时。

敲门声响起。又是之前那套程序，一大堆御光者还有一群守卫。然而这次却是几个女人拿着几罐胭脂水粉走了进来，她们以一种专业的效率给凯莉丝上了妆，整理了头发，又喷上了香水，却没有在眼部和睫毛处添加任何修饰。

但很快凯莉丝就知道了缘由——当其中一个奴隶拿出紫色眼罩的时候。该死的，她们可真是思虑周全。

"如果把这个扯下来，你的皮也定会跟着撕下，"其中一个女奴说道,"还有可能连带着整个眼睑。但若你不去动它,殿下可能会给你更大自由,而且也不会伤到眼睛。几天之后,眼罩就会松开自动脱落。"

"那时你们就会再用胶水粘好。"凯莉丝说。

"对。"

"要是有东西进到眼睛里怎么办?"那可没法拿出来。

"尽量避免。"

他们试了试眼罩同她眼窝贴合的紧密程度,并不是很好。那貌似来自东阿泰什的女奴皱起了眉头:"为了让眼罩完全贴合,我们得使用额外的胶水了。就是说,你若是眨眼,睫毛就会被粘住。格拉多王想让你保持美丽的形象,所以如果可以的话我不想剪掉你的睫毛。但是,这眼罩一戴上就要一直在你脸上好几天,你也不想让睫毛都沾上胶水或是被完全粘住吧。所以,你是想瞎掉,不停被胶水烦扰,还是想剪掉睫毛?"

"剪掉睫毛,还有,让格拉多见鬼去吧。"凯莉丝说道。

那女奴瘪起嘴:"你说得对,国王可能会不太高兴。不过我们也得试试才知道。现在尽量多眨眨眼吧,因为马上你就要坚持不眨眼了。"她们在眼罩上涂了大量的胶水,然后给她小心翼翼地戴上。贴合的缝隙处都被胶封死了。

凯莉丝大气不敢喘,尽力保持不动,强迫自己不去眨眼。当她终于坚持不住眨了下眼睛,睫毛稍稍粘在快干的胶上,不过最终还是抬了起来。

"噢,还有尽量别流泪,"女奴说道,"否则你的眼球就会淹没在眼泪里。我可一点儿没夸张。"她令人反感地笑着。

真好笑。

胶水完全干掉之后,她们在她的眼部周围又上了些妆。

然后,凯莉丝被一堆御光者和镜光骑士围得铁桶一般,一行人匆匆穿过营地,太阳大概一小时前落了山,凯莉丝享受着清新而干爽的空气,除了自身的香水味以外,她终于能闻到马儿,人群,篝火,生肉,烧肉,山艾,还有油的气味。油?她环顾四周,看到了附近的一辆补给车。噢,涂油的剑和青铜枪炮。

单以凯莉丝四周的马车数量,不足以让她得知整支军队的情况,她也就无法很好地估算出正向加里斯顿进军的有多少人。即便知晓这些货车的数量也无法对她有丝毫帮助,她不知道这些货车的装载情况,而且在上次随军行动时她也没有注意这些事情。那时自己又年轻又愚蠢,养尊处优惯了,还受到了惊吓,根本都没有意识到这么细枝末节的小事某天会对自己有用。

军中有大批妇女,有的背着刚劈好的柴火,有的站在屠夫的马车上,有的对男人们大喊着,让他们公平地分配剥了皮的野猪,有的照顾着数以千计的行军中不可避免的轻伤患,有的回收着需要铁匠修理的武器盔甲,不让士兵拿着那些还能修补的去找别人。大多数妇女似乎都在做后勤工作,这意味着要么格拉多王不怎么重视妇女,要么这些人都是新募来的。从穿着的多样化看来,凯莉丝估计她们来自社会的各个阶层。也就是说,她们不仅是新征募的,还是自愿加入的。这些人并不都是他从科尔弗英带来的,还有本地人混杂其中。格拉多王在提利亚人民中享有不得了的支持度。

她向外瞥了几眼,渐浓的夜色中散布的篝火杂乱如繁星,各处的士兵似乎是随意地驻扎。然而凯莉丝被迅速带到了另一处,周围大概有五十辆马车围着,只在几个罗盘方位处留下了几条道以供马匹通过,每条道口都有十名配有火绳的镜光骑士把守着。这当中是个用来防御的空地,一架小型隼炮的炮口对着四面八方,像个随时准备射出满身硬刺的豪猪,另外还有几顶五颜六色的条纹大帐篷。

在凯莉丝被带到中间的帐篷时,腹中又是一阵痉挛。她弓起背,痛得无法呼吸。她紧闭着双眼,拉克辛眼罩刺进了眼眉和脸颊,更添痛苦。她放松自己的面部表情,直等到这阵狂暴的抽痛过去,慢慢地吸了一口气,克制着疼痛。然后她向其中一个守卫打了个手势,仿若女王准备进入帐篷。谢谢!

那人伸手撩起帐篷的门帘,凯莉丝走了进去。

肯定是因为衣服的原因,凯莉丝一步入帐篷,所有的谈话都停止了。

帐篷里大概有七十人:有奴隶,有杂技演员,有魔术师,还有乐师,还有大概三十名贵族老爷太太小姐,全都围着一张矮桌坐在垫子上,桌上堆满了美酒佳肴。这些人的穿着极其鲜艳,连戴着深色眼罩的凯莉丝都能看得出来。当然了,拉斯克·格拉多国王坐在桌子的上首,拿着酒杯的手上各色戒指闪闪发光。他话正说到一半就停下了,目瞪口呆看着她。

然而凯莉丝几乎没看到他,因为坐在他右边的男人似曾相识。她强迫自己继续向国王走去,摆动着臀部,摇曳着裙角,高昂着头,双肩放松,仿佛底气十足。

那男人是个腐变者——一头破光魔。凯莉丝过去只见过一头,而且是在开始发狂的早期阶段。这个人既不处于早期,也不显得失常。他穿着一件简单的信徒袍,却是耀眼的白色,而不是奥赫拉姆的信徒那惯常的黑色,代表着承认自己最需要奥赫拉姆神所赋予的光芒。他的脸上也没有任何信徒那种谦逊的痕迹。

但至少他的脸部基本和常人无异——有血有肉,有肤有骨。成条的绿色拉克辛没入被烧得伤痕累累的皮肤,好似褪色的文身,自下巴向上蜿蜒到颧骨同眉骨之间,接近皮肤表面。从脖子起向下,他的身体发生了变化:那皮肤为纯拉克辛,呈现出彩虹的七色。他举起酒杯向凯莉丝嘲弄地行礼,可以看到手肘内侧是柔韧的绿色拉克辛,同脖子和其他关节一样。其余皮肤表面上都附着一片片蓝色拉克辛,前臂形成了铠甲,双手中形成护手,指关节形成尖刺。双肩在那渎神的信徒袍之下宽阔得离谱,前胸的V形沟壑透过长袍清晰可见,如同日出的大海般反射出粼粼波光。看来,那些并不是一大块完整的蓝色拉克辛,而是数片拉克辛编织交缠而成的,比前者坚硬了两倍,就算是既有本领又有耐心的人想要将它击碎,也并非易事。

每一处都有黄色拉克辛在流动,或是在颜色之间,或是在结晶之下,不断将被日光或自然分解的部分复原。那些拉克辛衔接之处,都有起润滑作用的橙色拉克辛令其顺畅地互相擦过。红色拉克辛在一块块蓝拉克辛之上形成几层薄薄的古旧符文图案和八角星蚀刻。凯莉丝虽然看不出他的皮肤中是否也有幻紫拉克辛,但想必会是如此,因为他的双掌中分别嵌着一枚焰晶。焰晶的本体是薄红被封住后的形态,通常只能维持几秒钟,一遇空气便会燃烧殆尽。

这个怪物不知如何将每只手掌中都没入一枚焰晶,并用蓝拉克辛隔开空气将其封住。如此一来你便能确确实实地透过它的双手看过去,如同透过一层幻影,看着影像因热量而变换摇曳,这是焰晶的标志。即便如此,他的手指却依然能发挥正常作用,这就意味着,他要么是一名神医术士,要么那是一种幻象。定是如此。因为这根本是不可能的事。凯莉丝走到格拉多王面前站定,终于看到了他的双眸。这腐变者的眼睛已然破碎了,瞳晕碎得满眼都是,瞳仁上的颜色漏向各处,将巩膜都沾染上了各种颜色。那些色彩自身在不断旋转,正当那腐变者打量凯莉丝之时,蓝色转到了前面,绿色如蛇般扭动在纵横交错的橙红之中。

"你,"格拉多王说道,"真是独一无二,凯莉丝。为我痛苦的双眼带来一番美景。"

"你为我的双眼带来一番痛苦之景。"她答道,笑容甜美。

他大笑起来。"你不仅比少女时更美,舌头也更毒辣了。凯莉丝,来加入我们吧。我有件礼物送你,但首先想让你见见我的得力助手。"他指向那名腐变者,"凯莉丝·怀特奥克,这位就是水晶先知,七彩大师,万色之主,彩光王子,邪魔悟者。"

"这么长的名字，"凯莉丝说道，"你妈要喊你吃饭肯定要花上很久。"

"你可以选个喜欢的叫。"彩光王子说道。他的声音令人不安的……正常。语调铿锵有力，自信而愉快，尽管有些像长期抽大麻后的沙哑。

"那么就杂色小丑吧。"

他眼中的红色突然闪到前面，却很快被冷静而玩味的蓝色换了下去。"凯莉丝，父亲就是这么教你说话的吗？你曾经那么关注于如何取悦他，那么端庄贤淑、温柔贴心，作为一名绿御光者，你是那么唯命是从。"

"那种事情很久以前就结束了，"她说，"你他妈是谁？你又不认识我。"

"哦，可我认识你。"彩光王子说道，瞟了一眼格拉多。

"哦，当然了，还是继续让她提前打开礼物吧。"拉斯克·格拉多假装恼怒道。

"看着我，凯莉丝，"那水晶先知说，"只要一小会儿。超越恐惧，超越那点微不足道的厌恶，超越无知，看着我。"

凯莉丝咬着舌头。那刺耳的声音中有一丝真切，有一丝被认出的渴望。于是，她便默默地打量着他。当然，看身体是没有任何帮助的，所以她观察着他的脸。那皮肤下没入的拉克辛还有烧伤烙下的疤模糊了他的面部特征，一道重新长回的眉毛竟是白色，也不知是对烧伤还是拉克辛的反应。但确实有一丝熟悉。

奥赫拉姆！火，还有那烧伤！她的心脏突然间像被重拳钳住攥紧，一阵窒息。不可能是他！他已死了十六年了！可是她一旦意识到就知道他不可能是其他人。"克约斯。"凯莉丝说道。这才是白袍使派她来的原因。她的敌人是自己的哥哥。她双膝一软，重重跌坐到王旁边的垫子上，以免自己像个娇小姐一般昏厥过去。

CHAPTER
– 68 –

夕阳沉入地平线之后，加文停止御光。如果他愿意，还可以利用周围的反光继续，但他已经精疲力竭了。越过低矮灌木丛生的平原，加文望向南方。凯莉丝就在那边的某个地方。他十有八九再也不可能见到她了，永远失去了告诉她真相的机会，这让他痛心疾首，不可自拔。

他转回身，失望地打量着当天的作品，他本希望至少竖起半里格长的城墙。可忙到现在只铺了一层地基，虽然已有一里格长。令人惊讶的是，解决了迄今最大难题的人竟然是奥丽维安娜·戴纳维斯。或许这并不奇怪，毕竟她父亲就是个聪明绝顶的人。加文之前一直在沿着工人们挖下的深壕走着，向里面喷进黄色拉克辛。每遇到残存的墙体，他就让黄拉克辛像流水般将其漫过，沉入到每道裂缝之中，以魔力加固石头和砂浆。连原城墙的地基都无存之处，他将黄拉克辛直接生成固体，给城墙打好七步宽的地基。每到一处，他都用一种半蒸发状、稠厚如焦油的红拉克辛将黄拉克辛固定到基石上。

但是，不仅这样走下去进展缓慢，而且拉克辛一旦上升到地平面，加文就必须把它抛开。和其他颜色一样，黄拉克辛也有质量，大约与水相同。从加文正在操纵移动的重量来看，他着实被压得很惨。

他的臂力会在御光之力耗尽以前被早早用尽。而且,随着城墙越建越高,这种情况只会变得更糟。

于是他开始使用脚手架。可不到半小时,加文便清楚地意识到这样下去一个月都没法建好城墙,更不用说仅有的那五天时间。

就在这个当口,丽维的构想大概成型了。和多数伟大的想法一样,这个点子也十分简单明了——在她说出口之后。

加文将两条轨道置于城墙两侧,并制出许多长杆将它们连接起来,再加上轮子和固定身体的绳套,他便能够吊在城墙上空。轮子沿着轨道滑行,因而避免了每二十步都要移动一次脚手架的麻烦,现在是脚手架跟着他移动。而且,不必再用力将拉克辛抛出,他可以放手让其自由落下,这样一来,这项工程几乎省去了所有的体力消耗。

等到他准确地制出一套不会左右狂摆、乱甩拉克辛的绳套时,时间已是傍晚。加文沿着轨道缓缓滚动,将黄色拉克辛每隔二十步一密封,并在该处铺设更多黄拉克辛加固。算着距日落的时间,他专注于基础的御光,因而没去解决考验脑力的墙体内部,而是尽可能地制好地基。

虽然他取得了巨大的进展,但仍然难说是否能按时完成整个工程。如果在拉斯克·格拉多的军队到达之时,他建好的几面城墙都高大且固若金汤,墙与墙之间却相距数百步没有合拢,那整个努力也都将是徒劳。

加文回落到地面,摇摇晃晃地走近柯尔文·戴纳维斯。后者牵来两人的马,看起来有些担忧。"不过是脚太长时间没落地而已。"加文说道。

默然接受了他的解释。走过几个街区,见太阳已经淡出天际,他才开口道:"你知道……凯莉丝被俘虏了。"

"嗯。"加文说,没去看他。

"你已经把这件事放到脑后了?"

加文沉默不答。

"很好。我一直以为她是你这次计划中最大的威胁，因为她有充分的理由去憎恨你们两人，也有足够的冲动会头脑一热把这一切全都毁掉。所以，你会去激怒格拉多并希望他杀了她表明立场态度？"

"去你的。"加文说道。

"哦，那么说还没放到脑后呢，对吧？"柯尔文问道。

他刚才说杀掉凯莉丝并不是认真的，加文知道。虽然柯尔文也许总是知道残酷而有效的解决方式是什么，却并不意味着他会做出这样的选择。

"所以，她还不知道？"

"对。这就是我解除婚约的原因。"

"是因为她最有可能把你看透，还是有其他原因？"柯尔文问道。

"我们毁了她。达森烧毁了她的家，战争又毁掉了余下所有。我那时还没意识到，她已经一无所有了——我本该知道的。后来，到我提出要恢复她家族昔日的荣光之时，那感觉更像是一种侮辱。她朝我吐口水，然后消失了一年。当她回来的时候，整个人都变了。"

"我注意到了。她成了一名黑卫，有着惊人的成就。但你没有回答我的问题。"

虽然天色渐黑，走在街上依然舒适温暖，若有何不妥之处，也只是人群渐多而已，人们纷纷在自家或店外燃起灯，还有些人在平坦的屋顶上放松休息，饮酒聊天，几乎完全看不出大难将临的景象。

加文环顾四周，将声音压低，确保不被听到："我欺骗了所有人，谎话说得太多，有时甚至忘了自己是谁。我和哥哥对凯莉丝做下的那些事……我不能——哦，该死，我们俩的裸体她都见过，不是吗？假如有人会识破这场骗局，也就是她了。没有比这更快的方法。"

"这点没错，但你刚才想说的可不是这个。"柯尔文说着低头看向马鞍，好留给加文一点点隐私。

"我也不是没想过,你知道么?如何能既娶她,同时又继续隐瞒下去。还有,如果隐瞒失败,如何让她明白,除却帮我保密之外别无选择。可最终,她依然是我最不愿去玷污的人。在我逃跑之后,她爱上了我哥哥,假如她知晓真相后决定要毁掉我……"加文耸了耸肩。

这次柯尔文望进了他的双眼:"我不知道是该更加敬佩你,还是该为你的愚蠢而感到恐慌。"

"我通常会选择更加敬佩自己。"加文咧嘴笑道。

柯尔文勉强扯起嘴角,却没有笑出声。

他们骑着马迅速穿过条条街道,没有撞到任何人,在夜幕完全降临前抵达洞石宫。铁拳正站在宫门口,他一反常态,脸上竟挂着一副巨大的笑容。

"尊贵的光明王陛下,"他说,"晚餐已备好。"

加文皱起了眉头。如果铁拳在笑,就说明有棘手的讨厌事要发生。但他不会开口去问。带着那笑容,铁拳会把嘴咧得更大,享受着故弄玄虚的时刻。行。加文抬脚走向自己的餐厅。

"陛下,"铁拳插口道,"是在大殿里。"

那只有几步之遥而已。加文还没来得及去思考他们为什么会需要在大殿就餐,就已经走进穹顶大殿的前厅里面了。

洞石宫的大殿虽然可能只有光明利亚大殿的三分之一大,却是旧世界的奇迹之一。巨大的拱形门廊呈圆圆的马蹄形,上面布满了绿白相间的条纹,诉说着那段提利亚还只是帕里亚一省的历史。洞石和白色大理石交替铺叠在各处:地上的棋盘图案,墙上繁复的几何形状,还有八根负责承重的巨大木头柱子底座上装饰的古帕里亚符文,排列成一颗八角星的形状。每根柱子的直径都有五步长,那是世界上最粗壮的阿塔西树,直到与殿顶衔接处,每一根柱子的直径都匀称得分毫不差。据说,这些木柱是五百年前来自阿泰什国王的礼物,即便在当时也弥足珍贵。现在,这些树木已经灭绝,最后几棵是在光明王之战期间砍掉的。加文一直都不知道是谁做的,当他到达卢城的时候,那片小树林就已经消失了。他的指挥官们——达森的指挥官们——坚称在他们离开卢城的时候那片树林还在,而加文的指挥官们在战后则坚称在他们抵达卢城的时候那些树已经没有了。

阿塔西树的独特之处在于,它的汁液的属性就像浓缩的红拉克辛。这些树要花一百年才能长成,这些巨柱被砍下的时候已经有几百年的寿命了。在长成之后,可以在树干上钻孔,如果树足够粗壮的话,汁液会慢慢流出,足以维持火焰不灭。这八根巨柱都钻有一百二十七道孔,这数字显然曾经意义重大,但现已毫无价值。乍看之下,这些树木似乎都在燃烧,但这持续的火焰却并不消耗木材,其通体都是幽灵般的象牙白色,除了每道孔的上方都有黑色的烟熏痕迹。加文知道这些火焰不可永远燃烧下去,但经过据称日夜燃烧的五百年之后,这些阿塔西树上的火焰一点也没有快要熄灭的迹象。也许因为汁液的沉淀,更近顶部的火焰要比下方的更暗一些,但加文不敢完全下定论。

这种树在长成之前是珍贵的燃料,只要双臂合抱的一捆,便可为一座小屋供暖一冬。也难怪它会灭绝掉。

当然,大殿之中不需要任何其他火把照明,但在同样是马蹄拱形的彩色玻璃窗外,还燃着许多火把,这样一来,那些彩色玻璃无论昼夜都会发出或白或绿或红的光芒。

同样的,那些颜色,还有各自的形状,对建造这桩奇迹的人们来说全部都有一定的意义,然而加文对其一无所知,这让他感到自己十分渺小。他觉得自己造出的任何东西都不会在自己离世五百年后还继续存在于世。他哥哥摧毁这城市时没将这个奇迹也一并夷为平地,真是侥幸。

加文向内走去,目光同时从那些雄伟的阿塔西柱落到了坐在长桌旁的人们身上,每个人都转过身来望着他。在走过大殿两侧的阴影之

携光者
卷一 光明王

时,他一个激灵,将头猛地转向一边。那里应该有名刺客。不对,那是名黑卫。门廊两侧各站着一名,还有好几十名在大殿四周,全部都很面熟。黑卫?在这?

哦,载着等待净化的御光者的船只到了,铁拳肯定下了令让这些黑卫都一起跟来。

他的目光回到桌边,至少有两百名御光者正坐在那里等着他。这就是白袍使口中的"一小拨人",但她没说起过都有谁在这拨儿人之中。加文认得所有的面孔,也知道大部分人的名字。他认出了红之以赛穆和蓝之以赛穆,萨米拉·萨耶,马洛斯·奥罗斯,非连色的双色御光者尤瑟夫·泰普——大家也叫他紫熊,迪迪·法令里弗,帕里亚姐妹塔拉和泰莉,贾维德·阿拉什,达隆·吉姆,艾力乐福·科尔金,朴实的巴斯,年少的达罗斯·泰姆诺斯,狂野的尤塞姆,艾维·格拉斯,炎掌,还有奥蒂斯·卡平真。目之所及,这些人全都是光明王之战中的英雄,双方阵营都有。这些人不只是七大郡中最有天赋的御光者,还代表着七大郡的每一郡,连伊利塔都有代表,虽然只有炎掌一人,还有同样只代表阿波尼亚的艾力乐福·科尔金。

加文不敢置信地猛然停住脚步。虽然每年都有参加过战争的御光者被净化,但除了战争刚结束的时候有许多人因为战斗施放的强大魔力而打破极限,从未有过这么多杰出的御光者要被净化。

这些御光者在战争期间都还很年轻,加文虽然已经预见到并惧怕着他们要开始逝去,但,竟然有这么多人,而且都在同一年?

"我们之间有约,"狂野的尤塞姆开口解答了加文的困惑,"曾并肩作战的这些人之间约好了,一旦其中有一个人要走,我们就都一起走。我自己本来是希望能再挺个一两年的,但是要走的话最好排第一个,不是么?"

"最好趁着还有理智的时候走。"紫熊粗声大气地说道。

"最好一起走,"萨米拉·萨耶说道,"还有,别说那些让迪迪不好受的话。"

事实上,迪迪·法令里弗的情况看上去确实比大部分人更糟。她的皮肤已经变成了无法消褪的绿色,眼中的绿色瞳晕也扩到了边缘,完全盖住先前那对蓝色的瞳仁。她无力地笑了笑:"光明王陛下,这是我的荣幸。我已经期盼这场净化仪式很久了。"她行了个屈膝礼,同其他老战士一样选择了去忽略一个事实,就是她在战争期间一直是处于加文的敌对方。

其他人也都学着她,或是鞠躬,或是屈膝,各自行着家乡的正式礼节。加文也正式鞠了一躬,同他们对视,提醒自己对双方御光者一视同仁。

他的心一如既往地在胸中滴血。他是多么想告诉那些曾为自己而战的人们,他就是那个人,而不是加文,这一切都是为了大义。然而,他只是坐在他们之中,身旁是那个脾气暴躁的狂野的尤塞姆,这时奴隶们呈上了一盘盘热气腾腾的食物,还有一壶壶清凉的柑橘汁和美酒。

"当我同一些人说起时——"尤塞姆向以赛穆兄弟还有萨米拉不情愿地点了点头,此时他们正抢着同加文说话,"他们认为今年对他们来说也是个很好的选择。""我们企盼着,光明王陛下,或许能帮助七大郡,把……战后的心结解开。"萨米拉·萨耶说道,婉转地停顿了一下,没有说伪光明王之战,"实际上我们已经成为好朋友了。"

"就个人而言,"马洛斯·奥罗斯——他是加文见过生得最矮的卢斯格尔人——说道,"我很高兴这次净化仪式能省掉那些噱头。什么烟花啊,演讲啊,装腔作势的郡首们啊,还有那些永远都不必去亲身履行契约的新贵老爷们。净化仪式是神圣的!应该只有待净化的人、光明王陛下还有奥赫拉姆神在场!剩下的那些只是让人心烦的干扰!"

"干扰?你说同光明王陛下还有其他待净化的同胞共进晚餐是种

干扰?"红之以赛穆问道。他是帕里亚人,头脑灵活尖锐得同身材一样像条鞭子。他依然带着叠成眼镜蛇头模样的头巾,这种风格是在他十七岁当父亲的时候开始用的,他为此一直忍受着揶揄。人们一直戏称他为造型师,直到第一场战斗打响,他那闪电般的攻击,飞速如箭的火球,还有对敌军士兵造成的大量伤亡,都让那些戏弄一次性地永久销声匿迹了。

马洛斯张嘴想要抗议,却立刻意识到要同自己争论的是红之以赛穆,就把注意力又放回到了晚餐上。

塔拉是名稍微上了年纪的帕里亚女子,有着一头白色的短发和被红色瞳晕盖住的棕色瞳仁。她开口道:"您知道,光明王陛下,铁拳指挥官告诉我们,您现在正忙着完成一项工程。这有些让我想起了那首关于迷途人的老诗。进展得如何?某些……?"

那是首非常著名的诗篇,他们全都知道。她甚至都没必要把整首给背出来。她是在对加文的城墙提出帮助。"那真是好极了——"加文开口道。

朴实的巴斯打断了加文。他是位少见的提利亚出身的多色御光者。巴斯将头歪向一边:"'某些高尚的篇章可能尚未完成,不得体之人却妄图与众神相争。'盖维森,迷途人的最后旅程,第六十三和六十四行。"他抬起头,发现每个人都在看着自己,又害羞地低下了头。

"这可真是太好了,"加文说道,"如果有人有异议,我很理解,但如果你们愿意的话……我会非常感激。"这完全是个礼物,也不会害大部分人有任何损失。不是所有的御光者都在死亡边缘,其中大多数人都强大得离谱,而且许多人都能将御光术运用得十分巧妙。他们的帮助至关重要。

当然,这些人也全部是最熟悉加文与达森的人。若这世上有人会发现这个加文是冒牌货,那么这个人很可能就在这大殿之中。在净化仪式的阴影之下，即使这名发现者揭穿这一谎言，也几乎根本不会有什么损失。

加文内心骤然一紧，随即用微笑掩饰着自己的恐惧，就好像是因巴斯的头脑是如何聪明绝顶、为人是如何朴实异常而微笑着。桌子的每一角落也回他以微笑。加文知道，其中一些定然是笑里藏刀，但他无法知道具体是哪些人。谁会更有可能毁掉他？是那些曾把自己当做朋友、到头来却发现自己篡夺了加文之位的人，还是那些曾为自己而战、以为自己身亡最终却发现被自己背叛的人？

朴实的巴斯正盯着加文看，脸上却毫无笑容。他的头歪向一边，用敏锐得反常的目光审视着这一切。

CHAPTER
— 69 —

"那个男孩走了。"铁拳说道。这会儿几近午夜,他们站在洞石宫的屋顶上俯瞰海湾。"奇普。"他说话的语气就好像在说其他男孩,而不是说"你的儿子"。

所有人都在尽力避开我的黑历史,真是好极了。"我"的黑历史。行。谢谢你,老哥。"为什么没人告诉我?"加文问。他这一整晚都在熟悉他们两兄弟的御光者们面前,不只要假扮哥哥,同时还得假装自己很享受。这感觉实在很窘迫。他同曾经的敌人在一起竟然感到很愉快,而且感到自己的视线不停地模糊,那些自己作为达森时所厌恶的人这一晚一直很和蔼可亲。有几个达森的老朋友——虽然不是全部——所有的互动都带上了一层醉意,便显得有些难看。加文为了不危及自己,把这些人安排到远离杰斯波岛的地方去工作生活。他看着他们,心想,我毁了你们,而你们却对此一无所知。还有,我很想念你们。

"我们几分钟前才发现。这张留言露在外面,另一张掖在床单下。"

真聪明。奇普这一次心想事成:为加文赢得时间,避免了大伙花费整天时间去找他。加文伸出手,知道铁拳肯定有那两张留言。铁拳递给了加文。

其中留下真实讯息的那张上写着:"我是提利亚青年。对我而言,当间谍比在这里待着更能帮上大家的忙。没人会怀疑我。希望我能找到凯莉丝。"

间谍?奥赫拉姆杀了我吧。"还有其他消息吗?"加文问道。

"他带走了一匹马和一卷钱币。"

"比起只带着满脑子的妄想去敌营,他现在这样会陷入更大的麻烦。"加文说。

铁拳没应声,他通常会忽略那些显而易见的说辞。"那个戴纳维斯姑娘也走了。马夫说她去讨要了一匹马,但没给她。她好像是发现了那些留言去追他了。"

加文越过海湾望向远方。那里是守卫着海湾入口的守护神雕像,每位水手都要经其腿间而过,它一手执长矛,一手执火把。火把由一名御光者守护,他的全部工作就是保持它时刻都充满黄拉克辛液体。玻璃上的特殊沟槽开口让黄拉克辛慢慢暴露在空气中,然后再闪烁着变回光芒。镜子将这些光线捕捉起来,再反射到夜色中。这些镜子缓缓转动,有风时由风车驱动上面的齿轮,无风时由御光术变出的牲畜驱动。今晚,光束照射在朦胧的夜空中,将黑暗一大块一大块地切割开。——这便是每名御光者的义务:将奥赫拉姆神的光芒照耀进世界上最黑暗的角落。

这也是奇普所要做的事情。

铁拳说:"要是他进入我的营地后保持低调,我是不会怀疑他是个间谍的。"

也许因为他会是个糟糕透顶的间谍?"关于我们那些间谍,你有什么消息?"

"克拉索斯行政官规规矩矩地来视察码头,背着一只看起来清清白白、满满当当的袋子。他看到我时高兴得要命。"铁拳说道。

"你只有在生气的时候才会这么语带讽刺,"加文说,"来吧,这些讽刺我都照单全收。"

"我曾立誓保护奇普,光明王陛下,但首先,那些间谍——"

"在我犯傻的时候你可以叫我加文,"加文直截了当地说道。

"间谍们报告——"

"说出来吧,看在奥赫拉姆的分儿上。"

铁拳咬紧牙关,又尽力放松了下来:"我得去追他,加文,也就意味着不能留在这里帮忙做防御工作还有指挥其他黑卫。"

"你是帕里亚人,还有这么魁梧的身材,基本就是不显眼的反义词,所以如果你因为个人荣誉去追他,极有可能会被杀掉,这不仅意味着你会被杀——你也不会希望这样——同时也意味着你将无法保护奇普,也就使你去追他的动机无法成立。而且你不能把这一任务委派给旁人,因为你是亲自承诺要保护他的,更何况,其他任何一名黑卫也会同你一样引人注目。"这并不是说黑卫肤色比提利亚人更深,或者头发是卷曲的而不是波浪的,几世纪以来已经有足够的融合使提利亚有不少人都同时具备这两种外貌特征,甚至连奇普都能做个不错的间谍,尽管他有着一双蓝眼睛,提利亚人已经对那些战后留下来的少数民族司空见惯。问题是,这些有着深棕肤色和极其强健体魄的御光者们,浑身毛孔都散发着危险的气息,无论身在何处都会在人群中脱颖而出。包括在任何帕里亚御光者组成的军队中。

"基本上就是这样。"铁拳承认道,一腔怒火被加文一针见血的言辞浇弱。

"关于那些间谍还有什么消息?"加文问道,暂时避开铁拳关注的焦点。

铁拳看起来也同样庆幸于不必讨论自己的难题。"有些人来自格拉多国王的军营,我认为我们的问题要比预计的更大。"他把格特拉头巾摘下来,伸手挠了挠脑壳。"是宗教上的问题。"他说。

"我没想到你是个很信教的人。"加文说道,想要给话题注入一丝轻松的幽默。

"你为什么会这么想?我时常不断地与奥赫拉姆神对话。"

"'奥赫拉姆,我都做了什么,为什么会得到这样的结果?'"加文拿起腔调,以为他在开玩笑。

"不。我是认真的。"铁拳说道。

"哦。"铁拳,是个虔诚的教徒?

"但你是知道这种事儿的,你也同他时时对话。你是他选中的人。"

"对我来说可不一样。"很显然,是非常非常不一样,"但抱歉刚才开你的玩笑。宗教问题?"

"这可不只是称王这种政治问题,拉斯克·格拉多想要颠覆自卢希多尼斯之后我们所建立起的一切。半点儿不留。"

一种莫名的恐惧盘踞在加文的胸中。"旧神明。"

"旧神明。"铁拳说。

"把奇普找回来,指挥官大人,无论动用何种手段。如果有人抱怨,就让他们来找我。如果可以的话,把那女孩也救回来,是我欠她父亲的,原因恕我无法多言。"

加文向来少觉又浅眠,虽然他一直都没怎么睡过好觉,但是随着净化仪式的临近总是睡得越来越差。他每年最讨厌的就是这个时节,还有这套把戏。他躺在床上,感到胸中一阵烦闷。也许他当初应该让兄长赢,也许真正的加文会将这一切做得更好。最起码,那样的话他就不用在这了。

荒唐。

但他依然忍不住去想,是否真正的加文会成为比自己更好的光明王。对于责任,哥哥一直比他做得好,对兄长来讲,这似乎并不是种负担,就好像他根本不会怀疑自我。他一直都很羡慕加文这点。

早晨来得太快。达森坐起来,换上面具,再一次变身为加文。他感到一道尖锐的剧痛在胸中散布开来,喉咙发紧。他无法再这么下去了。

荒唐。他只是想念奇普和凯莉丝,担心柯尔文的女儿,害怕接下来一整天的工作量罢了。他只能继续下去。

在花时间沐浴之后——为什么加文是这么个公子哥呢?——他吃了早饭,骑马来到城墙。迎接他的是名年轻的橙色御光者。

这名御光者年轻得让人叹息。由于无法驾驭自己的魔力,他几乎御光成瘾。他现在还不到二十岁,虽然是帕里亚山区人,却没有围格特拉头巾,满头结绺的长发用皮带绑在脑后。他的其余衣着也诉说着同样对传统服饰的排斥——一切传统服饰。橙色御光者往往能洞察他人的意愿。多数情况下,他们会把这点变成自身的优势,让个性同橙拉克辛一样圆滑熟溜。但在某些情况下,他们又抗拒一切成规,变成艺术家与反叛者。这人的穿着虽然混搭,但拼凑在一起的图样却莫名的协调,而且颜色与面料全都相得益彰。加文猜这大概是个艺术家。但这年轻人的橙色瞳晕虽细却强力向外扩去,无疑是无法撑到明年的净化仪式的。

"光明王陛下,"那年轻人道,"我能为您效劳吗?"

太阳才刚刚跃出地平线,所有还能继续御光而不会伤到自己也不会失控的御光者已经全部聚在城墙处了。当地的工人见到围着这么多御光者,似乎已经看傻了。

"你叫什么名字?"加文问,觉得自己从未见过这个年轻人。

"阿西亚德。"

"所以,你是名艺术家。"加文说。

阿西亚德微笑道:"有那样的祖母,我没有太多选择。"

加文歪起头。

"抱歉,我以为您知道。我的祖母是塔拉,在我四岁时,她就知道我会成为一名橙御光者与艺术家了,然后强迫我母亲为我改名。"

"塔拉有时候会,咳咳,很有说服力。"加文说。

男孩咧嘴笑了。

一个男孩要和自己的祖母一起来参加净化仪式,这样的表象下是一段悲惨的故事,是一个家庭一下失去两代人的悲痛,但现在没必要去戳这个痛处,一切都有被揭露的时刻。"我需要一名艺术家,"加文说道,"你能快速完成工作吗?"

"必须的。"阿西亚德说。

"你的技术如何?"加文已经知道阿西亚德必定是很棒的,否则柯尔文不会把他派来。他想知道,当这少年面对如此巨大的挑战时,是会大胆无畏还是瞻前顾后。

"我是最好的,"阿西亚德说道,"是什么工程?"

加文微笑起来,他喜欢艺术家,虽然这喜欢只持续了一小会儿。"我在建造城墙,你要同建筑师们合作,确保不会弄坏城墙的任何功能,但你的任务是使这堵墙看起来吓人。你可以征用任何一名御光者长辈来帮忙。我会给你一些拉斯克的画像,尽量做得像一些。你来告诉蓝御光者如何把握外形,我来把里面填满黄拉克辛。现在,我要先做出墙体功能性的部分,两三天后我们就可以在上面添加融合你的设计了。"

"我能把……我做的那些东西能做到多大?"

"我们这城墙有几里格长。"

"那么你是说……要做得很大。"

"巨大无比。"加文说道。让这年轻人只设计外形也会避免他施展御光术,就阿西亚德的瞳晕接近破碎的边缘看来,这样可能会救他一命。

直到中午,他们才商定就绪,开始御光。加文把城墙建造计划让所有老战士过目，许多人都提出了建议。这些建议包括从扩大公共厕所——并一定要让墙外的斜槽突然排空便盆，让那些未经处理的污水能浇到敌人头上——到改造大炮基座——在几个供给站添加熔炉给炮弹加热——炙热的炮弹是能让攻城器械着火的绝妙利器。还有人建议把地面做成粗糙的纹理，并安装排水沟，不仅安在城墙外排掉雨水——这点之前已经有人考虑到了——还要安在城墙内排掉血水。

有许多很棒的建议，也有不少糟糕的，城墙应该更大还是更小，该更宽还是更高，应该有更多的空间容纳更多的火炮和箭手，医院应该扩大面积容纳更多张病床，军营应该驻扎在城墙里，不一而足。到了正午，加文再次钻进绳套，被抬离地面。其他人拥到他周围，用御光术制出外形构架，稳定住他的绳套。然后加文开始御光。

CHAPTER
— 70 —

两天后,奇普和丽维在平原上看到格拉多王的军队,听到他们发出隆隆的巨响。见识到他们如同巨大的牛粪一般污染了河流,奇普这才深刻地意识到自己的计划愚蠢到何等地步。

我要急行军赶到那里营救凯莉丝吗?

或许只是摇摇晃晃拖着步子过去吧。

他们骑马来到一座小山上,眺望眼前的大军。马儿总算因休息看起来满足不少。奇普从没有估算过人数,更不用说面对这样一支庞大的军队。

"你说能不能有六千万人?"他问丽维。

"我猜有十万多。"

"这么大一群人,怎么找凯莉丝?"他问。我在期待什么?或许是一个信号?"怎么找一个被抓的御光者呢?"

军队驻扎地多半地方都一团混乱,住棚屋的人把手推车斜靠在屋顶边,住帐篷的人则为谁抢了什么地盘而争吵,孩子们跑来跑去,挡住了帐篷、推车和牲畜之间的空隙。天还亮着,虽然太阳已经落下,平原上到处燃起篝火。奇普听见附近有人在歌唱。男人们在河里游泳沐浴,下游某处士兵们匆忙支起畜栏。动物污染了河水,但看上去谁都不在乎。还有人站在岸边，直接冲水里撒尿。营地上游与下游的水色截然不同。到处都有人担起水桶，直接从河里汲来水。

或许我应该只喝酒。

更重要的是，煮肉的香气弥散在空中。

奇普的肚子咕咕直叫。食物消耗比他预计的快得多——绝大多数是被他快速消灭的——现在，什么吃的都没了。好吧，还有一串钱，半年的薪水都串在上面了。

哦，那么……

"我们分头行动吧，"丽维说，"你直接进入营地中心。我猜那里是格拉多王的帐篷所在。她可是重要人物，所以他们可能会把她囚禁在王的周围。我去御光者驻扎地看看。御光者被抓，看守的可能也是御光者。她肯定就在这两个地方。我们，那么，就三个小时之后在这里会合吧。"

奇普点头默许，牢牢记住。他自己一个人是可能迷路的。

丽维立刻下马走了。没有犹豫，也没多加思索。奇普看着她远去，感到自己饿了。

奇普牵着那匹温驯的大马，一路又是拖又是拽，因为那野兽总想着去啃左右的青草，就这样他走到了一堆较大的篝火旁。那里有两头野猪架在篝火上发出滋滋的声音，奇普盯着它们咽了口口水。一个他所见过最胖的女人灵巧地只几下就锯掉了一条烤熟透的腿，闻上去香浓多汁，令人口齿生津，气味太过甜美让人几欲眩晕昏迷。奇普无法动弹——直到他看见那女人把肉举到嘴边。

"抱歉！"他说话声音大得超出预想。篝火边其余人都抬头看。

"别闻了。"胖女人发话了，接着张嘴去啃那多脂的火腿。奇普几乎死过去。环绕着篝火的男男女女无情地嘲笑他，让他更想去死。那胖女人一手拿着猪腿，一手握着长刀，一边啃一边咧嘴笑。她至少有三层下巴，面部特征消失在肥肉之中，肥肉包裹着她，就像一群公牛包围住一个笨拙的小孩。她的亚麻衬衫都可以当帐篷用了,一点也不夸张。女人扭头不去看奇普。她把刀插回刀鞘,然后伸回手来翻动烤肉钎子。她的臀部已经不能用肥胖来形容,完全就是一座巨型建筑。

"抱歉,"奇普恢复了神智,"我在想,我能不能买些食物做晚餐。我有钱。"

篝火边的耳朵听到这里都竖起来。奇普突然怀疑自己是不是挑错篝火了。是不是营地其余地方的人也和这些一样肮脏。

奇普环顾四周。啊,是的,他们确实都一样脏。

哦,该死的。

他摸索着存放锡币的皮腰带。他抢来这个皮腰带是因为里面有钱,而且钱装起来比散放更方便。棍子是串钱的好工具,削成正好适应钱币方孔的形状,可以将钱牢牢卡住,又制成了统一的长度,所以人们可以迅速数清自己的钱数——当然也可以度量别人有多少钱——这样不仅方便,也避免了在行进时每走一步钱币都叮当作响。此外,棍子可以绑在皮革里系在腰带上,或是藏在衣服里,奇普就是这么干的。他看到这根棍子的闪光就抢了过来。

但当他拉住串钱的棍子取下锡币时,他发现有件事大错特错。他呆住了。重量是没错,或者说差不多接近,所以他当时没细看,但现在他拽出来的钱币并不是锡币。一个工人工作一天才能挣一代纳,像他母亲这种非熟练工一天才只挣半代纳,他本以为自己抢来的棍子上串的全是锡币,每根足有八代纳。但他拽出的竟然是一棍子的金塔①银币。尺寸比锡币稍微大一些,但厚度只有一半,重量略轻。每个银币可换二十个锡币。一根棍子可以串足五十枚银金塔,是同样长度棍子上可串锡币数量的两倍,所以,他从洞石宫殿偷来的可不是两百代纳锡币——那就够多的了——他偷来的是一千金塔银币。刚才当着

---

① 金塔:阿尔巴尼亚货币单位。

众人的面拽出的那枚，明显让大家知道了他还有更多钱。

谈话声停顿了。就着篝火跳跃的火光，许多眼神像狼一样闪烁。

奇普把腰带里剩下的钱币掖好，祈祷着谁也没看见里面到底有多少。不过那又有什么关系呢？他的姓名可能还不及一个金塔银币值钱。"我买那条猪腿。"他说。

胖女人吐了口痰，伸出手。

"找我十九代纳。"奇普说。要知道这一整天份的工资应该可以买三条野猪腿还多。

女人咯咯笑："当我们这里做施舍的，是吧？我们看上去很像信徒，是吧？找你十个。"

"十代纳一顿饭？"奇普简直不敢相信她是认真的。

"那你就饿着吧。反正饿不死。"女人说。

不讲道义的胖女人竟然喊奇普胖子，可他无能为力，饥饿让他勇气全无。他咬着牙，环顾篝火四周，递过金塔。

庞然大物接过金塔银币，用牙咬咬，银币稍稍弯了一点。如果是假冒的镀银锡币的话，弯曲时会发出独特的咔咔声的。女人对银币的重量和质地都很满意，于是收起来。她端起玻璃罐猛灌一气放在一边，然后锯了一条野猪腿。她忙着的时候，奇普发现火堆边有些男人不见了。

就算发现那些人在黑夜中散开等待他也不足为奇。奥赫拉姆神啊，他们肯定是看见了棍子上其他的钱币。

剩下的男男女女都用异常友好的方式看着他。那些人坐在自己的包袱上，或是树桩上，或直接坐在地上，大多静静看着他。有些拿起葡萄酒或麦芽酒喝了几口，彼此小声说着什么。有个眼睛像玻璃一样晶莹剔透的女人躺在一个长着大胡子和长头发的男人膝头，女人抚弄着男人的大腿，两人都盯着奇普。

那胖女人把野猪腿递给奇普。

奇普看着她，静静等待。

女人从厚厚的脂肪层中温和地看着奇普。

几周前奇普就该回去。他早已经习惯人们把他当垃圾看，习惯对他的漠视与欺辱。但他没法想象加文·盖尔被欺负，即使现在很多事情都对他不利。奇普虽然可能是个私生子，但哪怕他身上只流有光明王的一滴血，他也绝不会屈服。"找我十代纳。"奇普说。

那喝得醉醺醺的女人在篝火那边突然控制不住大笑起来，接着哼了哼鼻子，笑得更厉害了。不只是因为喝醉。

"我看着像是有十代纳的样子吗？"胖女人说。

"你可以把那钱削下一半。"

女人收回刀耸耸肩，朝奇普走近一步，她身上散发出麦芽酒的臭气。"对不起，没有刀。"

奇普这才明白过来。几个男人坐起身，打量了他几眼，还准备好站起来。他们可不只是想看他笑话。大家都知道胖女人会骗他，他们对胖女人的行径心知肚明，刚才只是在等待，想看看他会不会成为牺牲品。奇普会逆来顺受吗？如果他不反抗，那就将成为证明。既然他拿得出一金塔，那他可能还有更多钱。

可他能做些什么？把食物还回去？不，那女人无论如何都不会把银币还给他的。离开只会说明他的软弱，黑夜中可能会有其他人正等着他。如果他反抗那女人，他们会怎么做呢？如果突然往那女人肥胖的脸上狠狠揍一拳呢？

他们当然会攻击他。揍了他之后再抢走他的钱。

如果他逃跑，即便逃走了，他也没了马，要跳上马鞍飞奔实在是太难——就算他能驯服那马，就算要坠入地狱，它也不会疾驰起来的。

"好吧，"奇普说着，作出无所谓的样子，接着一把抢走女人的玻璃酒罐，"我得喝点酒配晚餐啊。找零就归你了。感谢你周到的服务。"他闻闻酒罐。如他所料,是麦芽酒。他猛灌了一口,好让人看起来狠一点,然后让脸色平静下来,那酒都快点着他的嘴唇了,酒水灼烧过喉咙,最后是胃。

那些准备好站起身的男人们又坐了回去。

"我今晚能不能睡在这里?"奇普问。

"得花钱。"那个额发光秃,后面的头发直长到背部中央的人说。

"当然了。"奇普说。他已经不像之前那么饥饿了,但仍强迫自己啃着肥腻的野猪腿。剩余的野猪肉还在煮,其余的男男女女都过来切成一片一片分而食之。

吃完后,奇普舔着手指往马那里走去。他走得足够远了,心里开始希望这些人能放他走。

"你在干吗呢?"那个秃顶男人问。

"我得刷刷马,"奇普说,"这真是漫长的一天。"

"你哪儿也别去,我可不想你靠近我的马。"

"你的马?"奇普说。

"对。"那男人朝奇普龇出满嘴的大黑牙——不像是微笑,也不像是要吃了他的样子——然后抽出刀。

"我们还要你装钱的皮带。"另一个男人说。

篝火边的女人们只是冷漠地看着,没有人过来帮忙。有几个人还加入进来,和那两人一起对付奇普。奇普看向黑暗,他看火看得太久,但仍能分辨出有几个黑影在等待他。

把你的东西都给他们,这样厮杀一阵说不定还能逃脱,奇普。你知道的,你不可能毫发无伤地离开的。拖延时间,说不定会有营地警卫来救你呢。

"你们会被永夜笼罩。"奇普说着,打碎推车轮子上放着的一个麦芽酒罐。

"蠢小子,"秃头男人说,"大多数人都会拿着罐子把,而不是打碎。"

奇普一脚把碎酒罐踢到男人身上。那秃头男一脸痛苦地揉揉眼睛,把刀换到左手。"知道吗？我要杀了你！"他说。

奇普大喝一声冲上来。

那人根本没想到奇普还有胆子迎战。那人还在揉眼睛呢。他抬起一只手臂躲开进攻,但奇普绕过刀撞到他的肚子上,脑袋直抵他肠子。男人呼哧一声摇了几下倒在篝火边。

一时之间,四周鸦雀无声。接着男人手上沾的麦芽酒被点燃了。他大叫一声举起手,头发也燃起来了,胡子,脸,吼叫声抬高变成了恐怖的尖叫。

奇普突然直冲过那烧着的男人。

所幸的是,那一刻谁也没有动。之后有几个人反应过来冲向他,没抓住他的身体,但抓住了他的脚。奇普重重跌倒。

他还没跑出篝火三步远。

有人在跑,是那个胖女人。

他跌倒的时候正好看见那着火的男人一边尖叫一边直冲向胖女人。胖女人大喊,发出古怪的尖叫声,顺手操起她那把大刀重重地砍向男人。

这时三个男人压在奇普身上,身后的篝火照出他们巨大怪异的影子。奇普的肩膀被踢了一脚,两边肾脏也先后被踢中。疼痛刺穿了他,呼吸都快顾不上了。他蜷缩成一团。

踢打雨点般接连落在他的背部和腿上,一个人俯下身来猛捶他的臀部、大腿,还想击中他的胯部。有人在踩他的头,虽然只是一脚掠过,但却撞到了鼻子。热乎乎的血液在脸上炸开,脑袋在泥地里撞了几下。

脑海中一丝念头穿透迷雾。他们要杀死我。这不是要惩罚,这是谋杀。

那就来吧。就算被杀死我也要站着。

他以一搏四，反击时肋骨似乎裂开了，腰侧中了一脚。他呻吟一声。

三个成年男人打一个男孩，而这个男孩什么也没做。这样的暴行激起了奇普内心顽强的信念。不，现在不是三个了，更多的人加入进来。但人越多只会让奇普越愤怒。他缩成一团积聚力量，脑袋垂在两肩之间。就算是地狱烈火我也能够承受。

奇普突然爆发出一声就连自己也从没听过的嘶吼，他甚至不知道自己还能发出那样的声音。他跨了一大步站起来，这突然的举动被他之前的缓慢动作衬托得更显夸张。

他嘶吼着，血喷在一个正欲冲过来踢打的男人脸上。奇普就像一头穴熊，突然用后腿站立起来。那男人眼睛都瞪圆了。

奇普抓住他的衬衫，一边嘶吼一边推搡打旋，然后将他猛地掷向唯一没有人阻挡的方向。

投进火里。

那男人看清自己的方向，想抓住架在篝火上的烤肉架稳住自己，但失了手，肘部撞了上去。那烤肉架让他侧身直颤，头部直插向火焰中央，架子倒了。

奇普没有看，也听不见那人发出的尖叫。因为有人击中了他的腹部。平时，那样的击打可能会让他弯下腰来，但现在疼痛并不算什么。他看见攻击的人——是个留着大胡子的大块头，身高比他要高一英尺。那人看着他好像很惊讶的样子：这男孩竟然没有摔倒。奇普抓住他的胡子，然后拼尽全力把他往自己身下压，与此同时，他脚往前踢打，对方的脑袋被来回捶击。大个子男人的脸撞在他脚上发出碎裂声，伴随着飞溅的血花和牙齿，倒在地上。

奇普的愤怒中闪现出希望的火花。他再度转身，开始寻找下一个对手，这时什么东西在他头顶破裂了。

奇普倒下了。他甚至没有意识到自己倒了。他只是躺在地上，抬头看见另一个龇牙咧嘴的食尸鬼般的男人，他手里拿着一块烧火木头，身后还跟着四个人。四个人？还有四个人？透过眼泪和眩晕，奇普甚至无法确定自己数对了没有。

他再次冲向那四个人，但很快又跌在地上，一阵头昏目眩。他失去了平衡。

"把他扔进火里！"有人叫嚣。

还说了些什么，但奇普没听清。接下来他感觉到自己被抬了起来，每人抓住一只手或脚。他面朝下，篝火的热气炙烤着他的脸。

那些人停住动作。"别把我们也推进去了，你们这些蠢货！"前面有个人说。

"数到三！"

"奥赫拉姆神啊，他真沉。"

"又不用扔很远。"

"声音就像熏肉在平底锅煎出的滋滋声呢，是不是？"

"一！"

奇普的身子在篝火上摆荡，太近了，他肯定自己的眉毛都被烤卷了。恐惧勒住了他。眩晕消失了。

他挣扎着离火远一些。

"二！"

够了。获救的几率太小了。我试过了。我反正没什么可失去的，那还怕什么呢？我真没用。就算我死了又会怎么样呢？就是有点疼，那有什么好怕的？大概疼痛会持续很久。反正最后也会解脱的。

奇普被荡得离火远了一些，他闭上眼睛，迎接那热量。眉毛和睫毛都化了。火焰像猫咪一样舔舐着他的脸颊。

盖尔家族的人从不放弃。他们接受了你，奇普，期待你负起责任。加文，铁拳，丽维，他们让你第一次拥有了归属感。你要让他们失望吗?

就这样,恐惧消失了。不。

那些人把他荡离篝火,最后一次了。四个人,四个芮米尔。他母亲的族人把他当狗屎对待,还希望他能接受。

去他的,不。奇普突然迸发出难以遏制的仇恨,如篝火一般火热。

"三!"

那些人把他荡向火焰。

奇普猛地睁大眼睛,感到那些人一下离得很远——但他已经不害怕了,恐惧消失了。然而篝火令他再次睁大双眼,就像情人看到自己的心上人。是的,很美。是的,那是我的。

一声急促的吼叫就像狂风平地而起。火焰变了形,跳跃着烧向奇普——烧进奇普的身体。然后消失了。整个火堆瞬间熄灭,营地一片漆黑。

那些人大吼一声扔掉奇普。

奇普几乎没注意到。

他落在火堆余烬中,抓住自己的左手,听见左手因为太过靠近燃烧的柴火发出滋滋的声响。虽然他吸收了整座火堆,但柴火仍然又烫又红。

奇普几乎没意识到。愤怒就像一片汪洋,而他就漂浮在其中。他不再是他自己,他甚至没有感觉到自己。脑海中只有那些痛恨的人,那些人必须被打倒。

他尖叫一声,一只手砸向空中。热量迸发而出,变成火焰,从他手掌喷出一英尺远,把黛色天空染成橙黄和红色。他站起来,热量在他血管中嘶吼。难以抑制的热量。虽然到处一片漆黑,他却能清楚看见那些抓住他的人。他看见他们激动的样子,有个人倒在地上张大嘴瞪着他。

奇普一拳砸过去。火焰把那人从头到脚包裹起来。

其他人抱头鼠窜。

奇普挥起左拳砸向其中一个。张开手指，感觉皮肤噼啪作响，但却只有隐隐约约的疼痛。他又挥动右手，嘭嘭嘭，三个火球，每一个都像他拳头那么大，飞向夜空，几乎将他反冲回重燃的火堆里。但每个火球都击中了目标，火球从对方背部钻进去，烧进内脏，他们倒地后火球仍在体内燃烧。

奇普跪下来，还是烫，太烫了，难以抑制，于是他再次举起双手。火苗自两手冲向天空，虽然左手受了伤。视野渐渐清晰。他深深吐一口气，就像魔鬼刚刚释放了他，留给他一片空洞虚无一样，就像他有一部分人性已经燃烧殆尽一样。

火焰再次燃起，但小了许多，炭块的热量慢慢把木头又点燃了，照亮了推车和聚集起来看热闹的人群惊恐的脸。

就着灯笼和火炬的光芒，还有复燃的火焰，奇普的视力恢复了，看清了那幕场景。篝火旁人们围成一个大圈瞪着他，看起来都像是已准备好把他生吞活剥的样子。四下倒着尸体，那四个想要把他扔进火堆的人都死了，一个成了烧焦的骨架，其余人背上都留着奇普拳头那么大的洞。

不知怎么地，其他人下场更糟。被奇普用麦芽酒溅湿的那个男人脸上和胸部的皮都烧掉了，手臂和身体上满是刀痕。他正躺在那里轻声地呻吟，烧焦的头皮中仍有一簇一簇的发茬残留。那胖女人躺在他身边大声号哭。当时男人烧着了肯定一头撞到她身上，她的脸都焦了，右脸上全是水泡，眉毛没了，原本及背的头发只剩下一半，融化在脑袋上。她的刀也不知怎么回事，完全扎进了右腰下部，血水从她脸颊滴落。

被奇普甩进火里的那男人最惨，他虽然抓住了烤肉架，头却扎进了火里，直接落在滚烫的炭块上。他把自己拉出火堆，竟然奇迹般地没有死去，还有意识。他轻轻地啜泣，好像就连大声痛哭也会带来无尽的痛楚。他在地上翻滚，暴露出脑袋上烧焦的部位。皮肤不只是脱落了，卡在煤块中就像烤鸡黏在锅上一般。他的颧骨裸露在外，脸颊被烧穿了，里面的牙齿被哭泣时流下的血水洗刷成了红色，眼睛烧成一片灰白。

唯一可能幸存下来的就是被奇普打碎牙齿的那个大胡子男人。他昏过去了，但就奇普看来，至少还活着。

奇普踉跄走向马儿，知觉麻木。他没有目标，只想先离开。他驭马前行，直至看见有士兵。那些士兵围在营地周围，但都混在人群之中。奇普看见一个士兵骑着马，他猜是个官员。

"很抱歉，先生，但我们不能让你离开，"那军官说，"很快就要为你们举行净化仪式了。"

"他们袭击了我，"奇普筋疲力尽地说，"他们想抢劫我。我……我不是说……"他靠在马上。该死的蠢马竟然没有逃走。哦，一丝光也看不见了，啊，它被绑住了，就算想逃也走不了了。但奇普仍期待着马儿能够发狂。但相反，它只是站在那里，和以往一样温驯。

奇普靠在马身上。他的左手，奥赫拉姆神啊，皮都被撕开扯烂了，每一处皮肉相连的地方都在淌血。奇普轻叫了一声。但出于愤怒，他又回头去看那篝火，看他杀掉的那些人，还有那些虽未死却必将死去的人。他的心一片冷硬，他本该更受触动，但就是什么也感觉不到。

他回过头，看见一个年轻人在尸堆中走动检查。那个年轻人——不，是个男孩，因为他虽然穿着华丽的服饰，但年纪应该还不超过十六岁——正从手上脱下白色鹿皮手套。高挺的鹰钩鼻，浅棕色的皮肤，黝黑的眸子，乱蓬蓬的深色头发。在前臂的白色衬衫之外，他还穿着多色臂甲，以白色为底色，上面有五块不同色彩的厚甲条。斗篷也是同样图案，以黑色勾边，然后模糊成——薄红？——红色，橙色、黄色和绿色。没有蓝色或幻紫。谁都猜得出他是个多色御光者。

但这不是吸引奇普注意力的原因所在。营地里有成千上万人，还有几百名御光者，但奇普只注意到这一个。他就是莱克顿大屠杀队伍的一员，他在水市还曾经想要杀掉奇普。赛门，男孩的主人这样叫他。奇普的心急速下沉，就像孩子跳下瀑布一样。

赛门戴上一副绿色护目镜。"你们好啊，火焰朋友，"他说道，"欢迎来到我们的战争。我猜你们是来参加净化的？"

"是的。"奇普镇定声音说。净化？

宝石绿的烟雾在赛门双手间盘旋熄灭。"你知道的，"他说，"你可以杀掉你必须杀的人——虽然万色之主希望可以不要这么区别对待——但你杀了人，请收拾好烂摊子。"他的手臂慢慢划着练武的圈子，膝盖弯曲像是在聚集力量。接着两手互击，有光芒冲出。啪—嘭，啪—嘭，四道细细的绿色拉克辛喷射而出，每一道都和手指一般长短，如两枚子弹。它们围绕着火堆，几乎同时炸开喷洒出水滴。那些伤员的呻吟声立即停下了。

奇普瞪大眼。

赛门自己看上去倒很高兴。他把绿色护目镜折叠起来放进口袋。

他是在炫耀。他在炫耀杀人。

奇普走上前一步，赛门突然皱起眉头。"你叫什么名字？"

"奇普。"奇普说完想起用真名可能有点蠢。

"奇普，你头上有颗牙齿。"

哈？奇普张开嘴摸了摸。"确实，我所有的牙齿都长在头上。"假装自己不想吐出来吧，奇普。挺过这一关。

"不，不是你的牙齿。"赛门说。他指指自己的头顶示意。

奇普摸到头顶，原来有颗牙齿黏在他头皮上。这他妈是怎么回事？他把牙齿拽出来，表情抽搐一下，温热的血液顺着脸颊淌下。

"嗯，"赛门说，"也许我们应该先让你看看外科医生，给你治疗一下。"

"先?"奇普问。

"是啊,当然啊。万色之主坚持要会见我们所有的御光者,就算是最粗心的也不例外。"

CHAPTER
— 71 —

夜幕笼罩了大地。丽维在营地穿梭,孤身一人的感觉越发强烈,而且除她以外周围全是粗鄙的汉子。这些男人们笑声过大,酒喝得太凶,对即将带来的战役心怀恐惧。如果说身为提利亚人让她成为流浪儿,在光明利亚的过去也是她想刻意忽略的,那她在这里就连那样的保护也没有了。多数男人偷偷地看着她,如果不是因为她很警觉,又或者不想被他人注视的话,本来是不会发现他们偷瞄的目光的。还有些人干脆公然盯着她,她检查了一下自己的领口。不,穿得很整齐。

离开妻子太久的蠢货只有少数几个。其实丽维很饿,但是她不想在任何一处篝火前停下,可是只有那样才能获取食物和信息。

丽维挑了一处篝火停下,那里有几个看上去很善良的农民围在一锅炖肉边。当然了,不走进圈子没法看清所有人的面貌,但好几个看上去都很好心,这里是她最好的选择了。

"晚上好,"声音听起来比内心感觉的要快乐一些,"我想花半代纳买些炖肉。你们有多的吗?"

八个脑袋转过来看她。一位老者发话了:"说是炖肉有点贬低它了。这里有一只兔子,两个番薯,还有九张嘴吃剩下的一点野猪腿肉。"他谦逊地笑笑。"不过莫里找到了一棵葡萄柚树,士兵们不知怎么给漏掉了。"

丽维放下心来走近点。那男人盯着她的双眼眨眨眼说:"如果你有烦恼,可以戴上护目镜的,这位年轻的女士。"

"烦恼?你怎么会这么想?"丽维又问,"我叫丽维,谢谢你。"

"因为你看上去就像是温泉疗养院的一只小鹿。"他递给丽维一杯漂着几块肉的肉汤,并且打断了她试图付钱的举动。丽维吃着他们给她的简单的炖肉和还没熟透的葡萄柚,大多数人都坐在那里看着她。

过了一会儿,那些人又开始聊起了战争、天气以及今年没能去收割的庄稼,没能修剪的柑橘树,如果树上结多了果实,土匪们就会在村庄待得更久。他们不是坏人,事实上,看上去很体面。他们也对格拉多王有诸多埋怨,有人还咕哝了句"万色之主"的坏话,后来才记起有个御光者在场,但他们没有说自己主人的坏话。

他们不因加里斯顿统治者更替而改变。不管统治者是好是坏他们都一样——所有的统治者他们都憎恶。几年前,一个巡逻队经过他们的村庄,有个人失去了自己的女儿,巡逻队的官员带走了她。这人后来去加里斯顿寻找女儿,但一直没找到。其余人也聚了过来,半是因为朋友在这里,半是也没有别的事情可做,占领一座城市每人手里也只能发到几个硬币,还有部分原因是因为他们都讨厌外乡人。

人们会因为一个十岁的小孩犯错而把他杀死,只因他是外乡人。

和他们理论也没有意义。在其他一些时候,蠢货可以成为我们的朋友,她父亲曾经说过。吃完饭后,丽维戴上黄色护目镜,提取了几支可以持续几天的拉克辛火炬来感谢这些人的肉汤和水果招待,问清御光者驻地之后就出发了。

一路上没有人打扰她。有一次,有人见她走来就招呼她,但等看清她的彩色护目镜就闭了嘴——即使是在黑夜,这些人也很尊敬御光者。

御光者的营地和其余人分开——不仅是因为他们有守卫,明显也是没人想和他们靠得太近。丽维摘下护目镜拿在手上以防有人袭击。

她快速经过一辆全部涂成紫色,周围围满了镜光骑士的马车——很奇怪,但她没有减速,她还有事,表现出有要事的样子。这个把戏她是在光明利亚学会的。如果你到处闲逛,有些高级御光者就会找事情让你做。如果你看起来很忙碌,就可以轻松脱身。

她走过许多篝火,厨子们为御光者们奉上奢华的晚餐,还有很多奴隶为他们斟满葡萄酒或麦芽酒。御光者们手腕上都标记着自己的颜色,或是用布,或是用金属臂甲,有些女人用很大的手镯。他们的斗篷或服装边缘也用了同样的颜色。除此之外,每个人的服装都不一样。不过总体而言,这些御光者都偏爱使用衣服上的宽大带子表明自己的颜色,而不像光明利亚,女人们经常只戴一根绿色发簪来表明自己是绿色御光者。

有一群人在吵吵闹闹,看上去很特别。丽维从阴影里看过去,那些男男女女不时往南边看——并不是有御光者和镜光骑士之类人员守卫的大帐篷,丽维之前还以为他们在看格拉多王的住所,但他们看的是另外的篝火。她从奴隶桌子上夺过一罐葡萄酒出发了。在黑暗中,她身上的衣服看上去和奴隶的也没什么区别。

奴隶群之外的景象令她屏住了呼吸。那些人——或者说人形的怪物——正在谈论什么,他们欢欣雀跃地一边喝着酒,一边提取拉克辛。

离丽维最近的是一圈蓝色御光者,其中有一半戴着蓝色护目镜,正就着篝火的光芒把皮肤涂成蓝色,还一边和一个看起来像是水晶做成的女人说话。

丽维很久都没弄清楚自己看到的是什么。那些人是御光者,很明显,因为到处都有拉克辛。违背契约的人,疯子,废人,破光魔。丽维这才想起来。

携光者
卷一 光明王

这些人超出了丽维的常识范围。她甚至看见一些断裂的细节。一只破裂的带有瞳晕的眼睛。那个水晶一样的女人正从空中提取出一个矩阵，而其他的蓝色破光魔则在聆听。绿色破光魔围着火堆跳舞大笑，弹跳力异乎寻常的双腿蹦着跳着，比丽维所见过的任何人跳得都高，他们弹跳着，一个空翻从对方身上越过。一对浑身皮肤都是绿色，但还没有变形的男女搂在一起，髋部彼此相抵，晃来晃去，他们的舞蹈动作是那样淫荡——等等，不，那个女人的裙子已经卷成了一条拉到腰上。在众目睽睽之下，其中还包括许多欢呼的御光者，他们确实是在——

丽维转开视线，脸颊突然滚烫。一位黄色破光魔朝空中掷出几个拉克辛小球，蓝色破光魔则朝它们射出子弹，每颗子弹射中目标后，小球就爆炸出一道光芒。

丽维的目光被拉向在场的所有破光魔。就算是在这里，一共也没多少人。她只在光明利亚听到过类似的传言，人们说只要瞳晕碎裂，这个人就会发疯死掉——或者更为常见的是，发了疯去杀其他人。正是这样的危险使得契约显得尤为必要，奥赫拉姆神让魔法服务于人类，御光者要发誓效忠自己的组织，而违背契约的人则只忠于自己，他们是所有人的威胁。

但传说中总有人会重塑自己。现在，就在这里，丽维见证了那些说法并不是无稽的传言，这些御光者们正在互相传授该如何达成目标。丽维看着那个蓝色水晶般的女人，她出奇的美。水晶般剔透的头发，钻石形状的眼皮盖在眼睛之上，水晶般带有裂纹的皮肤破裂成一千个镜面，构成她身体的每一条自然曲线。她已经征服了提取问题，将坚硬难以弯折的蓝色拉克辛铸成了一具可以活动和弯折的身体，材料是几千颗——成千上万颗——小水晶。她的身体闪闪发亮，映着火光像舞者般抬起躯干向信徒们展示自己的成果。她笑了，闪闪发光的蓝色嘴唇里露出了白得不自然的牙齿。然后她突然摆出一副战斗姿势,易怒的守卫们围着她的前臂跳跃着防御,而蓝色拉克辛面板在她皮肤上凝固成了盔甲。

该死!

"喂!我说上酒!"一个声音叫道。

丽维转身发现对面站着一个浑身都是烧伤的男人。一个薄红破光魔,火水晶从他的瞳晕中放出古怪的光芒。他把杯子伸过来,丽维给他倒满酒,胆战心惊地移开视线。那男人一只手中拿着烟管,皮肤上到处都是刚烧出的伤疤。丽维看到这幅情景才明白这些伤口都是故意而为,这人是想要把皮肤弄出很深的伤口以便麻木痛觉。直到这时,他还在努力这样做。

接近一个发了疯的红御光者是极其危险的,他一般无法控制自己的行为,更何况现在他还喝醉了,又烧得疯狂。

那人刚走,丽维就看见几百码外的夜空中腾起一团火焰。她停下来,许多破光魔也停下来,互相推推示意那火焰。

不管怎么说,那个御光者很厉害。夜空中那团火焰很大,他是从哪里弄到那些光的呢?从篝火中吗?

接着又来了,火焰持续照亮天空好几秒。丽维喉咙一阵发紧,害怕极了。奇普!不,太荒谬了。奇普是绿色和蓝色御光者,但这火焰光谱的两端却是火和薄红,不可能是奇普。破光魔们都笑了,就像那里是一个无聊的同伴在寻开心一样。

奥赫拉姆神啊,奇普可能在那边的黑夜里被杀掉了。丽维得走了。

她转身朝着营地前进,几乎撞到一打镜光骑士,他们正押运一个女人走出格拉多王的帐篷,那女人穿着华丽的黑裙,戴着紫色眼罩。丽维停下脚步,是凯莉丝。

镜光骑士们匆匆走了,但丽维却清楚他们的目的地。凯莉丝被囚禁在她见过的那个紫色马车里,丽维本应该早点反应过来的。

但是，找到凯莉丝的喜悦——确实找到她了，才第一天，在这个可能有十万人的营地里——却被对奇普的担心压倒。

她走出御光者的营地，戴上黄色护目镜。没有拦阻她，她按时到达了和奇普约定好的地方，但奇普不在那里，一直没来。

第二天，她打听到一个有着提利亚人肤色和蓝色眼睛的男孩遭遇袭击的消息，那男孩很胖，还杀掉五个人——有说十个有说二十个，也有说是五个女人，谣言各不相同——然后向空中抛出了火焰。他被御光者和镜光骑士带走了。除却那不可能的一点——奇普无法提取薄红——直觉告诉她那就是奇普。她确定。有人提取了火焰，杀死那些人的另有其人，但奇普却被人带走了。

她找了两天，可是一无所获。

CHAPTER
— 72 —

夕阳拖曳着脚步落向地平线，加文下发号令，骑手们挥着鞭子啪啪作响。驮马队奔腾前进，马缰绳绷得紧紧的，连接着黄色大拉克辛支架的缰绳拉紧了片刻。接着支架落下，马群使足了劲儿，将它们从墙头拖走。

最后一层黄色拉克辛轰然坠落，大地一阵摇颤。加文立即起身检查一切是否按计划进行。

"再拖一里格！"柯尔文喊道。他正站在墙头，远眺格拉多王的大军。

"该死！"

"看这儿，光明王陛下！"一位工程师喊道。

加文匆匆赶来。在建造这座几乎完全由黄色拉克辛铸成的墙时，他遇到了许多大问题，其中最后一个就是所有的拉克辛都必须封印起来。封印处一直是最薄弱的环节，如果你能将一处融穿——虽非易事，但仍可一试——整座工程都会瓦解。加文将墙分段筑造就意味着每一段都有好几处封印，无论哪一处失败，其影响都是灾难性的——整座横越五十步宽的墙片刻之间就会融化溅落成液态的光芒。

可能这也是加文之前没有一个人蠢到完全用黄色拉克辛建造整座

墙的原因。

但解决办法其实也很简单：使用两层拉克辛以互相保护，封印就建在两层之间。建造双层墙壁对御光者来说很容易，但封印一直是最难隐藏的地方，你不可能在这么大一面墙上将它完全藏匿。要保护一处封印，就需要用更多的拉克辛来覆盖，层层叠加之后总有一处露出在外。

但这个办法对加文来说还不够。他将整个第二层墙都建在支架上，然后再分别筑造两侧，从中间封印。当驮马队拉出支架，第二层墙依次到位，整座工程的封印处——加文也是有生以来第一次听说——才真正得到了保护，不仅仅有黄色拉克辛的保护，还加上了墙壁本身的重量。各段之间相互紧锁在一起，无论是谁想要攀上墙壁靠近封印都变得非常难。

加文正在建造的工程堪称不朽、纯粹而伟大。就算在他逝世很久之后，这座建筑仍会屹立不倒。能做到这一点的人并不多。当地人已经开始将这座建筑称为水光之墙了。

加文匆忙赶到呼叫的工程师处，他发现有一座支架在拖曳过程中一直不受控制。墙倒在支架上，几乎将两步宽的支架压碎在地里。墙体这一部分因此和周围无法完全接合。

"还有三分钟我们的大炮就要到位了！"柯尔文在下面喊。

狗娘养的！加文靠着宽大的黄色支架跪下，匆忙刷走尘土。为了预防这种情况的发生，支架不像墙体片段，而是在表面上做出封印。就是……那里！加文往封印中输入一些薄红，于是整座支架分解消失，黄色拉克辛瞬间液化成光芒，墙壁在一声巨响中轰然坍塌。

加文设计的偏差范围太小，他本该把这些组合片段设计成即使无法很好对齐也能互相锁紧的。虽然紧固接合能让墙壁更坚固，即便遇到暴风雨，中间的士兵也能不被淋湿，但偏差范围应该设计得大一些的。

几个小时以来，加文的注意力第一次离开墙壁——感觉就像过了好几天那么久，虽然夜幕才刚刚降临——他看着聚集的人群，寻找需要的身影。

成千上万的人聚拢过来，绝大多数的加里斯顿人都想看看墙壁建造的情景。商贩们已经支好了货车和小摊。歌手们穿行着演奏乐曲，逗弄观众打赏几个硬币。士兵把大街上清理得干干净净，然后开始运送设备，火药、绳索、炮弹、熔炉用的柴火、备用的盔甲、弓箭和火枪。另一些士兵则等着第二层墙壁就位后操作吊车。御光者们涌向墙内，封印所有的砖块，检视需要修补的缺漏，包括一些严重到需要加文帮助的缺陷。黑卫们——将近一百来人——仍然站在附近。

他们已经告诉所有人离开，但却没有人手来实施这项命令。人们太好奇了，大家知道自己此生中再也不会见到这样的场景。加文现在没有心情去担心他们，他已经感到胸腔涌起的那股紧张感。

"队长！"加文喊道，"你见过工序的。让骑手们尽可能加快速度，我们还有十六个部分。拨一半的队伍到东面去，剩下一半从这里出去。找六个御光者，你们这四个，你，还有你。你们都看到我是怎么做的了，照着做！"

"戴纳维斯将军，回答我！"加文叫道。现在距离不到一里格了。应该足够了。

加文走到支撑大门的拱形结构之中。那里有一个敞开的空洞，整面弧形的大墙上到处是交错的管道。加文聚起光，沿着每一条管道喷上绿色拉克辛。这样墙壁将会收缩一些，但仍然能够躲避任何破城槌的撞击。他将每一条绿色拉克辛管道末端都封印起来。

"光明王陛下！"柯尔文喊着，单眼紧盯着新设计的望远镜，"他们好像正把大炮推到队伍前面来，他们知道我们没有多余的兵力主动出击。该死的细作！我看不到重炮，但我知道他们有半打。如果他们以最大射程开火——"他打住话头，暗自计算。最大射程按字面意思就是指炮手能够射出的最远距离,但最好的重炮差不多能射两千步远,这样的距离根本不可能瞄准。"如果士兵准备好,他们现在随时都可能开炮。即便没准备好,花几分钟也可以搞定。"

加文担心的倒不是重炮。因为这些大型武器的射程只到城墙前方,他们射击多少,水光之墙就能承受多少。之后他们的高射程榴弹炮会打得更近,然后是逼得更近的迫击炮,那样绝对会对城墙之后不肯散去的围观人群造成重创。加里斯顿人的炮弹必须干掉那些枪炮,在它们到位、准备、装载完毕之前。

"该死的,分个人手去把那些该死的平民弄走!"加文命令道,"这可不是太阳日出游!不出十分钟,炸弹就要掉在他们坐的地方啦!"加文转过身对戴纳维斯将军说,"尽快开炮。给我争取点时间,将军!"

除了下一段城墙放置到位的声音之外,加文还听到更多响动。人们四散逃窜,但他将这些都抛诸脑后,现在城墙确确实实地成形了,他要开始面对最大的问题。

他没有造城门。

加文奔向一台正往墙头吊送物资的吊车。到达时,机器已经吊离了地面,速度飞快。他纵身一跃,抛出蓝色和绿色拉克辛制成的两只钩子,抓住货物的两边。他快速升起,不等货物在墙头停稳就跳了下来,操作吊车的士兵们大吃一惊,都呆住了。

"快干活!"加文吼道。士兵们吓了一跳,然后立即继续忙碌。

加文跑着穿越墙头,一路躲闪着士兵,返回城门门拱待修理处。

颤腕大喊着发号施命,派上一小组黑卫与加文一同行动——他们似乎会不惜一切代价帮他阻挡炮弹——但数量又不会多到拖延守城士兵筑造城墙的步伐。其余的黑卫则在空荡的城门前做好准备。

就和所有的战场一样,这里有太多值得注意的地方,同一时刻有太多事情正在发生。加文看向夕阳,它仍静止在地平线上。

两个小时。我需要的只是两个小时。我的目标很伟大，我要保护这些人民，你们必须支持我。所以，如果你挡了道，能不能请你帮帮忙，挪动下你那高贵的屁股？

过去的一周里，戴纳维斯将军一直忙于组织加里斯顿守城士兵，操练队伍、提高士气、练习开火。每天二十个小时，有时达到二十二个小时。虽然很野蛮，但他仍嫌不够。加文习惯于这样的训练，跟老兵在一起干活觉得更轻松，到光明王之战快结束时，他的人马配合已经很熟练了，使用供给物资筑造城墙，他的老兵们所需要的时间只有其余人的三分之一。那些娴熟的炮手隔着遥远的距离已经被瞄准了。其余人几乎素不相识，更不用说信任彼此。这使得所有的事情都慢得惊人，加文也不得不放慢速度，适应他们缓慢的步伐。

我们在劫难逃。

但接下来，他快速提取出一个平台走上去，到达敞开的拱形结构面前——有必要用拉克辛伪造一些陷阱——他第一眼看见的城墙，敌人也会看见。

那该死的艺术家男孩真是创造了一幅杰作。

一直以来筑造城墙成形的人都是加文，但他一直是站在墙头上，当各个部分组合到一起时，他一直是站在另一座城墙之上。现在他才首次看到了全貌。

整座城墙——整座弯弯曲曲一里格长的城墙——初次展露头面时闪耀着太阳的光芒。那光芒来自液态的金黄色——几近完美的金黄色——从第一层金黄色城墙之后放射出来。那液态的金黄色能够修补一切毁坏外墙的重创。但是在那层薄薄的外墙之中，加文看见年长的御光者们也加上了自己的印记，毫无疑问是在阿西亚德的率领之下。当敌人靠近时，他们会看见整座城墙上都浮现出可憎的画面：足有人头那么大的蜘蛛在墙面上爬爬停停，下巴颏咔哒作响；小龙们猛扑下来，在空中盘旋；昏暗中一张张怨怒的脸庞盘旋而出；一个女人从一

携光者
卷一 光明王

个长着许多毒牙的猛兽嘴里跑出来,被撕成碎片生吞活剥,绝望的脸上一片惨白;一个正沿着墙根走的男人被迷雾中伸出的手抓住,猛地拉进雾中;美艳的妇人们变成了怪兽,长着开叉的舌头和巨大的爪子;鲜血在大地上纵横汇聚。这些只是加文一瞥之间看见的画面,那仿佛是御光者们聚在一处,将他们所做过的所有噩梦都放在了墙里。那些画面都是幻象,都只是墙里的画面,但是敌人一开始不会知道,即便他们知道了,那画面本身就像永夜般令人惊骇。更有利的是,敌军的弓箭手和火枪手肯定会因此分心,无法精确瞄准这些画面背后所隐藏的射击孔。

这些还只是城墙宽阔的坯料部分。除此之外,每一条枕梁上都刻有历代光明王的肖像。他们皱着眉头,威严地向下俯视着入侵者。加文端详着墙壁上过去四百年所有光明王,右边是曾主导一切的卢希多尼斯,左边是加文自己。在肖像与巨大的城门缺口上方,奥赫拉姆神皱着眉,那光芒四射的面孔俨然一副盛怒的样子。他双臂交叠,构成大门的石拱。攻打这座城门就是在攻打奥赫拉姆神,以及所有的光明王。为了让进攻者们心神不宁,这里还有一个巧妙的小把戏:每一个画像,包括奥赫拉姆神在内,都精巧地隐藏着枪眼,以便往进攻者身上投石头、火把或是魔法。

加文又咒骂一句。他停留了五秒钟赞叹自己修筑的伟大城墙。他没有时间了。

他曾想着就这样封闭城门缺口好了,筑造一座纯粹的城墙。但眼下,这样的决策也不会节省多少时间。城墙已经做好开出一道门的准备,他需要做的就是把里面填满,把缺口连起来——只在城墙一侧,至于他在其余部分所采用的精妙设计都只能暂时往后拖延。推迟到明天,如果他们能活到那时的话。

加文将连接城墙整个上部构造的幻紫线条聚集到一起,开始往里面注入黄色拉克辛。

奥赫拉姆神，他已经累得筋疲力尽。过去的五天，他一直近乎极限地修建这座城墙，尤其是今天，从黎明第一丝曙光露出，他就开始忙碌。如果他只是个普通御光者，肯定早就发疯了。加文所完成的御光数量，恐怕绝大多数光明王在内都会受不了。其他人也都知道。如果说这些带来了什么变化的话，那就是加文从战争开始话语权变得更大，权力也提高了。他看到塔拉这样的女人——他从没见过她这一生中有被任何事情折服过——会趁他不备，像是吓坏了时朝他这边打量。但即便他能做到这种程度，变化也仅限于此。

尽管如此，他还是继续把纯正的黄色拉克辛灌入墙体。那个真正的加文就做不到这一点，他不是越识者，无法提炼出纯正的黄色。虽然这可能会引起别人怀疑，但是加文无法妥协，黄色拉克辛本没有"不纯正"一说，只要提炼不够纯正，城墙就会解体。就这么简单。

有什么东西撞到城墙上，加文差点从站立的地方跌倒。有人扶住他，原来是颤腕。片刻之后，他才听见远处传来炮弹轰隆隆的声音。

"我抓住你了。"颤腕说。他块头没有他哥哥大，但也在加文身边当差许久。他一定注意到加文眼中呆滞惊讶的神情了，因为他说："我们的大炮很快就会发射。不要……担心。"他的意思是，别害怕，别吓坏了。别把城门修坏了，让我们都惨遭杀害。

更多炮弹落下来，大部分都远远不到水光之墙的高度。敌军的枪炮声在远处听起来就像是在打雷。加文定了定神继续御光，完全没觉察到自己的双脚正在发抖，直至颤腕的一双大手按上他的肩头。另外几个黑卫也靠拢过来。

"把通风盖拉起来！"戴纳维斯将军大吼。

黄色拉克辛从加文双手中溅落，灌入身下的墙体。随着通风盖各部分摇晃着就位，加文感到墙体微微震颤起来。通风盖是他的建筑师设计的，主要是作为移动屋顶，以备炮弹袭击时使用。虽然更多时候，敞开的屋顶更加合用——天气太过炎热时，可以蓄积雨水；或是当人们必须沿着整座城墙传递沉重的货物和推车之时。但在炮弹袭击时,通风盖却能成为士兵的避难所。有了这个基本防御设计,当弓箭射来时,城墙上的枪炮仍然可以自由开火——一方面进攻时射击的范围更宽,另一方面防御时,只要敌人没有直接击中,防线就不会瘫痪。

"那他妈的是什么啊?"颤腕大吸一口气。要不是他几乎快把加文举起来了,加文是不会听见他的话的。颤腕很少会自言自语。

加文抬起头稍稍停顿片刻,看向平原那边。

敌军隆隆的声势靠得更近了,队伍中抬着重炮。打头阵的是榴弹炮部队——可是守城士兵还是没有发出一枚炮弹,戴纳维斯将军冲着最近的士兵叫喊。

但颤腕咒骂的并不是这个。在敌军主力部队前锋,甚至比炮兵队更靠前的地方有一百多男男女女,或骑马,或奔跑。他们都穿着颜色鲜亮的服饰。加文从草地波动的样子,从那些人奔跑的样貌中可以辨出他们不仅仅是御光者,他们一步几乎能跨一里格远,他们是破光魔,他们径直朝着城门方向来了。

至多四分钟之后他们就要到达城墙下了。

四分钟。加文看着自己完成了一半的城门。如果他不担心铰链问题,如果他只把那该死的东西封印在墙里,时间可能还来得及。他抬头看看太阳,聚集力量。不出一小时,天就要黑了。等最后一缕夕辉从地平线消失,太阳日前夜的庆典就要开始了。无论侵略者是异教徒还是虔诚的信徒,都不会在太阳日展开战斗。太阳日甚至对那些被卢希多尼斯赶走的神灵来说也是神圣的。

如果他们在这一小时内能拖延住侵略者,就还会有机会。太阳日将给他们时间加固城门,运送枪支和补给品到位。

一天,一个小时。四分钟就能决定这场战役的进程。最后的时刻到了。加文不会罢手,他还有四分钟时间。

城墙上的炮手终于还击了,但火力杂乱分散,甚至无法靠近敌军炮兵的位置，也无法碰到破光魔。而格拉多王射到城墙上的炮弹则越来越多，所有的炮弹碰到黄色拉克辛都嘎吱一声弹落开去，城墙吸收了冲击力，黄色的光芒铺展开来，然后自动复原。

加文填补拉克辛的工作已经完成四分之三，仿若薄荷和桉树的气味令他精神一振，但疲倦感依然挥之不去。他看了看破光魔。只剩下不到两分钟了。

奥赫拉姆神啊，我想在这里做些善事。出于崇高的目的，奥赫拉姆神，完全无关个人利益。你希望人们都能大公无私，不是吗？

颤腕放下加文，大声朝地面上的黑卫们下达命令。戴纳维斯将军命令军队排成队列到城门后守卫。人群四散开来。所有人都在惊呼，但加文再也发不出声音。

魔法的光芒在他面前炸开。破光魔找到他了，冲他投掷飞弹、火弹和一切能想到的东西，不过都被黑卫们挡开。

加文继续提炼。现在破光魔们距离城墙只剩两百步之遥，它们已开始全力冲刺。加文只剩下几秒钟时间。一枚炮弹咆哮着落在他右侧，将十几个破光魔炸得粉碎。但后来的破光魔们跳过了血迹、烟雾和飞溅的四肢，面孔扭曲，眼露野蛮的凶光。

提炼出最后一丝黄色拉克辛填补了最后的墙体后，加文把线迹汇聚在手中。胜利在望！他开始封印拉克辛，这时一颗炮弹在墙体内炸开，这支被幸运之神格外眷顾的军队全都朝加文的双手开火射击。就像是握着一根绳索，而另一端被人在上面绑了一个铁砧。

所有拉克辛猛地从加文手中齐齐被拉走。城门和炮弹砰地一声砸在拱形之下的地面上，在黑卫和门背后半打傻愣愣的民兵注视下炸开了。城门——黄色拉克辛还没封印完成——嘶嘶作响，接着变成了沸腾的光芒，加文还来不及阻止。

两秒钟之后，城门化为一片闪光，然后消失得无影无踪——加里斯顿人的希望也随之覆灭。

CHAPTER
— 73 —

加文崩溃了,或者说他就要崩溃了。如果不是两个黑卫撑住他,将他拖离墙边,他大概会一头栽下去。他竭力想要站起来,却头重脚轻,连话也说不出来。

他躲过了第一次炸弹袭击,位置就在他站的地方,但他听到了声音,感觉到了那阵势。男人女人们惊呼着纷纷起身,又惊又惧,抱头逃窜。接着是一阵阵热浪,冲击带来的震动,盔甲咔咔作响,人和动物一齐发出低沉的咕噜声。然后又是尖叫,无休止的尖叫。

"火枪手呢?!我两个小时前就命令他们前来了!"戴纳维斯将军大声咒骂,他站在离加文十步开外的地方,透过射杀孔和枪眼观察拱门下的战场。士兵们都在朝他眨眼,二十人中只有两人有火枪。"开枪啊,该死的!"他冲他们大吼,"你,还有你,找火枪去。现在就去!"接着他走开,朝炮兵大吼。

黑卫们将加文拉到城墙边。墙头有通风盖,所以不管是前面还是后面露天的地方都很少。他们找到一个吊车拉货物的地方,一个黑卫双色御光者拉住蓝绿色的滑梯一路滑下地面。

"你在干什么?"加文问。

"我们送你去安全的地方,陛下。"那人一面回答一面跳上滑梯。

加文透过通风盖连成的明亮走廊看见一队重炮士兵。他们发射了一颗炮弹,现在正朝前方张望——一看就是没有经验的新兵。只需要一个人去观察目标就够了,剩下的人应该开始装填弹药。但过了片刻,他们欢呼起来:"击中!"加文不明白他们怎么会击中,但士兵们返回岗位,他看见一道闪光。

"安全!"先下去的黑卫在黑水墙下朝上面喊话。

就在炮兵队伍前面的墙上攀爬着一双双绿色的爪子。什么?加文知道绿色破光魔的双腿极具绿色拉克辛的弹力,但此前他从没见过他们能跳到这座城墙的一半高度。他指着那爪子大叫起来,可那破光魔已经扑到炮兵身上。它们的双手化成巨大的爪子,一连撕碎了四个士兵,这时其他人才发现这些怪兽的存在。鲜血在巨大的拱门里飞溅,喷洒在城墙上。后面三个士兵也看见怪兽,但都吓呆了,只有一个士兵想起要从城墙上抓起火枪。

绿色破光魔的两只大爪子从士兵脑袋上往下劈,对方的头颅裂成三瓣。

黑卫们犹豫半秒,之前他们谁也没有见过破光魔。四个黑卫几乎在同一时间走上前。前两位迈出同一只脚,肃清头顶的防火通道,两人双手步调一致,一只防御,一只拿枪。

只听扳机咔哒一声,火石开始打火,但就在开枪那两秒钟内,每一个黑卫身上都被划过一道拉克辛条痕。一枚蓝色拉克辛光球如拳头一般,将绿色破光魔砸到城墙上。一团红色拉克辛从旁边飞溅而出,光滑的橙色拉克辛也被涂在地上,以防它脱身逃离。但这些还不够。那绿色破光魔的爪子仍插在那不幸的火枪手脑袋里。不等它反应,最后一名黑卫用火焰击中红色拉克辛将其点燃。

下一秒钟,三杆火枪嘶吼起来。三枪都击中绿色破光魔的胸口。绿色拉克辛和士兵的鲜血从伤口喷涌而出。这个破光魔已经死了,但红色拉克辛仍然将其扣在墙内,即使它已经烧了起来。

"停火!"一个黑卫大叫。她走上前,点火盒中装填了更多的火药。很显然,她的枪刚才哑火了。她举起枪瞄准目标扣动扳机,一秒钟之后,绿色破光魔熊熊燃烧的脑袋被击得粉碎。

黑卫们已经装填弹药了。加文知道,他们大多数是第一次打仗,第一次见识流血。但是无论男女,装填弹药的时候都没有用眼看。他们被教导只有在情况极端,形势紧迫时才可以那样做——用眼检查通常可以有效预防哑火或双倍装填——但有时候,不该将视线离开战场,现在他们全部都镇定地作出了正确的反应。

"告诉戴纳维斯将军撤出通风盖。"加文说。通风盖能够阻止绿色破光魔,让它们除了炮兵站之外哪里都进不去,但这也使得炮兵们很容易受到攻击。黑卫们全都命中了目标——被击中的破光魔们跌落在地,流着血或者冒着烟——别的守城士兵可做不到这么精准。通风盖将墙头变成一座黄色拉克辛隧道,那意味着炮弹会被反弹,同时意味着,一旦攻击落空,则有可能会误杀另一个守城士兵。如果说这是笔交易,那它并不值当,尤其是格拉多王为了避免误杀己方的破光魔,已经停止使用重炮和榴弹炮。

戴纳维斯将军一定也注意到了这件事,不等黑卫们声明自己的队员一个也不能离开加文身边,通风盖便突然滑了回来,途中还把几个守城士兵撞下墙头,想来肯定非死即残。但这也是迫不得已。

黑卫们为加文造的滑梯也啪啪作响。但他们很快又重新造了一个,然后毫不客气地将加文送下去。加文甚至连自己都抓不住。他今天提炼了那么多拉克辛,已经精疲力尽了。

滑梯底部的黑卫们接住加文,将他举着站起来。他能站起来。

"带我去城门。"加文命令。

黑卫们面面相觑。

"该死的! 城门失守,城墙就失守,整座城市都会失守!"

"我们不关心这城市,我们只关心您的安全!"一个声音吼道。是颤腕。他不知从哪里冒了出来。"你能站着,那你能跑吗?"他问加文。

"我不跑!"

"城门守不住了!"颤腕吼道,"我的卫士都被杀了,为的是什么?我们可不是你的私人卫队。我们保护你的生命,可不负责你的心血来潮。你是在干扰我们的工作!"

失败摆在加文面前。这是他的错。失败的不是他的提炼,而是他的领导。他从没告诉过这些男男女女是在为何而战。他要求他们言听计从,但却没告诉他们此举为何重要。他一直在整理思绪,现在他很惊讶,这些人竟不想为之战死?或许此刻谎言更有用一些。

透过紧紧相依的士兵,他看见在自己和城门之间是漫天的火焰和滚滚的浓烟,鲜血在拱门上溅得老高。黑卫们无疑仍在前线——面对加文所见的那么多数量的破光魔,只有黑卫们能够坚持如此长时间。火枪的咔哒声虽一直在响但速度很慢。加文和战场之间的士兵们不知道怎样建起隔火通道,所以后面的人都没有开枪,因为担心射中前面的同袍。但直到现在,谁也没有回头。

当然了,等他们看到最骁勇的战士也撤退并抛弃他们时,情况就会改变。黑卫们就是关键。加文绝望地咆哮一声,抓住附近一位士兵的火枪,冲向拱门。他能听见颤腕的咒骂,明白那大块头一定会穷追不舍。他在人群中推搡开路,因为个头的原因速度被拖慢了,但颤腕块头更大,会被拖得更慢。

加文怒斥,吼叫着要那些男男女女都让开道,这时传来一阵碎裂声。片刻之后,城门处涌来一股冲击力,所有的人都被推后了五步远。加文斜穿过士兵队伍冲到城墙边。他抓住一段墙壁,那上面立着一个巨大的武士图像,表情坚忍,除了呼吸外身体一动不动,只有嘴里吐出小股蒸气。他触摸了好几段墙壁——该死的,他应该给那正确位置做个标记的——直到碰到他想找的那处。他触碰着那段墙——所有的人都能碰，人手的温度会激活它——墙上一扇小窗渐渐变得透明。

他是对的，那碎裂声就是普通士兵到达所造成的。现在成千上万的敌军士兵正在冲撞城墙，同时搭建起云梯和绳索了。他不能等到其余人也发现他这个小诡计——如果他们守不住城门，那一切都不重要了。

加文眺望落日，已经落到地平线位置了。现在时间就快到了，如果他们能坚持到太阳完全落下，御光者的力量将折半不止。他们虽然从折射的光线中还可以提取颜色，但力量却会大打折扣。加文又开始奔跑，从靠在墙边的男女中直接开出道路。他听见迫击炮即将落下来的呼啸。

那声音很熟悉，熟悉得令人恐惧。那是在他噩梦中一再回响的声音。你能听见死神降临了，但却只能蜷缩在大地上，完全无法阻挡。炮弹重重击在地上炸开，发出砰的一声巨响，震耳欲聋，人们被震倒在地。这一声真的很响很响——

加文扑在地上，双手捂住头。远处什么东西扑过来重重压在他身上，外面的世界变成一片蓝色。

砰！

颤腕从加文身上滚下来，解开了他在周围布下的蓝色屏障。加文盯着扎进土里的炮弹，距离不到十步远。它没有爆炸，甚至没有碎裂。它刚好落在两队士兵之间。一个人绕着圈挥手欢呼，他粉碎的火枪就压在迫击炮弹下，是从他手里砸掉的。那里就是加文挤开人群冲到墙边之前所在的位置。

"奥赫拉姆神确实在帮你，愚蠢的光明王。"颤腕说。

加文站起身，推开面前举起枪支的士兵队伍。这些士兵已经开火了，并且没有办法装填弹药。有些人给枪安装了刺刀，刀把设置在敞开的枪筒中。有一些人拿起了剑。剩余的一些则把火枪当大棒使。

在他们头顶上，射杀孔中的火枪还在开火，人头大小的石块从拱门的枪眼里砸下来。但没有拉克辛泼洒而下。上面的御光者要么早已精疲力竭，要么已经被杀，要么一直没能就位。

再多给我一天吧，奥赫拉姆神。再多一天，这座城墙就会坚不可摧。再多一个小时。

加文终于还是冲进混战。城门附近成了停尸房，魔法与鲜血的恶臭混杂在一起。鲜血厚厚地掩盖住大地，战士们搏斗时腿脚都会踢溅起血花。战士与怪物的尸首交混一处，侵略者与保卫者都竞相绊倒。城门下方也堆了一堆尸体，因此当格拉多王的人马攀爬上去时立刻变成加文军战士的目标，这些战士之前因为害怕射中自己人而不敢开枪。加文看到一位黑卫倒下，一条腿被撕下来，一头蓝色破光魔发了疯，锯齿般的爪子闪着玻璃般的光泽。

他开枪，那破光魔的脑袋顿时炸裂成一团血雾。加文又把枪对准一个燃烧着的红色破光魔，那怪物正要扑向一位手无寸铁靠向城墙的士兵。他不知道发生了什么，只抓住那名受伤的黑卫，拉她站起来。

她比预想中重得多。加文眨眨眼，力竭感一瞬间又出现了。不，他只是有点虚弱而已。有人把那受伤的女兵接走了。战场的声音那样怪异，那样尖细刺耳。他听见迫击炮来了——太远，无关紧要，但有好几颗。他听见人们在嘶吼，他们无声地悲鸣，奔向预料之中的死亡。他听见伤者的呜咽，看见一个女人躺在城门下那堆尸体中想要爬走，她已经奄奄一息。在她旁边，有个男人在空中抓刨，他看不见，因为脸只剩下一半。拉克辛火焰在几十具尸体上燃烧，拉克辛灰尘撒得到处都是。加文瞥了一眼黑卫们，他看见他们露出欣喜的神色，快速奔向目的地——其他人呢？他们正朝他赶来。

加文从腰带里拔出枪。一个红色破光魔朝他冲过来，那怪物浑身裹满了尸浆，整个儿都在燃烧。要不是加文这么晚才到达战场，被烧着的很可能就是他自己了。他扣下扳机。他的枪是伊利塔人造的，带有短刀，能立即开火。子弹射进红色破光魔胸腔，但还是没结束它的冲力。加文贴近它，将短刀刀刃刺入破光魔咽喉，它这才倒下。加文被绊了一下，差点跌倒。

等两个黑卫急速跑向他，加文才清醒过来。他缓了口气再度站起来，一个黑卫却被蓝色破光魔用右手臂提取的拉克辛长剑刺穿。垂死之际，那名黑卫仍双手紧缠住破光魔。另一个黑卫——加文记得他叫埃姆斯坦——绕着怪物打转半天，终于找到机会将剑刺入它喉咙。一下，两下——每一下都有蓝色拉克辛碎片炸裂出来。那怪物想要逃离，但无计可施。第三下的时候，埃姆斯坦的剑穿透蓝色拉克辛刺入它的喉咙。破光魔的希望破灭了，第四次，埃姆斯坦斩掉了它的头颅。

格拉多王的一个镜光骑士——他们到底在那儿干什么？——爬到齐胸深的尸堆顶上，双手抓刨，拔剑的动作显得异常笨拙。加文看见埃姆斯坦正返身迎战。

加文本能地想要挥出拉克辛猛击，但只是碰碰魔法就令他想吐——就像是让一个宿醉的人喝酒一样。他挥舞着，几乎失去知觉，然后才举起火枪瞄准开了火。

最后时刻，埃姆斯坦转身迎战，径直冲向火枪队。加文的子弹掀掉了镜光骑士的后脑勺。一秒钟之后，那个镜光骑士冲过了埃姆斯坦，当然他早已气绝。

"不！"加文大吼。一整队镜光骑士出现在尸堆上方。格拉多王也早已意识到加文所想到的事情：要么就今晚攻下城门，不然这城墙就永远也别想拿下。因此，格拉多王派出了自己的私人卫队来完成任务。现在剩余的黑卫人数大约只有三十人，令人目眩的镜光骑士的出现将使得城墙更容易被攻破，尤其是没了黑卫的帮助。

这么多英勇的士兵却要遭遇战败，这么多人却要战死，这样不对。加文的思绪一团乱麻。他知道的，他不在乎。

落日最后的余晖亲吻着大地，加文又开始御光。那感觉就像醉后呕吐，或者一头扎进污水中。他的身体快承受不住了。但他不在乎。他将自己的一切都押上去了。这并不是为了加文·盖尔。去他的加文·盖尔。这是为了所有为他而战、为他而死的人们。他们都在支持他，他不能让他们失望，哪怕付出生命的代价也在所不惜。

魔法的光芒如同拱门里生出了第二个太阳。片刻工夫，它就诞生了，站起来，向前跳去。镜光骑士们的盔甲向四面八方反射出光芒，但镜光盔甲要对抗魔法就像普通盔甲对抗武器，那盔甲虽然长于反射光线，实则根本无力战胜。一阵疾风灌满加文的耳朵，一股纯净的魔法之光随之穿透他向前迸发，在宽阔的城门里炸开。那门洞就像是巨大的炮筒，镜光骑士们发出炽烈的白光，似乎又站立了片刻之久，他们的盔甲闪耀着，又发出滚滚的红光，然后变成白色，接着便分崩离析了，其余的一切也是一样。

那爆炸声震荡大地，只有加文没有倒下。他坐在地上。魔法光芒向前炸开，他简直就像是火山口，就像是火枪筒。

又过了不到五秒钟，一切平息。

城门处荡涤一空。尸体不见了，城门靠近格拉多王军队附近的区域一片焦黑。

四周静得吓人——要么就是加文双耳聋了。他站起来打量四周，一个身影颤巍巍跃入视线，一个身着华丽服饰的高大身影变得一团漆黑，是格拉多王。显然，他并不是只派私人卫队进攻城门，本人也来了。

加文和格拉多面对面而站，相距不到四十步远。加文能够辨出那高大身影显露出的恐惧与疑惑。

接着加文倒了下去。他注意到脸旁边的尘土里好像有什么白白的东西，要么就是他失明了。视线中涌现出各种色彩的斑点。他感到有人把他抬起来，接着听见远处战场上厮杀声再度响起。黑卫们抬起他，将他送下战场。透过敞开的城门加文看见格拉多王正在向城门宣战——只身一人。别的不论，至少加文已经摧毁了城门和附近的障碍。又有几个人加入格拉多王。狙击手朝拉斯克·格拉多开枪，后者周围尘土立刻炸开，可惜本人安然无恙。那人仿佛身怀魔法，如同受到祝福，仿佛比奥赫拉姆神更古老强大的神灵的庇护。

这时，加文看见了满身是血的颤腕，脸上道道黑火药污痕。"原谅我，光明王陛下，"这位黑卫说道，"您已拼尽全力。还不止这些，现在——"然后加文就昏了过去。

CHAPTER
— 74 —

夜幕降临，平原却没有完全暗下来。一开始，丽维不知道这是为什么，她被货车堵在后面，已经走了一天的路。她戴着一顶老旧的宽边帽，帽檐压得很低，这样那双带着御光者特征的眼睛就不会太显眼。虽然早些时候听到了隆隆的枪炮声，不过她猜这些都是虚张声势，格拉多的军队是不可能已经开到加里斯顿的。丽维和大概有半个军营的人一起往前走，想看看是什么东西这么亮。

几小时前这里应该发生过一场战斗，地上残留的痕迹非常明显，但平原上密密麻麻的到处都是人，丽维差点就将它们忽略掉。加农炮击中地面所造成的沟壑变成了货车要避开的深沟，周围的地面湿滑泥泞，到处都是血迹，四周散落着盔甲的碎片，在近乎黑暗的环境中，每个人都要小心脚下。辛辣的火药气味已经渐渐消散。

直到现在最后一大队士兵仍在进入城门，因此随军人员就得在城外等着他们都进去后好驻扎营地。丽维听到一些非常疯狂的传闻，说这儿之前发生了一场宏大的战役，熊熊的魔法巨火在这里肆虐，不过她对此很是怀疑，格拉多国王的军队一下午就占领了城墙，怎么可能会有什么激烈的战斗？她父亲是名杰出的将领，有生以来只打过一场败仗，而且那次也算不上是失败。他肯定是判定出他们无法及时建完那道城墙,所以退守到内墙去了。也许他只留下几名炮手象征性地打击一下格拉多的部队便撤退了。

这些想法让丽维觉得心里好受些。如果她父亲之前选择的是其他立场,那么今天肯定就不会处于这危险之中。一想到父亲有可能就在距自己不到一里格的地方战死,而自己却连一点这样恶心的直觉都没有,丽维就感到非常害怕。她一直忙着寻找奇普,都没有意识到已经离这座城市这么近。

然而当她挤过一帮聚在一起望着城墙的人群时,所有的担忧、烦扰还有其他种种想法全都消失了。没人靠近城墙五十步以内。当丽维最终挤到人群最前面时,她看到了源头——一只体型比一名成年人还大的巨型蜘蛛,正缠吊着十几具死尸。不,不都是死尸,至少有一个被蛛网缠起来的人还在挣扎。丽维正瞧着,这人扯开了个口子把头钻了出来,双手却仍被紧紧地缠在胸前。他倒挂着,扭动着身体想要挣脱双手,这动作使他微微摇晃起来。那巨蛛没有发现,因为它的注意力正放在十步外另一个被缠住的人身上。

丽维看到离那人不远的地上插着一把剑。他挣脱开了右臂,把其余缠在身体上的蛛网往下扒,却无法把网撕开。接着他看到了那把剑,便荡起身体,伸手去够,但是没有成功。

"奥赫拉姆神,救救他吧!"人群中有人抽泣道。

"看那只蜘蛛!"

那蜘蛛突然僵住,仿佛是听到了什么,然后就在那人荡得更远时转了回来。它转过身,眼睛散发着病态的绿光。

那人的手刚握住剑柄,蜘蛛就扑了过去。他挥舞着剑,却没有刺中,而蜘蛛已经咬到了他的脖子。有那么恐怖的一瞬,那人全身紧绷,痛得脸都扭曲了。蜘蛛的双颚像剪刀一样合拢,那人的脑袋随即掉下,滚落在地。血液从颈部喷出,洒上地面,那只露在外面的手还握着剑,抽搐了很长时间。最后那把剑松开掉了下去,正好插进之前被拾起的地面上。

那只蜘蛛紧紧抓住他血液喷涌的脖子，吸食起来。

丽维听到有人呕吐的声音。其他人有的在低声祈祷，有的在低声咒骂。

她同大家一样被这景象吓呆了。最终，蜘蛛把那人的手臂又推回到胸前，再一次用网把他缠了起来。它捡起掉落的脑袋，放回到尸体上。

当蜘蛛在修补蛛网、把人头放回原位的时候，另一个被缠住的人动了起来。

"我已经看了两个小时了，"丽维旁边有个人说道，"没有一个人能逃脱魔掌。这个小伙子大概也就跑了三十步远，还是被开膛破肚，肠子都扯了出来。而那两个人想要合力将蜘蛛杀死。每次都是一样的结果，我也知道会这样，但还是忍不住要看。"

每次都一样？丽维回头去看第一个人以及他身下的剑掉落的位置，同之前一样——完全一模一样。首级周围的血泊也已慢慢消退得无影无踪。这不是一场杀戮，而是一场哑剧表演。尽管如此，却丝毫没有减弱它震撼人心的效果。

"你在干什么？"丽维后面有人大叫道。

她甚至都没有意识到自己在向前走，但是也没有停下脚步。她走得越近，就越能确定自己的想法是正确的。当她走得更近些时，果然第二个人撕开蛛网，跑了出来。蜘蛛却没去追他，反而突然停下来，转过了身体。丽维身后的人群倒吸了一口气。那蜘蛛飞速回弹，直冲丽维扑过来。

丽维一动不动，感觉心脏都要跳出喉咙。那蜘蛛正好停在她身前，钳子般的双颚啪地咬合在一起，抬起前肢去抓她。丽维骇得无法移动，眼看着那离她不到十步的双颚一开一合。咔哒，咔哒……

竟然没有声音？

携光者
卷一 光明王

丽维松了一口气，甚至都没有意识到自己之前屏住了呼吸。她凝目细看，发现地上交织着幻紫拉克辛机关。真是聪明的做法。她往左迈了一步，蜘蛛没有移动，直到她跨入下一个机关的区域后，蜘蛛才飞快地移动到那里。现在她距离极近，终于看出来蜘蛛身后的洞穴有很大问题。那洞穴在这看来并没有五十步开外看起来那么深，而且像是画上去的，是利用光影折射使得在原本空无一物之处看起来像有一处完整的洞穴。蜘蛛本身则完全是用基础而稳定的多重拉克辛分层次创造出来的，所以乍一看不像是由拉克辛制造出来的东西。

当丽维穿过了这些机关后，蜘蛛弹起来去扑向那个"逃走"的人。那人不知出于什么原因并没有好好利用刚才的三十秒时间逃脱。正如刚刚有人说的那样，这个人被蜘蛛撕开肚子，扯出了肠肠。

丽维摸了摸这道拉克辛做的城墙，立马就把那创造这出蜘蛛哑剧的天才抛到了脑后。这黄拉克辛竟是毫无瑕疵，完美无缺。

她忘记了自己身处何方，直接以城墙所闪耀着的黄光为光源开始御光。黄拉克辛曾经一度被认作是完美的御光源而受到追捧——至少对于黄御光者来说是如此——然而却从未有人成功过。其中总像是少了点什么，所以效率不高。不过现在有这么一道城墙，有好几里格长，效率不是问题。丽维变出一支拉克辛火把握在手中，想借此好好看一下城墙被其他光照亮的样子，有时御光者们会在自己的魔法中隐藏些东西——

"喂！那位小姐！你在墙外干什么？所有的御光者都应该已经在墙内了。"

丽维吓了一跳，然后看到一名头发灰白的士兵向她走来。他穿着提利亚军队的中士制服，腰带上别着一把制作精良的簧轮枪和一把中空的剑鞘。他的脸可能是被火药或者是烟雾熏得发黑，双手上薄薄地缠着几圈绷带。他一边向丽维走来，一边扫了一眼她的前臂。

"我，呃——"丽维拼命回想着之前编好的借口，以防有人查问她为什么没戴着带颜色的护臂。

"你被这水光城墙搞得头晕目眩了。我就知道,因为所有的御光者都这样。你的手臂呢?"

手臂?丽维猜他指的是其他御光者都戴的有色护臂。"我,咳咳,昨晚我受邀去参加高级御光者的聚会,恐怕有些喝多了,后来就在一丛灌木后睡着了,而我的分队要么是没有发现我,要么是觉得把我留在那里很有趣,因为我基本上,呃……"

"一丝不挂?"

丽维因谎言的大胆而红透了脸。"幸亏我的护目镜还在。"她边说边给他看了一眼别在衣服口袋里的那副黄色护目镜。

"要是我去那样的聚会大概也会喝很多的。戴上护目镜去城门口,他们会让你进去的,然后去找军需官兹德。他可是个大混蛋,会给你找很多麻烦,不过……啊,见鬼。跟我来,我带你去。我,军士长加兰·德雷罗就是这样的人,对翘起的嘴唇和迷茫的眼神毫无招架之力。"

"嘿!"丽维说道。

"开玩笑,开玩笑的,"加兰说道,"实际上,你让我想起了我女儿。如果她茫然无措,那也全都是因为她父亲。我们走吧。"他转过身子,"还有你们,真是些大傻瓜!那都是假的!只是在演戏罢了,不要把自己吓尿了!"他在城墙上拍了一把,强调着自己的话,那尖锐的声音把半数人都吓得缩了下头。

他低声自言自语着,把她带到了城门口。士兵们还在持续不断地涌入城内。他们在一边留下了两条窄道以供信使、贵族和御光者们通过,那里的守卫认得军士长,立刻便给他们放行。

进入到墙内后,他快步穿过各个营帐,直接走到了一群下级士兵面前同军需官说话。"给这女孩一块黄布。"加兰说道,体型巨大又有些驼背的军需官正背对着他们,拿出五六把剑给几名年轻的士兵。

军需官兹德转过身。"我不认识她。她不属于我负责补给的部队。让我给她装备？想都别想。"

"你今晚想和我对着干？你这老疯子，是不是要我把你的屁股踩在脚下啊？"

"老疯子？你冲过来像个泼妇一样对我喋喋不休还指望我把你供起来？我应该把你那丑鼻子打扁。"军需官说道。

加兰大笑着摸了摸明显已被打断过很多次的鼻子。"我好像记得有一两次你是想这么做的。"

军需官咧嘴笑了，丽维才意识到这两人原来是好友，她的恐惧也随之消散。

"我明白，你见到我还活着是很开心的，"加兰说道，"所以就帮我个忙，把那些布给这女孩。"

"黄色的吗？"兹德问道。他把剑都丢在了柜台上，有个年轻的士兵想把所有的剑都拿起来，却没能成功。然后他又想把剑都放在柜台上，却再次失败了，还差点刺伤自己。军需官从始至终都没有看向那人。

"是的。"丽维说道。

军需官拿起一张名单："名字？"

"丽维。"

他快速扫了一遍名单："没有丽维，抱歉了。整个军队里都没有叫丽维的黄御光者。"

丽维感到嘴巴发干。

"你，还有你，"兹德边说边指着几个在队伍中等得有些焦躁的士兵，"把这个女人抓起来，我们要上报这个冒牌货——"

"噢，看在奥赫拉姆神的分上，兹德，你觉得她是啥？间谍吗？她不超过十六岁！什么样的傻瓜才会派个小孩来刺探我们？"

当听到"间谍"这个词的时候，丽维的膝盖都软了。

"也许是个非常狡猾的傻瓜,以为我们会因为这个原因而放过她,"兹德说道,全身散发着怀疑的气息,"他们说加文·盖尔就这么做过,还说在军医营帐里那男孩就是他的私生子。谁会派个小孩来?就是那些诡计多端的杂种,就是那些人。"他向加里斯顿的方向轻微地点了点头。

"我十七岁了。"丽维一开口蹦出的却是这句话。什么?奇普在医生的营帐里?他是生病了还是受伤了?她又激动又害怕,都顾不上为第一次听到奇普的行踪而感到高兴。

"得了吧,兹德,战争一开始,那些名单就只能用来擦屁股了,你明白的。好像你从没做过这些事情似的——"

"认输了吧!"兹德说道,仰头大笑了起来。他把几只黄色的袖套从桌子上扔了过来:"这是对你说我'老疯子'的报复,现在我们扯平了。"

"扯平,噢,我们离扯平还差很远呢!"加兰嘴上这样说着,脸上却挂着微笑,"唉,我还有任务在身,很高兴见到你,丽维。如果有机会的话,把这家伙打趴下个两三次,好吧?"

"乐意效劳。"丽维说。她强压下胸中恶心的感觉微笑着,仿佛很乐意参与到这玩笑之中。

几分钟后,她又变成了独自一人,而且有生以来第一次戴着袖套。她成功潜入进来了。现在她要做的事情就是救出奇普和凯莉丝。说真的,这能有多难呢?

丽维在过去的几天里,已经不是第一次想要破口大骂,想要乱砸东西,想要发牢骚,想要大声抱怨,或者,些许还有一点点,想哭。然而,她只是深吸了一口气,然后向军营深处走去。

CHAPTER
— 75 —

加文睁开眼时,外面已经一片大亮,有人坐在他身旁。他瞧过去,原来是母亲。

"哦,谢谢奥赫拉姆神。我看我是醒了。"加文说。

菲丽雅·盖尔笑了,加文知道自己不是在做梦。母亲的笑声好多年来都没这么轻松过了。"快中午了,儿子。我知道自己不必催促你的职责所在,但你真的该起床了。"

"中午?"加文猛地坐起身。真不该起那么猛,整个身子都在疼。头疼,眼睛疼。他静坐着,直到脑后捶打的重量从十架雪橇减弱至五架,视线得以再度聚焦。他以前一般是不会晕光的——但以前他也从来没像昨天那样使用过魔法。自从裂岩山那时起就没有过了,但那时他还小。"都快到太阳日的中午了?"他问。

"我们觉得最好还是由你来向太阳和黎明游行致意。而且今年的太阳日比往常要隆重。奥赫拉姆神会宽恕我们的。"

"母亲,您在这儿做什么呢?"

"是时候了……加文。"

"是什么时候?"

"为我净化。"

加文感到一股寒气从头渗透至脚。不行,他的母亲不行。她曾说过是在接下来的五年内的某个时候。她曾给他时间准备了,但不能这么早。"父亲怎么说?"他反过来问。

母亲双手交叠放在膝头,声音虽轻却格外高贵。"你父亲为我做过太多决定,但是净化是御光者和奥赫拉姆神之间的事。"

"那么说,父亲不知道。"加文说。

"我敢肯定他现在也知道了。"母亲眼里闪过一丝光。

"您要逃走?"本来就该如此。母亲应该趁着夜色溜出去,然后向船长贿赂一大笔钱,不等安德洛斯·盖尔的细作回报就离开。她该在港口挑选最快的船,就算安德洛斯派遣船只驾着下一股浪潮追来,也无力回天。加文不得不承认,这样做才高明。

和安德洛斯·盖尔在一起不会有好事的。根本不会。

母亲沉默了很久。"儿子,过去的五年里,我每年都向你父亲请求净化,但他禁止我这样做。我能感到自己的意志正在渐渐松弛。我已经有三年没有提取拉克辛了,生活日渐阴郁。我非常爱你的父亲,但他一直太过自私。安德洛斯想要永恒的生命和权力,而且他不想孤单。我……很怜悯他,儿子,这些年来,我一直在向他付出曾经为我们所共有的爱。你知道我很忠诚,我们都明白他会觉得我这么做是在背叛他。我也知道他会为此责备你,而不是他自己,但是如果要我在对你父亲的责任和对奥赫拉姆神的职责间做出选择的话……"

"奥赫拉姆神赢了。"

母亲拍拍他的膝盖。"我已经向柯尔文·戴纳维斯派去了信差——"

"柯尔文还活着?在城墙那里,我还担心……"

母亲哀伤地笑笑:"他很好。但是城墙却失守了,虽然你非常英勇。"

我很英勇。只有母亲能这样谈起他的壮举而语气不带一丝嘲讽。

你在监狱中会怎么看呢,哥哥?

"不管怎么说,我已经派去了信差,告诉他你醒了。我很高兴再见到他。他是个好人。"母亲知道,当然,为了让加文的伪装生效,柯尔文曾遭遇流放,但母亲一如往常般谨慎,以防有人偷听。加文的母亲总是有天赋,能够弄清楚该怎样生活,该如何让自己的意见传达开去,虽然宫廷生活压力重重,又有各种礼仪、秘密和判断力的约束。"晚上见,儿子。"

母亲走后,加文开始慢慢穿衣,顺便检查昨日努力施法有没有给身体留下永久的创伤。浑身疼痛,但本该更严重的。随着时间发展,肌肉会松弛。他想今晚就该准备好提取必需品了,太阳日已到正午。

门口传来急速轻快的敲门声,是他和柯尔文以前都很喜欢的节奏。门开了。

柯尔文走进来。"你起来了。"声音听起来很惊讶。

"要穿衣服就困难了。感谢你们让我睡过头,不过你知道,今天你们需要我的帮助。情况怎么样?"加文系好衬衫。

柯尔文双手抓住加文的脸,盯视他的眼睛。加文把那两只手打掉,但柯尔文抓得很牢。

"你究竟想干什么?"加文问道。

"你本可能会死的,"柯尔文说,"你记得自己昨天提取了多少拉克辛吗?"

"我记得一丝不差,谢谢你,还记得你没帮到什么忙,真头疼。"

柯尔文又打量他片刻,放开了他。"很抱歉,光明王陛下。他们说光明王要死时总是有迹象的。我不知道是什么迹象,但我知道,如果有什么事情能杀死你,那就是你昨天的所作所为。就算是光明王也不能那么拼命提取。不过你的眼睛看起来没什么事。"

加文耸耸肩,像是在说"那城墙是怎么失守的?"

柯尔文猛吸一口气:"拉斯克·格拉多要不是聪明绝顶,就是疯了，我看他就是个疯子，这就是原因所在。"

"这么说，他在城门进攻的时候，没有人射中那个白痴？"

"他们运气好。我想，我想你的行为把两军都吓了个半死。狙击手们抖得厉害，那么明显的目标也打不中。然后，大家看见拉斯克开始进攻，你倒下了，他们都以为你死了，以为拉斯克不知用什么办法击败了你。黑卫们退出战场把你护送到安全场所，我们绝大部分最优秀的提利亚战士都在战斗中被杀害了。"柯尔文的鼻头在双眼之间的位置抽紧。紧张使他头疼。加文忘了柯尔文每逢战斗时都是怎样的神情了。他现在能想象得出了——光明王陛下倒下了，黑卫精英们突然退出战场，敌军开始进攻，似乎完全不为加文的成果所扰。难怪就连提利亚人都丧失了勇气。

"所以格拉多王的人马加入他一起，然后……我们的人溃败？被屠戮殆尽？是吗？"

"他们其实还坚定了几分钟的。他们笨手笨脚，搞砸了增援调遣，虽然我教过他们。"他说的是火枪手新兵带着装填好弹药的武器和前锋部队交换的时机，"但是他们把装好的火枪递到了前面，把开过火的传回来重新上膛。他们失守了，但很快，又夺了回来。天快黑了——我本想我们能坚守下来。"

"然后呢？"

"弹药没了。"柯尔文叹气。加文能想到，将军肯定觉得这是他个人的失败。"当然了，还有很多别的情况。我派人去负责，但是……仗打起来了。"一片混乱，要么是细作，要么是信差被杀，要么是原来运送黑火药的车夫逃了，主要是因为官员们没有回查，没有确认命令是否落实，可能是没有经验，可能是懦弱，也可能是战死了。在这个部队里，士兵们几乎都没经受过训练，队伍与队伍之间很少协同作战，任何一个环节都可能断链，出问题的十有八九是黑火药供给。

当然了，如果加文一开始就把那该死的城门建好的话就没有关系了。或者，如果他再强大点就好了。再或者，如果那炮弹没有炸穿他的城墙就好了。但后悔又有什么用。

"我们的守城士兵溃败而逃，"柯尔文说道，"格拉多王并没有穷追不舍。我组织城墙上的士兵们依次撤退下来。我猜格拉多以为我们会投降。也许他觉得，比起尽可能多杀死一些人，仁慈能让目标更快投降。也可能是他不想自己的人马在黑夜中自相残杀。又或许他是虔诚的信徒，他的新信仰中今夜禁止战斗。"

"过去的信仰吧，我觉得。"加文说。

"他们今天没有任何要进攻的迹象。"

"就算对异教徒来说，太阳日也是圣洁的节日。"加文说。

"所以我们可以坚持到明天。您打算怎样做，光明王陛下？"

"当时你以为我动不了了的时候，你准备怎么做？"

"格拉多王昨天宽恕了那些逃走的人们，不管此举赢得了多少城民的好感，但他在战场上使用破光魔造成的影响都更恶劣。城里关于那些怪物的传说流言四起，大家都吓坏了。两天前我还担心他们马上就要反抗我们了，但城民们目睹你建造城墙保护他们，又看到了你反抗的对象，现在，大家都信任您，都唾弃那个借助令人憎恶的怪物之手杀害自己朋友的格拉多王。整座城市都自愿追随您。如果您露个面，他们就会跟随您直至踏进永夜之门。"

"柯尔文，问题在哪里？"

柯尔文揉揉脸，迟迟疑疑地说："我们打不赢。环绕的老石墙挡不住那铁了心的倔骡子。拉斯克攻城时耗尽了我们大部分火药和全部的炮弹，一半的火枪被逃散的士兵丢弃在战场上。趁他们没攻进内城，我们能杀个几千就已是幸运了，等展开巷战，我们能在几处埋伏点再杀掉一些，但最终，敌军的数量决定了这是一场屠城战。考虑到敌人的数量，我们又缺乏物资，这城是守不住的。我想不出有什么战术能打赢他们。在这过程中虽然能重创敌军，但那毕竟是另一回事。"

柯尔文一脸苦相道，"我准备撤退。"

"撤退？"柯尔文·戴纳维斯从没战败过——好吧，如果不算上裂岩山之战，加文确实没把那次算在内，如果注定要输，然后确实是输了，但却和你设想的一模一样，这就不算真正的战败，不是吗？

"就连撤退也有预想不到的难题，光明王陛下。'怪物'的出现把我们所有人都困在城里，这也就意味着所有人都想逃出去。人们都觉得自己留在这里会被屠杀吃掉，但考虑到我们拥有的船只和剩下的时间，这么多人不可能全逃走。"

加文搓着额头，扔掉庆典时穿着的白色斗篷，完全停下脚步。"我们的细作有没有报回凯莉丝的消息？"他尽量不露声色地问。但柯尔文也不是那么好糊弄。

"昨天还活着。我想他打算拿凯莉丝做交易，如果有需要。"当然了，不是现在。意思是说凯莉丝可以加以利用。柯尔文不用大声表明。

"奇普呢，丽维呢，铁拳呢？"如果加文思考过，或是不那么自我中心的话，他本该首先询问柯尔文女儿的安危的。

"没有消息。"柯尔文下巴紧收。

"那可能是好消息，对吗？如果出了什么大事，我们的细作可能已经听说了，不是吗？"

柯尔文好一阵子一句话也没说，他拒绝接受这样苍白的安慰。他不是要死拉救命稻草的人，也不信类似悲剧不会降临在自己头上的抚慰。两个妻子的逝世早已治好了他理想主义的毛病。"我们的细作报告说好像有个什么破光魔之王，是个双色御光者。他们称他为万色之主，没有说他在打破契约之前是什么人——除非他真是个野蛮双色御光者。"

加文耸耸肩。数不清的问题又多了一个，但他知道柯尔文会把所有可能出现的问题都摆出来，好让加文自己决定孰轻孰重。

"您想怎么做,光明王陛下?"

他的意思是迎战还是撤退,显而易见。

"我想杀了拉斯克·格拉多。"

柯尔文没有说话,他没去向刺客下发命令,或做类似的愚蠢决策。

该死的,但加文的父亲就连这也预料到了。如果城池就要失守,那就杀了拉斯克·格拉多,安德洛斯·盖尔曾说过。加文之前一直确信自己能拯救城市——没有安排刺客去刺杀拉斯克。他该做两手准备。现在太晚了,除非拉斯克明天也像昨晚一样愚蠢地亲自迎战。

加文边走边说,但没有发出声音。他清清嗓子,想要赶走战败的滋味。"我会尽量配合完成我的宗教职责,但是……"他又清清嗓子。七年,七项伟大目标。这一次我想做点好事。"我败了,柯尔文。下令撤离。"

CHAPTER
— 76 —

当奇普被押送着穿过某道大门时,冰冷的空气像舌头一样舔着他的皮肤。由此他判断已经过了午夜很久了。他不得不从气温来判断时间,因为他正戴着眼罩,同时头上还罩着一个黑袋子,脖子也被绳索套住,双手被反绑在身后。

其中一名负责押送奇普的守卫咒骂着。声音很小却持续不断,内容是关于一个叫做"水光之墙"的东西。他们缓慢地穿过那道门,走走停停。某个军人的声音大喊道:"不要磨磨蹭蹭的!快点往军营里面里走!你们挡住其他人的路了!"奇普听到鞭子抽动的啪啪声,就像手枪开火的声音一样,然后队伍又开始移动。

过去的几天都是这个样子。奇普在黑暗中醒来——黑暗是因为他戴着眼罩。双手被绑在身体两侧,在他挣扎着想把眼罩弄下来的时候,守卫来了。他们取下了他的眼罩,一人盯着奇普的眼睛看,还用粗糙的手指把他的眼皮撑开,然后又给他把眼罩戴了上去。他感到左手疼痛难忍。第一天——若是仅有一天就好了——那些人在他的酒里下了些恶心的东西,麻痹了他的痛觉和感官。

他们带奇普去见万色之主,为了使他保持头脑清醒,暂停了下药,不过却从没取下过他的眼罩。他们坐在一个营帐中好几个小时,周围充满了七嘴八舌的声音，同时奇普忍受着剧痛的煎熬，后来那些人都离开了。显然，万色之主太忙了，都没有时间见他。

过了一会儿，奇普听到他的守卫在争论。聪明的人应该会想方设法地利用这些人的分歧，而奇普只是安静地站在那儿，想着下次被灌下药酒会是什么时候，他的手都疼得发抖。

他们把奇普交给了另一个人，或者可以说，完全就是把套在奇普脖子上的绳索交给了另一个人。

"你们不打算给他喝罂粟酒了吗？"一名守卫问道。

"干吗要把上好的罂粟浪费在一个讨厌的爱哭鬼身上？"另一个守卫问，"我自己也很喜欢罂粟酒。"

"天呐，那东西难喝死了！"之前那名守卫说。奇普很同意他的说法。

"我可不是为了味道才喝的。"另一人大笑着说道。奇普对此也很同意。"咱们走吧，我在回来的路上看到了些女人，靠着你的魅力和我的罂粟酒……"他又大笑起来。

奇普被拖进一辆货车，他跌跌撞撞地走上阶梯，差点被绳索给勒死，还好他很快就找到了座位。接着身后的门便关上了。

有人松开他的绳索并把它取了下来，又摘下他的头罩和眼罩。"奇普？"她问道。

奇普眨着眼睛。虽然这个紫色房间里很昏暗，但是经过两天暗无天日的生活之后，这点光线还是让奇普泪流不止。不过透过被泪水模糊的双眼，奇普认出了凯莉丝·怀特奥克。

"凯莉丝？"他问道。真是个愚蠢的问题。当然是她了，她就在你眼前呢，你这蠢货。

"奇普，你怎么会到这里来的？"

"我是来救你出去的。"他说，然后大笑起来。

"奇普，他们给你喝了多少罂粟酒？"

自他喝下那酒之后已经过去了好几个小时了，但是他却越笑越厉害。

凯莉丝领着奇普来到她那张货车里的小板床上，他倒头就睡着了。她望着他，心中冷酷而又刻薄的那部分想要去憎恨他。

我的儿子应该和奇普一样大了。见鬼，奇普本应是我的孩子。他的确拥有一双蔚蓝的眼睛，我的祖母也是帕里亚人。

怎么，你觉得深棕肤色还有卷曲头发的遗传会漏掉一代？就像双胞胎一样？

凯莉丝抚摸着他的脸颊。这只是虚无的幻想罢了，她明白的。被她遗弃的儿子是奇普同父异母的兄弟，他们身上的相似之处是因为他们的父亲都是加文。而加文对这两个孩子来说是个多么不称职的父亲啊。

她必须离开这里。她想得实在太多了。

凯莉丝看着睡得正香的奇普。她从他眉毛和鼻子的形状中能看出盖尔家的血脉。而她甚至无法说出心中对此的感受。

最终，她给他盖上了自己的毯子。

CHAPTER
– 77 –

加文挺过了午间的仪式。整个仪式期间，那个信徒，那个善良虔诚的年轻绿色御光者都像树叶般瑟瑟发抖。加里斯顿人并不在最重要的位置，难怪那年轻人从没想过能瞄到光明王，不用说近距离见到他了，和他一起负责完成太阳日仪式更是难以想象。年轻人们乱作一团，加文比画了两三次让他们站整齐。仪式足足持续了一个半小时——即使这样，还是加文缩短向奥赫拉姆神祈福的七郡贵族以及光明利亚官员名单的结果。"就连奥赫拉姆神都不记得他们的名字，那也许这些人并没那么重要，是不是？"他对信徒说道，那年轻人只直愣愣地盯着他。

正午刚过，他就躲开了人群。当然，说躲开也是相对的。因为有十二名黑卫，一名大臣，四名信差和十二名城市禁卫军跟在他身边。之后，他去了码头。

在那里他看见柯尔文在乱糟糟的场景中灵活地指挥着。人们并不像他想象的那么糟糕。也许城民们都寄希望于加文来拯救，也许是因为见识过他筑造起那座不可能完成的城墙，大家认为他有无可限量的力量，还有些人也许只是出于信仰的考量——在这最神圣的节日里，只需要完成必须完成的工作即可。

美好的事情会幸存下来并不是必然的结局。

许多贵族正和船长以物易物。一箱箱货物堆在码头上,还有许多散置在箱外。那些卷起的挂毯一定是要挂在家里的大厅中,还有一些绘有金叶子的家具,一些艺术品,以及堆积得如同迷宫般的树干——奥赫拉姆神才知道是些什么。

"光明王陛下,"戴纳维斯将军说着迅速走到加文身边,"时机正好。"

这就意味着你将把那些实在令人不快的职责卸下一部分了。

"我昨天就下达了命令,一艘船也不准离开港口,以备万不得已的撤退。我已经通知了各位船长,不服从命令就要没收船只,雇佣这些船的人都处以死刑。"

这判决真严酷,但战争需要严酷的刑罚。如果加里斯顿覆灭,大屠杀开始,任何人提前把船划走都会导致几十人无辜枉死。但这道严酷的刑罚遭到了挑战,之前有人一直称这是在虚张声势。"是谁?"加文问。他心想自己已经知道答案了。

"克拉索斯行政官。他的人还朝阻拦的黑卫开枪。"

黑卫?柯尔文是怎么让黑卫们服从"把那囚徒给我带来"的命令呢?"有伤亡吗?"

"没有,光明王陛下。"

"他在这儿吗?"加文又问。他得从这里出去,柯尔文的人需要从街上穿行,但他的随从却把路和通往码头的入口都堵住了。但他不会逃避,特殊时期必须严惩,最重要的是赶在其他人也有样学样之前就解决此事,不然最终可能会有更多人被处死。当沙漏中的沙粒即将漏尽之时,迟来的正义就等于不义。"把船员们也带来,不管他开的是什么货船。"加文小声告诉柯尔文。

克拉索斯行政官其实距离加文不到十步,只不过刚才一直被比自己高得多的卫兵围在中间挡住了。他双手被绑在身后,一只眼睛肿得老高。和他一起被带上前来的还有一群身着杂色衣服的私运船员，看起来脏兮兮的，一副趾高气昂的样子，明知有风险还接下这活计。

加文双手举过头顶，抛出的火花如扇形般散开，在这之前谁也没有见识过。"在此，我要在奥赫拉姆神的注视之下作出裁决。正义必将得到伸张。"

码头上的人都开始交头接耳，感谢这突如其来的祈祷仪式。那些受到控诉的人则被粗暴地推至跪下。正义面前需保持谦卑。

就算会堵住码头，我最好还是亲自完成这些事情。

"行政官，你被控告企图租船弃城逃走，违抗戴纳维斯将军的命令。有这回事吗？"

"将军？我才是这鬼地方的总督！我不需要听从别人的命令！"

"连我的命令也不听吗？"加文问道，"将军是以我的名义行事，有权下发命令。你是不是雇佣这些船员准备逃走？"

"你尽可以找五十个证人来告诉你我的所作所为，但那又怎样？我们帮助过你，我的家人在战争中支持你，没有我们你不可能站在这里！"克拉索斯行政官的声音慢慢变成哀鸣，"你现在要把这些农民放在我前面吗？"

"船长，"加文说着转身背对行政官，"你承认自己试图逃走吗？"

船长环顾四周，目光中满是不屑，表情坚定，但却不敢看光明王的眼睛。码头上所有人都看出他的企图了。他身上有一种明知将死，但仍想死得体面的意味。他的勇气紧紧握在拳头里。"是的，先生。行政官昨晚雇佣了我们。我早就想出城了。"当然了。所有有船的人都想出城，昨天就想走了。

"太阳日有一项古老的传统，"加文对着聚集的人群大声说，"那就是宽恕有罪之人。因为奥赫拉姆神是仁慈之神，所以我们也应该慈悲为怀。"

"哦，感谢奥赫拉姆神和他为我们派来的光明王陛下。"克拉索斯行政官挣扎着站起身说,"我们不会让你后悔的,光明王陛下。"

加文提炼出隐形的幻紫砸在克拉索斯膝盖上,连看也没看他一眼。那人倒下了。加文对船长说:"船长,我本来是有权将你锁进大牢,听凭你自生自灭。但我不会这么做,相反,我要放了你,我要把我的船交给你——就是你被没收的那艘船——还有你的船员。我会看着你,船长,好好履行职责吧。"

船长看着战斧,接着露出尴尬的神色,眼中突然盈满泪光。

"什么?"克拉索斯质问。

"克拉索斯行政官,你违背了我的命令,还贬低自己的官员。一个总督应该对城民负责,而不是把他们当成负担。你已经从人民那里窃取了奥赫拉姆神赋予你的领导权,你是个懦弱的盗贼。我要在此收回你的行政职权。你不是想带着自己的财富逃走吗?那就照办吧。"

加文从克拉索斯携带的箱子中挑了一个。是个装满了华丽衣物的大箱子,因为太沉,一个人很难抬起。他在箱子顶上、底部和两侧都射出了很大的窟窿,然后命令士兵们将箱子放进克拉索斯的双臂中,用绳子捆在他身上。

"你不能这么做的。"克拉索斯说。

"好了,"加文说道,"你现在唯一的选择就是怎样面对它了。"

"我的家人会知道的!"克拉索斯说。

"那么就让他们知道你是怎样像个男人那样死去的吧。"加文说。

加文提取出一座蓝色拉克辛平台伸入水中。"你不是想逃吗,克拉索斯大人?去吧!"

克拉索斯行政官毫不犹豫地走下蓝色拉克辛阶梯下到水面上,手里还抱着箱子。他走了大约五十步远,拉克辛碎裂开来,他落入水里。片刻之后,他在水里不断踢打以维持胸口高过起伏的波涛,否则自己迟早溺死。

海潮刚转向,所以他来回扑腾,既不能靠近岸边,也没法被冲到另一边的防洪堤上，或是朝向守护神和远海方向移动。

成千上万双眼睛静静地注视着他。一分钟之后，他不用再那么拼命踢水以防箱子把他掀翻了——因为箱子已经不再浮于水上。他挑衅地看着码头的方向，看着加文，但湿淋淋的头发挡住了眼睛，而且他似乎也无法摇头摆开。

沉下去之前他喊了句什么，加文没有听见。还会有更多的死亡。他过去就不喜欢克拉索斯，厌恶他的态度，厌恶他所表现出来的贵族作派，只知一味索取，从不肯有丝毫回报。但自己刚才杀了人啊，成了他家族的仇人——而且是在战争中，战争本可以帮他完成这任务的。

加文凝视着泡沫渐渐消散。克拉索斯已经漂得很远了。加文举起双手，然后又放下。"慈悲的奥赫拉姆神。"他以祷词作为审判的终结。他已再次停留太久时间。他转过身。

在他身后的海湾里，一只鲨鱼的鱼鳍划破水面，箭一般朝目标冲去。

CHAPTER
— 78 —

日落时,加文出席了这一天仪式中的大部分需要露面的公共场合。这是一次盛大的演出,他尽力让每一次出现都有所不同,这样让他感觉好受些。他总是几近全裸地去表演。各种色彩绽开,竞相穿过他的身体离去,看起来就像是又回到他的体内。

昨日的打斗之后再这么拼命使用魔法有点疼,但他不肯就此罢休。

然而,一切都如此之快,都结束了,人们正在离场奔赴狂欢。各式各样的狂欢将持续整晚。太阳日一直要持续至第二天凌晨,为那些净化的人举办的晚会将在天完全黑透后开始。加文坐在要塞的一个小礼拜堂中。他还有一些时间,还是祈祷吧。

他祈祷了一段时间,可以了。倘若奥赫拉姆神真的存在,他也会忙,他也会累,他也会不问世事,又或行同俗人。时间对奥赫拉姆神来说是不同的存在,他们说过。这样才能解释他对加文这一生的所作所为。

加文胸口一阵收紧。他呼吸困难,礼拜堂看起来变得又小又暗。他浑身冷汗,又湿又黏。他闭上眼睛。

加油!加文,你可以做到。你以前就做过。这都是为了他们。

这是个谎言,一切都是谎言。

那也比另外一个选项好。吸气。这不是为了你。你想走出去告诉那些等待的御光者们说他们整个一生都是骗局吗?说他们的辛劳都白费了?说奥赫拉姆神不明白他们的牺牲?说他们所做的一切,他们所付出的都不重要?所有的人终有一死,加文,不要剥夺了这些人生存的意义。不要让他们觉得自己活得毫无价值。他们的牺牲会变得虚妄,整整一生都失去意义。

每一年他都会和自己进行这样的辩论。他以前甚至会带着桶进礼拜堂,还要额外多带些焚香。不过已经放弃有些年头了。

礼拜堂门上响起一阵敲门声。

"光明王陛下,是时候了。"

第二晚奇普没有被蒙住眼睛。他们给他戴上了涂黑的护目镜,脑后用绳子绑着,紧紧地抵着眼睛,还把他的衬衫袖子扯掉了。提炼拉克辛很难,他周围的所有人肯定都多次提醒过他。

"很显然,他们有什么东西想让我们看。"卫兵们——镜光骑士和御光者们——催促他们快走出乘的马车时,凯莉丝说。

他们被带到远离帐篷的一处安全边界。这里很奇怪,远离其余营地,空间开阔。所谓边界只是一根绳索,系在几根临时钉在地上的木桩之间,不过安全边界范围很大——营地里没有一个人踏出过边界。圈子里面有群人挤在一个平台前,跟圈子比起来可是渺小多了。太阳已经完全落下,但天还没黑。

"他们不想被窃听,"凯莉丝说道,"跟你说他们有多疯。他们想用某个愚蠢的方法把队伍聚集起来,所有普通人都会嘲笑的法子。"

普通人?哦,就是说不会提取拉克辛的人。等等,那就是说……

那些人走近后,奇普明白自己的推论是对的:这里所有人都是御光者,这里有八百个或是一千个御光者!

"奥赫拉姆神,"凯莉丝吸一口气,"这里至少有五百个御光者。"

所以我数不清了,可那又怎样?

但是等那些人再靠拢些,就连奇普也不能再假装若无其事了。他和凯莉丝温柔地推着拥挤的人群,推开的第一个人用光闪闪的绿眼睛盯着他们。他的光晕裂开了,一条条绿色的蛇从他巩膜中扭动而出。

奇普感觉自己正在穿越动物园。几乎每个人的皮肤看上去都同样闪亮,展露出拉克辛的色泽。绿色,蓝色,红色,橙色,甚至还有紫色。他还看见幻紫色,那些幻紫色御光者从远处望去就像一个个指示灯,他们的斗篷、盔甲,就连皮肤上都满是图案——当然,幻紫色御光者除外,毕竟其余的人看不见幻紫色。奇普调整一下视线,看见薄红色御光者也是一样,他们的衣服上也刻画着龙、凤凰、螺纹和火焰图案。蓝色御光者穿的鞋子翘起来就像是公绵羊的角,小臂上绑着刀。他们走过一个橙色御光者,那人看起来很普通,只有头发用橙色拉克辛当头油顺在脑后,眼白是纯黄的,和虹膜没有区别,他的学徒身上还有黑色小点,不是完美的橙色。绿色御光者只穿着树叶,发出嘶嘶的声音。凯莉丝笑了。这确实像个动物园,只是奇普也和动物们一起被关在笼子里。

他们一路被带到前面。人群聚集在一块凸起的石头前,那石头表面已被风雨打磨光滑,高度足以充当平台。奇普和凯莉丝到达时,一个穿着兜帽斗篷的男人爬上石头。到了石头顶上,他就脱下兜帽,撕碎斗篷扔在一边,好像很厌恶那服饰似的。

男人的整个身躯在黑暗中闪闪发亮。他静默地站在那里,神情充满蔑视,双腿紧绷。他朝人群伸出一只手,每隔五步,火炬迸发出火焰形成火浪,将人群沐浴在光中。最后,石台上的火炬也点燃了,奇普看见那人整个身体是用拉克辛做成的,他体内迸发出光芒。

周围的御光者在万色之主面前跪下来。但并不是所有人,仍旧站着的那些看起来似乎很尴尬,而那些弯腰鞠躬的人也不仅仅只是鞠躬而已,他们的脸都贴到地上了。这真是纯粹的宗教信仰。

"别鞠躬,"凯莉丝说道,"那不是神。"

"他是什么人?"奇普小声问。

"我哥哥。"

万色之主伸出双手:"请不要这样。兄弟姊妹们,站起来,和我一起站起来。我们在人前已经拜服太久了。"

那个橙色御光者,艺术家阿西亚德拜倒在加文面前。他是今晚的第一个,这里是荣誉之地,阿西亚德应当受到尊敬。真正的尊敬,不是这样的滑稽模仿。但这里无路可走。从来就没有。

加文走向前。"站起来,我的孩子,"他说。每次称御光者为"我的孩子"他就感觉到很讽刺。但阿西亚德确实是个孩子,或者至少还不算个男人。

阿西亚德站起来,对上加文的目光,然后很快看向别处。

"你有事要说,"加文说道,"现在说吧。"有些御光者感觉需要忏悔自己的罪恶或秘密,有些提出要求,有些却只想表达自己的沮丧、恐惧和怀疑。每年加文会根据天亮前需要净化的御光者的数量,尽可能和每位御光者多待一些时间。

"我让您失望了,光明王陛下,"阿西亚德说道,"我让我的家族失望了。他们总是说我本该成为一个伟大的人。但相反,我一无用处。我是个瘾君子。我有天赋,但却没能善用奥赫拉姆神的恩赐。"悔恨的泪水从他面颊上滚落。他还是无法正视加文的眼睛。

"看着我,"加文说。他双手捧起这年轻人的脸。"你和我一起参加了前所未有的伟大工程。你所做的事,就连我这个光明王也做不到。任何见识过落日的人都明白奥赫拉姆神重视美丽。你把那城墙建得如同奥赫拉姆神一样美丽绝伦,你的功业会持续千年。"

"但我们失守了!"

"我们失守了,"加文承认道,"我的错,不怪你。一个个王朝兴起又衰落,但城墙却会千秋万代守卫那些尚未诞生的王朝,激励成千上万的人。这些我都做不到,只有你能做到。只有你,阿西亚德,你筑造了美。奥赫拉姆神赐予你天赋,你把这个礼物呈现给了世间,我觉得那并不是失败。你的家人会为你自豪,我为你而骄傲,阿西亚德。我永远也不会忘记你,你鼓舞了我。"

那年轻人的脸上闪现一丝笑容:"这真是非常伟大的成就,对吗?"

"你的首次尝试完成得不错。"加文说。

阿西亚德大笑,他整个神情都变了。他确实是一道光。是神赐予世间的礼物,燃烧得如此美丽。

"你准备好了吗,孩子?"加文问。

"加文·盖尔,"年轻人说道,"我的光明王陛下。先生,您是一个伟大的人,是一位伟大的光明王。感谢您。我准备好了。"

"阿西亚德·水光,奥赫拉姆神赐予你天赋。"加文开始了。那个姓氏是他刚创造出来的。在帕里亚,只有地位高贵的男男女女才会拥有完整的姓名,有时候他们的孩子也会有。阿西亚德眼里蓄满泪水,深吸一口气,胸口自豪地挺起,加文知道自己说的话很恰当。"你奉献所有,是时候卸下你的重担了,阿西亚德·水光。你已尽己所能,你的功劳不会被忘记,你的失败在此逐渐模糊、忘却、消除。干得好,忠诚的仆人。你已经履行了契约。"

"他们说我们签订了契约!我们发过誓!因为那誓言,他们约束我们,他们埋葬了我们!"万色之主说。

丽维小心地推开人群朝前移动。她发誓自己看见奇普被带到那里了,头上还绑着黑色的护目镜。但其余所有人都入迷地看着前面的怪人,因此她没法走得更快一些。相反,她也假装在听的样子慢慢移动。

"就像这样,"万色之主说,他指指自己所站的圆形石台,"这就是那个伟大的古文明遗留下来的全部东西了。你们已经看到这片土地上散落的遗迹了。伟人的雕像被随后的侏儒族捣碎。"丽维支起双耳。莱克顿曾有一座破碎的雕像,在一片橘园里。从没有人说起过那东西从何而来,她想是因为谁也不知道吧。

"你们以为这些雕像都是谜团吗?"万色之主问道,"他们一点都不神秘。你们以为光明王之战在这里,在提利亚结束是个巧合?你们以为盖尔家的人只是在七郡游历,直到他们的军队发现彼此?事情发生在此只是碰巧?让我来告诉你们一些事情,一些你们已经了解的事情,一些你们都已经相信,但谁也不敢说出口的事情:赢得光明王战役的盖尔是假的。达森·盖尔想要改变情势,但为此遭到杀害。光明利亚杀了达森·盖尔。他们这么做是因为担心他会改变一切事情。他们害怕他,因为达森·盖尔想要净化我们。"这句话引得人群一阵惊惶。他们都知道这一天是什么日子,还知道不到一里格之外的加里斯顿,那位光明王正在举行净化仪式。

"你们明白了吗?"万色之主说道,"你们感到不安吗?因为光明利亚歪曲了我们所有的语言来对抗我们。达森本来是想要净化我们的。达森知道光不可缚。"

"光不可缚。"一些御光者响应。那句话几乎就像是宗教副歌。

"他们称之为净化。放下你们的负担,我给予你们赦免和自由,光明王说。你们知道他会给予我们什么吗?你们知道吗?!"

"我给予你们赦免,"加文说着,心都要跳到喉咙里了,阿西亚德跪下,眼睛看着上方,右手扶着加文的大腿。"我给予你们自由。奥赫拉姆神保佑你,接纳你到他的怀抱。"他抽出刀埋进阿西亚德的胸膛,正对准心脏的位置。他抽回刀刃。刺入真精准啊。在此之前他已实践过多次。

他没有看伤口,没有看鲜血涌出阿西亚德的衬衫。他捧着男孩的脸,看生命从他眼中消失。然后,加文说:"请宽恕我,请宽恕我。"他把短剑插回刀鞘,用带来的擦手布擦拭双手——虽然它们并未沾上一丝鲜血。

"他们会杀死你们!"万色之主吼道,"他们把刀刺入你们的身体,看着你们死去。你们祈求啊,他们只看着——他们说神灵会为此微笑!告诉我,我们应该这样对待长者吗?在光明利亚,我们很少看到老人,因为都被杀了。哦,除了白袍使之外,除了安德洛斯·盖尔和他妻子之外。规矩对他们是不适用的,但是你们和我,我们的父亲和母亲——我们都会被杀死。他们说这是奥赫拉姆神的意愿。他们说这是契约。就像我们对无知小孩发誓一样,他们说杀死我们的父母是正确的。这都是什么样的罪恶啊?一个女人,一生效忠七郡,但最后的回报呢,就是将她处死吗?这就是自由吗?这就是他们所谓的'净化'她吗?"

丽维看见了奇普,但她没有继续推开人群朝他靠近。

"你们知道那是错的。我知道那是错的。他们知道那样做是错的。因此他们说到此就是一片静默,要么就扯开话题。这不公平。这不是净化,这是谋杀,我们应该明白。接着呢,他们甚至不会体面地把你们的尸体交还你们的家人,相反会用在一些黑暗的仪式之中。我们的父辈效忠这么久就得到这样的结局?这公平吗?光明利亚玷污了它所碰到的每一样事物,你们以为那些'净化'的人都是自愿的吗?"

万色之主嘲弄地笑了。

黑卫们把阿西亚德的尸体抬出屋子,小心不让血洒出来。这时门上响起一声敲门声。只一下,接下来就没声了。加文好一会儿才想起来：傻子巴斯从来没有真正明白敲门是什么意思。

"进来,巴斯。"加文说。孩子和白痴。这就是我要杀的人吗？我浑身浸满无辜人的鲜血。

那人进来了。他穿着精美的服饰,显得相当英俊。和加文所知道的其他傻子不同,巴斯的脸部表情并没有什么异样。

"很抱歉没按顺序进来,光明王陛下。我有一个问题,我不想在净化途中打断仪式来问。"

当然了,他是打断了其他人的净化来问问题的。

"请讲。"加文说。

"我听艾维·格拉斯说起过水光之墙。艾维是绿色和黄色双色御光者。她从血森林来,我想她一点都不吓人。我妈妈以前告诉我说,红头发的人看着你的时候像是要把你点燃一样,但艾维完全不那样。"

加文很了解艾维。她并不是传统意义上的聪明,但直觉敏锐得不可思议,可她并不太信任自己的能力,至少多年前没有。

"艾维曾经救过我一次——"

"她说什么了,巴斯？"加文问。

"她什么都没说,她只是救了我。我猜她可能喊了什么,但我没法确切告诉你——"

"艾维说水光之墙什么了？"

"我不喜欢您打断我的话,光明王陛下。这样让我紧张。"

加文忍住自己的急切。逼得再紧点,巴斯可能就完全说不了话了。

见加文不再催促,巴斯又想了一会儿。加文能看出他再度理清了思绪。"艾维说水光提取得很完美。她说自己不记得您是一位越识者。当然了,我自己看不出颜色区别的,但我想她不会撒谎。加文·盖尔不是越识者,他的兄弟达森才是。而且您比加文高。他要穿靴子才能看起来高一些,但达森在十三岁生日时已经比他高了。我记得那一天,那是个晴天。我祖母说奥赫拉姆神总会对盖尔家的人微笑。我当时穿着蓝色外衣……"

加文听不下去了,他感到脚下的大地塌了下去。他知道这一刻来了。他已经盼望了十六年了。他一开始以加文的身份参加会议时就期待有人,所有的人都来指着他大叫:"骗子!冒牌货!"别人也曾指出过,但从没像现在这样令他无法承受。他不能怀疑巴斯。这个人不受政治情势影响,大家都知道的。如果问起来,巴斯会指出一百条加文和达森的区别,等他说完,他冒充加文的事情就会败露。

但他是一个人来的。那么多机会,偏偏是今晚。

"所以我想问……我想问,你为什么要撒谎呢,达森?你为什么要假冒加文呢?达森很坏。他杀人,他杀了怀特奥克一家,全杀光了。他们说达森一间一间进入他们的宅邸,连佣人都杀了,然后放火烧了房子掩盖自己的罪行。孩子们被关在地窖里,他们找到孩子们时,小小的尸体堆成一堆,互相搂抱在一起。我也去了,我看见了。"巴斯停下来,明显是在回想那过去的画面。他记忆力那么好,肯定记得栩栩如生。"我对那些烧焦的小身体说,我会杀了达森·盖尔。"巴斯说。

加文感到一阵熟悉的恐惧,就像被老师用教鞭抽打一样。巴斯是绿色、蓝色和幻紫多色御光者。随着年岁渐长,每位御光者的性格都会或多或少被可御色光的个性影响。野蛮的绿色使得之前严守命令的巴斯忽略自己的立场,但是守秩的蓝色又使得他疯狂地想要知道原因,弄清楚事情的根由。"巴斯,我想告诉你些事情,之前,在这个世界上我只告诉过一个人。我会回答你的问题。你应该知道。"他放低声音说,"十六岁的时候,我看见……一个画面。一个醒着的梦境。我站在一个神明面前。我拜倒在地。我知道他很神圣,我很害怕……"

"是奥赫拉姆神吗?"巴斯问道,看起来将信将疑的样子,"我母亲告诉我说,提到奥赫拉姆神的人都是在撒谎。达森是个骗子!"他的声音在最后抬高了。

加文最不想看到的就是巴斯的吼叫。"你想不想听我的回答?"他尖声问。

巴斯犹豫了。"是的,不过你难道——"

加文刺中了他的心脏。

巴斯瞪圆了眼睛。他抓住加文的手臂。加文拔出短剑。冷漠地,那声音如此冷漠,加文说:"你已尽己所能,巴斯。你的功劳不会被忘记,你的失败在此逐渐模糊、忘却、消除。我给予你赦免。我给予你自由。"

当他说到"赦免"的时候,巴斯已经死了。

加文小心地把巴斯放到地上。他走到侧门边敲几下,黑卫们走进来带走了尸体。就这样,冒牌货和谋杀者的身份一起被掩盖了。

CHAPTER
— 79 —

他是个骗子。奇普分不清哪些是谎言哪些是真话，但万色之主是格拉多王的心腹，他们毫无缘由地屠杀了他的村民。如果杀人对他们而言无足轻重，撒谎又有何难？

但就像所有高明的谎话一样，他的话里真假参半。所谓"圣契"就是那么回事，难怪他们总是旁敲侧击、窃声私语地谈论它。你年纪大了，瞳晕破碎了，就变成了一条疯狗，他们就必须处理掉你。奇普还记得柯尔文以前那条被浣熊咬了的狗，没过多久就开始口吐白沫。那时柯尔文，女镇长，还有其他几个男人给火枪上了膛就去追狗。是柯尔文亲手将狗的脑门轰开的，之后他埋着脸，每个人都假装不曾看见他落泪。又过了一年他才重新提起那只狗来，每当说起时，他都绕开了狗发狂和被枪杀的部分。净化仪式也是一样的，大家闭口不谈是因为没人愿意亵渎死者："奇普一向是个人物，直到他发了疯妄图杀掉他的朋友，我们不得不杀了他。"

所以这是个残酷的真相，却并不是谎言。事实上，这样有可能更像真相。

但这群人里没一个肯接受这种说法，他们想把害死自己父母的罪责加在别人头上，自己也不愿意去死。他们大可以用某种听起来很神圣的胡话来粉饰这一切,但奇普看透了那层面纱后的真相。这些人都是杀人犯。而加文是个好人,是个了不起的人,是立在这些侏儒中的巨人,所以才不得不做出这些艰难的事情。伟大的人得做出艰难的抉择,由此其他人才得以生存。所以他让人坚持履行"圣契",那又怎样?大家都是发过誓的,也都明白自己的誓言是什么,这其中没有悬疑,没有欺诈。他们做了一笔交易,直到付出代价之前都对此很满意。

这些人全是懦夫,毁誓者,人渣。

我必须得离开这里。

他转过身,看到了意料之中的那个女人。

"伊利塔滴漏显示,今晚是全年最短的一夜,"从门道里传来菲丽雅·盖尔的声音,"但对你来说这总是最漫长的一夜。"

加文抬头看她,神色黯淡了下去:"我以为你黎明前才会来。"

她笑了。"队伍的顺序被打乱了,朴实的巴斯插了队,而有些人退到后面。"她耸耸肩。

退到后面?这么说也许他们知道了。情势在全盘崩溃。

也许这样是最好的。我现在杀掉自己的母亲,这样她就用不着看见一切分崩瓦解。

"孩子,"她说,"达森。"那两个字几乎是一句叹息,一声郁积在内心压力的释放。多年的谎言之后,终于大声道出真相。

"母亲。"看见她高兴是好事,可在这里看见她却不是。"我做不到——我答应过你的那趟飞行都还没带你去。"

"你真的能飞?"

他点点头,喉咙发紧。

"我儿子能飞,"她的笑意让整张脸都亮了起来,"达森,我真为你骄傲。"

加文试图搭腔，但他发不出声来。

她的双眼中尽是温柔。"我会帮你的。"她说。她跪在栏杆旁，选择了更加正式的仪式。加文早该料到的，这才像他母亲。"光明王陛下，我愿忏悔我的罪孽。您可否倾听我的忏悔，让我得到宽恕？"

他眨着眼睛，把突然涌出的泪水憋回去，控制住自己："很荣幸……我的孩子。"

她那纯粹的虔诚帮助他进入了角色。此时此地，他不是她的儿子，而是她的神父，在她最神圣的这天，将她与奥赫拉姆神连接起来。

"光明王陛下，我择夫不善，惶恐度日。我被自己担心遭丈夫冷落的恐惧主宰，遇事当讲而不敢讲。我放任自己的儿子们同室操戈，其中一个还因此丧命。他们的父亲因为愚钝未曾预见，但我早就知道。"

"母亲。"加文打断她。

"是孩子。"她坚定地纠正。

加文顿了一下，然后顺从了。"孩子，继续吧。"

"我曾口出恶言，还说过无数谎话。我曾残酷对待自己的奴隶们，不顾他们的幸福安康……"她说了五分钟，不是在宽恕自己，而是直白坦率的剖析。精简的话语并非为了她自己，而是为了加文——今晚他还有好多忏悔需要倾听，好多人需要宽恕。这感觉非常不真实。

过去的十六年里，加文听过更惊人的坦白，也见过数名高洁之人的那些更阴暗的一面，然而听到自己母亲坦白说她在发现安德洛斯同其他女人在床上之后，盛怒之下暴打一名无辜奴隶的事情，还是感到极其心痛和震惊。听着母亲的坦白，就如同看着她一丝不挂的样子。

"而且我还杀过人，三次。我失去了两个儿子，无法容忍最后一个也离我而去。"她说。加文几乎无法相信。"一次是我发现一个对他起了疑心的黑卫，就在赤崖山暴动时把他调到危险的岗位，明知道这是让他去送死；一次是德瓦尼·马拉格斯在提利亚荒野失踪多年后乘船返家，我派了海盗去袭击，他声称在裂岩山大火时自己是最接近那里的人，还发现了无人知晓的秘密，我试过收买他，但却被他给溜掉了；还有一次是在索恩谋反期间，我雇佣了一名杀手，利用旁人的争斗做掩护，杀掉了想要敲诈我儿子的人。"

加文哑口无言。在他顶替哥哥的第一年里，为了保住身份，他杀了三个人，流放了十几人，接下来的七年里，又有两人因此送命。在那之后他就没有冷血地杀掉任何人了——直到巴斯。他以前就知道母亲在保护他，可他一直觉得她所做的不过是通风报信。母亲向来是极度护犊的，但他从未想象过她会做得多过火，就因为他抛掉了达森的身份，竟会将她逼至如斯境地。

亲爱的奥赫拉姆神，此时我多么希望自己也是你的信徒，相信你会宽赦我的所作所为。

"每一次，"她说，"我都告诉自己，我是在为奥赫拉姆神和七大郡效力，而不仅是为了自己的家族。但我却一直未做到问心无愧。"

他仍处于震惊之中，口中吟诵着那些传统的祷词，给予她宽恕。

她站起来，目不转睛地看着他。"现在，孩子，在我卸下负担之前，还有几件事你得知道。"她没有等他做出回应，这样很好，因为他根本不觉得自己还能张嘴说什么。

"你不是恶人，达森。你只是误入歧途，但并非灵魂卑劣，你是位真正的光明王——"

"误入歧途？我杀了怀特奥克一家！我——"

"真的吗？"她尖锐地打断了他。随后，她的声音柔和起来："我目睹着这件事像毒药一样侵蚀了你十六年。你总是拒绝提起它。告诉我发生了什么。"要是不以血缘归宗，就性格而言，他母亲真是个实实在在的盖尔家人。这些年来她一直想说这件事。

"我不能。"

"如果不对我说,那谁还听你倾诉?如果不是现在,那还要等到何时?达森,我是你的母亲。让我给你这个机会吧。"

他的舌头像打了结,可那些画面在眼前栩栩如生。怀特奥克兄弟们不怀好意的脸,极端的恐惧使他不能动弹。加文舔了舔嘴唇,依旧一个字也吐不出。恨意再次涌上心头,怒火也蹿了起来。七对一。不止。还有那些谎言。"当时我和加文的关系已经变差,蓝色和绿色的能力先在我体内觉醒了,但我开始怀疑自己是否能更进一步。我告诉他了。你知道的,自从他被宣告为光明王候选人之后,我们就不再那么亲近了,而塞瓦斯汀的死更是让我们的关系雪上加霜。当时我大概是以为,告诉他我的能力在增长会让我俩重修旧好,说不定我们能再次成为最好的朋友的。可他不乐意,丝毫也不。"一汪眼泪不知从何处浮上加文的眼睛。他对兄长如此的思念,撕裂了他的灵魂。"我现在明白,对一个年轻人来说,失去自己独一无二的个性是多么可怕,可是当时,我不懂。就在我告诉他自己是多色御光者的第二天,听见他在催促父亲让他和凯莉丝订婚。那时这于我是世上最大的背叛,她的爱是唯一一件让我独一无二的东西。过了些时日,我才明白了二者的对等性。

"总之,我那时以为凯莉丝对我的爱和我爱她一样深,当父亲宣布她和加文的婚约时,我们决定了要一起私奔。她一定是告诉了别人,也许只是说漏了嘴,也许是觉得选加文更合适。我们本来计划午夜之后在她家宅子外面碰头,可她失约了。她的侍女告诉我她在宅子里面。当然了,这是陷阱。怀特奥克兄弟知道我和凯莉丝幽会,想教训教训我,理由是我让他们蒙羞,把他们的妹妹变成了荡妇。"

他一进门就立即被他们捉住了。七兄弟全在。他们扯掉了他的斗篷,夺走了他的护目镜和他的剑。他记得那宽敞、紧闭的庭院,仆人们从窗户和门后窥视打探,院子里生着很大一堆篝火——有足够的光,但一个没有护目镜的蓝绿双色御光者也只能对它望而兴叹。"他们开始揍我,全都喝了酒。有几个还在操纵红光,然后失控了。我那时觉得——现在依然认为——他们是想杀了我。我抓到一次机会逃脱了,想要开门却发现门已经被铁链锁住了。"

"是他们把门锁上的?"菲丽雅·盖尔问道。后来流传的故事里这部分已经变成了达森所为——出于他的残忍。凯莉丝的父亲心知肚明,但他从没矫正过这个谎言。

"他们不想让我逃脱,也不想让护卫或者士兵在他们收手之前从外面进来干涉。"加文安静下来,看着他母亲。她脸上全是温柔。他移开了视线。

"那天夜里我第一次分解了光,那种感觉……很奇妙。我曾以为自己能操纵幻紫到黄色的拉克辛,可那天夜里,我用了红拉克辛,大量的红拉克辛。可能我那时还没准备好应对盛怒时红拉克辛对人的影响。"他还记得当他开始御光时怀特奥克兄弟脸上震惊的表情。他们知道他是个蓝绿双色御光者,他们清楚他所做的是不可能的。每一代只有一位光明王。火球从他流血的双手中闪现的画面依稀再现,还有克约斯·怀特奥克头颅冒烟挺立着的画面,还有怀特奥克家的护卫一批批被屠杀,破碎的肢体血流成河的画面。"我杀了怀特奥克兄弟和他们家所有护卫。大火四处蔓延,我逃脱时正门坍塌了,我听见人群在尖叫。"他蹒跚着离开去找自己的马,感到空虚而麻木。

"侧门边站着一名女仆,就是那个把我引进圈套的女人。她透过门栏求我为她开门。我一开始尝试逃走时的那扇。它从里面被反锁了,可她没有钥匙。我告诉她干脆被烧死好了,然后就离开了。我没意识到——我甚至从未想过其他门也全是锁住的。我只是想离开。大概他们没能及时找到钥匙吧。因为那不经意的残忍,我将上百个无辜的生命置于死地。"就好像是错杀三千好过放走一个罪人。

真是可笑。他会因为无法与兄长为友哭泣,但却对那些逝去的无辜亡魂无动于衷。奴隶和下人们不是自主选择依附怀特奥克家的,更别提那些孩子。这简直是滔天的罪孽。

在后来的那场战争里,大部分加入达森阵营的人从未过问那天夜里的真相,他们就是愿意为一个赶尽杀绝的男人战斗——因为那意味着他坚不可摧。他对这些人是如此地鄙夷。

他的母亲上前来抱住他。此时,他无声地哭了。也许是为了那些逝者,也许只是出于自私,因为他要失去她了。

"达森,那天夜里你所犯下的过错,还有你至今背负的战争之痛,都不是我能宽赦的,可我真的尽我所能地原谅你。你不是怪物。你是真正的光明王,而且我爱你。"她颤抖着,泪水像断了线的珠子从她的双颊滚落,但她却神采奕奕。她吻了加文的嘴唇,在他还是个男孩的时候她就不再这么做了。"我为你骄傲,达森。以做你的母亲为傲。"她说,"塞瓦斯汀也会为你骄傲的。"

他抱住她,不住哭泣。他早已罪无可赦了。塞瓦斯汀的死无力回天,而她另外那个儿子在加文亲手为他锻造的地狱里已经腐烂掉了。她不会原谅这些罪恶的。可他哭泣时她仍抱着他,再一次把他当成一个小孩一样抚慰着。

然后,快得措手不及,她又把他推开。"时间到了。"她说,深深地吸了口气,"能……能允许我最后一次用御光术吗?我已经好几年没有用过。"

"当然可以。"加文答道,强打起精神。他对墙上的橙色嵌板比了个手势。

她变出橙拉克辛,身体发颤,幽幽地叹息。"感觉就像生命一样,对吧?"她优雅地跪下,说,"记住我说的话。"

"我记着每一个字。"他发誓道,虽然我并不信那些话。

"没关系,"她说,"总有一天你会信的。"

他眨了眨眼。

菲丽雅·盖尔轻笑出声:"你知道的,你的聪慧不全继承自你父亲。"

"我从未怀疑过。"

她把头发捋到了肩后,扫除了心脏前的障碍。她的手扶上他的腿,抬头望向他,橙色的拉克辛从她手中消散。"我准备好了。"她说道。

"我爱您。"加文说道。他深呼吸了一下。"菲丽雅·盖尔,你奉献出了全部。你的贡献不会被遗忘,但你的失败将就此全部抹去、忘记、消除。我赦免你。我给你自由。你做得很好,优秀虔诚的仆人。"

他刺穿了她的心脏,然后抱着她,同她一起跪下,在她生命流失时亲吻着她的面颊。那几分钟如此漫长,最后他终于有力气重新站起来,传召黑卫。

当他们打开大门的时候,他看见大厅里站着上百名御光者,在等着他。他们脸上毫无笑意。大块头的紫熊——尤瑟夫·泰普——向前走来。"我们不想打搅您和您母亲的独处,不过阁下,我们需要谈谈。"

他们叫他阁下,不是光明王陛下,不是加文。

来吧,终场终于开幕。

CHAPTER
— 80 —

"奇普,不管发生什么事,都跟紧我。"凯莉丝倾身凑近,悄声嘱咐。

她语气里带着紧张和肯定,奇普知道一定会有情况发生。而且很快。虽然他很想提问,不过忍住了。看管他们的护卫靠得很近,虽然大家的注意力都在前面那位"虹光大人"身上,专注听着他那堆关于责任和正义的狗屁。奇普早就没听他胡吹了,他在注视着一个女孩,离他不到十步之遥的——丽维。

他知道,之前她肯定一直在往他和凯莉丝这边挤过来,可最后这十分钟她好像凝固了一样站着不动,听着虹光大人的演讲。他们之间的人群挪动了,他看见她带着黄布做的护臂。丽维操纵的是黄光。肯定是她。

奇普抻长了脖子扭来扭去,向水光之墙张望。

"别鬼鬼祟祟的!"凯莉丝从牙缝里挤出声来。她这么一训,奇普就无所适从了。要是他一直盯着丽维,丽维也会被人注意到。演讲令他作呕,他又不能看城墙,可一旦看了凯莉丝,他就会忍不住去注意她的裙子。奇普见到她在黑卫制服外裹着一件厚厚的黑色斗篷时,就已经觉得她美呆了。现在这条单薄的黑色裙子,更令他觉得心魂被攫住,被重踏,被引燃了。她亭亭玉立,简直是神采飞扬,雍容华贵,同时又是优美典雅的化身。夜凉袭人,也没谁给她拿条披肩。在渐渐明亮的晨曦里,奇普看见她胳膊上起了鸡皮疙瘩。

"这外面挺冷的,哈?"他打了个哈哈。

一个护卫噗一声笑出来。

"你要想被揍死,我会成全你的。"凯莉丝目不斜视地答道。

奇普不知道她这话什么意思,也不懂那护卫在笑个什么劲儿。"我又怎么——"他往下瞟了眼她的胸部,那层薄丝下凸显着乳头的形状。就那一瞥,被她低头逮了个正着。

"奇普,黑色护目镜可不是偷窥的通行证。"

地上怎么没开个缝让我钻下去啊!她以为他刚刚在调笑的是……天嘞!神呀。他简直是史上最蠢的男孩了。

演讲在平静中结束了。奇普谨慎地瞥了眼凯莉丝,她正望向东方,天空逐渐发亮。

"他要等到黎明,"他们的护卫推着他们开始走动时,凯莉丝悄悄说,"准备好。"

"谁?"奇普问。

"闭嘴!"奇普左边的镜光骑士喝道。他用枪柄捶了奇普一下。

哦,我不小心说了个不雅的笑话就没关系,想逃走你就有意见了?

一开始,奇普看不太清他们在人山人海里的走向。然而渐渐地,他发现御光者们在融进一个聆听格拉多王号召的更庞大的人群。

眼前很快就失去了丽维的踪影,奇普戴着的黑色护目镜让他几乎什么也看不见。要是竭尽全力,他能从边上的缝隙看出去,可那样根本不可能在人群里搜寻丽维的踪迹。被反绑在背后的双手现在也没法松开。

上万的士兵围绕着格拉多王。他正在挥臂大喊,但奇普只能听见只言片语,因为不断有御光者加入到人群外围:"清洗这座城……把我们被偷走的夺回来……惩罚……"听起来十分严峻。

奇普貌似又再度成为了唯一一个没有聚精会神听他每一个字的人,当太阳升起,第一缕阳光照上他们背后地势更高的水光之墙时,他看见了墙上的动静。

越过护目镜的镜框他看得不清晰,但是有五人的样子——一组加农炮队——变成了三人,随着一阵地动山摇变成了两人,然后是一人。墙上那座炮本来是以很高的弹道指向加里斯顿的,但那个人正在把它调得越来越低。

火花一闪而过。

砰!

加农炮飞溅出火光。奇普没有看见炮弹击中目标,但他感觉到了。大地似乎都弹了起来。

一时间,没有人动弹,所有人都以为这只是一次误射,接着惊骇和痛呼的叫喊声漫起。凯莉丝和奇普撞到了一起,一下把他撞翻在地。

奇普跌倒时撞到了脑袋,所以他起初还不确定第二发爆炸是不是自己的想象。

"霰弹筒!"凯莉丝说,"糟糕!我们得马上离开!铁拳在瞄准那辆货车!"

货车?铁拳?为什么铁拳在炮击他们?

奇普眨巴着眼睛。他的视野有点怪——唷!刚才脑袋磕地的时候把护目镜的一边黑色镜片撞了出来。

"快拿那块镜片给我松绑!"凯莉丝大喊。

他们俩都缚手平躺在地上,空气里满是火枪发射的噼啪声。

一名镜光骑士抓住了奇普,用力想将他拖起来。

虽然仰躺在地,凯莉丝仍左脚一拐踢中了那人的膝盖窝。他腿一软,还没倒下之前她的右脚已经扫起劈中了他的喉咙。从那人盔甲面罩里传来碎裂的嘎啦声,血沫飞溅。

奇普简直不敢相信自己的眼睛,但凯莉丝已经继续行动了。她爬上了那具尸体,覆在他正上方,就着被反绑的姿势,她将那人的腰刀抽出了一掌宽,给自己的手腕松了绑。

"停下!"一名镜光骑士喊道,用他的火枪指着凯莉丝的脑袋。

四周一片混乱。尖叫声此起彼伏,夹杂着喧嚣、枪火声和人死前发出的哀鸣。奇普猛地踢出一脚,学凯莉丝刚才那招往那镜光骑士的膝盖扫去。

那镜光骑士却识破了这一招,挥过枪柄砸向奇普的腿——

——然而他却突然横飞了出去,就像奥赫拉姆神亲手把他扫开了一样。

剧烈的冲击、一声咆哮、似有千斤重压,奇普立即两眼一抹黑。站着的人全被掀飞了,很多东西——奇普甚至都分不清到底是什么——全在头顶上炸开了。

他肯定有几秒失去了意识。然后他滚了一圈,想要站起来,又跌了下去。他手腕上全是血,好在绳索已经松开了。空气中充斥着火药刺鼻的气体,点点木屑雨一样落下。

当他再一次试着站起来时,有人扶了他一把。原本不到百步外停放火药车的地方,被炸出了一个足足有十步径长、两步深的弹坑,在它周围的一大圈人无一生还。

凯莉丝将他翻过来,她的嘴唇在动,皮肤沾满了火药末。他听不见她说话。

她也意识到了同样的问题,他看见她张嘴做出了个骂人的口型。他基本可以确定她是说了"铁拳"然后跟了一大堆脏话。凯莉丝塞给他一把火枪,以慢到足够让奇普读出她唇形的速度问:"你能走吗?"

奇普点点头,不确定有多少是他听见的,有多少是他看出来的。她用力拉着他一路小跑。他依然晕头转向,但看见自己并非唯一一个。周围有几十名被火药粉弄得一身黑的人都在蹒跚前进,他们中有人耳朵里还在流血,有个男的右手拿着自己左手的断肢,寻找胳膊的碎块时,鲜血还在从断臂的肩膀中汩汩流出。

现在有一群士兵开始列队跑向水光之墙了。其余人往后撤,向墙上的炮位开火。但奇普没看见墙上有人回击。

有人在冲着奇普喊话。太好了,他还没聋。他转过身,发现自己不认识面前站着的士兵。"士兵,列队!"那个人大喊,"动作快点!"

因为拿着枪,他们把他当成了一名士兵。自己全身的衣服都被火药熏黑了,也难怪他们会误认。

"快来!士兵!我们要拿下那座城!"

那人身后至少跟了二十名士兵,也只有那长官穿着正式的制服。奇普飞快地看了眼凯莉丝。她的身子摇摇晃晃,好像双目失明一样用手蒙住双眼,看起来只是一名伤员。奇普意识到,要是他们看见了她脸上紫色的眼罩,就会立即逮捕她,或者二话不说杀了她。她穿成那样,越不引人注意越好。

如果奇普拒绝,那人可能会立马处决了他。况且那长官一脸冷酷,看着随时都可能动手。"遵命,长官!"奇普应声道。他进了列队,瞥了眼凯莉丝,再一次寻找丽维的身影而未果,最后同其他士兵们一起跑向那座城,跑向炮火声,跑向魔法的光芒中。

CHAPTER
— 81 —

加文挺起胸膛,面对着控诉他的人们。这里是洞石宫的走廊,虽然不希望自己死在这样的地方,但是他觉得总比某处的地牢要强多了。比我给你的要好多了,加文。至少他能有尊严地面对一切。

"你们想怎样?"他问道。

"我们知道您在做什么,"尤瑟夫·泰普说道,"阁下。"将"阁下"放在句尾说,紫熊始终如此。

萨米拉·萨耶走上前来,一手扶上尤瑟夫宽厚的手臂:"我们大家是来阻止您的,加文·盖尔。"

"那你们打算怎么阻止我呢?"加文问道。

"自告奋勇地站出来。"

啊?加文在豁出去御光的边缘突然松动了,停下了。他努力调整面部表情,尽量不让自己显得像个困惑的白痴。

"这虽然很高尚,光明王陛下,却并不明智。"

什么?好吧,有时候你完全不知道别人到底在说什么,这时候最好的做法就是顺着话头说下去。

"我不知道你到底在说什么。"加文说道。哎呀,露馅儿了。

"净化仪式是一名御光者一生中最神圣的时刻,"萨米拉说道,

"您想要为我们保护住这一点，我们十分感激。但，我们是战士。我们的一生都在战争中度过，如今也希望能再战斗一次。"

"我应该在今天死掉，"尤瑟夫说道，"做出了断是我的义务，我接受。但我可没有耐心去奥赫拉姆这奥赫拉姆那的，我宁愿走下城墙去战斗。"

"光明王陛下，"萨米拉·萨耶说道，"我们必须守住这座城，给大家足够的时间疏散。去守城墙就等于是判了死刑，所以为什么不让我们去呢？反正我们也是死人了。"

他们的话让加文花了几分钟去思考，去恢复理智。"如果我派你们去那儿，你们的瞳晕就都会碎掉，这就是你们现在还在这里的原因。我不想与你们为敌，他们不杀破光魔。问题不只关于你们的灵魂，还有你们的理智。你说得对，你们都是战士，这也意味着，你们瞳晕碎掉之后，会比现在危险十倍。"

"我们会以队为单位战斗，每人都配备一把手枪和一把刀，瞳晕碎掉之时，我们就学黑卫的做法。"

当战友在战场上打破了瞳晕，黑卫们就会认为他们已经死了——的确，这会让一个人暂时失去知觉。黑卫会检查一下倒下战友的双眼，如果瞳晕被打破，他们就会切开那人的喉咙。

"除非一队只余下一人，那时我们会自行了断。"萨米拉说道。对于一些人来说，这是个神学上的难题，但并非没有先例。当知道自己会失去理智并有可能会杀害无辜的时候，自杀是一种罪么？"您是光明王陛下，可以下一道特赦令。"

"后世也会认可这一道隐晦的特赦令是必要的。"达隆·吉姆皱眉说道。他一直都有着非常明确的宗教观。

马洛斯·奥罗斯走上前来："光明王陛下，我们已经让所有超过极限、无法上战场的御光者去接受净化仪式了。目前来说，什么才是更重要的？是按传统走那千篇一律的程序，还是拯救整座城市？"

当然，两者根本就没有可比性。加文在颤抖。"我认为这样的牺牲是向奥赫拉姆神致敬。在你们肩负这项重任的同时，我会给你们每人一个……特别的祝福。我……为这一献身的举动表示深深的惭愧，还有深深的感激。"

这些真是发自肺腑之言。

在决定让本要参与净化的御光者去战死，而非被自己的刀净化之后，加文依然会见了他们每一个人。他为他们超度，倾听他们对于死亡的顾虑，为他们赐福。这同原本要做的完全一样——除了最后那一刀。但这足以让加文的心态变得完全不同。通常情况下，他总是因对那无法逃避的一刀的厌恶，而无法对他们的话给予全部的关注。他努力过，假装过，他知道他们本应得到他最好的关注。但今天，他做到了。他们那些话的倾诉对象其实不是他，而是奥赫拉姆。比起一间空荡荡的房间，加文的存在只是使倾诉更加容易一些罢了。而他们的行为是一种奉献，一种牺牲。

对其他人来说，这同往年接受净化的御光者们所做的也差不多：结局都是一名勇敢赴死的御光者的长眠。但是，没有了让双手沾血的负担，加文终于能够第一次认清一个真相——这些人都是英雄。

如果加文没有被伪装成他自己的兄弟，没有去欺骗包括奥赫拉姆本身在内的整个世界，也许净化仪式依然会每年都显得神圣万分。这应该是件值得庆祝的事，可加文却感到害怕。这感觉从未变过。

现在，他同每位御光者一起祈祷，几乎相信了奥赫拉姆正在倾听。

萨米拉·萨耶是最后一人。加文想起，她是个相当耐看的女人。即便已经四十岁了，她的皮肤依然近乎完美无瑕；有几道笑纹，但明朗而熠熠生辉；身材修长苗条，亮如夜星的湛蓝双眼同阿泰什人那橄榄色的皮肤形成强烈的视觉反差；还有无可挑剔的衣着打扮。

"我同您兄弟有过一段风月，您知道么。"她说道。

加文僵住了。他知道，他自己，达森，同萨米拉·萨耶没有过那样的过去——只能意味着一件事：她知道了。"有时候男人喜欢假装同旧情人之间什么都没发生过，"加文连忙说道，"尤其当那是个极大的错误时。"

她大笑道："这些年来我经常在想，您是真因为隐藏得好而从未被发现呢，还是本来可以揭穿您的人因为这样那样的原因故意选择无视？"她盯着他，但他沉默以对。"知道么，艾维当时看着您的城墙，说，'我记得加文不是名越识者，他不应该将黄拉克辛做得如此完美。'您知道她接着说了什么吗？她说奥赫拉姆神一定是祝福了您的努力，还说这就是您在履行他意志的证明。然后每个人都在点头。你能相信吗？"

加文感到一阵寒意。

"加文会做出一道最多坚持一个月的城墙然后吹嘘它会永远屹立下去。而你真的造出了一道会永远屹立下去的城墙，却说它大概只能坚持几年。你真是对次品一点也无法忍受啊，是不是，达森？"一个用蓝色御光了二十五年的人会很乐于见到这里面的逻辑：达森是个完美主义者，所以尽管他可以造出有瑕疵的城墙而让自己的伪装更加完美，但此举却并不符合他的个性。

"对。"他平静地道。

"我曾为你兄长而战，为他而杀戮。"萨米拉说。

"我们全都做过许多这样可怕的事。"加文说道。

"我曾由衷地感到被背叛，因为在我们之间发生了那些事之后，你却一点都没有提到我。后来当你打破同凯莉丝的婚约时我感到了一丝希望。但当我最终想通一切时，仍不敢完全确定。加文曾同我们讲过你的事，他说若是你赢得了战争都会做些什么，而你却没有。是你哥哥一直以来都在撒谎，还是你变了？你应该是个怪物才对，达森。"

"我就是个怪物。"

"还是那么油腔滑调。拖着鼻涕的弟弟却有着一张利嘴。我没在开玩笑。"她认真地凝视他许久,又看了看那把并没拔出的净化刀,"你对自己有多了解?"

他回想着这些年已经实现的目标,还有那最终极的目标。"哲学家说,单以个人而论,要么是个圣人,要么是个怪物,"加文说道,"而我不是圣人。"

她再盯着他看了一会儿,那对蓝色双眸中审视的目光深不可测。她笑了。"那么好吧,也许时代在呼唤着一个怪物。"她在他脚边跪了下来,然后他赐予了她祝福。

CHAPTER
— 82 —

奇普的心里一直有一幅画面，有一天自己能以某种方式出人头地。但无论他有过怎样的想法，都绝对不会是眼下这幅景象：受伤的左手费力提着裤子，右手拿着火枪。枪实在太沉了！他的心怦怦作响，偏偏四周逃跑的人每一个都比他快。

他不是很清楚别的地方究竟发生了什么。之前那个大喊说士兵们可以称其为神或是加兰·德雷罗军士长的男人，现在正跑在最前面，催促自己的手下继续前进。放眼望去，奇普只能看到其他士兵的后背。剧烈运动的痛苦几乎令他无暇分心，他唯一注意到的大概就只有那时断时续的汽笛声。起初，奇普对此还没太在意，之后意识到那是流弹呼啸而过的声响，便再无闲心去考虑别的。

不一会儿，城墙终于出现在奇普面前。跑在他前面的人一个接一个从他的视野里消失。这些人纷纷跳进墙边的壕沟，奋力爬向另一边。记得不到一周前，奇普才同这面城墙分别，如今再看到，竟觉得感慨万千。眼前的墙壁上依旧嵌满了藤壶似的贫民窟住宅，格拉多王的手下已然分散在各处，试着将那些矮屋与破旧的避难所当做梯子，一点点向上爬。然而就在奇普扫一眼的工夫里，已经有一栋房子不堪重负摇晃着塌成碎片，砸到墙下的人身上，掀起一阵尘土。

携光者
卷一 光明王

不知是什么又湿又黏的东西在奇普奔跑途中飞溅到他脸上。他转过身,隐约看见一个人从上面掉下来,摔到他旁边——地面上的情况陡然改变。

少年费力地跳进早已干涸的沟渠,一头栽到地上,身体在受伤之前顺势翻滚到一边。一连串动作带起一阵风。受伤的左手又开始作痛,奇普忍不住呻吟起来。他试着调整呼吸,知道自己并不是一个人。眼下,沟渠里已经人满为患,大家瑟缩在里面,不敢上前。

这时,加兰·德雷罗军士长突然又出现在沟渠边上。"起来,你们这群可怜虫!他们设计好角度让我们直接从墙上掉进坑里,你们这群该死的蠢货。快起来!没咽气儿的都给我起来,否则我就亲自把你打到嗝屁!"

一时间,所有人一动未动。

"你不敢。"一个人开口说道。

军士长马上掏出手枪,射向他的肚子。"谁想当下一个?"他尖叫着将另一把枪指向一名扛了个知更鸟蛋蓝色麻袋的人。

"我只是个送信的!"男人哭号。

"现在是战士了。"军士长德雷罗喊回去。要么是他没意识到,要么是他根本就不在乎,子弹像雨点儿一样在他身旁落下,掀起阵阵尘土。"现在,给我往上爬!"

男人扔下自己的麻袋,抓起奇普的火枪,和其他人一起往前跑。

奇普躺在地上,和其他尸体一起被扔在这里。等他缓过气儿来,少年摸了摸自己的脸。瘀血,黑色的血块……他不想再考虑这件事,重要的是现在他总算自由了。至少在下一名长官过来责令沟渠里的人动身以前,他是自由的。

时间不多,奇普必须马上行动。没工夫让他多想或是多等了,就算动不了,他现在也必须行动。军士长说得对,这条沟渠也在火力射程范围内,倘若奇普继续等待,那他随时都有可能丧命。

你想活着看到最后，就必须制定一个好计划。可放眼望去，奇普根本弄不清自己究竟算哪边，该往何处跑。

他抓起邮差的麻袋，甩到肩膀上，接着注意到一辆破碎的货车就停在离墙根稍远的地方。

我是不是刚从那边跑过来？奇普甚至都没注意到。先不管那些，拉车的牛好像已经死了，要不就是在垂死挣扎。奇普立刻跑过去。

少年躲进货车的暗影，在里面遇到另外两个躲在那儿的人。他们瞪大眼睛看着他，一脸惊恐。"走开！"他们大喊。

奇普爬上货车，眺望平原。起初他就只看到一具具死尸，或许有上百个，大部分都没有血，看上去就好像是睡着了趴在那里一样。考虑到军队本身的规模，这应该算不上十分惨重的损失，奇普估摸着。但见到这么多死者，他不敢再往下细想。那些人都已经死了，他本可能也是他们其中之一，现在依然可能。

他抹去眼泪，试着找一些用得上的东西。城墙边上，格拉多王的手下已经分别从几个位置攀上墙顶。三四个地方都在火拼，攻防双方杀得兴起，被彼此以同样的方式扔下城墙，或是擒住制服。墙垛上火枪与手枪射击后产生的黑烟此起彼伏。

奇普左侧是一座不算特别高的小丘，正好在火枪的射程范围外。几百名骑士与御光者聚集在小丘上，准备伺机而动。小丘前方，御光者正在农渠上建造小桥。他这才注意到原来那座桥已经被加里斯顿人毁掉了，这放慢了格拉多王前进的脚步，或许还不止——他们已经停下来讨论下一步对策，而非单纯的驱马进军。

奇普在小丘顶上看到几名骑手和一个看上去可能是格拉多王本人的身影。他一边挥动手臂，一边朝万色之主喊些什么。后者奇普绝对不会弄错，因为在晨光的照射下，他正闪闪发光。

不等奇普意识到自己在做些什么，他已然动身跑起来。一个女人像婴儿似地蜷曲在地上，苦苦呻吟，奇普跑过去抓起她旁边的火枪，

携光者
卷一 光明王

继续向前跑。复仇的时候终于要到了。

奇普还在朝小丘前进，那边的大部队已经开始从山上急行军前行，号角随之响起。就在骑兵们动身的前几秒，格拉多王率先来到城墙下——一个人，正对着母神之门。他是确信自己的手下会在他抵达时打开大门，还是说只是单纯的愚昧无知？

少年爬上小丘半坡，这时他注意到一个熟悉的女人身影。奇普停下来。

凯莉丝·怀特奥克叫住了一位跟在格拉多王身后的骑兵。由于她的出现，男人放慢速度，凯莉丝矫健地跳上马鞍。男人回头似乎在问她问题，接着却被扔下马。一瞬间，奇普看到匕首在反光，但很快便被收入鞘中。凯莉丝夹了一下马肚子，全速追赶格拉多王。她只身一人，依旧戴着眼罩。她不能御光，但那无法阻止她刺杀格拉多王的决心。可即便她成功，结果也是自杀式的。

我发过誓要救她，也发过誓要杀了他。

奇普的骑术很糟，但除了骑马，再没有其他能及时赶过去的办法了。见山顶附近拴了几匹马，他奔了过去。

"……穿过爱神之门。你将不得不游过去。跟那群难民一起。他会——"

奇普绕过帐篷，正好看见那名年轻的御光者赛门跳上一匹马。他刚接到万色之主本人下达的命令。奇普的心差点跳出来，他们离他只有不到二十步远。

"你也需要马吗？"一个声音从他手肘边上传来。

奇普差点吓破胆。他蠢兮兮地眨眨眼，看向马夫。

"干粗活儿的，嗯？"马夫说道。

"信使！"他这才想起来自己正扛着信囊，"给国王送信的！是的！马！我需要一匹马。"

"我早看出来了。"男人说着过去找了一匹足够高的大马。

奇普回头看了一眼万色之主和赛门。不管他们又说了什么，他都听不到了，不过他看见万色之主将一个盒子递给了马上的御光者。

是那个盒子。奇普几乎不敢相信。

那是他的盒子。尺寸一样，形状一样。那是他收到的遗物，唯一一件母亲给过他的东西。现在，赛门拿着它。

赛门朝万色之主微微鞠躬。见他骑着马朝自己绕过来，奇普连忙蹲下身。年轻的御光者朝东飞奔而去。万色之主大步走回山顶，马夫牵来一匹马，帮他骑上去，然后将火枪收到马鞍一侧的套筒里。

奇普又看了一眼，放下心来。万色之主的身影已经消失在小丘上，这又为他重添了勇气。那个人是这场战争的核心，奇普很清楚这点。他应该杀了他。奥赫拉姆神，他居然就这样让机会从指间溜走了。南面，凯莉丝正准备去赴死。东面，阴险的赛门偷走了奇普母亲留给他的唯一遗产。杀死万色之主，阻止战争；杀死赛门，取回匕首；又或是救出凯莉丝，找机会向格拉多王复仇，奇普只能选择其一。

他曾向活着的与死去的人发誓。他咬紧牙关，清楚自己在做错误的决定——但依旧下定了决心。让无辜的人活下来总比让罪孽深重的人死去来得好。加文爱着凯莉丝，他有权重获一次幸福的机会。奇普策马奔向母神之门。

CHAPTER
— 83 —

　　凯莉丝从未参与过如此大规模的全面战争,不过她曾与加文手下的奔狼将军一起目睹过几次。假如生在别的时代,奔狼将军或许会成为备受推崇的伟大领袖。可惜他的对手是柯尔文·戴纳维斯。在三次小规模的武装冲突中,奔狼都输给了那位大胡子天才。不在意这些的话,对凯莉丝而言,他一直是位非常友好的绅士长者。他还曾对她讲过战线崩溃时自己的所见所闻。当然,他总是很忙,没时间与她聊太多。而此时此刻,凯莉丝飞奔下山丘,直冲向战火纷飞的前线,这次她将成为战争中的一分子,而不再像过去那样仅仅是一个旁观者。

　　尽管城墙两侧均有房屋支撑,但凯莉丝可以确定,这份优势很快便将化为泡影——不过仅从眼前的情况来看,城墙还是起到了些许作用。整个墙体如同一面岩屑坡,表面宽阔突起的房屋阻挠了任何企图借助云梯向上攀爬的人。另外,由于房屋年代久远,风化老旧,无从预料的崩塌也令敌人难以从任一位置径直爬上城墙。虽然最后格拉多王的手下会弄清哪些地方结实,以及承重的极限,不过在那之前,倒塌的房屋早已砸死不少士兵,军队的行进速度也被放缓。

　　就在凯莉丝骑马挺进的同时,数名御光者同时出现在墙顶。城墙虽不高,但却很宽,足够让防御部队在上面迅速移动。很显然,那些人注意到格拉多王的骑兵队正在靠近。

红色与薄红色御光者在墙顶通力合作,一个朝下面的进攻队伍投掷黏稠的可燃弹,另一个负责将其点燃。格拉多王立即下令让自己手下的一列御光者上前。蓝色与绿色御光者试着将可燃弹从半空中打向别处,弹回到城墙上。红色御光者则学着他们的样子,将拉克辛球抛向墙上守卫的士兵。不过格拉多的手下技术不到家,不是每次都能及时将拉克辛球点燃。双方的火枪手则拼尽全力,试图除掉对方的御光者。

尽管守城士兵都豁出了性命,可敌人实在是太多了。凯莉丝简直看不到他们能坚守到最后的希望。而且,格拉多王为什么要在这会儿将手下的骑兵队带到这边?紧贴着墙根对他们而言不仅没有任何反击空间,还十分容易成为城墙上蓝色御光者的袭击目标,蓝色御光者可以在锯齿状的墙垛里点燃蓝拉克辛做的匕首,然后朝下丢去。

凯莉丝唯一能做的就是在人群中杀出一条血路——当你骑在马上的时候,这种事并不难——抢一把火枪,尽可能离格拉多王近一些,然后打爆他的头。在这样一场充斥着高温、愤怒、鲜血、混乱与嘈杂的战斗中,想要在所有人没意识到的时候从背后射杀一个人绝非没有可能。

这时,她的身后传来一声惨叫,虽然不知道为什么,但那声音听起来与其他的截然不同。她转过头,不过身体依旧伏在向前跃动的马匹上。十二名镜光骑士骑着高大的战马从她后面追上来。凯莉丝的心脏猛地缩成一团。

看来,想要潜行过去的计划失败了。

她又抓了抓眼前的眼罩。眼角的皮肤已经被撕裂,可她依旧无法将这见鬼的东西扯下来。如果她能够御光,倒还有一丝胜算。凯莉丝强压下心头由红色产生的愤怒,竭力让自己冷静下来。

还剩八十步远时,一排火枪手停下来,开始再次装弹。凯莉丝扫

携光者
卷一 光明王

视人群，看看有没有拿着多余枪弹的人——可惜，那种东西可不会随便被人摆出来。于是，她放缓速度找准时机，在其中一名士兵上好枪膛把枪举上肩膀的瞬间扫过去，一把抢过火枪。

铁拳指挥官经常指责她这套花哨的骑术，因为除了能让黑卫新兵们印象深刻以外，实战的时候根本派不上太大用场。凯莉丝将火枪一把插进马鞍旁的套筒，脑海中瞬间闪过那个大块头男人笑着摇头的模样。她身上穿的这条该死的裙子不仅令她几乎半裸，更限制了她的行动，她可不打算一直这样下去——凯莉丝踢掉脚上的马镫，将手伸到背后，抓住鞍尾，将缰绳固定在马头与马鞍之间，一边让马保持小跑状态，一边侧身下马。过去训练的时候，她用的都是一些质量较好的马鞍，当然她也在更为高大的马上尝试过，并在返回马背的时候差点将自己甩到马鞍另一侧。凯莉丝跃向一侧，又翻身回来，整个过程只花了不到半分钟。她抽出火枪，端至水平，在马慢跑颠簸的同时集中精神，估算从扣动扳机到开火所需要的时间。她瞄准领头的镜光骑士——那人在她身后大约四十步外——然后扣动扳机。

她瞄得极准，时间也恰到好处，但火枪并没有响起。她竖起枪膛，检查里面的情况。没有子弹。子弹掉出去了，或许就在她骑马翻身的时候。真见鬼！

凯莉丝扔掉火枪，翻转双手，回头确认自己是否已经完全下马。老实说，她刚才耍的那招和翻身下马再上马相比可是小巫见大巫，但她做得很漂亮。双脚踏地的同时，勒马向前，借助马头力道两脚一前一后，协力腾空，翻至马上。可惜就在她准备向上跃起的时候，马头被一枚火枪弹打掉了一半，马身整个栽进土里。倘若继续扯着缰绳，她将和马一起摔到地上。于是，松开缰绳的凯莉丝变成了一枚人肉炮弹，起跳的冲力和马突然向前倾倒的拉力让她像猫一样打着转儿飞了出去。她在飞，上下颠倒，仰面朝天。

她在电光石火之间想到：撞上的瞬间向前翻。

然而真正撞上的时候,她根本没时间来思考。好在不管怎样,前面人很多,而且不幸中的万幸,她没碰上什么硬物——没有让自己的头与四肢分家。但最终摔上地面的时候,凯莉丝还是足足缓了好几秒才恢复知觉。

她听见有人在咒骂,不过没心思去管了。凯莉丝看了一眼自己的脚,她正躺在另一个人身上,后者挣扎着想要从她身下爬起来。她刚才肯定撞到了五六名士兵的后背——并把他们都带倒了。其中一个人的腿扭曲成十分可怕的角度,另一个鼻子上全是血,正骂骂咧咧地回头看她。

突然,巨大的爆炸声淹没了那人刚刚的话音。大约六十步外,尘土飞扬。一时间战场上所有人都像被定住一般,战况陡然逆转,令人一时无法理清头绪。

凯莉丝跳起来,差点再次倒下。上涌的眩晕使她无暇顾及其他,只能竭力别让自己摔倒。她迅速检查一遍身体的受伤情况,胳膊、腿上都有不少擦伤,裙子也破烂得不像样,但好在都是皮外伤。她伸手摸了摸眼睛,眼罩依旧完好无损,而且上面还沾了不少血污。这下凯莉丝更难看清东西了。真他妈好。

但既然她已经来到战场上,那眼前的世界自然也小了许多。眼前的画面就像一幅幅破碎的图画,没有哪个是完整的。一名御光者出现在母神之门顶上——蓝之以赛穆?他在这儿做什么?那人通体湛蓝,安如磐石,然后伸展双臂,以极快的速度连续射出一枚枚蓝拉克辛匕首——如此迅雷不及掩耳,令人叹为观止。纵使天才蒙蒙亮,阳光也很微弱,他却已经像一打火枪手一样威力全开——不,是三打。蓝之以赛穆转向哪里,哪里就有一群人倒下。他朝向镜光骑士,刺向镜之盔甲的蓝色刀刃被弹往四面八方,将骑士们周遭的一般士兵尽数扫净。不时还会有几把匕首划破镜之盔甲,或是径直扎进去。

一具尸体倒在凯莉丝面前,头已经不见,借着心脏最后几下搏动,断通处血如泉涌。

火枪的开火声与血液的喷溅声在她耳中浑成一团。生与死在这一刻浑然一体。

墙上的门洞大约只有七步宽,镜光骑士纷纷从那里涌进城内。看样子那里恐怕就是刚刚发生爆炸的地方。

一名红色御光者——格拉多王手下其中一位部下——突然陷入了疯狂。他一边咯咯狞笑,一边朝周遭的人投掷燃烧弹。被溅上的人群惊恐地大叫起来,还有人在求他住手。

一个人从破损的城墙边上摔下来,下落的同时放声惨叫。

墙顶另一侧,一头红铜色的头发在阳光照射下闪闪发亮。凯莉丝屏息凝视。是加文!他依靠在另一个人身上下达指令,那是柯尔文·戴纳维斯。这么说那个男人真的当上将军了,还是在这里?加文轻轻拍了拍柯尔文的肩膀,两人分开站好。

凯莉丝转过身,这才想起之前追赶在自己身后的镜光骑士。太迟了。

领头的那个人离她已经不到二十步。战马穿过火线,士兵叫嚷着让自己人闪到一边,接着抽出宝剑。这时,火线侧面突然爆出一股气浪,将他的部下全部扫平。他单枪匹马,但已经近在咫尺。凯莉丝手无寸铁,甚至无法稳稳站住。

只剩十步。忽然,追捕者似乎从马鞍上跳起来。凯莉丝清楚地看到那人上半身完好无损,这么说他没有被墙上的御光者击中。既然如此,他为什么会从马鞍上滚下来?

有人从后面杀了他。怎么可能?凯莉丝定睛看过去。

是奇普。

奇普?这个年轻人正骑着马全速跟在镜光骑士身后,沿着他们开辟出的道路穿过那些普通的士兵。可他手上根本没拿火枪。

不过,他举着一颗绿色的大球,比他的脑袋还大。他的皮肤呈现绿色,眼神里也带着一丝野性——看起来好像随时会从马鞍上摔下来一样。

少年似乎根本不在意身下的马会径直冲向其他马匹。他举着绿拉克辛球,从后向前用力,那动作就像在扔一个普通的球——典型的新手感知错误,他们总觉得球有重量,所以必须用力丢才可以。奇普将手臂向前一甩,伴随着一声响亮的爆炸声,绿拉克辛球砸上那群镜光骑士。

球砸中一个站在边上的镜光骑士的头盔。镜之铠甲能轻易弹开拉克辛球,但冲击力依然存在。胸甲虽然能抵挡子弹,但里面的身体依旧会被震伤,或许已经折了几根肋骨。那名被砸中的士兵的头咔地扭向一边,被掀翻下马。弹开的拉克辛球又砸中另一名镜光骑士的肩膀,不过没有把他放倒,接着再撞上一名镜光骑士的马。那可怜的畜生头猛地歪到一边,摔倒在地。

球射出的后坐力也将奇普掀翻,绷紧的缰绳几乎将马勒停。他的马接连向后退,竭力不想撞上其他马匹。然而由于骑手摔落,那些马都被吓个够呛,而且还有个绿色的大球在它们头顶飞来飞去,其中一匹为了躲闪,甚至直接改变了前进的方向。两匹疾驰的马撞到一起,瞬间碾折了夹在他们中间的镜光骑士的腿。

两匹马都倒在地上,但眼下,凯莉丝更担心奇普的状况。从少年跌下马开始,她便没再找到他。眼前的士兵汇成河流,推着镜光骑士继续向前,根本没人知道或是关心战况如何。他们只想赶紧走出城墙下的死亡阴霾,尽快进到城里。

凯莉丝从地上抓起一把剑,一头扎入人群。不承想三名骑士已经调头来到离她不远处的地方。她在劫难逃。

一名骑士抽出马鞍旁的火枪打算一枪结果她,这时一道黄光在他头上炸开,掀起一阵粉红色的血雾。凯莉丝可以确定,那绝非出自城墙那边,而是来自相反的方向——从小丘上?可那他妈的究竟是怎么

携光者
卷一 光明王

做到的？火枪弹吗？

她离得还是太远，只能看到两名镜光骑士掏出火枪，瞄准下方。

两枚绿色长矛——太粗了，简直算得上是两根柱子——从骑士手指的方向射出，将两人双双刺穿。第一个人被击中胸口，绿光在镜面胸甲上僵持片刻，之后碎裂、爆炸——不过绿矛还在，将镜面骑士直接掀向空中。另一个就没那么幸运了，长矛击中他的胸甲顶部，被反射开的拉克辛闪出一道道绿光。接着，矛尖向上一划，从下巴往上刺穿他的脑袋。他的头盔被顶起，脑袋像被孩子吹散的蒲公英一样扎得稀碎。

两人都被长矛向空中射出几步远，之后那绿色的拉克辛矛才碎裂溶解，将他们丢到地上。

奇普跳起来，对惨死的士兵毫无怜悯之情。片刻后，凯莉丝赶到那里。少年惊讶地看向她。"奇普，是我。你还认得我吗？我是凯莉丝。"不考虑那令人震惊的潜能，奇普毕竟还是一名新手。对刚开始御光的人来说，颜色对精神与情绪带来的影响往往十分巨大，绿色的野性会令一名御光者变得极为危险。

少年举起一只手，凯莉丝连忙后缩道："奇普，是我，凯莉丝。"尽管墙顶上的战火开始趋于平息，但两人都知道下一波战斗即将打响。

"别动。"他目不转睛地看着她的脸说。奇普伸出一根手指，像要戳进她的眼睛似地轻轻移动指尖。一股热浪迎面袭来。什么？奇普还是薄红御光者？

碰上眼罩的瞬间，上面传来嘶的一声响。他肯定是将温度升到了熔点，因为眼罩随之熔化了。接着，他又熔掉另一个。

就这样，凯莉丝总算又能御光了。

噢，见鬼，没错。

"你说什么？"奇普问。

他在说些什么？"谢谢！"凯莉丝说。

"我说，我们去杀了那个国王。"奇普说着，毫无顾忌地咧嘴笑了。当人被自身所使用的颜色控制时，绿光者往往全然不考虑常识。

凯莉丝看过去，瞧见拉斯克·格拉多正准备走进他们刚刚在墙上炸开的缺口。他手下半数的士兵已经进到城内，眼下正是千载难逢的动手时机——好吧，如果不考虑凯莉丝与奇普正和格拉多剩余大军待在一起的现实的话。

凯莉丝用身边的血泊制出一点红色。红色带来的愤怒让她的身体舒服了不少，那感觉再次令她觉得自己强大起来。"走，我们去杀了那个国王。"她回道。

CHAPTER
— 84 —

"我还没重要到足以登上这种场面。见万色之主走回到自己被绑的地方,丽维心下想到。由于站在制高点,她清楚地看到山下出现一个熟悉的身影。那人从马夫手里牵走一匹大红马,然后骑上去,是奇普。只要他转过身,就一定会看到她。

一时间,丽维竟不确定自己是不是真的希望被他看见。她非常清楚倘若奇普看到她会做出什么样的反应。他冲上山,怎么还扛了一堆见鬼的杂物?但毫无疑问,那人正是奇普。他就是这样的人,一直都是,虽然不是很聪明,但却无比忠诚。

丽维别过头。对奇普而言,上这儿来只有死路一条。果然,少年才稍稍回头看一眼,便立刻在马上摇晃起来。他用力一踢马镫,马匹随即向前奔去,冲劲几乎将他掀了下去。

丽维差点咧嘴笑出来,不过万色之主逐渐逼近的身影很快便将她所有开心的念头一扫而空。见他走近,丽维才发现其实对方并不像从远处看起来那样高。巨大的蓝犄角从他肩膀两侧向外突起,挂在那上面的白袍与白披肩令他看上去比一般人魁梧不少,但实际上,他甚至还没有加文·盖尔高。不过他在发光,仿佛流淌在他体内的不是血液,而是黄色的拉克辛。他的头发被黄拉克辛塑造成一个尖顶的王冠形状，这样太阳照射的时候，就像戴了一顶阳光做的王冠。他的眼前罩了一层五彩斑斓的硬壳，眼下那硬壳正对着她。他在看她。

我还没重要到足以登上这种场面，丽维再次想到。她的脸颊还在抽动，伤口上的血还没有止住。货车引发的爆炸一度夺走她的意识，飞溅的弹片在她身上划出十几道口子。她不知道他们是怎么在那一群尸体中找到她的，也不知道他们为什么要抓她。

"你是怎么到这里来的，奥丽维安娜·戴纳维斯？"

"主要……靠走。"她回道。戴纳维斯，原来是因为这个。他们知道她父亲是敌军的指挥官，而她竟然蠢到将自己送到敌人手上。你干得可真好，丽维。

万色之主的心腹将两人围住：各种类型的碎瞳御光者、士兵、信使，还有几个格拉多王麾下的高官。待在这么一群御光者中间，最后那几个人显然觉得很不自在，更别提旁边还有个万色之主。万色之主举起一把几乎和他一样高的奇怪火枪，将一枚子弹插到枪筒里，然后支到自己面前，瞄准山下战火纷飞的战场。

"要害在那扇绿色的门上。"他说。

"左数第三间屋子？"侦察兵问。

虽然丽维对火枪知之甚少，但她知道像在三百步外完成射击根本不可能。并不是说你想打哪里就打哪里，而是当距离超过一百步时，射中目标已经有运气的成分在里面。尽管如此，万色之主依旧不动声色地深吸一口气，透过薄雾向下看了一眼，扣动扳机。

"位于目标上方三掌宽处，左方一掌宽处。"观察员说道。

万色之主将火枪递给旁边的随从，后者立刻再次为枪上膛。万色之主转头看向丽维："我希望你能加入我们，丽维。我昨晚见过你，你听到了我的话，也能明白。我可以告诉你该怎么办。"

奥赫拉姆神，那时候她曾以为自己和他对视了一眼，但她本以为那是自己的错觉。昨晚有成千上万人在那里聆听讲，他怎么认出她的?

"你爱你的父亲,不是吗,丽维?"

"胜过一切。"她说。他怎么知道她的名字,甚至还有昵称?"他现在多大了?"

"大概四十?"她回道。

"作为御光者来说,已经很大岁数了。如果他不是御光者,绝对可以再多活一个四十年。但作为忠于光明利亚的御光者,他现在就是一条老狗,不是吗?大部分人都活不过四十,好在你父亲还受过训练,体格健朗。"

"远胜于你心里想的。"愤怒涌上丽维的心头。这个对她父亲品头论足的畜生究竟是谁?她决不允许任何人说父亲一句坏话。他是个了不起的人,哪怕他曾犯过错误。

随从将长火枪交回到万色之主手上。后者再次举起枪,用枪身的重量稳住枪把,说:"蓝色御光者,正位于门楼后。"

丽维仔细看了看,惊恐万分。万色之主耐心等待着。那名蓝色御光者躲在城垛后面,不时朝下面的士兵投掷匕首,然后再躲起来。接着,当他再次现身时,万色之主说道:"心脏。"瞬间,火枪鸣响。

鲜血与火光同时乍现,那名御光者的身影也随之消失在丽维的视线之中。"肩膀,左侧,"侦察兵说道,"左方一掌宽处,上方三掌宽处。"

万色之主把火枪交还给侦察兵,礼貌地说了句谢谢。"等到时机成熟,你会告诉他们吗?"他问丽维。

"告诉他们?告诉他们我父亲的事?"丽维犹豫道,"我只会做我该做的事。"

"你需要做什么?你对他们会怎么做很感兴趣,不是吗?但假如你无法及时回到光明利亚,结果将会如何?你会亲手杀了你父亲吗?假如他叫你停手你又该怎么办?假如他求你呢?"

"我父亲才不是那样的懦夫。"

"你在逃避问题。"万色之主的眼睛变为橙色。丽维没见过几次橙色拉克辛，那东西总会让她感到焦躁不安。见她许久没吭声，万色之主继续说道："我非常理解你的感受。当年我在光明利亚独自闯荡的时候，也曾盲目地追随过他们，尽管我还是我。后来我的一个学生打破了瞳晕，我亲手了结了她。她不是第一个因此枉死的御光者，也不是最后一个。但她死后，我才明白自己做错了。可结果已经无法改变。"

"不那么做的话，御光者只会像你一样陷入疯狂。他们会对自己的朋友刀剑相向，会把他们的爱人送向死亡。"

"噢，确实。有时候会这样。一些人无法驾驭自身的力量。有些人看起来一直十分正派，直到你给他们一个奴隶，然后他们便马上变成了暴君，利用权力之便对其又打又骂。力量是一场考验，丽维。所有力量皆是如此。我们不该称其为打破瞳晕，应该说破壳而出。直到孵化那一刻前，你永远都不会知道自己究竟是哪一种小鸟。有些生而丑陋，有些必须被铲除。那是一场悲剧，但不是谋杀。你觉得你父亲难道驾驭不了那么一点多出来的力量吗？伟大的柯尔文·戴纳维斯做不到吗？这样一位了不起的天才御光者难道只能在陈规的束缚下四十而终吗？"

"没你说得那么简单。"丽维回道。

"那假如正如我所说呢？假如光明利亚设立这种畸形制度的目的，就只是为了维持其自身的统治呢？恐吓七大郡，告诉大家只有他们能训练在各地出生的御光者——为了利益，往往都是为了利益——还说只有他们能约束那些发疯的御光者？呵，就靠他们。他们只想借此维护自己的势力，巩固自己的力量，通过将御光者分散到各地来将自己打造成世界的中心。告诉我，丽维，当你身处在光明利亚时，你感受到爱与和平了吗？感受到光明了吗？认为那里真的是奥赫拉姆神的圣城吗?"

"没有。"丽维承认道。她甚至不知道自己究竟为什么要守卫它。光明利亚拥有她所憎恨的一切,那里也污染了接触它的一切,包括丽维自己。她在那儿负债累累。她也无法自欺欺人地告诉自己该与提利亚抗衡。这次跟奇普同行一定程度上也是为了逃避她与阿格莱雅·克拉索斯和卢斯格尔之间的纠缠。

"事实的真相是,丽维,你知道我说的千真万确,你只是害怕承认自己站错队。我很明白。我们都是如此。现在与我们对抗的人里也有许多好人,善良的人!他们都被蒙蔽、欺骗了。恪守谎言是种煎熬,但坦白更让人痛苦。

"看看我现在所作的一切。我在解放一座本属于我们的城市,合情合理。加里斯顿过去就像个妓女,惨遭各大郡轮番蹂躏。这是不对的。都该结束了。既然没人来结束这一切,那么我来。难道说这片土地不该重获自由吗?难道说这里的人民就该为两个并非出生于这里的兄弟奋战至死吗?他们甚至都不在乎这里。人民究竟还要为此牺牲多久?"

"他们不该遭此对待。"丽维说道。
"因为本来就不该这样。"
他再次从随从手上接过长枪。"红色御光者,门楼顶部。头。"
丽维看过去。母神之门前方战火弥漫,很难透过硝烟与闪光的魔法看清具体的情况。但她看到格拉多王的骑兵已经抵达门口,并用火枪朝墙上的人开火。不过他们似乎在等待什么,军队的士气尚未受到任何影响。万色之主的火枪再次咆哮,片刻后门楼上方闪过一道微光。丽维不禁庆幸自己没有目睹整个过程。
"正中要害,万色之主,"观察员说道,"射得真漂亮!"
"退下!我们要单独待一会儿。"小丘顶上的所有人迅速撤出一块空地,只有火枪观察员在万色之主的示意下留下来。万色之主转身看向丽维，脸上没有一丝笑容。"我不喜欢杀害御光者。我恨那样。"他说，"但我此时身不由己。我希望你能加入我们，奥丽维安娜。"

"为什么？为什么是我？我勉强算个双色御光者，既没有力量，也没有影响力。"

他哼了一下。"你准备好回答那个问题了吗？你想变成大人吗，奥丽维安娜？你想知道更残酷的真相吗？那是我在过去十六年洞悉的唯一真理。"

"我准备好了。"她说。

"我需要你，是因为你是一名御光者。对我来说，每一位御光者都弥足珍贵。也因为你是提利亚人，等到我们取得胜利后，这个国家需要有人来稳定民心，但我不是提利亚人。还因为你是柯尔文·戴纳维斯的女儿。"

"我就知道！"她啐了一口。

"听我说，你这个白痴！听我说完，不然你将什么都不是。"

这句话立刻让丽维住了嘴。

"作为柯尔文的女儿，我希望你能有你父亲一半的智慧。若能如此，你将成为一位强大的助手。我需要聪明的领导者。但我不会对你说谎。我希望你的到来能将你父亲从光明利亚的束缚中解救出来。我怀疑他之所以会听令于光明王，是因为你被挟持做了人质。如果这个猜测属实，那么柯尔文也会投靠到我们这边，这样我们这里便多了一个能够阻止战局扩大的将军。这就是你父亲本身蕴含的力量。在战场上，人们甚至不想与他交锋。光明王之战期间，他的敌人通常会用小望远镜观察正在指挥战斗的将军是哪位，如果是你父亲，他们便会立即撤退，选择改日再战。你父亲就是这样出色。如果他为我而战，除非我是傻子，否则我绝不会让他受到冷落。如果你认为我是在游说你，那你猜对了。我就是在利用你。你很重要。光明利亚也在利用你。确切地说，已经在利用了。成熟点，认清现实。我要说的话就这些,句句属实。我的坦诚也为你提供了一个机会,而且比他们给的要好上许多。"他的眼睛充满了螺旋状的橙色与红色,看上去简直像火焰一样。

他说得对。那都是真话。如果他说的千真万确,如果这一切都是真的,她该怎么办?

"格拉多王屠杀了我们整个镇子。"

"是的。他甚至还带了几个我手下的御光者去帮忙。"

丽维本以为他会隐瞒,会找借口推辞。"那你还让我效忠于他?"

万色之主放低声音:"国王都活不长久,尤其是那些莽撞的。"

一声巨响在门楼左侧的城墙上炸开。其威力之巨大甚至将不少正在颤抖的士兵掀翻在地,不少人都从墙上摔了下来。但随着烟雾逐渐退去,丽维意识到爆炸点肯定是在墙对面——光是她视野所及之处损伤情况就十分惨重,好几排房子彻底消失得无影无踪。骑兵队里传来一阵欢呼声,接着尘埃落地,一道裂缝在城墙上缓缓出现。

"你瞧,加里斯顿的人民在与我们里应外合。他们渴望自由。"

但丽维早已听不到他的话。她刚在战场上看到有什么人穿过浓烟。是奇普。而且不只是奇普。奇普和凯莉丝都在战场上。一时间,丽维弄不明白了,奇普和凯莉丝都投靠另一边了吗?他们在为解放加里斯顿而战?接着她注意到他们前进的方向,那条路直通向格拉多王。

格拉多王扫平了莱克顿,杀死了莉娜,奇普对他恨之入骨。

另一边,六名镜光骑士紧跟在奇普与凯莉丝身后。"我对你而言大概有多少价值?"丽维问。

"我已经告诉你了。"

"现在我是你的人了,不过有一个条件。"

万色之主的眼中旋转的红色变成了橙色与蓝色。

"救下我的朋友。他,还有她。被镜光骑士追赶的那两个人。"她指过去。

万色之主立即召唤随从,那人马上提着长火枪跑过来。"你想让我牺牲几个手下只为赢得一个你,"万色之主说道,"你的算盘打得也太——"

"有大人样。"丽维厉声回道。

"而且着实让人难以抉择。但我不是那种用交易换取忠诚的人,我会尽我所能救下你的朋友。不过是作为礼物,无关你的决定。"他将火枪瞄准下方,扣动扳机,一名刚骑到凯莉丝面前的镜光骑士瞬间被打得血肉模糊。万色之主放下火枪再次装弹。

"所以,将你的小算盘扔掉,丽维,现在告诉我,你愿为我效劳吗?为我,还是光明利亚?"

只忠于一,仅此一人。

这不是一个好选择。这里也没有好人。她想去做正确的事情,结果却成为恩人身边的间谍。光明利亚甚至腐蚀了人与人之间的关爱。所有她认识的人都说万色之主是个怪物,但所有她认识的人都被光明利亚腐蚀了。或许万色之主并不完美,但加文也是如此。这里仅有的无辜的人就只有提利亚的百姓,他们有权重获自由。如果丽维不得不去战斗,那她也绝不会为统治者而战。只忠于一?身为戴纳维斯家的人就不得不选择自己将要效忠的对象吗?那就这样吧!

丽维深吸一口气,摆出提利亚女性最正式的屈膝礼。"万色之主,"她说着迎上他的目光,"我是您的仆从。我可以为您效劳吗?"

CHAPTER
— 85 —

"叛徒!"奇普听见一个女人的声音。他突然扭头朝向凯莉丝,凯莉丝正朝死去的镜光骑士吐唾沫,那样子专横又傲慢。

她这是在做什么呢?

凯莉丝抓起火枪和火药筒开始重新装弹,仿佛她自己只是一名战士。奇普看了看周围士兵的表情才终于弄懂,那些人刚刚见识到奇普与镜光骑士厮杀的场景,弄不清楚双方各自为谁而战,也不知自己是否该拦阻这两个人。这些小兵们貌似跟丢了所有的将领——这不足为奇,因为城墙上的守城士兵会首先杀掉将领,这可能也是奇普和凯莉丝仍然还幸存的唯一原因。

"好啊!你是御光者?"她说着已经装完了弹药。她无论做什么事情速度都那样快。她的皮肤如血一般红,眼睛上也不再佩戴阻止提取的紫色眼罩。等等,他做了什么?奇普浑身颤抖,感觉像是被掏空了一般。但凯莉丝的诈唬还是起了效。士兵们转身继续投入战斗,打消了拦阻这凶女人的意图。

她是在和自己说话。

干得好,真是个天才,瞧瞧,刚才就是你提取了两根巨大的长矛,并用它们刺穿了两个镜光骑士。

奇普看看自己杀死的人。这不是真的。其中一人胸口上有个和奇普拳头一般大小的三角形窟窿。另外一个人脑袋粉碎,血泊中露出茬茬白骨,那画面令人不忍直视。

"奇普,我想要你再多提炼些绿色拉克辛,虽然对你这样的新手来说,这不是个好主意,但是我需要你协助我。"凯莉丝小声说。

他盯着地上被那头颅污染的地方。士兵们直接从那脑髓和头骨上踏过走向城门,这一来就给这两位御光者提供了更多的空间,比奇普杀死两个骑士腾出的还要多。

"奇普!"凯莉丝重重拍了他一下,"等会儿再哭。现在坚强点。"她绿宝石般的眼睛里燃烧出钻石般的红光。她一边骂着,一边搜寻着,似乎是在找什么东西,接着几丝绿光从她眼中照到指尖,穿透了她苍白皮肤上沾染的大量红色,她从手掌里提取出一些小东西。

是护目镜。整个由绿色拉克辛组成的护目镜。她将护目镜戴在奇普脸上,调整好位置,然后封印起来,自己走去一旁。"现在开始提炼吧!"她命令道。

奇普仿佛变成了海绵,感觉就像是大热天外出,他闭上眼睛沉浸在热浪之中。眼前的所有东西都成了浅色,住家和商店都被阳光漂白了,每一个物体都在向他释放魔力。他沉浸其中,感受那强大的力量,感觉无拘无束。那只烧伤的手也停止了颤抖。

他加入人潮随着士兵一起走向城墙缺口。墙头齐射的火枪都停下了,晨光变得耀眼,明亮活泼的光线慢慢穿透晨雾,很快就要热起来了。

在那人潮中,当他静止不动时,人们注意到他是个御光者,立马像是见到一块巨大的砾石般绕道走开;而一旦融入人潮,他就和其余所有人一样被推推搡搡。到了城墙附近,队伍挤得越发紧了,士兵们使劲地挤来挤去。随着队伍密度越来越大,压力也越来越大,奇普开始反抗。他无法确定自己有多躁动,也不知道那绿色拉克辛对自己产生了多大影响,但他知道,行动比烦躁有用得多。

随着人潮与战马和盔甲士兵汇聚到一处——虽然格拉多王的军队只有少数人穿有盔甲和军装,但那些士兵坚持要第一批进城——奇普看不见格拉多王了。凯莉丝溜到他前面的队伍去了,她利用身材苗条的优势在行列间见缝插针地推进。奇普很快连她的影子也看不见了。人们在城墙下越挤越紧,他能做的就是站稳自己。

"你!"有人叫了起来。

奇普抬头。原来是十步开外的地方有个人骑在马上正打量着他。奇普想不起这人是谁。

"你!"那将领又喊道,"你不是我们的人!"

起初,奇普完全不记得那人是谁。他想或许是他喷射火焰之后,和赛门一起押送他的一个士兵吧。但也只是胡猜而已。不幸的是,他猜错了。那人认出了他。

那官员拽住火枪,想要从鞍形袖中抽出来,但两边各有战马,他被卡在中间。

"奸细!叛徒!"那官员指着奇普大吼,"他的衣服没有袖子!他不是我们的人!杀人犯!奸细!那个绿色御光者是个奸细!"

奇普被推至城墙缺口的瓦砾堆上,被推到了高处,这下所有的人能看见他了。

那官员最终还是抽出自己的火枪,狠命踢马想跟上奇普。

奇普转身看那人,不相信他会冲着自己的同胞队伍开枪,少年举起双手想提取些什么东西,任何东西都好。他在瓦砾堆上滑了一下,汹涌的人潮有些被推远,有些挤上前来,他越发站立不稳,在瓦砾堆上滑了一下。人群太密集,他还不至于立刻跌倒,但那也是迟早的事。

城墙的裂口将众人像呕吐物一样喷射进了加里斯顿。奇普倒在地上翻滚。

有人踩上了他烧伤的左手，他大叫出声。一只只脚踩在他腰上，有人在他身上绊倒，有人踩上他的肚子，有人踢到了他的脑袋。奇普翻滚着，从那小小的瓦砾堆滚落，他想要站起身来，却挨了火枪托的重重一击。他仰面倒下，脑子里嗡嗡作响，左手疼得如同火燎，眼睛无法聚焦。虽非有意，但他还是像个乌龟般瑟缩起身子，就像从前海丽尔夫人要杀他时的反应一样——然后他再一次地准备像乌龟一样缩在壳里躲避过去。

仿佛全世界都知晓奇普会采取这种懦弱的方式，因此协力将他带到这里。

接下来奇普意识到，四面八方都是人，他们不停地踢打。有人想用火枪托砸他，但周围人挤得实在太紧，因此只感觉到腿上挨了几下。如果是在过去，他一定早已滚成一团抱着肚子，将头埋在双手之中，蜷成一个球等待芮米尔炫耀够了，玩腻了这游戏扬长而去。但在这里，那样做无异于等死。

你希望我躺下来挨鞭子抽吗？

是的，奇普。你就是那样的人。

你希望我躺下来等死吗？

接受现实吧，奇普，你根本不是个合格的战士，在紧要关头你根本就不是。你怎么不蜷成一团告饶呢？

他内心有一部分希望凯莉丝来救他。凯莉丝是战士，是武士，是御光者。她敏捷果敢，聪明且十分擅长魔法和打斗。

人群发了狂，咆哮着失去了一切人性，变成了一头野兽。奇普痛恨这场景。当有人想要践踏他时，他闪避逃脱。他看到一张张恶狠狠的脸，一张张咆哮的嘴巴，那些面容因仇恨而扭曲成一团。

他内心另外一部分希望是铁腕来救他。之前铁腕曾突然间不知从哪儿冒了出来，两次救了他的命。铁腕块头很大，看上去强壮又吓人，但作为一个护卫，他又能如同钢铁般岿然不动。

还有一部分希望丽维来救他。为什么不呢？当海丽尔夫人欲行刺他时，最后关头就是丽维救了他。

最后一部分是加文。要是连自己的私生子都救不了，那光明王陛下还有什么可称赞的呢。他一定就在附近，就在某个地方。他一定知道城墙已经被攻破了。现在他一定正在匆忙赶来的途中。

腰部被踢了一脚，疼痛涌至全身。他一个趔趄，又是一拳揍在脸上。他的头撞在石头上，鲜血从鼻子中喷涌出来染红了嘴唇和下巴。

谁也没有来。就像八岁时因抱怨、唠叨或别的什么原因被母亲锁在碗柜里那时一样，他甚至不记得自己做了什么错事，只有母亲脸上憎恶的表情历历在目。她那样鄙视他，将汤倒在他身上然后就锁上门出门找乐去了，把他忘得一干二净。因为他一无是处。

一天之后，老鼠成群结队而来，有一只老鼠因为舔舐他脖子上干掉的汤汁把他弄醒了。它的小爪子抓进他的胸膛，竟然尖利得吓人。他大叫着跳起来扑打。他喊啊喊啊，但谁也没听见。那只老鼠立刻逃走了，但在黑暗中，更多鼠群赶来。它们钻进他的头发，啃噬他裸露的脚趾，顺着他的裤腿往上爬。到处都是老鼠，几十只，几百只那么多，他只能数到这个数字。他叫喊着，直到喉咙破了，他又扑又打，最后手都流血了，膝盖也因碗柜里塞满的旧盒子而撞伤，但是谁也没有来。

第三天早上，母亲看到他时，他正蜷缩成一团，脑袋抱在手臂中呜咽。他的样子像是脱了水，脑袋上、肩膀上、背上和腿上到处都是长长的血痕，老鼠盖在他身上，就像一张斗篷。十几只老鼠死了，但活着的更多。她目光呆滞地给奇普递了些水，吝啬地拿出最后一点劣质柠檬汁帮他擦洗伤口，接着又麻木地出去找了些药水来。整个过程里，她一个字也没有讲。第二天，奇普看到母亲，虽然肩膀、脊背和屁股上仍有老鼠啃噬的伤口，但她却像什么都不记得了一样。

谁也没有来，奇普。又是一脚。你总会迎来失望。又是一脚。等来失败。踢吧。你什么事都做不好。踢吧。

"够了！够了！"有人喊起来。那将领终于端着火枪挤进人群。"后退！"他喊道。

他举起火枪对准奇普脑袋。我能做些什么呢？提取些绿色拉克辛小球？好的。

奇普提取了一个绿色小球，向上塞进火枪大张的枪口，并发挥意志力想让它留在里面。

那将领扣动扳机，片刻之后，火枪在他手中爆裂成碎片，飞溅的黑火药点燃了他的胡子。他尖叫着后退。

"杀了他！"有人在喊。

奇普看见四周的人都抽出刺刀，阳光在刀刃上闪烁。他大笑。因为自己还是有些长处的。

他擅长接受惩罚。他就是只乌龟，或者是头熊，一头乌龟熊。奥赫拉姆神啊，他是个白痴。他又笑起来，双手拍打着肩膀倒在地上。绿色拉克辛喷射而出，将他包裹起来，就像他之前在莱克顿看见的绿色破光魔的情景一样。

奇普看到有把刺刀伸下来，刺入他手臂上的绿色拉克辛之中。切口有两根手指宽，但拉克辛要厚得多。刺刀停住了，像劈入木头中的斧子一样摇颤。奇普翻过身，从物体表面吸取更多绿色光芒。他甚至自己也不知道是怎么做到的，只是吸取，吸取，从奥赫拉姆神的无尽供给中提取更多光芒。

填满他的还有那与之同步增长的野性。那被禁锢住，受到束缚，被困住的野性。覆盖在他身上的拉克辛越来越厚，奇普并拢双脚站起身咆哮。

他发狂了。他发狂了，感觉棒极了。他砸碎一条绿色手臂，刺进一个手握刺刀双目圆瞪的士兵。那人被向后推去。奇普停了几秒，绿色盔甲里到处都伸出尖矛。他前奔后撞，砸向人群，仿佛他们就是压垮碗柜板壁的老鼠。

血液飞溅如同红色的绳索。奇普不再是人,他变成了野兽,不愿再受囚禁。他成了一条疯狗。他有些模糊地想着,自己穿着这么重的盔甲,不可能动作如此敏捷啊。他虽强壮,但还没强壮到那种程度。对小圈子之外的战役,他丝毫没有察觉。

奇普左右灵活移动,刺刀的光芒和高举的火枪在击中目标之前就被他撞碎——但就连这些场景都很模糊。他一腔怒火连劈带砍,脑海中只有一个念头:不能停下。

片刻之后——也许过了几个小时,奇普已经失去了时间意识——他看见人们的眼里全是恐惧。人群竞相从城墙缺口拥出,身后有数不清的人狠命向前推,推向奇普身边,但奇普使得人潮放缓了速度,人们一看到他就迅速回撤,还有一些则向两边逃去,希望能躲过他的怒火。

这些人的懦弱让他更加火冒三丈。就像老鼠喜欢在黑暗中啃噬而见光就逃一样,他们都是孬种。奇普朝他们猛击,砸碎他们的头颅,撕碎他们的肚子。当人群再无处可逃,他就冲上前去将之刺穿,鲜血四溅。

脑海中一个念头闪过。周围一片鬼哭狼嚎,到处都是恐慌的人群,四下一片混乱,在火枪开火声和武器的咔嚓声中,有人在喊:"奇普!奇普!格拉多王!在那边!"

奇普看不见是谁在喊。他伸展躯体,发现自己高出他人许多,拉克辛在他脚下翻涌,将他抬高了几手掌宽的高度。他望向城里,看见凯莉丝,皮肤上红绿交织,拿着一把剑牢牢指向城内深处。

在那里,格拉多王正把镜光骑士聚集到周围。他们在穿越城墙缺口时走散了,现在他又把他们聚在一起。他大吼着发号施令,看起来因为什么事而勃然大怒。他没看见奇普。

奇普甚至还不知道自己在做什么就冲上前去,他集中所有的意志，信念坚不可摧。

他脑海中只有一个念头：格拉多王必须为他的所作所为付出代价。他必须死。

CHAPTER
— 86 —

加文听到爆炸声时，立刻就反应过来那是什么。他之前在码头借用第一缕晨光造出一批疏散难民的船只，而后便一路往回走，现已快到达城墙。如果人们能够保持理智的话，全部疏散是有可能的。加文吩咐过城里的长老们，贵族、锻造师和药剂师都可各带三只箱子，富商可带两只，其他人就只能随身带一些物品。

这是一个简单而艰难的道理：这些逃离的提利亚人需要药品，而加文也不想留下盔甲武器，让格拉多王利用来武装自己的军队，进而扩大侵略范围。尽管如此，差别待遇仍让加文感到如鲠在喉。富人们会把他们的财富带出城外，那些财富如果留在城里，同样将会被格拉多王收入囊中，再被用来继续杀人。如果人们完全听命行事，船只仍会有充足的空间容纳每个想要逃走的人。

当然，除非所有人都在徇私。所有人。贵族们带了六只箱子，富商带了五只，其他人要么谎称是锻造师，要么是药剂师。

加文将此处交给本地的一名行会头目负责后，就去制造驳船了，但当他回来时，却发现那人让自己的行会成员都带了额外的行李。加文花了五秒在码头一侧造起了一面脚手架，然后花了十秒把那人吊上去勒死，在那人咽气之前，又安排了另一人负责。

"尽量做出果断公正的决策，"加文告诉他的负责人，一名眉头深锁满脸麻子的制桶工人，"你就是我的代言人，即使做出了错误的决断也是一样。你若是敢收一次贿赂，我就会多花些时间让你死得比刚才那人还难看。"说完他便离开了，他可没时间在这磨蹭。

听到爆炸声时，他正在墙根处，这种情况正是他一直担心的，也是他当初要建造水光之墙的原因。因为那些紧紧倚靠城市内墙而建的住宅和店铺，抵御墙外的敌人已经十分困难，对付城内的敌人更是痴心妄想。他们可能会给任何一家店铺几桶黑火药，在墙下挖出一段地道，然后将其引燃。这一切完全可以做得神不知鬼不觉——不只是可以，而是已经这样做了。

加文将鞋踏上马镫，黑卫们紧随其后，不过一行人并没有前往城墙缺口。当然，在城墙上开出个洞是种战果，但会立刻引来守军，而且那缺口也可能并没大到能容纳军队通过，反而有可能会成为一处瓶颈，一处杀戮场，所以最好利用城墙上的缺口分散对方注意力，再去别处突破另一座城门。

加文将几名通信兵派往巫神之门，自己则直奔爱神之门。在城墙上，他遇到了柯尔文·戴纳维斯将军同他的卫队。毫无疑问，柯尔文要亲自去城墙缺口处指挥守军。

柯尔文顿住脚步匆匆道："对方的御光者和破光魔还在按兵不动，我不知道原因。但是，如果我们在接下来的二十分钟里再丢掉一座城门，就无法坚持到中午。"这就是柯尔文，将至关重要的信息精简到最极致。

"如果城墙倒塌，"加文说道，"中午前一小时去船上会合。"

柯尔文点了点头。要拼上性命。加文拍了拍他的肩膀，然后将军便离开了。

加文在城门上俯瞰着城外密密麻麻的军队。虽然墙上几乎已没有人在向侵略者射击，但敌军依然像一头失明的巨兽向前推进着，那漆黑的指尖朝着城墙抓来。

许多墙外的住宅在短短几小时内就被夷为平地，而那些依然完好的被敌军当作最有利的攀爬踏板，至少有五六处都有小拨敌军缓缓爬上了城墙，同零星的守军打了起来。

更远处，格拉多王的人正在安装迫击炮。太晚了，真的。现在炮轰这座城根本毫无意义，而且这样做很可能会两败俱伤。尽管如此，他们还是在给迫击炮填充炮弹。加文发现，很多人都希望能在战斗中自保，但又希望能够说出自己也有参与其间。那些蠢货会发射几轮炮弹，过后再吹嘘自己是如何扭转局势的。

很高兴看到格拉多国王的军队也存在着纪律问题。

还有，那国王哪去了？

从城门的最高点回头望进城内，加文透过烟雾窥探着他的踪迹。格拉多王已经亲自攻入城中。真是个蠢货！的确，加文曾不止一次做过同样的事情，但没几个人配备的武器像他一样。加文在战场上的存在意义并非单单只是提高士气。格拉多王正在带头冲锋，由大概上百名镜光骑士簇拥着。加文发现他时，看到他正在对一名通信兵大吼大叫，气得直跺脚。

他想要他的御光者们上阵。

为什么他们还没上阵？

加文来到母神之矛前面，望向约五百步之外的山丘，山顶有几面军旗和一群人。他变出两枚镜片，为了正确对焦而调节着两者间的距离，仔细审视着踩在低低烟雾中的身影。一个五颜六色的男人正举起火枪，枪口正对着加文。真是愚蠢至极，没有火枪能射得这么——

那支火枪射出一发炮弹——从那片黑烟看来威力无比。当然，战场上声音太大，加文无法听到那发炮弹射击的声音。其中一架迫击炮发射了。加文继续观察着那个人，他用御光术将两枚镜片固定在一起，保持焦距。那是名多色御光者，从他那身受御光影响的肤色来看,也可能是名全色御光者,要么就是装作一名全色御光者。奇怪的是,那人也正在打量加文。

围绕在万色之主周围的,并非只有普通的将军同身边的鹰犬,还有几十名御光者。他们显然暂时不打算做出任何举动。

有人将一把火枪递给万色之主,他接了过来,迅速地瞄准射击。一秒之后,有东西击中了母神之矛,在加文头上两步之处炸开,一大块岩石从上面滚落下来。拉克辛炮弹?从五百步以外射过来?黑卫们扑上来将他拉离母神之矛时,加文依然在思考这个问题。

万色之主想要格拉多王死掉。如此简单明了,如此胆大妄为。他甚至还可能在水光之墙怂恿过格拉多王,挑唆他去做守护圣使,让这年轻的国王带军打头冲锋,希望他借此丢掉性命。

如果敌人想达成一件事,就要去阻止。

加文变出一小张黄拉克辛板,上面写着:"活捉格拉多王,不惜一切代价。"他在上面用蓝拉克辛和黄拉克辛液体盖住,朝着记忆中柯尔文所去的小路扔了出去。

但直觉告诉加文,当守军的主力都集中在这处时,敌军的主攻之处会在其他地方。"去巫神之门!"他对黑卫们说,"全速前进!"

CHAPTER
— 87 —

一个人倒在地上,腹部血流不止。凯莉丝从他那里抢来一把剑。她不知道这个人为哪一方而战,也不在乎。城内到处充斥着火药味,污水味以及人身上的汗味,那股恶臭简直钻进皮革盔甲便再也出不来。她一边跑,一边提炼出一股细细的绿色拉克辛将剑包裹起来,然后又在其上封印了一层红色拉克辛。

整个地区大街小巷乱成一团,建筑杂乱地倒成一片,仿佛是想让街坊邻居出入不便似的。想要笔直看清前方早变成不可能的事,但好消息是格拉多王也没法在这里集结人马。

坏消息是——哦,该死!凯莉丝绕过街角,差点撞上一群镜光骑士。那些人迷了路,在查验各条小巷,似乎要为该走哪条争辩起来。凯莉丝撞进去的时候,谁都没反应过来。她整个人都压在个子最小那人身上,绊上对方的脚。凯莉丝一面竭力想要站起来,一面想着摆脱那人的脚。她翻个身,用剑划出一道红色的弧线。

第二个镜光骑士拔剑防卫,动作太慢了,已无法抵挡。凯莉丝的剑刃擦过他的颈甲边缘,正中脖颈,虽刺得不深,但已经足够。红色拉克辛溅出盔甲之外,凯莉丝拔出剑,鲜血四溅。那骑士又站了一会儿,但对凯莉丝而言,那人已经死了。

在撞倒第一个和刺死第二个之间,凯莉丝忽视了最后一个镜光骑士。她转身躲闪,右高左低,同时反握双剑格挡。如果不是这一闪身,那一剑早就刺破了她虚弱的右手防御。不幸的是,她的剑刃刺进了自己的肩膀。她不确定自己是否刺中敌人——什么样的蠢货会不穿盔甲上战场呢?

她起身砍杀,但那镜光骑士挡住了这波攻势。她瞪大双眼,一道红色光芒由下至上将两人包裹。镜光骑士的剑将她的剑击出火花来,点燃红色拉克辛——不只是她剑上的那些,两剑相击之处,镜光骑士的剑也擦出红色拉克辛,那些火花将他剑上的也点燃了。这些火焰本是她准备留作后手的,但现在也相当有用。

凯莉丝转动右手,剑刃迅速划出一道弧线,接着左手一剑刺中镜光骑士的脸。

既然你打算穿上沉重的盔甲,那就永远别在战场上打开面甲。

她将那骑士从刀刃上踢开,一串破碎的牙齿与鲜血随之喷出。又一个转身,凯莉丝看见之前被撞倒的骑士正手脚并用爬向自己的剑,但在他马上要够到时,凯莉丝一脚踩住他的手,然后一剑刺透他的镜光盔甲。要刺穿那甲片需要花很大力气,但凯莉丝早已跟随黑卫训练几百次,他们所训练的刺客能够对付各种障碍,包括镜光盔甲。

再次拔起剑,她立即用其中一个骑士的斗篷擦掉剑上最后一道红色拉克辛火焰,然后重新封印。稍有不慎,她便可能连自己一并点燃。她坚韧地从一个死人身边站起身,几乎要颤抖起来。

现在自己到底在哪儿?奇普又去哪儿了?

凯莉丝以为自己抄了近道。她知道城南有个集市,自己应该知道大致方位。之前派奇普去跟踪格拉多王希望他能搞些破坏,这样自己就能绕道其后将他杀掉,说不定那是个糟糕的选择。奥赫拉姆神啊,她抛弃了奇普,那个小御光者。

她能帮他的本来就不多。在光明利亚,奇普刚才那样被称作"绿甲魔人"。他们曾经将那种技能作为一种战争魔法来教授,但现在已经被禁止了。

要化身绿甲魔人有三个问题。首先,不能封印绿色拉克辛。如果你封印了,就将无法动弹。因此有些御光者会绕过这一关,改用大块的封印甲片,只在接合处用开放的绿色拉克辛支撑。但奇普的做法更难,他要把持住所有魔力,那需要高度集中的精神,这样盔甲会变得和他的意志一般坚硬。如果有人打断他的注意力,盔甲便会立即消失;第二,动用那么大数量的绿色拉克辛,御光者很快就会筋疲力竭。在伪光明王之战中,凯莉丝曾听说过,在化身绿甲魔人三四次之后,绿色御光者的瞳晕破裂了;第三,你得像公牛般强壮。那服装——盔甲,魔甲,不管叫什么——很重。对于御光者来说,并不只是因为意志力加重了重量,而是因为他们还必须移动大量的拉克辛。在腿上使用开放式的绿色意味着,娴熟的使用者可以进行大幅度的跳跃动作,可一旦动起来就几乎无法停下。

这一切都表明,奇普很可能已经害死了自己。是凯莉丝抛下了他。该死的。什么样的女人会抛下一个孩子?

凯莉丝在阴影中仔细查看了太阳的方位。太阳仍然很低,一条条街巷都隐没在阴影和迷雾之中。她抬起头,被那幅景象所吓倒了。屋顶从雾中探出,如同远处刺破云海的陡直山顶。这时她看见了标志撤退的照明弹。那颜色应该是加文或黑卫们使用的,她清楚加文现在使用那光芒的目的,但要撤退到哪里去呢?

码头。他们知道城市就要失守了,他们只是想要尽可能地重创格拉多王。凯莉丝已经没有足够时间来确定那样的重创是否致命。

她冲进一所空屋——她很确定,这里所有的房屋都已空了——匆忙跳过团团鸡粪,绕过几只狗和一头瘦骨嶙峋的母牛——许多人趁夜将家畜都牵进家里,既为了安全也为让房屋增添些暖意——她找到楼梯,冲上这家的卧室,里面都急匆匆腾空了,幸好她迅速找到通往屋顶的梯子。

　　加里斯顿人的方形矮屋顶上都有这样的平台。对大多数家庭来说，这样的屋顶就是第三间房屋。在漫长炎热的夏夜，这里是纳凉的最佳去处，也是普通人唯一能瞥见碧穹海的地方。这里的建筑虽挨得很近，但并不完全一样，不是所有的房屋都是三层，甚至层高也都不一样。

　　然而登上屋顶那一刻，凯莉丝还是为眼前美丽的场景震慑了。一座座雪白的屋顶，或呈小小的四方形，或呈矩形，都在阳光下闪着光。雾气在四面翻卷，教堂和少数大楼就像挺出云海的山峦，洞石宫殿主导着这一切。南面的远处能看见水光之墙，它就像一条金色的腰带环绕整座城市。近一点的城墙上冒出黑烟，那是城门处魔法的光芒。

　　凯莉丝将那美景放在一边，开始寻找自己一直在找的集市。在迷雾中，她无法肯定自己的猜测是否正确。

　　这一次你已经赌上奇普的性命，还是看看是否值得为好。

　　凯莉丝一边咒骂自己是个蠢货，一边制出一个绿色束带。将两把剑都插进背上的剑鞘，把箭袋和弓插进束带费了点时间，于是她开始咒骂衣服上缠得很紧的烂袖子，咒骂自己强健的肩膀，然后撕掉袖子。她吸口气，全速冲向屋顶边缘，纵身一跃。

　　这里的房屋都挨得很近，跳起来很轻松，有些房屋之间甚至还搭有木板以供邻里之间相互串门。只要不过街，在屋顶上穿行轻而易举。她全速冲刺。进了一条街了，然后过了一个街区，马上就到集市了。这时她来到一个更宽的缺口前。要过街了，她四下检视一番。

　　那边！街那边有个屋顶很低，凯莉丝转向左边一跃，从三四十个镜光骑士头顶越过。她跳上那矮屋顶了，微微一晃重新站稳，然后再次起跳——跳往更高的屋顶。她一脚踏上一座屋顶，接着向上发力，想要跳得再高一点，同时又不会阻碍向前的冲力。身体弹了出去，但距离不够远，只有半个身子落在那雪白的灰泥平台屋顶上。开始下滑了，她向上攀爬，想要找到着力点。

指尖总算够到那开始碎裂的肮脏灰泥屋顶了。她横向摆动，由于灰泥崩落，一只手失去了着力点。这一次，她紧紧抓住屋顶一处干净的凸起，身体荡回原处。脚够到屋顶边缘，衣服上撕裂的口子更大了。她迅速将自己拉上屋顶，因为其余部分随时可能塌落。

没有时间为幸运欢呼了。凯莉丝一边检查背上的两把剑和弓是否还在，一边打量了一眼二十英尺之下那坑坑洼洼的地面——如果掉下去至少会摔断一条腿。然后，她又开始冲刺。她跳上一块能俯瞰集市的屋顶，停在那里。格拉多王来了，还有几百名镜光骑士和一些御光者——随之而来的还有奇普。确实是他没错。

看我来将他们搅得稀烂吧。

凯莉丝笑了。

CHAPTER
— 88 —

奇普在燃烧。有人将他封禁在点燃的红色拉克辛中。

但这并不能拦阻他。他将包裹住自己的绿色拉克辛加厚,这样红色拉克辛就无法烧进去。那些燃烧的胶状物一直黏着在绿色拉克辛上,他没法从脸上揉掉,它们黏的位置很刁钻,难以去除。但他可以移动绿色拉克辛,于是他把它们往外翻,直到眼前干净为止,总算又能看见东西了。接着他用同样的方法把胶状物翻到手臂和肩膀,然后到腰。他的轮廓就这样在火光中剥落出来。整个过程只用片刻工夫。他将构想用拉克辛付诸实践,或者说得更准确点,他启动意志力,事情就发生了。

体内的狂野之力如此猛烈,奇普想要离开城市,逃之夭夭,但他不能允许自己做出那样的行为。他驾驭得住那狂野的力量。那力量将效力于他、帮他摧毁那个手执鞭子和皮带的人。那人想控制奇普,那就是格拉多王。

奇普不知道自己走的方向是否正确,但他一直紧跟着格拉多王的士兵。他自己则像烽火一般,在清晨的迷雾中燃烧。但那光芒混淆了视线,就像手举火炬时,如果高举过头顶,能看见的便几乎只有黑暗,如果举在你和黑暗之间,则根本什么东西也看不见。奇普就像那火炬一样。他能看见的不多,但他不在乎。他能看见人们从他身旁川流而过,有些人看到他,像见了鬼一般逃走,其他人也都在跑,像要奔向什么目标一样。一个集合点,一个会面地。格拉多王一定就在那里。

奇普疾驰过墙角绕到六个士兵背后。士兵们没看见。他不能停,直接踩过他们的身体踏上头顶,人群大声尖叫乱作一团,他们的骨肉燃烧起来,咒骂连连,血肉模糊,挣扎着想要不跌倒。奇普大幅摆动双臂,火焰、鲜血和刀刃都坠入人堆中。

那里确实聚集了很多人,都是奇普引来的,足有几百名士兵。他能看见广场另一头镜光骑士们铮亮盔甲上暗淡的光芒。接着奇普也被卷进去,卷进战场仁慈的臂膀之中。晨雾已经散去。看不清敌人的数量,听不见他们喊出的话语——那些命令也许会帮助他了解即将面临的情况呢,但他只剩下自己喉咙发出的嘶吼,还有心脏擂鼓般的跳动声,那搏动的生命就是他的魔力。他只感到肌肉在燃烧,刀刃刺进敌人身体时手臂感到的阻力,还有拔刀时的那股快感。

世界将奇普团团围住。他几乎看不到两旁,穿着绿拉克辛盔甲的脖子几乎无法动弹,这快把他逼疯了。他想要自由。他不能忍受束缚。他是头野兽。士兵们列阵与他对抗,却被他一列列撞倒。他强壮的手臂轻而易举地折断一根根长矛。他双手握拳猛砸向敌人的脑袋,拍断他们的脊椎,逐个撕碎敌人丢在身后。

这时,队列突然在他面前分开。除了一个士兵慢了半拍,其余人全都及时闪到一边。奇普看见两排火枪手站出来,每排十个人,前一排跪在地上,第二排站着,所有的枪手都向他瞄准。有人在喊,那声音就是号令。奇普看见自己和火枪手之间站着那落后的士兵,他也听见了,明白那号令是什么意思,霎时间满面惊慌。

火枪手们一起发射。火焰和烟雾从枪筒迸出,如同弹跳咆哮的狮子。奇普见那士兵倒地身亡,虽然他强令自己要顶住攻击。

子弹如同拳头射在他身上，多名枪手一齐发射，第一轮射击结束立刻展开第二轮，就像连续发力的冲子般将他抬起来。他被扫翻在地。

一阵欢呼响起。奇普脑袋发蒙，感到包裹自己的绿色拉克辛越来越柔软。

不！我可以承受惩罚。那是我的礼物。那是我的天赋。

一个火枪手朝奇普冲来，短枪瞄准他的脑袋。有什么东西闪过那枪手的脑袋——一支箭？——但没射中。奇普抓住那短枪大张的嘴，将其拉过来直指自己额头，然后将绿色拉克辛按进枪筒。枪手扣动扳机，枪膛轰然炸裂。

奇普使出蛮力跳起来，一脚踩得那枪手直叫唤。然后他低头看了看自己，最早射中自己的那些子弹都灰溜溜地嵌在绿色盔甲中，就像射在树上一样，虽然试图穿透但却被卡住。奇普几乎要笑疯了，他竟能防弹。

有几个火枪手逃开了，其余的则愤怒地再次装填弹药，摸索推弹杆与火药筒，想要再次射击。但这些已经可以无视了，奇普只想找到格拉多王，这些家伙根本构不成威胁。他们挡不住他。

但奇普依旧看不见周围的情况。于是他拉起周围的绿色拉克辛好让自己站高一些。这简直易如反掌。

他就在那里。格拉多王骑在马上，周围围满了镜光骑士。他正指着奇普冲身边一个女御光者大喊。那名御光者的皮肤呈现宝蓝色，聚集魔法时，连天空也会现出条痕。女御光者轻弹双手，蓝色顿时从她体内喷涌而出，汇聚在地面。但她却突然从马鞍上翻落下来。

格拉多王掐断话头环顾四周。他另一侧的一个御光者也跌落马鞍。这次奇普——以及所有的镜光骑士们——都循着箭头回溯其射来的方向：是从屋顶射来的。是凯莉丝，她虽瘦削但却肌肉结实，衣服被撕烂，身上满是血迹。她早已拉开另一支箭，一位镜光骑士下马护卫格拉多王。第三支箭击碎了一名骑士的护胫甲,将他的腿钉在马腹上。那种马发了狂,箭一般冲出去,六名骑士被撞倒踩在马蹄之下,马被绊倒在他们身上。

奇普不关心那骚乱。现在他有目标了。他感到自己的力量在衰竭,他必须立刻动手,不会再有第二次机会了。他猛冲向前,男男女女都为他让开道路,他慢慢加至全速。

我要疯了。

奇普笑了。如果这就是疯狂,那就疯吧。第一排镜光骑士们还没完全从寻找凯莉丝的过程中回过神来,奇普就冲上去。他们之中有些人转过身,有些人骑在马上,有些已经下了马,有些仍然拉着弓,或是装填弹药准备射击屋顶上的刺客。奇普快速跃上一匹马,一边与骑士们厮打,一边躲避他们无力的反击。

他挥出一大团拉克辛砸碎一名镜光骑士的盔甲,但那一击也让他自己的绿色大手被切掉了一半。此外,撞上镜光盔甲的时候,刺进他身体里的拉克辛长矛和刀刃也折断碎裂了。他一路砸碎出现在两侧的敌人,不过他的盔甲也在此过程中分崩离析,每攻击一次,他自身就被砍掉一部分。

镜光骑士们半天才回过神来,在第一排之后重新排列好队伍。奇普冲破他们的队形,发现出现在面前的是几十把呼啸的火枪。尽管强撑住身体,但他还是被再次击退。已经可以感觉到火热的线流擦在皮肤上的热量了——拉克辛越来越薄,有些子弹肯定已经穿透盔甲进来了。

我不会失败的。不是现在。不会这么快。该死的,格拉多王呢?

奇普冲向最近的镜光骑士,冲他射出一团绿色拉克辛。光球击中那名骑士胸口裂成两半,绿色拉克辛结晶向四面八方溅开,已经无法再构成更大的伤害,现在他的攻击就像用拳头轻轻捶打敌人胸口一般,得胜仅仅是因为击出的绿色拉克辛中不经意携带了一颗火枪子弹。

其余镜光骑士纷纷丢下火枪拿起锋利的镜光宝剑。奇普看看自己胸口，绿色的拉克辛盔甲上嵌满了失去效力的火枪子弹，有些已经刺进身体，周围满是血迹。他提取出更多的拉克辛填补盔甲，那些旋转的小子弹就像是瀑布下打旋的小舟。

胸甲能防御拉克辛？那铅呢？

奇普从胸口吸出一个铅弹放入手中，然后张开手，动用全部意志力射出一个含有火枪弹的绿色拉克辛小球。

一个镜光骑士的胸甲上出现了一个灌满绿色黏性物的小坑，周围出现蛛网般的细纹。镜光盔甲裂成碎片，绿宝石般的拉克辛中涌出深红色血液，他仰面倒地。

奇普如同被奥赫拉姆神注入了新的活力。他精疲力竭，残破不堪，但却因这份自在而兴高采烈。他又笑了，彻底陷入癫狂，势不可挡。他将铅弹从盔甲中吸入手掌，然后射出去，好像他自己就是一把火枪。之前如此沉重，被削弱力量的绿色盔甲，现在却能让他将子弹发射得如此有力。如果没了那盔甲，他自己说不定还会被冲翻。

他张开右手，接着是左手，然后又是右手，左手，朝各处开火。各处都有人应声而亡。奇普的射击并不十分精准，但距离这么近，也不需要那么精确。他瞄准第二排中某位骑士的胸膛，然后朝颈子或肚子或别的什么地方射击，反正不管射到哪里都能致死，一排排士兵从他眼前消失。胸前的火枪弹逐渐被清空，但他很快又在背部和手臂上找到更多，而且随时还有新的射来。他在镜光骑士中开辟出一条血淋淋的通路。他看不见格拉多王，但心里清楚，哪里抵抗最强，他的目标就可能在哪。好事多磨。

透过一排排骑士和混乱的局面，奇普看见一丝什么东西在闪光。那是华贵的衣袍。是格拉多。

他冲破骑士队列，此时格拉多王正被拉上集市广场后部的一方平台。他的人想把他推进那里的某条窄巷。奇普纵身前跃，发现绿色拉克辛双腿比自己预想中跳得更远。他在格拉多王与窄巷之间着地，正好撞上两个护卫，其中有一个是仅剩的御光者。地上到处是死去的御光者，但奇普对他们的死因毫不在意，他的眼睛只顾盯着格拉多王。他将一只手伸向格拉多王背后，朝幸存的镜光骑士射出一打火枪弹。

格拉多王在一具尸体上绊了一下。很快，奇普便压到他身上。他抡圆拳头猛砸向格拉多王的双腿，像是已经癫狂。格拉多王连声惨叫，奇普抓住他的头，在两侧各封印出一个巨大的拉克辛球高高举起。操作火枪的咔嚓声全停了，奇普离格拉多王如此之近，根本没人敢轻举妄动。

"你杀了我母亲！"奇普冲着格拉多王的脸大喊。

格拉多王双眼凝视着奇普绿色盔甲中的双眼。"你是？"他说道，"莉娜的小老鼠？她不值得任何人来为她复仇，你知道的。"

"奇普！"有人在喊，但奇普听不见。国王想从腰带中抽出比奇连指刀，却被疼痛打断。

"去死！"奇普大叫，"你去死吧！"他将格拉多王高高举起，用尽全身力气和意志力狠狠挤压。

"奇普！住手！这正是万色之主想要的结果——"没人能从疯狂，从彻底的狂暴之中脱身。奇普甚至无法确定，是屠杀了他的村庄更可恨，还是杀死了他母亲更卑鄙。他爱他的母亲，却也恨她。

格拉多王的惨叫和奇普的怒吼都淹没在柯尔文·戴纳维斯的吼叫声中。奇普猛一拍手，格拉多王的头颅像葡萄爆裂，西瓜坠落，血水四溅。

"奇普！不要！这正中他们下怀！"柯尔文·戴纳维斯的声音穿透了他的钢铁头盔，格拉多王只剩四肢的尸体被抛在平台上。

奇普震惊地抬起头，他看见柯尔文·戴纳维斯骑着马正率领大约一百人马迎面而来。入侵者已被击破，士兵们没了格拉多王的领导，又看到这个新来的援军,于是四散而逃。

奇普听见身后有人倒地,转身看见一个镜光骑士胸口中了一箭。他脑中一片空白,感觉自己畏缩不前。绿色拉克辛已经没了,他再度以自己的双脚站起来,步伐蹒跚,似乎有人拖住了他的双脚。凯莉丝从屋顶跃下,从格拉多王的尸体上取下比奇连指刀。凯莉丝?他本来是要去救她的,救到了吗?

但愿一切顺利。

他看向格拉多王的尸首,除了空虚一无所有。他抬头看见柯尔文·戴纳维斯,后者正在咒骂什么。奇普以前从没听过戴纳维斯将军骂人。

"你知不知道自己干了什么?"柯尔文问。

"送他下地狱,"奇普语气空洞,声音干涩毫无生气,"他杀了城里所有人。他该死得更惨。"

柯尔文没有说话,他看着奇普,眼里重新充满敬佩。沉默好一阵子,他才开口说:"上马。我们得离开这座城市。现在。"

"我不是杀了他吗?我们不是赢了吗?"奇普问。他的脑袋昏昏沉沉的,阳光太过耀眼,现在他只想要一条毯子和一间黑屋。他们赢了,不是吗?"为什么我们还要走呢?"

"看那边。"凯莉丝说着走过来。她已经骑上马,正指着城墙的位置。

大约四百步外,母神之门城墙上站着万色之主,他说话的声音透过某种魔法透过来,他们能听得一清二楚。"他们杀了格拉多王!为国王复仇!赶出外来者!"

城门开了,几百名御光者出现在那里——几百名——还有几十个破光魔。他们身后是成千上万的大军。

"这就是原因。"凯莉丝说。

CHAPTER
– 89 –

加文的直觉错了。

他一到巫神之门,就发现自己是在妄图用手脚堵住漏水的船体,徒劳无功。他同黑卫们独自守着巫神之门,孤立无援,同成千上万名敌军士兵已经对峙了十分钟。此时此刻,他只能以独特的方式守着城门——仅仅是站在黑卫制放出的防弹护罩之后。

敌军并非真的在攻打。他所到之处,对面的敌军都会撤走。如果这座城只有一道城门,他的策略还可能有用。但目前是有三道城门和四分之三面摇摇欲坠的城墙,根本就毫无希望。没人会正面攻击他,对方只是派军来包围,以逸待劳,如果他同这些人僵持过久,敌军便会攻入其他城门,到那时,所有城门都会被攻破。

他的敌人很是精明,并没有把兵力浪费在对抗加文身上。时间终会将胜利交入他的手中,所以他正在保存实力,没有必要急于求成。派军围住加文,同时向其他地方进军,加文要么会被扣上完全无能的帽子,从一处到另一处追击残兵败将,要么会同守军主力完全分开——那时万色之主就会不惜一切代价将他杀掉,或是生擒。

加文的好胜之心大增。在战争中,他总是乐于深入虎穴。想在他面前撤军?加文大可以去攻击国王,将他杀死,看后果又能如何。虽然这样的行为会置他于极危险的处境,但他根本不在意。这就是为什么幸运之神总是眷顾年轻人。他怒哼一声。如果自己被杀掉,难民逃出港口不到两里格就会被截住。

加文咒骂着,用御光术制出撤退的信号弹,将其高高地发射到空中。

"码头那边有什么消息么?"他问道。

"报告长官,没有。"

虽然加文没想到能有通信兵找到自己,但这样依然不错。"我们走。"

一名能御红光的黑卫在城门的缺口处横铺上厚厚一层红拉克辛地毯,并在加文转身离开时将其点燃。之前他们失掉了马匹,匆忙之间也没弄到其他坐骑。那些没有受过训练,不适应火枪射击和魔法的马匹往往没有多大用处,反而十分危险,骑在马上也会使自己变成火枪手和御光者们的活靶子。这座城并不大,所以他们可以用跑的。

在一座空城中飞奔是件很怪异的事情。几乎所有人都消失了,居民才刚刚撤离,城中还没有那种被遗弃的氛围,也还没落上一层浮尘。加里斯顿的空寂是这样一种模样:食物还在灶台上,人们便匆忙逃离,连炉火都来不及关,甚至饭烧煳的味道都还没有消退。事实上,到目前为止还没人把这座城烧掉已经是十分幸运。空荡荡的小巷,空荡荡的住宅,窗台上还放着尚未枯萎的小盆栽。

死亡也会为你而来的,小花。

他们跑到一座桥头,这时遇到了伏军突袭。敌方二十几名御光者还有几名破光魔突然从房顶弹出来,御光术劈头盖脸地往下砸,毫不手软,毫无预兆。当然了,他们包围着加文,切断了最明显的退路。这些平屋顶给了他们一个很好的攻击平台,桥外的空地也是处完美的屠戮场。

但黑卫不愧是黑卫,每人都知道各自的任务,还清楚一旦有人战死,其任务该如何接替。他们对此实践过多次。这就是黑卫。由绿、蓝,还有更多的绿拉克辛形成厚厚的三层防护罩,将加文整个包起来。因为他知道敌方落地的确切位置,而且每张护罩都有小孔,所以他也可以参战。

他将一只手伸出护罩外,朝眼前的每名敌军射出一束束细细的幻紫拉克辛条,让那些幻紫拉克辛绳子松垮垮地粘到他们身上。有两名黑卫都是能御幻紫和蓝的双色御光者,他们的第一项行动就是给加文罩上护罩,第二才是罩住自己,而第三——如果还有第三的话——就是这个。他们看到了加文制出的幻紫细线,从身上挎着的弹药袋里拽出手榴弹的同时,顺着那些闪亮的小径制出蓝色拉克辛。他们将手榴弹猛丢出去,投掷轨道精准无误地沿着道道幻紫弧线。一枚,两枚,三枚,四枚,五枚,六枚。他们甚至制造了拉克辛的弧度,使投掷的轨道更自然。

但那些伏军也在移动。第一波火弹轰炸之后,有三名黑卫倒下了。在优先保护加文的情况下,他们无法及时修复自己的护罩。一股红拉克辛液体从四面喷进来想要浸透整座桥,以便点燃。操控绿光和蓝光的黑卫们立即抛出护罩将那红流引向桥两侧,而操控黄光的黑卫将闪光弹扔向每名她能看见的敌军。

加文向前方看去,发现桥对面并没有伏军。这只有一个理由:他们想请君入瓮,故意让加文和黑卫们从那处逃走。

炮弹打在护罩上火光四射,尖啸着弹开,榴弹爆炸将房顶震得乱晃,一把把巨大的蓝拉克辛刀如冰锥般,正遭到背后两名破光魔的攻击。黑卫们紧紧围着加文,以护罩抵挡攻击,如果失败,便要用自己的身躯来保证他的安全。

"我们走!过桥去!"指挥官大喊道。她还很年轻。奥赫拉姆神啊,他们已经损失掉这么多人手,以至于要让这么个年轻的女孩子领军吗?

这些也都是依照黑卫的训练而来。保护，守卫，决策，行动。没有丝毫犹豫。

"不！"加文叫道。他指向桥的一侧，操控绿光从正中往外三十步开辟出一条崭新的小径。

"闪！"一名御黄光的女黑卫喊道，同时向十步外的空中发射出一枚闪光弹。在它爆炸时，加文同黑卫们遮住脸，那冲击如此强劲，加文都能感到护盾在震动。

随后他们跑过这条崭新的绿桥，顾不上身后的那座桥在失去了保护后，红拉克辛四溢蔓延，熊熊燃烧。

一名蓝破光魔在他们刚踏上陆地时落到面前的街道当中，决意要把他们引入二次伏击点。十几名黑卫抬起手，那怪物瞬间便被拉克辛飞弹打成了筛子，而后被一棍甩到一旁。

一名黑卫突然倒下，加文没看到是什么将他撂倒。"不！不！不！"那人脱了队，呼号着，翻身仰面躺在地上。他的搭档也停下了脚步，那是个年近不惑的女人，加文记得好像是叫拉娅，此时她正俯身站在那倒下之人的身前。

"对不起，"倒下的黑卫说道，"超出极限了，超出极限了。"

拉娅翻起他的一只眼皮，仔细看了看他的瞳晕。她低语了几句，吻了下自己的手指，轻碰了下倒下黑卫的双眼、双唇还有心口，然后割断了他的喉咙。其余黑卫没有停下脚步。

他们跑过一条小巷，发现前方是几十名火枪手的背影。他们列队成阵，高举火枪，枪口正指向另一方，也就是之前伏军想诱加文前去之处。这些敌军一心等着目标出现在面前，连加文在身后都没发觉。在他们跑过时，拉娅往那些敌军身上泼去红拉克辛，大片大片的红拉克辛，点燃后火焰噌地蹿起来，如此猛烈。加文连在半条街外都能看到那些影子，这也就意味着，有片刻火苗已经蹿升到了屋顶。惨叫声接连响起，敌军纷纷被活活烧死。

还剩下一条河要过。这一次,加文率领黑卫们来到河岸的一处空地,仍用御光术制出一道绿拉克辛桥。没有必要再次去冒被伏击的危险。

他们成功回到码头,发现数百名荷枪实弹的士兵正严阵以待,每一个火枪口都齐齐朝外指着。市民们还在陆续登船,而行李却被丢下来堆到一旁,摞得山一样高,临时作为屏障之用。已经有一拨船只向外开去,另有一排已经穿过守护神的双腿消失在远处。整座海港的所有船只都全部出动,而且大多数都已经走掉了。两艘由蓝绿拉克辛做成的巨大驳船已经建好,也已出发。左边的那艘拉克辛驳船现在正迅速地被难民填满,已经严重超载。

这些士兵大多是当地人,见鬼的,那些卢斯格尔士兵都哪儿去了?毫无疑问,定是登上之前的船走了。有人会为此付出代价的,但不是现在。留下的士兵们看上去十分刚毅,再见到加文时面色一松。这些人都是为了给家人一线生机而选择自己赴死,都是愿意为此付出这种代价的人。

"谁是负责人?"加文问道。

"我是,长官。光明王陛下,长官。"回答的是一名像老鼠似的卢斯格尔士兵,苍白的肤色衬着一头奇怪的卷发,他的目光中满是畏惧,像是怕得要死。若非此刻,加文看到这么一个笨拙的男人定会大笑起来。"几乎所有的船都已满员了,想要战斗的人也已召集到一起。如果再没有从城里逃出来的人,我们就只需要能容纳三百人的船只。"

"看到戴纳维斯将军或是铁拳指挥官了吗?"加文问。

"没有,长官。光明王陛下,长官。"

"叫长官就可以。"加文说道,"各位黑卫,你们中有谁还能继续御光而不会打破瞳晕的,过来帮我。利用现在等待的时间我们再造出一艘驳船。"

"等谁?长官?"一名黑卫问道。

"戴纳维斯将军正在回来的途中。我们再造完一艘驳船,然后再离开。那时他就会回来了。"

号角声响起,那面色苍白的卢斯格尔士兵大喊道:"敌军来了!做好准备!"

"你们能不能撑到我们把船造完?"加文问道。

那男人身材依旧瘦小,看起来依旧像只老鼠,但神情却十分坚决,这使得他外貌上的滑稽之处突然随之消失不见。"我们会撑住!长官!直到最后一人!"

CHAPTER
— 90 —

凯莉丝从镜光骑士的坐骑中选了一匹看上去还有些生气的。马盔甲上装着的镜片在晨光中闪烁。她还不如在背上画个靶子呢。好吧,她本人倒是一点都不起眼。

他们的时间所剩无几。万色之主的破光魔大军离他们还有四百步远,但必须穿过一条条迷宫般错综复杂的街巷才能到达这里,而且路上都铺着小石子,那虽然能拖慢敌军的速度,但也拖不了太久。另外还有些事情要做。凯莉丝走过去检查格拉多王的尸首,牙关紧咬到渗出血丝。

他毫无疑问是死了,她却感到一阵奇怪的空虚。她想他死,他活该。现在,他确实死了。但这似乎没带来什么影响。她看见自己的比奇连指刀躺在地上,就在那尸体旁边。狗娘养的。她拾起刀,扫一眼地上,没看见自己的弯刀。

没时间了。柯尔文·戴纳维斯的人马已经停止从死去的士兵手里收集弹药和更换武器,在后面整队集结。奇普看上去就和凯莉丝预计的一样糟糕。柯尔文说:"这叫做晕光,奇普,没什么大碍。它可以让你变得像小狗般弱小,也可以让你像海怪般强大。我认识的最羞涩的人却撕裂了自己的衣服,因为不能忍受皮肤上接触到任何东西。况且这儿还有个害羞的女人在呢。好吧,开个玩笑。"

"嘿,那都是过去了。"凯莉丝抗议着骑上马。如果可以,最好不要让一个御光者在提取这么多之后,沉浸在自己的世界里。

柯尔文笑了。"我都不知道自己有一天也会说你'羞涩',凯莉丝·怀特奥克。"他低头看向凯莉丝的腿,"起码今天不会。"

凯莉丝循着柯尔文的视线看去。哎呀。她之前曾设法撕下衣服上裂开的部分来遮挡臀部,但骑在马上就没用了。好吧,怎么办?去换衣服?

"时间到!"柯尔文冲自己的手下大喊一声,"向码头出发!赶不上就没命了。"正好一个官员上前来提问,他又转过身去履行自己的职责。

这让凯莉丝和奇普有了独处的机会。她是喜欢无牵无挂上战场,但她不会再抛下他了。比起自由,还有更重要的事。她骑着马走上平台。"到这边来,奇普。"说着她又往平台边缘走去一点。

奇普显然还很茫然,不过也爬上去一起出发了。

最初,凯莉丝以为他们能全身而退,直到走到一座桥前。桥那端堵满了马车和推车,那些应该是在柯尔文的人马到达前刚点燃的,不然他们该看到浓烟才对。

队列前端的人突然刹住脚步,后面跟着小跑的人冷不防撞上去,队伍一片混乱。柯尔文骑马走在前列,他想从混乱中找出几个御光者来清理桥那头燃烧的路障。换作平时这应该只是一两分钟的事。

凯莉丝猛地在队列几近末尾的地方停下,冲周围的士兵大喊,要他们组成殿后部队。"把火枪都上好膛,准备点火!"她一转身,正好看见一个破光魔追赶而来。

凯莉丝从未见过类似的场景。尽管以前她就知道绿色破光魔会更换关节,好让腿部拥有更强大的弹跳能力,但眼下在四周屋顶上跳来跳去的可不止绿色破光魔。

携光者
卷一 光明王

一个四肢闪着红光的破光魔径直冲向屋顶平台边缘,双手都在聚集拉克辛。她跳下屋顶,同时朝地上投下一道黄光。反冲力让她得以跳到另一座更高的屋顶上,那样子简直就像是在半空中玩跳蛙游戏。

一道绿光,更近了。

凯莉丝朝空中射出一团绿色拉克辛,趁绿色破光魔下降时将其阻截。这一击让它偏离方向,被高高抬起,没有跳下来,落到神情惊恐的士兵队伍中。破光魔最终撞在房屋边角。士兵们终于回过神,凯莉丝听到一阵枪响。

该死!要是有经验的老兵肯定会先上刺刀,该把宝贵的子弹留给更厉害的敌人。

又一个绿色破光魔划破天际,凯莉丝失了手。那家伙撞散了后排队伍,士兵七零八落。其余人虽吓坏了,但还知道端起枪开火,不过大多数都偏离了目标,射中了自己的同伴。

等士兵们干掉这一个,头顶上早已聚集了五颜六色的破光魔。万色之主的大军到了街角,不足三百步远,敌人小跑前进,慢慢增速准备发动进攻,其中还有六名骑马而来的红色和薄红御光者。敌人离这里只有两百步了,他们一边走一边朝柯尔文被围困的大军投下巨大的燃烧弹。

一个浑身闪耀着尖角和刺刀光芒的蓝色破光魔转眼就要越过屋顶冲到左边。另一个薄红破光魔则跳过屋顶来到右边,她光着头,浑身上下如火一般鲜红。

一个人高马大的御光者不知从哪里冒了出来,背朝着柯尔文的士兵径直落在凯莉丝面前的街道上。他站起身,张开胳膊,就像拉紧绳索期待沉重的负荷一般。当那蓝色和薄红破光魔跳向前进攻时,他的手臂啪啪作响。

两名破光魔的肌肉都在抽搐,他们脖子上的隐形薄红拉克辛绳索越拉越紧。蓝色破光魔的身体突然僵直,它所有的拉克辛立时全部变成胶状散落在殿后部队身前的地上。

没有蓝色盔甲的帮助,薄红破光魔的脖子几乎无法变换方向。她的身体坠落在相邻的一座屋顶上,火一般殷红的脑袋直接滚落河中。

救下他们的御光者回头看了一眼,确定那两个破光魔是不是都死了。凯莉丝的呼吸都快停了。那是尤瑟夫·泰普,紫熊本人,伪光明王之战中的英雄。凯莉丝忽然明白了什么。这时,她看见斜落向殿后部队的燃烧弹突然改变了方向,飞去左右两侧,在安全范围外炸开。

一个绿色破光魔在她分神的时候跌落地面,摔得粉碎,身上满是蓝色拉克辛刺刀。接着,凯莉丝看见蓝皮肤的艾力乐福·科尔金从一条小街上走出来。

"我们来殿后。快走!"一个女人高喊。

十几名御光者出现在前面的屋顶上,凯莉丝觉得自己就像走进了英雄画卷一般。高喊的女人是萨米拉·萨耶,站在她旁边的是迪迪·法令里弗,后者的皮肤上缠满了纯绿色的拉克辛脉络。

站在房屋角落的人是炎掌,稳定的光束正在他两只手里涌动。塔拉和泰莉姐妹站在右边。达隆·吉姆流了好多血,左臂大概已经残废了,但仍站在街上,站在尤瑟夫·泰普身旁。其他一些人要么是凯莉丝从小就认识的,要么曾为达森战斗过,她曾听说过他们的动人传奇。

"该死!只有你和那个男孩才能拯救加文。快带他离开这里!"萨米拉·萨耶高喊,眼里似有火焰在熊熊燃烧。

路障被打开,柯尔文的人马奔驰而过。凯莉丝感觉身后的奇普似乎很激动。万色之主的军队就像潮水般汹涌而至。凯莉丝策马前行,忍不住对身后熊熊燃烧的魔法火焰留下轻轻一瞥。

好了。柯尔文手下所有士兵都过了桥。从这里开始他们可以一路狂飙至码头。

凯莉丝走在最后。柯尔文打头阵直接前往目的地。加文似乎正忙着制作驳船。有人向加文汇报了情况,凯莉丝看见他朝柯尔文露出一丝坏笑。

就在这时,凯莉丝明白了。那感觉就像被打了闷头一棒,让她喉咙发紧。过去十六年里数不清的回忆,还有前几天最后那些画面,所有碎片组合起来了。那丝笑容,今早城墙上对柯尔文那下拍肩。如果凯莉丝不是在黑卫中训练了十多年,她可能根本捕捉不到。加文与柯尔文本该彼此痛恨才对啊。只有那样才说得通。当然他们都很公私分明,也有理由共事,是的。可只有经过时间的磨砺,只有互相信任、命令和服从才能配合得如此天衣无缝,这两个人怎么可能会彼此信任?

谁会因为经历战争而变成更好的人?

加文曾说过:"那封信上的内容……都不是真的。我不指望你能理解甚至相信我,但我发誓那不是真的。"他为什么会为一个几分钟后就会被揭穿的谎言而两次发誓呢?

因为那真的不是谎言。

哦,该死的。

CHAPTER
— 91 —

凯莉丝下马时,奇普才从麻木状态中清醒过来,他斜着眼左右打量,脑袋重重栽下。但很快,他就被那女人抱住。此时他更关心的是,当他靠在女人身上,胳膊碰到了她的胸部时,对方会不会觉得他是在摸她,而不去担心射击的枪支和魔法。

不管出于何种理性考量,他都是个笨蛋。

接着,他们突然就到了码头。奇普无法记清所有事。起初,他们还挑战柯尔文的权威,然后又开始欢迎他。柯尔文下达完命令后就消失在人群中,跟这个人说说,那个人聊聊。奇普立刻感到自己就像熊一般强壮而茫然。凯莉丝大声叫骂,但他不懂为什么。她拉起他的胳膊紧紧搂着她的腰。奇普放开手,凯莉丝滑下马鞍时,他几乎掉落下去。

"我马上就回来找你。"凯莉丝拍拍他胳膊。她的脸突然间就绷紧了,就像他看穿了她,就像他明白了她。她看上去……那么脆弱。

脆弱?凯莉丝·怀特奥克?要是别的时候萌生这样的念头,奇普肯定会哈哈大笑。但现在他很清醒。凯莉丝的眼睛瞪得很圆,其中有对奇普的担心,但拍他的肩膀似是在说"你很快就会好的"。她不担心奇普。她担心的另有其事。

凯莉丝转过身，奇普看见她肩膀也绷得紧紧的。她耸起肩膀——是在深呼吸。接着她走下码头，就像平时在士兵、御光者、水手和惊恐的平民中那般自信。虽然大家都匆忙而紧张，不远处还有战役在持续，但人群还是为凯莉丝身上战火痕迹和美貌让开道路。她虽肌肉结实，但仍充满女性的温柔气质，背上的拉克辛剑还在冒烟，她赤裸的肩膀上和胸口都有烟熏黑印，手里还紧攥一把比奇连指刀，脚光着，黑烟迎风吹起，行走的步伐无惧无畏。

她在一个红铜色头发的御光者身后停下，那人正忙着提炼一艘巨大的驳船。她开口说话，那男人脑袋像是挂在转环上一般猛地回转来。不是别人，正是光明王陛下。

加文给了凯莉丝一个大大的拥抱，总算是松了口气。

凯莉丝身体僵直，双手仍然垂在两侧，奇普分辨不出她是被吓住了还是在厌恶。接着，她僵硬的手臂和肩膀似乎慢慢恢复过来。她动了动胳膊，抬起来搂住加文的背回应他的拥抱。

加文看见了奇普，面露惊讶，他放开凯莉丝，又说了两句什么。

凯莉丝张开手拍拍加文的脸颊。

加文抬起双手。我说什么来着？

但凯莉丝却气势汹汹地走了，没有搭理他。

加文的视线从凯莉丝移到奇普，然后看向身后尚未竣工的驳船。他垂下手。奇普发誓他从这里都听到了咒骂声。他突然很想缩起来，就像个刚刚目睹父母打架的小孩，只想赶紧离开。

他转过身看向城市。现在他的视线仍然一次只能聚焦一样事物，其余的都看不见。晕光症。他知道面前有一支大军，但能看见的却只有某个在检查火枪导火线的人；有个人大胡子被烧掉了一半，眼下正按着火枪推弹杆消磨时间；有个人正拿插入式刺刀挠背，并和其他同伴开着玩笑，似乎一点都不害怕的样子，但他死气沉沉的眼睛瞪得圆圆的，透露出相反的讯息；有个人说个没完，可根本没人在听。

码头水域空荡荡的，一艘船都没剩下。就连最小的小渔船也被开走了。在码头的反方向，一个皮肤黝黑的大块头冲下来，周围追了十几个镜光骑士。那人的姿态甚是傲慢，而镜光骑士则从各个角度朝他开枪。

是铁拳。

"是我疯了吗，还是说那真是铁拳指挥官？"奇普问。

"先生？"骑在奇普身旁的人没听清他的话。

"闪开！"奇普大喊，"闪开！"咒骂几句之后，人们为他让开道。

"奇普！你要干什么？"柯尔文·戴纳维斯大喊。从他的位置看不见铁拳。

奇普没听见他的叫喊。他狠踢马腹，马奔跑起来，越过几百名不安的士兵。奇普在马背上颠来簸去，就像是一袋被榨出汁水只剩籽实的石榴。那马沿着码头边缘一路疾驰，大致方向不错——可奇普猛拉缰绳，马牙紧咬不放，无法减速停下。

镜光骑士们看见奇普过来都惊呼起来，有几个还趁机开了枪。奇普感觉到火枪子弹滚烫的火舌擦过耳畔。

我真是自己所见过最愚蠢的人。那马一路朝着铁拳和追捕者狂奔，却没有减速，奇普双脚狠踢马镫，最后跃下马鞍扑向镜光骑士。

无论之前他做了什么，都有绿色拉克辛起缓冲作用——但这次没来得及提取。他与镜光骑士擦身而过，狠狠摔在地上，一路连翻带滚，断裂烧焦的左手重重撞在什么东西上发出声响。

他拍着脑袋，用脊背减速停下，顾不得缠在身上的衣服，试着站起来。

面朝城镇的方向一个人也没有。奇普转身走向铁拳指挥官，可脚下一个趔趄摔倒了。他用左手支撑住自己，眼泪不受控制地涌出来。好痛苦。

"不要！"铁拳大叫。

奇普单膝颤巍巍跪下,感到头晕目眩,只靠刺痛作响的左手支撑身体。他想仰面倒下去,好让这些人明白他不具威胁性,求他们不要伤害自己。

我在这背上可花了不少工夫,可不止是雇佣女仆来照顾那么简单。够了。

一个镜光骑士装好刺刀朝奇普走来。奇普站起身,松开左手。手臂上的痛感如火焰般翻腾。

奇普用那几乎废掉的左手指向镜光骑士,于是骑士射出的子弹又反弹回去。接着,他用未受伤的右手支撑自己站起,火焰呼啸而出,瞬间吞没了骑士。烈火一烤,骑士的镜光盔甲就完蛋了。

奇普跌跌撞撞站起来,向那些守卫们投去更多火焰。接着他这才明白为什么柯尔文说晕光时自己一个月内都不会再想提炼,他的胃好一顿翻腾,之后一口吐了出来。

他站不住了。倒在了眩晕感与恶心感之下,膝盖像是被砍一般。胃里抽搐得厉害,他只得折起身像婴儿一样蜷缩,但呕吐依然没停止,脏物溅在裤子上。

奇普决定放弃了,他当不了救星。他就要死了,也知道自己一定会死。那些人还在进攻,但好在他已经解决掉一个。现在轮到他们来杀他了。

"把剩下的拉克辛都投出去,虽然还会感到恶心,但至少比现在舒服点,我保证。现在,孩子,我没法抱着你提取拉克辛!"

"铁拳?"

奇普猛地睁开眼,周围倒了一地的死人。铁拳正站在他面前,手里握着一把血淋淋的蓝色拉克辛长矛。他浑身上下到处都是伤口、干涸的血迹与火药烧伤。他戴着蓝色护目镜,镜腿紧绑在脑后。头上的格特拉头巾被撞掉了,头发分向一边。这人夺下大炮之后究竟怎么脱身的?奇普明明记得那时格拉多王的大军都要压在他身上了。

然而他却出现在这里,浑身青紫,精疲力竭,虽然伤痕累累却又救了奇普一次。

"现在!"铁拳命令道,"我也晕光了,但我知道自己需要做什么!"

奇普投出剩下的拉克辛,又感到一阵恶心。体内不断翻腾,仿佛连五脏都要吐出来。

但这时,奇迹般的,他竟然感觉舒服多了,似乎又能站起来。铁拳抓住他的肩膀,将他整个悬空举起。

"蠢小子,我做这些是为了救你,你几乎把它都扔光了。你小子到底在想什么?"

不过,奇普已无心回答。

他看向另一座码头后部的军队。

这是奥赫拉姆神的舞会。

激烈的战斗已在两百步距离之外展开。大约有一百名士兵和御光者在死守码头,他们对抗的是几千名士兵和几十名御光者。狭小的场地让加文的人马有了喘息之机。插入式刺刀与长剑在最前线厮杀成一团,就连长矛、锄头、镰刀和橙色长柄剪刀连同魔法也派上了用场,将各条道路堵得严严实实。后方,加文和其他一些御光者刚刚结束最后一艘大船的炼制过程,他们不能加入战斗,因为他们的御光术要用来造船。

入侵者人数太多,加文的人马逐渐后退,敌军势不可挡。在奇普看来,他们的行动似乎已嫌太晚。恶心感还未退去,他头晕目眩,想躺下来,又想奔跑,不然好像身体就要燃烧起来了。此刻他体内的撕裂感比任何时候都要强烈。

"跟我来,"铁拳说道,"尽可能跟紧点。不会漂太久的。"

他没有进一步解释——漂?什么是漂?——铁拳径直跑向码头边缘,一只手往宽阔的水面喷洒蓝色拉克辛。

携光者
卷一 光明王

奇普跟上去，冲下那光滑的表面，一边用左手紧紧拽住裤子，一边祈祷自己不要跌倒。那蓝色的路面从码头边缘陡峭地伸入水中，然后平齐水面，就像一艘摇摇晃晃的小船。

"一直跑！"铁拳说。

在他们面前，防线被攻破了，而巨大的拉克辛驳船刚刚驶出码头。最后一批卫兵一边搏斗一边想要撤退，有些刚转过身想要跳上驳船就被砍倒了，另外一些则放弃了登船念头坚守阵地。

但万色之主的大军实在太庞大，他们蓄积的力量非百名士兵不足以抵挡。大军涌上码头，奋力地砍杀前方的人群，他们是那样残忍，不管是防卫者也好，还是万色之主军队自己的前锋也好，都被推下了码头。几十个，或许有百来个男男女女被推入了海湾。

我们做不到的。无路可逃了！

但铁拳只是把蓝色道路翻过来铺在波浪之上。凭借奥赫拉姆神起誓，他们是想要一路跑到驳船上去吗？

奇普坚持不住了。他头晕得厉害。距离太远了。

"快点，奇普！该死的！快！"铁拳高喊。

水花溅起来跳到他们右边。奇普向前看路，却差点脚下一空，他跑得太过靠近右侧边缘，差点儿掉进水里。他只好绕回去，道路两边溅起越来越多的水花。

他们在向我们开枪！

肺脏紧缩，头脑恍惚，奇普看见前方有魔法将驳船和码头之间都烧着了。加文站在船舷上，抛出大量的火焰带、飞镖和光的手雷——那才是名副其实的御光术构成的炮火弹幕。他周围的空间空出一大片，所有人都往后退，惊讶中充满敬畏，大家都害怕竟然有人能操作如此多的魔法。加文与码头上的御光者们展开了搏斗——孤身一人。但他胜利了。

那是我的父亲，我不能让他失望。我把其余的事情都搞砸了。我要赶上那该死的船。

"我维持不了这么多,"铁拳紧张地大喊,"我要把路放窄点,奇普,不然我们就到不了了。"

"就这么干吧!"奇普回答。

道路突然收缩到只剩三手掌宽。奇普刚跑过去,路面便消失在水中,他的脚都溅上了水花,但是还有三十步远。道路从水中伸展出拱形,贴上驳船边缘,路面上魔法来回涌动。

奇普抬头看向加文,见有人走进光明王背后那圈空地。虽然那男孩一副农民打扮,但奇普还是立刻认出了他。是赛门!赛门和其余难民一起潜上船。他拿着一个盒子,是奇普的盒子,是奇普的母亲最后交给他的,也是她唯一留给奇普的东西。

加文仍在一边投掷魔法一边抵御外敌。其余人要么是在看他,要么挤在船边看铁拳和奇普。铁拳低头看着提取的道路,专心于魔法,只有奇普一个人瞧见了从那盒子里伸出的寒光闪闪的匕首。

下一步,奇普踩了个空,重重落入水里。笨拙的奇普,愚蠢的奇普。他所发出的巨大的水花声肯定会引来更多人的注意,赛门更有机可趁了。

是万色之主派赛门来行刺加文的,奇普之前看见过——当时他还决定到别的什么地方去。他本来有许多机会来改变局面的,但他全都错过了。就连五分钟之前,如果他不去追铁拳,就可以上船,那样他就可以阻止赛门了。

奇普不想再失手了。他拒绝失败。他放下双手,在水中睁开双眼开始吸收光线。眼部传来地狱般的疼痛,但他毫不在乎。他将光线吸收进体内——仿佛自己就是加文那艘了不起的小舟引擎——然后将其抛出。

他冲出水面。一定是奥赫拉姆神出手相助,要么就是这辈子一直和他作对的好运终于逆转回来了。他朝正确的方向飞去,扑通一声落在驳船的甲板上，撞开挤在栏杆边寻找他的六个人——奇普站稳脚跟，但角度扭曲，不得不尽全速奔跑好让自己别倒下去。

他冲进加文身旁空出的圈子，这时赛门也刚走近光明王身旁。就在赛门把那柄白色大匕首刺进加文背部的前一秒，奇普撞倒了他。奇普的头撞断了他的鼻梁。那势头将两人扑倒在驳船另一侧的海里。

落水处溅起巨大的水花。落水前奇普先吸了口气，然后立即开始撕扯赛门，一边捶打，一边抢夺他分别抓在两只手上的匕首和刀鞘。赛门还没喘过气来，匕首和刀鞘就被夺走了，于是连捶带打惊惶地想要挣脱。奇普一顿猛刺，但是在水下失了手。

奇普气喘吁吁浮出水面，赛门也在五步开外的地方露出头，血水顺着断裂的鼻子淌出，染红了水面。这时赛门突然尖叫起来。鲨鱼来了，它们在赛门和码头之间的海水翻腾起白色泡沫。

"奇普！抓住绳子！抓住绳子！"有人大喊。一卷绳子击中他旁边的水面。

赛门恶狠狠地瞪了奇普一眼，游向岸边。他很擅长游泳，速度也比奇普快，落在奇普后面会气死他的，况且他还在流血。

"奇普！"

奇普感到之前晕光症的颤抖再次袭来。哦，该死。

他曾失去过匕首，那匕首就是他的一切。他再也不会弄丢了。他在浪涛里划动手臂，试着不去理会那至少二十只划破水面朝着码头游去的三角形鲨鱼鳍。他将匕首插进刀鞘卷进裤子，然后才抓住绳子。

好在绳子末端有个绳套。奇普将绳套圈在头上，又开始作呕。胃已经吐空，只剩下干呕。驳船拖着他前行直到甲板上的人们将他拉出水面。

"把剩下的拉克辛都释放掉吧，奇普。"有人对他说。"不行，不行。"他知道那会很糟。他承受不了更多的痛苦了。他甚至连眼睛都睁不开了。

"来吧,奇普,为了我。"加文轻轻地说。

奇普释放了最后一丝拉克辛。他记得的最后一件事就是疼痛射穿他的脑袋,光芒像长矛一般穿透出来,但其后是无边的黑暗。

CHAPTER
— 92 —

囚徒正饱受高烧的折磨。他在自己胸口割出的那道深长的口子，和填进伤口里的脏头发终于起了作用。不成功，便成仁。是时候一知分晓了。

他想站起来，可惜没成功，他抖得太厉害了，又或许是等待太久的缘故。他想要也需要等体温烧到最高，才可能得到一丝机会。一旦失算就会丧命，顺带也帮达森解决了所有问题。

那样真就太可悲了。

他强撑起身体，在手边发现了自己用头发编出来的那只脏兮兮的小碗，第一千次检查着上面是否有瑕疵。可他看不出来。泪意涌来，高烧让他情绪不稳。

"对不起，达森。我辜负你了。"他大声说。这些话毫无意义，也毫无原因。浸润在蓝拉克辛里多年，他为此感到有点惊异。并非出乎意料，却同样奇怪。为什么就因为他更加"热血"了，就该比往常更加情绪化？真奇怪，但无关紧要。

他拉开胸膛的伤口，扯出了那团厚实、肮脏，凝成了血块的脏东西，把它扔在一边。这一下没有全部弄干净，还有些黏在伤口里，他用邋遢的指甲把这些残余的部分抠了出来。疼痛令他干呕。

真是愚蠢，自己竟然用指甲去清理伤口？他本该变出把镊子来的，刚才糊涂了。他眨眨眼，身体晃了晃。不，他不会失败。失败是属于凡夫俗子的，他不一样。还未曾实践他的计划就不能谈失败。

加文快速走到花了自己十六年亲手刮出来的碗状浅坑边。

没错，某人可能十六年也一事无成。

他放声大笑。

墙里的活死人看上去很担忧。振作点，达森，加文。不管你叫什么，也不管你是谁，现在你是个囚犯，但也可能重获自由。不然，就是死，其实死亡本身也算自由了，不是么？

达森将精心编织的头发小碗铺进经多年时间挖出的石碗里。尺寸刚好合适，正如所料。他是刻意把它做得合适的，制作期间检查了不下千遍。他在小碗正前方坐下，解开缠腰带，跟着以滑稽的方式来回扭动，直到把缠腰带从身下移开。

"要是凯莉丝现在能看见咱们就有趣了，对吧？"活死人说，"在这副英姿和他之间，她怎么可能选他呢？"

达森没有去看活死人，任由他坐在闪亮的蓝色墙壁里嘲讽自己。他两腿大打开，姿态不雅地坐在头发编的碗和浅坑前。"你不能贬低我，"他对那活死人说，"我是不得已，要是这叫堕落，那我也只能这样。"他舔了舔自己干燥的嘴唇，他已经断水很久了。为了这计划，他需要达到一个接近脱水的状态。他感觉舌头上起了厚厚的舌苔。

活死人回了句什么，但达森没理会。有那么一会儿，他忘了下一步该做什么。他应该弄出水来，可却只想躺下。奥赫拉姆神，他累了。要是能休息就好了，那样他就会有力气来……

拍打自己！下一步就是做这个。再忍耐一点疼痛，就能得到自由了，达森。再一点点。你是盖尔家的人。你不能被这样锁着。你是光明王。你蒙受了冤屈。你的复仇应该公诸于众。

依然保持着坐姿——他毫无要离开这里的理由，一旦动弹，就再也无法回到现在这个位置了——他开始检查自己身体目光可及的每一处。

然后他开始拍打自己。每个能看见的地方都去拍。用力地拍。

"你觉得这么做也叫理性？"活死人问道，"也许在蓝拉克辛里泡了十六年对你来说还不够。"

加文——达森，去他妈的——无视了他。他拍着自己的前臂，肚子，伤口以外的胸前皮肤——他不想距胜利仅一步之遥时就痛晕过去——还有他的腿。他把自己身上所有能见之处都拍到对痛觉麻木而迟钝，而且，更重要的是把自己的皮肤拍红。

加文也只是个凡人。即使身为越识者，他一样会犯点小错。达森就赌他这点了。这就是加文不让任何带颜色的东西掉下来的原因。如果他真的能每次都从同一狭窄而精确的光谱中精炼出完美的蓝光，那么这里所有物体反射出的都应是蓝光，那样即使因犯戴了或红或绿或黄的护目镜，加文也根本犯不着操心。可每次他尿进那个碗形小坑里，在滤色前看见的一瞬间绿光，都告诉他这蓝色里有别的光谱色混了进来。

现在就看他能炼出多少拉克辛，能炼得多快了。

他哆嗦着小便，因为发热，还有皮肤被拍到几乎出血的疼痛，颤抖得很厉害。不能直接冲着那个坑里去，也不能直接冲着那个头发编的碗，要是小便力道太大，他担心会冲透那层他精心涂抹在发碗内部的油脂。所以他尿进了自己的手里，让这股暖暖的液体缓缓流进去。

你把我变成了野兽，兄弟。

但如果以野兽类比，达森是只狐狸。脱水让他的尿液浓缩成惊人的黄色，涂了油脂层的发碗也起作用了。达森的心猛跳起来——他简直想哭——十六年来他第一次看见了黄色。黄色！确实有别的光谱色混进来了。拜奥赫拉姆神所赐，真美。他从那黄色里炼出了拉克辛，就像隔着袋子吸水，只炼出一点点，碗中的液体随之逐渐减少。他在左手掌中制出了一个黄拉克辛球，甚至还没有他的拇指大。

那黄球瞬间就闪着光芒变回了光——但变回的是黄光。达森第一次在这牢房中看到了蓝光以外的东西，而且因为黄光位于光谱的中间，更接近红色，并且光谱上下两端的颜色都在黄光中有交叉。

达森的全身都因方才的拍打而发红。

他努力用红色御光，拼尽了全力，尽管那黄色小球已经啪地消失掉。这便够了。肯定够了。右臂下面的皮肤在再次主宰这间牢房的蓝色之下看起来颜色很暗，但他知道那是红色。

这就是为什么他要让自己的身体高烧不退。

达森从自己体内的热度中御光，又一次失败了。这样的御光从未成功过。他颤抖着身体，烧得太厉害让他无法思考。当然了……当然了……

他利用体内的高热，尝试着去想象这些热量是来自沙漠，一浪接一浪地升起。他需要的只是一小团微弱的火焰，或是一丁点火星。他尽可能地将这些收集起来，然后像个老头子一样撑起身体，因为魔法是有重量的，而且他想要尽可能多地将它施展出来，所以可不想才开始就倒下。他跪起身体冲活死人咧嘴一笑。

活死人回以他同样的笑容，就好像一直盼着他这么做，又好像已为此等了许多年。

达森将双手放在一起，右掌直冲着活死人的脸抛出第一股红拉克辛流，左掌将收集起来的全部热量同时放出——

放出了一道微小的火花。

那火花撞上红拉克辛，猛烈地燃烧起来，蓝色的牢房瞬间被红光和热量充满。达森继续施展着御光术，放出越来越多的拉克辛，化成一道重击，直向活死人——牢房壁上那最脆弱的一点而去。

尽管他想要支撑住身体，巨大的冲击还是将他击倒了。他抛出那火球已用了如此强烈的意志，自己那虚弱的躯体根本没可能承受得住。

他觉得自己并没有失去意识,但他睁开眼睛的时候,看到的世界还是一片蓝色。失败了。奥赫拉姆神。不。

达森翻过身来,以为会看到活死人的嘲笑,但活死人却消失了,取而代之的是一个空洞,带着锯齿状的边缘在墙壁上破开,还在冒着烟,上面泥乎乎的红拉克辛低低燃烧,发出火光。一个空洞,后面连着一条隧道。

达森无法抑制地开始哭泣。自由啊。他太虚弱了,完全站不起来,可他知道自己必须得逃出去,在加文发现自己不见之前,逃得越远越好。他试着爬进隧道。

当跨出那座蓝拉克辛牢房时,他屏住了呼吸,不消说,这儿肯定应该设置了陷阱或是警报。可什么都没发生。他深深地呼吸,新鲜干净的空气灌满了胸腔,带来了力量。他向自由爬去。

CHAPTER
— 93 —

奇普在一间蓝色的小房间里醒来。房里所见之处都是蓝拉克辛,就连他睡的小硬板床也是,不过床上放的一堆毯子让这颜色柔和了些。从细微的颠簸判断,他觉着自己应该是在一条蓝色的驳船上。

他整个后背痛得要命。说真的,几乎全身都在痛。他的左手缠着一圈又一圈绷带,甚至能感觉到上面涂了一层厚厚的药膏。两边肩膀和双臂都布满了瘀青,双腿像是被人拿块板子狠拍了一通,脑袋也在阵阵抽痛。除此之外他能想到的部分全都相当酸痛,他动了动一边的小脚趾,没错儿,连脚趾都酸。

而且他饿了。真是难以置信。

你在难民船上呢,奇普。根本不可能有什么食物。

他想再接着睡,这是最好的对策。一觉醒来之后身体就会舒服得多,而且到时候说不定已经有人抓了鱼——或者别的吃的。他翻了个身,腰背依然很痛。到底搞什——他又挪了一下,终于意识到自己正压着什么东西。

他的手往下去够腰带,手指擦到了个物件。奇普瞬间瞪大了眼睛——是那把匕首。他的遗产。若非现在痛得要命,他早就大笑起来了。很显然,有人将他裹在毯子里抬进来之后就离开了,没人注意到匕首。在一支带领着上百艘船，运载了数千难民和士兵的舰队里，还有海盗和方方面面的问题要操心，奇普明显不是加文心里的第一要事。好吧，我还指望什么，有人来替我换身干衣服？这船上就没有干衣服。

奇普从匕首上翻过身坐起来，不住呻吟。他真的太痛了，还很饿。可这些现在都不重要。

一道人影掠过门前，奇普立马把匕首藏在了腿边。

加文伸进脑袋。"你醒了！"他说，"感觉怎么样？"

"像被大象坐了一屁股。"奇普回答。

加文咧开嘴笑了，走进来坐到了奇普的硬板床边，"我听说你代劳了一会儿铁拳的份内事，他简直气炸了。你知道的，他才是那个该为我性命负责的人。"

"他生气了？"奇普不无担忧地问。

加文变得严肃起来："不，奇普。没人生你的气。虽然他口头不承认，可他为你感到骄傲。"

"真的？"

"而且我也是。"

"我那时以为已经来不及了。"加文为他而感到骄傲？他的脑子简直不能接受这个信息。从前他母亲总是以他为耻，可现在光明王陛下都因他骄傲了？奇普快速地眨着眼，看向一边。"你真的没事？"他问。

加文微笑。"好得不能再好了。"他说，"啊对了。你……你认识那个男孩吗？那个刺客？"

奇普觉得喉咙发哽。"他是扫荡莱克顿的御光者之一，名叫赛门。那会儿他就想杀了我，他被吃掉了吗？"奇普记得那男孩血流如注地向群鲨游过去。

"我不知道，"加文告诉他，"我的准则是，如果你没亲眼看见敌人死掉,就假设他们还活着。"他又咧嘴笑了,那笑容冷冷的,似乎心中闪过了某道私念。"不过,"他调转话锋,摆脱掉了那个念头,"我猜那就解释得通这个东西了。"他抽出了一只黄檀木匣子,里面曾经装着奇普的匕首。

加文把它交给奇普。"里面是空的,"他说,"可我觉得它很像你母亲想留给你的那个匣子,要么是那个赛门从格拉多王那儿偷的,要么这个就是常见样式的普通匣子。看样子是用来放小刀的,不过我想刀应该是落海里去了。很遗憾。"

奇普想立刻解释清楚,可那匕首是自己的东西,万一加文把它收走了怎么办,他还没来得及细看上一眼呢。

"不管怎样,"加文说道,"你好好休息,我还有事情要处理。我会让人给你送些吃的来,晚些我们再聊。好吗?"他站起来,在门口停住了脚步。"谢谢你,奇普。你救了我一命,孩子。做得好,我很骄傲。"

孩子,孩子!加文是以自豪的口吻这样叫他的,奇普竟然让光明王陛下感到骄傲!这就像光明越过了山头,照进了他自己灵魂里不曾见光的部分一样。

他哽得更凶了,眼里噙满了泪水。加文转身正要走。"等等!父亲,等一下!"

加文在门口僵住了,奇普也僵住了。上一次奇普说出这两个字的时候只是在讨嫌,而且后来也没有讨到好。

这次的情况更不妙。因为奇普忽然明白了加文嘴里的"孩子"意思是"年轻人"。他巴不得现在能跳回水里喂鲨鱼。"太对不起了,"他说,"我不是——"

"不!"加文举手打断了他,"不管你以前做过什么,今天你证明了自己是盖尔家的血脉,奇普。"

奇普舔了舔嘴巴:"凯莉丝是不是……我看见她打你了。是因为我吗?"

加文轻轻笑出声:"奇普。女人是永远猜不透的谜。"

奇普愣了一下:"你那样说就是承认了?"

"凯莉丝打我是因为我欠揍。"

说了等于没说。

"去睡觉吧……孩子。"加文说完,停顿了一下,仿佛他也在回味这个字眼,"我们不需要再用'侄子'那套愚蠢的托词了。整个世界都将知道你是我的儿子,管他妈的会有什么后果。"他又露出那肆无忌惮的笑容,然后就离开了。

奇普没再接着睡。他背靠在一面蓝色的墙上,抽出了那把匕首。刀刃的材质是一种奇怪的炫亮白色金属,正中间有一条螺纹状的黑色金属线从刀尖一直贯穿到刀柄。除了刀柄上镶着七颗透亮、无瑕的钻石外,整把匕首几乎没有装饰。好吧,也许是六颗钻石和一颗蓝宝石。奇普不怎么懂那些珠宝,但只有六颗是像玻璃一样纯净、光芒四射的,第七颗和其他六颗大小一致,同样清透,但它散发着一种闪烁、奇妙的蓝光。奇普把刀收回到鞘里。

母亲是怎么搞到这种东西的?她怎么会没把这个当了去买大麻?

奇普把那只黄檀木匣子打开,收好了匕首。因为左手缠着绷带他没拿稳,匣子翻了个面掉在他的大腿上。他将它翻回来,看见丝绸的镶边已经松了,没有贴在匣子边,而贴在了匣子的内框上。他用力扯了扯内框,把它拉了出来。那下面是一个很小的夹层,用来放多余的系带的,系带和刀鞘颜色都搭配好了,适合不同大小的腰带,这个暗层并不是很隐秘,可显然赛门没有注意到它,格拉多王也看漏眼了,因为里面有一张纸条。

奇普战战兢兢地看了眼门口,确定无人经过后,念了那条留言。那是他母亲重重的一笔一画的笔迹:

奇普：

　　去光明利亚，杀了那个强暴了我、夺走我一切的男人。不要听信他的谎言。向我发誓你不会辜负我。如果你曾爱过我，如果你有一丝一毫想为这个世界做点善事，用这把匕首杀了你父亲。杀了加文·盖尔。

　　奇普感到被禁锢了一般动弹不得。有人在对他撒谎，背叛了他。他感到那潭能将他吸进去的深渊一般的怒气搅动起来。肯定是他妈妈，她是瘾君子，妓女，骗子。她为了大麻就能撒谎，她情愿把他关在柜子里遗弃他。加文虽然曾对他严厉，却从未对他撒谎，也绝不会对他撒谎。绝对不会，绝对。他是奇普的家人，奇普的第一个家人。

　　可他母亲把这匕首留下来，甚至连匣子也留着。她本可以拿其中任何一样去换一堆山一样的大麻。每次毒瘾发作的时候她肯定都有过要动一次它们的念头。如果这比大麻还重要，她干吗要说谎？

　　奇普颤抖着，觉得自己像被拽出了避风港。他现在还不知道真相。但他会知道的。他发誓。

　　他把那张纸条折好，看见背后还有一行先前漏掉的潦草字迹，比其他字迹更松散也更快写就，但不可否认出自母亲之手："我爱你，奇普。我一直都爱你。"她从没说过这样的话。一次也没有。在他有生以来从没有过。

　　他像扔开一条毒蛇一样扔掉了那张纸条，把自己的脸埋进了毯子里，这样外人就不会听见声响。然后他号啕大哭起来。

CHAPTER
— 94 —

达森在黑暗中爬行着。这是死亡,但生路就在前方某处。地面很尖利,无情地割破他的双掌和双膝。在离开那间蓝色牢房之前,他已极尽所能地吸进红拉克辛,若非一直高烧不退,他会一直留着一团火种不灭,但他的头脑现在依然迟钝而迷糊。他所能做的只有保持住怒气,红拉克辛可以助他一臂之力。

我会报此大仇的,他想,但并没对这想法注入一丝感情。现在只剩下双手和双膝上的痛觉,还有不断的爬行。他绝不能停下。这条隧道已经转了好几道弯,但不可能永远这样无休无止。很快他就会睡去,然后要么就此死掉,要么更有力量地醒来,力量强到足以蓄起法力打败加文。他虚弱地笑了几声,继续爬行着。

这可恶的锋利岩石。他兄弟都做了什么?用纯地狱石雕出了整座监牢么?

狗娘养的,加文绝对就是这么做的,花了这么一大笔钱就为了把达森的皮肤割出血,可恶的混蛋。然而达森可没那么容易停下来。他不停地爬行着,自由也不会如此轻易就抛弃他。

尽管如此,因地狱石实在太过稀有,砌成整条隧道所需的花费都将超过盖尔一家的全年收入。那加文又为何做出这样的事来?这玩意意味着，只要有纯粹的黑暗和直接的联系——比如通过血液或一道露在外面的伤口——它就可以将御光者体内的拉克辛吸出来。难怪红拉克辛并没让达森感到仇恨，因为它们已全被吸走了。

有什么在不断扰乱达森的思绪。隧道里的这些转弯？也许就是这些东西。隧道这么逼仄曲折是为了不让蓝色由牢房跑入隧道，因此隧道便会完全处于黑暗之中，这样黑曜石才会起作用。

该死的加文！真想让他活在永夜之中！他阻止不了我的。我才不在乎会不会变成副血架子。我要离开这里。

那蓝色的、理性的一部分告诉达森停下来好好想一想。但他无法停下，因为若不继续前进，他就哪儿也到不了。他病得这么厉害，又烧得这么严重，一旦停下，就可能永远也不会再动了。加文想要让他丧失移动能力。

不，不不不。达森强撑着继续爬行。这里的地面感觉有些不同，不是黑曜石。他已经爬过黑曜石的区域了。他又爬得更远一些。前面绝对有道光芒，他可以发誓！亲爱的奥赫拉姆神啊，那是——

他身下的地面突然启动了某处暗藏的铰链机关，像门一样打开陷了下去。达森顺着滑道跌落，一连滚了好几圈，最后有道门在他身后啪地关上。他翻过身来，沐浴在绿色光之中。

绿光？

这是一间完整的圆形内室，有着绿树一般的墙壁，顶上有个小洞方便递进水和食物以及使空气流通，底下也有个小洞用来排泄污物。达森绝望地看向自己的皮肤，想要找到红拉克辛。那红色已经完全消失掉了，一点儿不剩，全都被黑曜石隧道吸走了。

达森开始大声傻笑，又绝望又疯狂。蓝色牢房之后是个绿色牢房。他笑着笑着，开始抽泣。根本就不是一间牢房，也不是两间。他现在才明白，清楚无疑。一共有七间牢房，每间都有一种颜色，而他用了十六年才只逃出第一间而已。

他大笑着,抽泣着,在一面明亮的绿墙中,活死人在同他一起笑着,也在笑着他。

CHAPTER
— 95 —

"这次败仗还不算坏。"柯尔文·戴纳维斯走进加文的小屋说道。

加文坐起来,眨着眼睛赶走睡意。同奇普谈话之后的"小憩"使他有些迷迷糊糊。但这一周里他使用了太多御光术,也难怪会感觉不舒服。他说:"我们失掉了一座城,四分之三的黑卫,还有成百上千的士兵。刚刚承认的亲生儿子还公开杀掉了一名郡首,其他郡首肯定会因此人心惶惶,以为我想要再次统治世界。还有成千上万的难民,奥赫拉姆神才知道该把他们安顿在哪儿。异教徒的军队已经占领了加里斯顿,我还给他们添了道坚不可摧的城墙,现在反而成了敌人的屏障。哦,还有,你女儿已经投效了敌人。如果这样的败仗还不算坏,我就真不知道什么样的才算了。"

"还会有比这更坏的结果。"柯尔文说道。

加文揉了揉被凯莉丝打到的脸颊。结果确实比那更坏,柯尔文,他很想这样说。一看到凯莉丝还活着,他高兴得忘了形,竟然想都没想就抱住了她。就为这,他也该挨那一巴掌。可她也紧紧回抱了他那么小片刻。也许她只是因为终于脱险,远离了格拉多王的军队而放下心来,可他希望还有其他原因使她如此。

然后她就低声说:"我知道你那天大的秘密了,混蛋。你为何不能像个爷们一样亲口告诉我?"

天大的秘密?他的心跳停住了。什么天大的秘密?

她放开他,盯着他的双眼。他感到无法承受这视线,撇开了目光,这下看到了奇普。是奇普,他还以为他十有八九活不成了。他像个白痴一样张口道:"奇普?"

他并不是说奇普就是那天大的秘密,那样的话蠢透了。她当然是知道奇普的。但大脑无法正常运转,同她的亲近,这一系列的激斗,御光过度的后遗症,还有突然暴露的感觉,都扼住了他的头脑。

她给了他一巴掌,他罪有应得。

加文对柯尔文说:"结果总会有变得更坏的可能。天气还好吗?"他坐起身。若想要让这些驳船能经受住风雨,他还有许多事要做。

"等等,"柯尔文说,"若要出去,你的态度至关重要。"

加文停了下来,柯尔文从前也曾如此同他说话,但那是光明王之战以前的事了。"什么意思?"

"我的意思是,那万色之主并不在乎加里斯顿,对他来说,加里斯顿只是个能借机打败我们的战场,还可以诬陷你谋害郡首,让他能煽动其他人来攻打你。他所求是要摧毁光明利亚。他想要推翻对奥赫拉姆神的信仰,建立新秩序。我们甚至连那新秩序会是什么都一无所知。"

"所以,我们应该把'失败'的措辞变为'惨败',对吧?"加文知道这么说很幼稚,但柯尔文是他身边唯一的可抱怨对象。老朋友回到身边的感觉真好。

"我们必须做好战争的准备,"柯尔文说道,"一场比一座小城更大规模的战争。"

"你觉得会有人加入他的阵营?"

"趋之若鹜,"柯尔文说,"我女儿已经加入了,而她并不傻。因此,我们必须得相信他是名具有领袖魅力的人,而且我们也已看到他足够聪明，不仅能打败我们，还能得偿所愿。因此，我们得分析情报，再做准备。"

"很抱歉丽维加入了他们的阵营，柯尔文。她看起来是个懂事的女孩。我本应该更好地照看她的，那时她还仍——"

"她是个懂事的女孩，我不担心她。她会回来的。"柯尔文说道，语气意料之中地紧绷着。他这话同样也在说服他自己，但加文知道不能再就此给他施压。

"所以我方情况如何？"加文问道。

"我方有你我，凯莉丝、奇普和铁拳也都回来了，虽然他们仨本有可能都已轻易阵亡。我们还有三万人的爱戴、忠诚、敬畏和动力，他们现在由衷信仰着加文·盖尔。这是支军队的雏形。而你是光明王陛下，一名异教徒国王如何同你相抗衡？"

加文大笑起来，因为他们俩都知道会有上千种可能性。柯尔文的思维方式也有点吓人，似乎能洞穿一切。加文必须要小心，因为有些事连最好的朋友都不能倾诉，伟大目标的最佳实现方式是误导。

加文沉思片刻说道："知道么，在死之前，我有一系列想要达成的事情，其中最好的一件就是解放加里斯顿。那座城在因我而起的战争之后实在是……我做过的坏事太多了，但我不知道那是不是最糟的。我不但让它发生了，还让它在加里斯顿继续上演了十六年。十六年。我现有的全部权力，永远都无法让光谱七政使为此画上句号。"

"我认识一个人，具有在陷入败局时打破陈规的诀窍。当别人说他已经失败的时候，他没有放弃。"柯尔文说，"所以……加里斯顿是一堆破烂不堪的危楼和毫无防御能力的城墙的组合。"

"所以我建起了新的城墙，改变了规则。我试过了，柯尔文！我输了！"加文苦着一张脸，曙光出现，天色渐明。"哦，接下来你会说，'你只不过输掉一堆破烂不堪的危楼。'而我会说，'对！那些危楼还是我们自己建的。'然后你会指出，当我做出解放加里斯顿的决定时,大概担心的并非危楼们的苦难,而是人民的苦难。"

"然后我会指出,你想解放的所有人都在这儿了。然后你会承认我这卓越的智慧。"

加文大笑起来。有些时刻,他们分开的时间就好像还不到一天。"这个,我们都知道刚才说的其中一件是不会发生的。"

柯尔文咧着嘴,但自己依然是对的。"那么,"他说道,"微笑着走出去,拍拍士兵们的后背,像一位雄心壮志的帝王一样,像一名定会成功达成夙愿的守护圣使一样。你已解放了这些人,你会保护他们,给他们一片新的家园,给他们公平和正义,他们就会来帮助你。"

"有时候我觉得你才应该是领导者,而不是我。"加文说。

"我也这么觉得,"柯尔文咧嘴笑道,"奥赫拉姆神的旨意是很神秘的。某些情况下,极其神秘。"

"谢谢。"加文说道,然后两人一起大笑起来。这感觉很好,就像饥饿的灵魂遇到了食物。

"对了,你的后背怎么样?那混小子肯定刺伤到你了。奇普因为阻止了他,已被誉为英雄了,知道么。"

"我估计他就是在千钧一发之际阻止了那小子。"加文说道。尽管如此,在奇普扑住那小子的时候自己肯定还是在肾脏处挨了一拳,因为他感到一阵剧痛。他将上衫扯到一边,给柯尔文看伤处。衬衫在肾脏处被划破了,但皮肤完好无损。"真悬。"他说。

柯尔文吹了声口哨:"奥赫拉姆神一定是用手掌护住了你,我的朋友。"

加文哼了一声。就目前头脑的感觉而言,他真希望奥赫拉姆神的手掌能温柔一点儿。"嗯,那么,扮皇帝的时刻到了。"他说。两人一起走到房间门口——是谁在驳船上用御光术制出这些房间来的?

加文停住脚步。"柯尔文,有件事一直困扰着我。"

"什么事?"

"你在那小镇度过了那么长的岁月,同奇普一直都在同一个地方,这样的巧合似乎也可怕了点。"

"并不是巧合。"柯尔文严肃地说道。

"你追寻出他的下落,照料他,监视他,"加文不需要柯尔文亲口确认就已经知道,"但你一直同他保持着距离。"

"反正我是尽量如此。虽然他是个好孩子,但这依然改变不了他是谁。"柯尔文说道。言下之意,他是你兄长的儿子。柯尔文低头看着自己的双手,压低声音,这样即使有人正隔墙偷听也无法听清:"我知道可能有一天你会需要我去杀了他,我不想到时变得更加难以下手。"

两人都沉默了好一会儿。

戴纳维斯家的座右铭是只忠于一。无论是奥赫拉姆神,光明利亚,还是其他教派,柯尔文概不相信。他只相信加文。有时,有人对自己相信到此种程度是件可怕的事。有那么一瞬间,加文都想告诉柯尔文自己的第七大目标——也就是终极目标。加文想要信任他。但不行。现在这样更安全。届时他会告诉他的。

"这世界啊。"柯尔文最后说道。

"这一天啊。"加文说,看着窗外灰色的天空。真是废话。

柯尔文哼了一声。"至少外面天气还不错。"他说着走掉了。

有时候柯尔文的讽刺是那么一本正经。

加文耸耸肩,开始四处拍着士兵们的肩膀,视察着伤员们的状况,询问着补给和航海路线,大多是为了展现自己在关注并掌控着情况。凯莉丝全程都在看着他,却不置一词。他还有另外一个必须解决的问题。

他去看了看奇普,那男孩正蜷着身体,睡着了。意料之中。加文还在整理着传闻,据此,奇普使用了绿光、蓝光、红光,还可能有黄光来御光。他才十五岁。加文本希望通过伪造测验石来给彼此都赢得一些时间,因为奇普前方的路已是难上加难了。现在一切都太迟了。这男孩又聪明又勇敢,现在还是名多色御光者,现在已经不仅仅证明了他是盖尔家的人——加文得加倍努力才能将真相瞒住。

还有很多事需要做。

其中非常重要的事之一,就是要面对自己的父亲,告诉他,他妻子死了,他儿子的私生子杀了名郡首,自己还得想办法避开有关迎娶某个郡首的女儿来修复现状的谈话,因为结果必然是他一败涂地。

他走到驳船一侧,想要造出一艘小舟划向另一艘驳船。他环顾四周,想找个蓝色的东西来御光。什么也没找到。他抬起头,天空中并没云。他在一艘驳船上,下面是海,上面是晴朗的天空。但有什么出了问题。

他想要用蓝色御光,他是光明王,他可以将白光分离出任何颜色。

可什么都没有发生。

恐慌闪电般穿过加文的身体。他在指尖上算着自己能御光的颜色,先从拇指到食指,下去再回来。薄红、红、橙、黄、绿、蓝——没出来。他盯着那讨厌的中指,仿佛这都是它的错。没有蓝色。他无法用蓝色御光。他连看都看不到了。这就开始了么,还没到第七个年头,竟然是现在。他甚至从不知道光明王是如何得知自己的终场是怎样拉开序幕的。现在他知道了。他正在失去自己的御光颜色。他余下的时间没有五年了,现在已经开始了。加文的死亡正在来临。

鸣　谢

两年前，我的代表作之一，恐怖悲剧系列《夜天使（Night Angels）》三部曲终于问世。其实从我十三岁那年起，我便知道自己生来就要成为一名作家。这是我的目标，是我决定挑战众多磨难的契机。我知道，导致一个人处女作陨没的因素很多，现实也要求每个人都必须有一份实际的工作。所以为了摆脱困境，我需要让自己的处女作比绝大多数都来得更为优秀。尽管每天都有梦想被现实夷为平地，悲剧随时都会发生，但奇迹也是如此。

所以，首先我要感谢你，我的读者，是你们给我这个无名小卒和我的小说一次与大家见面的机会。感谢你们，尤其是那些将我的书推荐给朋友，说"读读这本，噢，说真的，读读看"的读者。双重感谢那些做这种事的书店工作者，从阿尔伯克基到珀斯，我知道哪里都有你们的身影。是你们改变了我的人生，让我能够像现在这样以创作为生。对我而言，这可说是一项无与伦比的优待，真心感谢大家。

克里斯蒂，你是如此的善良、坚强，没有你我绝对无法实现梦想，甚至连想都不敢去想。感谢你为我提供灵感，让我能够想到那些天马行空的设定。

唐，谢谢你！不光为我们在创作过程中出现的争辩，还为你的建议,为你知道何时向一些想法说不。感谢你将我引荐给那些对我的作品充满热忱的朋友。

卡梅隆,谢谢你将我的书推广到全世界。

德维,感谢你动用可怕的索伦之眼——不,不是说对我!——而是秘密以我的名义所做的一切。我曾对你、蒂姆、亚历克斯、杰克,还有珍妮弗保证说这部作品会是我的最短作,可如今却成为我的最长篇。我知道这害得大家都头痛不已,但你没有揍我一顿,让我赶紧去完成下一部签约作品,还给予我大量的自主创作权。感谢你对我的信任,以及你为了助我成功所做的每件事。你们无畏而出色,能与你们合作是我莫大的荣幸。

感谢桦榭菲力柏契出版社所有工作人员,不管是没有薪酬的实习生们(坚持下去!),还是一直在电脑前忙碌的朋友,感谢你们。感谢吉娜(我真的欠了你好几顿饭,不是吗?),感谢那些耐心的生产人员,你们确实有足够理由怨恨我。不过,那些怨恨都被我转嫁到我的编辑德维身上了(她还喜欢收手稿!这是她家的电话XXXXXXX和个人邮箱地址XXXXX)。

希瑟与安德鲁,感谢你们在组织座谈会时所付出的汗水。是你们让我有机会与粉丝见面的同时还有时间继续写作。谢谢你们,谢谢,谢谢!

当然,恐怕我还得犒劳一下我的朋友和家人。过去这几年,尤其是最近两年我因为太忙几乎完全没有阅读收发过邮件,是他们替我处理了那么多来自各地的来信(你们究竟想出了多少话来表达"还没上市吗"?)。如果说前面我已经感谢过你们一次,这里请允许我再次感谢。

科迪·L.,你的热情是比咖啡更棒的提神剂。肖恩、黛安·M.,感谢你们的友谊与明智的建议。斯科特、卡莉安·B.,感谢你们的一次次奔波,每一份售出的海外版权都有你们的辛勤劳动。Huzzah(意大利语,"太棒啦!")!雅各布·K.,感谢你精彩的即兴演讲、对翻译的修正,以及"令人赞叹的勇气"。感谢乔恩·L. 博士,你曾说过"比起'传统',塑造一个'反传统'的英雄难道不是更酷吗?"这句话一直根植在我心里,乔恩。尽管在那之后我已经知道为什么越来越多的作者不愿那样——但不管怎么说,我还是狠狠干了一票。谢谢赛艾,你只凭几条推特内容就改变了整本书的走向。谢谢内特·D.那些独到的建议,以及劳拉·J.D. 对两件事敏锐的洞察力:女性与健康的体魄。要不是你,我或许一辈子都无法真正明白。

感谢巨星能量饮料。不管怎样,感谢你陪伴我走过那段最糟的时光。

最后,感谢那些坚持读到这里的好奇读者们。尽管没有在寻找自己的名字,但你们还是读完了整篇致谢辞。什么,你说这本书对你来讲还不够长?拜托,出去给其他人讲讲,"一定要看这本书!噢,我说真的,这是地图。"

他第一次遇见它，
是在危机四伏的森林；

他再次闻听它的呼唤，
是在刺客冰冷的剑下；

第三次，他回头瞥见，
却见它高傲昂首悄然离去……

信仰与现实之间，天平因残酷的真相倾斜

渡鸦之影
A RAVEN'S SHADOW

卷一：血歌（上下册） 【英】安东尼·瑞恩 /著
黄公夏 露可小溪 /译

"忠于信仰，忠于国王"——
　　自幼年被送入战士修道会"第六宗"以来，维林的信念从未动摇。然而，自从神秘的银狼数次救他于生死劫难，他开始听到一支持续不断的歌曲。
　　那歌声时而低回婉转，时而高亢嘹亮，穿透岁月与记忆，为他打开一片全新的天地。迄今所坚持的、信仰的、对抗的所有，在追逐歌声的路上日渐模糊。
　　维林开始迷惑，是该停下脚步守护眼前的生活，还是继续前行探求未知的真相？而真相，往往会摧毁一切……

腐败无处不在，我们只会在光明的地方相遇！

第一律法
卷一·无鞘之剑

［英］乔·阿克罗比/著
屈畅 赵琳 赵志强/译

奇幻小说家乔·阿克罗比成名之作，
入围2008年康普顿库克奖、
2010星空幻想奖、
2010 幻想文学大奖决赛

"第一律法：禁止与异界直接接触……"

  这是一个魔法正在消失的时代，这是一个英雄不再、腐败滋生的世界。阿杜瓦——世界的中心，联合王国的心脏，看似美丽富饶，内里却埋藏着不安的种子。宫务大臣霍夫、审问长苏尔特为首的廷臣专横跋扈，用绝对的高压和强权统治着整个联合王国。告密者无处不在，暴力司空见惯，无辜者怀抱恐惧在寒夜中睡去，却不知道醒来会不会成为下一个牺牲品。

  正义微若尘埃，荣誉零落成泥；阴影笼罩着阿杜瓦，希望如此渺茫……但如今，一切即将改变。存在于历史与传说之间的"第一法师"现身联合王国，在众目睽睽之下开启尘封数个世纪的锻造者大厦，并宣告了一场前往世界边缘的伟大冒险！

  昔日最强的蛮族英雄，虚弱自恋的青涩骑士，形容残缺的拷问官，满腹仇恨的女战士……

一支非主流的救世队伍，一项不可能完成的任务，一次貌合神离的未知之旅！

艾尔蒙哲三部曲 卷一

废物庄园

《圣诞夜惊魂》式的奇诡想象 英国鬼才作者的讽世之言

【英】爱德华·凯里 著　金国 译

"詹姆斯·亨利"是一只普通的浴缸塞子,大多数水槽里都会用到。
但我把詹姆斯放在自己的口袋里,他是我的出生信物。
每个废物庄园的居民都有独一无二的出生信物,终日寸步不离。
洗碗布、钳子、茶几、水龙头……
这些小东西没日没夜在我耳边絮叨,我听得见它们的声音,
因为我是克劳德·艾尔蒙哲,废物庄园的主子之一。

突然有一天,奇怪的传染病袭击了所有人,
怪物开始在角落里出没,大家再也没有醒来。
太可怕了,太可怕了,发生了什么,谁能来拯救我们?

我和女仆露西·佩纳特发现了废物庄园里隐藏了半个世纪的惊人秘密,
现在,我一定要告诉你们真相……

- 与《圣诞夜惊魂》《查理的巧克力工厂》导演蒂姆·波顿神似的创作风格——英国鬼才作者爱德华·凯里以奇诡的想象力和娴熟的叙事技巧将读者带入充满惊奇的世界!
- 如《哈利·波特》般融合了奇幻、童话及浓郁英伦风情元素,又带有更深刻的对社会的反思!
- 封面及全书插图由作者亲手绘制,更附上完整版庄园结构图,绝对值得珍藏!

THE WiTCHER
猎魔人

《猎魔人》卷一：白狼崛起

作者：【波兰】安德烈·斯帕克沃斯基　译者：小龙

游戏《巫师》原著小说，奥巴马私藏的奇幻系列！波兰国宝级大作首度登陆中国！

- 波兰国宝级奇幻系列，曾被作为国礼赠送给美国总统奥巴马！
- 经典游戏大作《巫师》系列原著小说，一切魅力的原点，猎魔人的故事从这里开始真正展开
- 附地图及怪物图鉴，资料翔实，极具收藏价值

他骑马从北方来，一头白发，满面风霜；
他是异乡客，也是猎魔人，以斩妖除魔为己任，
行走在现实与传说的迷雾之间。

脖子粗短，白牙锋利，以人类为食的"睡美人"；
头发参差，剑术超群，带领七个小矮人抢劫商贩的"白雪公主"；
眼球巨大，唇似鸟喙，将愿望变为死亡契约的"灯神"……
救世之旅遍布荆棘，诅咒、谎言、背叛，步步紧逼，
只在逃到梦中才有片刻喘息。
待回首时，猎魔人猛然惊觉——自己也只不过是别人掌中的猎物

魔物的鲜血终有洗净之日，
人类的罪孽如何才有终结之时？
现在，你听到远处响起的马蹄声了吗？

不要对我说谎，
只因真相无所遁形！

龙族遗产
卷一·龙族旧路

乔治·R.R.马丁亲传弟子
代表作震撼来袭

［美］丹尼尔·亚伯拉罕 著
董宇虹 译

千百年前，强大的龙族以蜘蛛女神通晓"真相"之力迫使众生臣服。然而当其信徒遍布大地之时，如日中天的龙族帝国却忽然灭亡，蜘蛛女神也随之销声匿迹。其中"真相"不为人知，直到被历史遗忘……

千百年后，一个叛教徒偶然间背弃信仰，从世界尽头的圣地叛逃，踏入尘世。蜘蛛女神赐予他识别真假、恣意煽动和诱骗他人的能力。叛教徒小心翼翼地隐藏身份，扮演着与自己截然不同的角色行走在这个刀剑与谎言交织的新世界。然而一夜之间，事情却朝着他无法控制的方向发展，蜘蛛神庙在王权的监护下拔地而起，女神的信徒接踵而至，远古的诅咒卷土重来。

是谁，找到了龙族的遗产；是谁，带领着真理蜘蛛回归世间；又是谁，意图用"真相"颠覆一切？邪恶力量却如巨浪般翻滚袭来，无边恐惧弥漫世间。没有人能够逃脱，无论真假，只能相信。

蜘蛛女神的旗帜缓缓升起，一切即将开始。她将吞食世界！

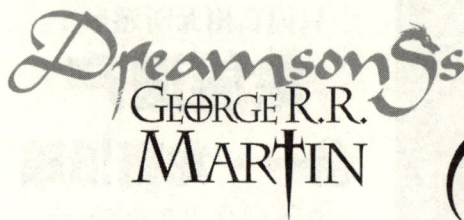

Dreamsongs
GEORGE R.R. MARTIN

梦歌

【美】乔治·R.R. 马丁 / 编著
重庆史诗图书翻译团队 / 译

这是说给我们心灵听的，
这是说给孩子们听的——
那些梦想在森林里夜猎、梦想在空山中野餐，
住在每个人心中的孩子们。
它用梦的语言写就，跟梦境一样真实，
比真实更真实。

本书中收录的31篇《冰与火之歌》系列前的中短篇作品，
包括了马丁十年来摘取过雨果奖、星云奖等桂冠的佳作。
它们之中，
有跨越茫茫星海寻找爱人的红发女郎莎拉；
有命中注定要遭逢厄运的心灵感应师情侣罗柏与莱安娜；
有在永冬的土地上逃避吸血鬼和风狼追杀的女猎手夏恩……
一个个甜蜜而忧伤、浪漫而狂野的故事，
折射出现实中失落的色彩，
照亮了一代大师的奋斗之路，
谱写出一段关于爱、勇气和不朽的梦想之歌！

"他们尽可以留着他们的天堂，但我死后，愿能魂归中土。"

——永远的梦想家，乔治·R.R. 马丁